Au nom de l'art

Cetro

Préface

À vous, celles et ceux qui me soutiennent systématiquement lors des sorties, celles et ceux par qui tout est devenu possible, celles et ceux grâce à qui écrire n'est plus seulement un plaisir solitaire (rien d'ambigu, qu'on ne s'y trompe pas).

Merci !

1

Courir. Je dois courir. Ne pas cesser tant que nous ne serons pas à l'abri. Ne pas écouter la fatigue et la douleur.

Je l'ai promis à maman. Maman. Elle est...

Je n'en peux plus, mes pieds nus saignent, écorchés, percés d'échardes et autres épines.

Mes poumons brûlent du feu de l'effort prolongé. Intense. Ils sont le siège d'une fournaise étouffante.

Mes jambes peinent à me propulser, elles sont tellement douloureuses. Elles aussi me brûlent horriblement.

Je veux me reposer, m'allonger au sol sur la mousse épaisse de cette forêt que je ne connais pas. Où je ne me retrouve pas.

Me laisser aller. Mais je ne le peux pas.

Pour lui. Je l'ai promis à maman. Juste avant qu'elle ne...

Mon petit frère est lourd. Il pèse douloureusement sur mon bras lacéré. La douleur est lancinante, mais je ne le lâcherai pas. Il n'est qu'un petit garçon de 2 ans, ne pèse probablement pas plus de 8 ou 9 kilos, mais c'est énorme pour moi. Trop lourd à porter sur une longue distance, et pourtant je veux tenir, pour lui... pour maman. Je dois serrer les dents.

Je n'ai jamais été aussi forte que je tente toujours de le faire croire. Mais je ferai tout mon possible.

Je l'emmènerai aussi loin d'eux que me le permettra mon corps. S'ils nous rattrapent, je devrai le tuer. Maman me l'a demandé, je lui en ai fait la promesse avant que...

Je ne crois pas en être capable.

Je suis fatiguée. Si fatiguée. J'ai entendu les chiens au début, j'ai eu peur qu'ils ne nous dévorent. Comment échapper à une meute lancée à vos trousses?

Mais depuis quelque temps déjà, ils se sont tus. Je n'arrive pas à croire qu'ils aient pu perdre ma piste aussi facilement. Mon chemin est tracé aux gouttes du sang qui perle de mes blessures, c'est pour eux un véritable fil d'Ariane, avec leur truffe GPS. Ils auraient dû nous rattraper en moins d'une demi-heure, lorsqu'ils ont commencé à être audibles, en dépit de la petite avance que j'avais sur eux.

Pourquoi ont-ils cessé la chasse ? Fausse piste ? Ont-ils suivi la trace d'autres personnes ?

Y a-t-il seulement âme qui vive, ici ?

Je n'en peux plus. J'ai envie de me laisser aller, m'effondrer. Pleurer. Maman me l'a interdit.

Je dois être forte. Pour elle. Pour lui. Pour nous.

J'ai l'impression que mes membres ne m'appartiennent plus, qu'ils sont mus par une force extérieure.

Je ne sais pas comment je parviens à poursuivre ma course.

J'ai heureusement une bonne condition physique, mais les conditions sont si difficiles.

La peur est mon combustible, elle me mène au-delà de mes propres limites.

Je sais aussi que si je venais à m'arrêter, je ne pourrais plus repartir avant 24 h au moins, peut-être même jamais. Et ce serait notre mort.

Je sais qu'ils sont quelque part, là, à attendre le moment.

Ils jouent un jeu sadique, pourraient nous attraper et nous tuer de suite, j'en suis sûre.

Mais ils veulent nous voir souffrir, espérer, désespérer. Comme des chats avec des souris.

Tant pis. Je vais faire comme si nous avions une chance. Je vais nous l'inventer, la créer de toutes pièces, et nous sortir de là.

Je l'ai promis à maman.

Bien au-delà de l'épuisement, je crois que je pourrais continuer jusqu'à ma mort.

Je n'ai plus de notion du temps qui passe, les secondes, les minutes et les heures se mêlent et se distordent.

Je ne peux me fier qu'au soleil pour m'indiquer l'avancement de la journée.

Je suis partie voilà des heures, ai abandonné maman pour sauver Noah.

Lui aussi en a assez, il pleurniche. S'il se met à hurler, comme cela peut lui arriver parfois, je devrai m'arrêter pour tenter de le calmer. Sans ça, personne ne pourra ignorer notre position.

Il s'accroche à sa peluche qu'aucun événement ne pourrait l'obliger à lâcher. Je sais que c'est en partie grâce à elle s'il se tient aussi calme.

Les chiens ! Je les entends à nouveau. J'ai dû tourner en rond, car il me semble qu'ils arrivent sur notre droite, et plus derrière nous. Comment peuvent-ils encore être aussi loin ?

C'est comme s'ils jouaient au chat et à la souris, s'amusaient à nous tourner autour, pour nous rendre fous.

J'ai horriblement peur, mais espérerais presque qu'on en finisse, là, tout de suite.

Je ne peux me résoudre à abandonner, ne veux désobéir aux dernières volontés de notre mère, mais meurs d'envie que tout cela prenne fin.

Que tout s'arrête enfin.

Que l'épuisement et la terreur s'en aillent pour laisser place au calme. Éternel.

Et surtout que ce poids qui repose sur mes bras et mes épaules, infiniment plus important que celui qu'affiche la balance, me soit enfin enlevé. Ce poids dont s'est délestée sur moi maman avant de...

Cette responsabilité qui m'écrase.

Je dois sauver mon frère, et suis la seule à pouvoir le faire... c'est encore ça qui me terrorise le plus.

Je ne suis pas à la hauteur. Je ne l'ai jamais été.

2

Quelques jours plus tôt.

Cet après-midi, au lycée, une compétition sportive a lieu. Les élèves de toutes les classes s'affrontent dans diverses épreuves d'athlétisme. Comme toujours, Soraya survole toutes ces épreuves, écrasant littéralement tout le monde, garçons y compris.

Quelques personnes étrangères au personnel enseignant sont venues assister à la compétition.

Parmi les concurrents, redoutable adversaire, un bruit, des plus athlétiques tant il est véloce et endurant, court au sujet de leur identité. Si le message qu'il transporte est valide, il s'agirait de recruteurs de jeunes talents en repérage.

Tous sont fortement impressionnés par les résultats obtenus par Soraya, et avant tout par sa rage de vaincre.

Probablement a-t-elle l'étoffe d'une championne, bien que cela ne l'intéresse pas le moins du monde.

Alors qu'elle rentre aux vestiaires, heureuse d'avoir pu humilier une fois de plus les petits mâles rageux qui la haïssent pour cette outrancière et indécente domination, son professeur de sport l'arrête, porteur d'un message. Elle doit se rendre chez le proviseur dès que possible.

Ce vieux débris qu'elle déteste va probablement encore lui faire la leçon, pour une raison ou une autre.

Dans les vestiaires, les filles lui font une haie d'honneur, fières d'avoir dans leurs rangs une représentante capable de moucher les garçons.

—Bravo, Soraya, t'assures, ma vieille. T'as un niveau de dingue, les couillus en ont perdu leurs attributs, je crois.

Les rires fusent sous les douches.

Lavée et habillée, elle se rend à contrecœur jusqu'au bâtiment A, celui qui abrite le bureau du proviseur. Devant la porte, elle hésite un moment à rebrousser chemin, à se foutre de la raison au profit de ses envies.

Elle déteste cet homme, voit déjà, avant même de se trouver face à lui, ses yeux accusateurs, entend sa voix mielleuse et son ton paternaliste et moralisateur.

Tout se sait rapidement, dans une petite ville. Sans se connaître vraiment, les habitants savent qui est qui, qui fait quoi. Et certains, par la récurrence de leurs actes et comportements réprouvés, sont bien sûr dans le collimateur de la communauté entière.

Soraya fait partie de ceux-là. 16 ans, une beauté lui interdisant de passer inaperçue, quand bien même resterait-elle sagement prostrée dans un coin. Ce qui n'est pas son cas.

Ses yeux bleus, au regard perçant et acéré, déshabillent le monde de ses faux semblants, et captent en chaque chose l'essentiel pour le dépouiller du futile.

Sa vivacité de réflexion alimente un esprit de rébellion perpétuelle. Accepter, autorité et soumission sont des termes qui lui sont inconnus.

Pour la semaine de l'art, la ville a fait appel aux services de maître Brusson, un artiste local très réputé, et a exposé en divers endroits stratégiques ses œuvres. Le lycée en a profité pour sensibiliser les élèves à l'art sous toutes ses formes, exposant en son enceinte divers tableaux et autres sculptures. Le proviseur, connaissant bien l'animal rebelle, a convoqué Soraya à plusieurs reprises, à titre préventif, pour la mettre en garde de ne surtout pas toucher aux œuvres, d'une manière ou d'une autre.

Et c'est parti, probablement, pour une fois de plus.

De son index plié, elle charge la porte d'annoncer son arrivée.

Sans réponse, elle réitère, avec beaucoup plus de véhémence cette fois-ci, contrôlant mal sa force.

Manifestement agacé par cette tonitruante intrusion dans son espace de quiétude, il hurle presque, non pas l'invitation, mais l'ordre d'entrer.

Il est en compagnie d'un homme et d'une femme, qu'elle croit reconnaître comme étant les personnes envoyées pour repérer de jeunes talents sportifs. Ils sont tous trois assis sur une même ligne, et la passent au scanner des pieds à la tête, un sourire qu'elle trouve dérangeant et déplacé largement affiché.

—Bonjour, monsieur. Le professeur Courrier m'envoie. Vous vouliez me voir... je crois ?

—Bonjour, mademoiselle Abel. Veuillez prendre place, je vous prie.

Il lui indique du menton une chaise placée en face d'eux, comme un accusé devant faire face aux jurés. Cette manière de placer systématiquement les élèves en position de faiblesse l'insupporte, la met en boule.

L'un des étrangers prend la parole, visiblement pressé de lui faire part de la raison de sa présence ici.

—Nous avons été impressionnés par vos résultats sportifs, jeune fille, vraiment. Nous sommes chargés, ma collègue — qui se trouve être ma compagne, par la même occasion — et moi-même, de repérer de jeunes talents. Plus encore que vos performances, je crois que nous sommes tous tombés d'accord là-dessus, ce sont votre hargne et votre volonté, qui nous ont fait si forte impression. Nous aimerions vous voir rejoindre notre programme, en vue de vous faire intégrer à terme, nous y croyons, l'équipe nationale d'athlétisme. Quelques séries d'épreuves pour nous assurer que vous êtes aussi talentueuse que l'aperçu que nous en avons eu nous l'a laissé présager, qui ne seront que pure formalité, pour vous, je le sens. Vous pourrez obtenir une bourse, et représenter les couleurs de votre pays. Qu'en dites-vous ?

Le proviseur, coutumier des coups d'éclat de cette élève pour le moins indisciplinée, anticipe la réponse.

—Avant de répondre de manière définitive, mademoiselle Abel, prenez le temps d'y réfléchir. Cela peut représenter une fantastique opportunité pour votre avenir. Plus que des études classiques, m'est avis, vous concernant.

—Vous insinuez quoi, monsieur? Que je suis incapable d'étudier ?

—Il ne s'agit pas de ça. Mais admettez que vous n'êtes pas vraiment notre meilleure élève. Vous brillez plus par vos prouesses physiques et vos frasques que par vos résultats scolaires. C'est pour vous une chance de vous élever, et d'exploiter vos réelles capacités. Il est grand temps de canaliser votre fougue.

« C'est ça, rêve que tu vas te débarrasser de la débile que tu méprises aussi facilement, vieux con » pense-t-elle avec tant d'acuité qu'elle craint un instant d'être entendue.

La femme l'observe avec une insistance gênante, la détaille de pied en cap, comme un boucher le ferait d'un quartier de bœuf.

Soraya éprouve des difficultés à conserver son calme, se sent prisonnière de ces trois personnes qui semblent vouloir décider pour elle de ce que sera sa vie.

—Je vais vous répondre tout de suite. Jamais ! Si c'est tout ce que vous aviez à me dire, puis-je me retirer, monsieur le proviseur ?

La mine déçue et déconfite des deux recruteurs lui donne entière satisfaction.

—Faites donc. Mais promettez-moi d'y réfléchir. C'est là votre avenir qui est en jeu, ne le bradez pas sur un coup de tête, par simple esprit de contradiction. Cessez de jouer les bravaches, et grandissez ! Vous serez plus utile sur les pistes qu'à saccager les biens publics, lui lance-t-il en guise d'au revoir, dernière pique destinée à lui rappeler qu'il la garde à l'œil.

Poings fermés et mâchoires serrées, elle se dresse, salue sèchement ses vis à vis, puis quitte la pièce d'une démarche volontaire marquant son agacement.

Comme tous les jours, à la sortie des cours, elle va aller se défouler au club de boxe, exutoire plus utile ce soir que jamais.

Ses qualités physiques hors du commun, toujours couplées à cette rage intérieure, en font une redoutable combattante.

Elle décharge là, dans cette heure de cours de boxe intensive quotidienne, son surplus d'énergie, cette colère qui la quitte rarement. Elle rentre ainsi apaisée à la maison, où les tensions avec sa mère ne nécessitent aucun supplément pour être parfois explosives.

Elle sait parfaitement à quoi faisait allusion le proviseur, ce dont il la soupçonne sans pour autant avoir aucune preuve.

Lorsqu'elle s'est mise en tête, en pleine nuit, de vandaliser l'œuvre exposée à la mairie, une statue d'athlète nu, c'est tout naturellement que tous les soupçons se sont tournés vers elle.

Toute la journée, elle a eu droit aux reproches de quelques camarades coincés et aux questions admiratives de bon nombre d'autres.

Julien, son petit ami du moment, bien plus sage et prudent qu'elle ne l'a jamais été, l'a pourtant mise en garde.

"Soraya, tu ne peux faire ça et espérer qu'on ne t'accuse pas et qu'on ne te le reproche pas. Ils penseront tous immédiatement à toi.

Tu cherches vraiment à te fourrer dans de sales draps, c'est plus fort que toi."

Si elle le trouve trop frileux et enclin à l'obéissance, elle ne peut que reconnaître qu'il avait bien raison.

Oui, c'est plus fort qu'elle. Elle sait par avance où toutes ses provocations la mèneront, mais ne peut s'empêcher d'en faire son mode d'expression. Car il s'agit bien de cela, une manière d'attirer l'attention, de se démarquer de la masse.

La sonnette d'entrée résonne longuement dans le couloir. Elle sait très exactement, sans le voir ni l'entendre encore, de qui il s'agit.

Les pas précipités dans le couloir en disent long sur l'état de fébrilité de sa mère, par trop accoutumée aux mauvaises nouvelles, quasi quotidiennement.

Elle ne va pas tarder à ouvrir la porte sur la face sombre de l'un ou l'autre gendarme de la caserne proche, et à hurler son prénom.

—Sorayaaa !

Bingo. Les reproches vont pleuvoir, accompagnés de leur lot de punitions censées la décourager de toute récidive. Ce qui n'est bien sûr jamais le cas.

—Soraya Abel, venez ici tout de suite !

C'est toujours ainsi. Lorsqu'elle est très en colère, elle la vouvoie et l'appelle, ou plutôt l'apostrophe, par son nom complet. Que c'est agaçant !

—Pourquoi, maman, qu'est-ce qu'y a, encore ?

Vaine tentative de jeter le doute dans l'esprit de sa mère, cette dernière est déjà convaincue de sa culpabilité. Un képi et un uniforme bleu ont toujours plus de poids que ses quelques protestations, dût-elle y mettre toute sa conviction et ses talents d'actrice.

Tête basse et cœur battant, elle sort de sa chambre, repaire d'une ado en constante révolte, capharnaüm organisé, cauchemar et hantise des maniaques assermentés et patentés, cocon et territoire affirmé d'une enfant presque adulte.

Ses pieds nus saisissent avec satisfaction la fraîcheur du carrelage, bienfait jouissif en ce mois d'octobre aux relents tardifs d'été.

Poings tout faits et doigts qui craquent, prête à se défendre de répliques qui claquent, à nier l'évidence sans espoir d'être crue. Sans réelle volonté, seulement, d'être entendue.

Elle se sait coupable, ne sait pas réellement pourquoi elle agit toujours de la sorte. Attirer l'attention ? Se sentir plus en vie que ne le sont ses camarades, toujours gentils et polis, toujours enclins à suivre une voie toute tracée ?

Elle n'a pas l'intention de s'embourber dans des chemins que d'autres auront créés pour le plus grand nombre, elle désire explorer ses propres routes, sortir des ornières tracées par la masse, établir sa carte des possibles personnelle.

—Venez ici tout de suite, jeune fille, vous avez des explications à fournir.

Évelyne Abel se tient campée en travers de la porte d'entrée, l'expression redoutable de celle qui va en découdre avec sa fille et lui faire payer ses excentricités.

Malgré son éternelle attitude bravache et sa confiance en elle génétiquement accrochée, Soraya se décompose davantage à chaque pas.

L'indomptable sauvageonne se présente devant sa mère, assurance effritée, déjà à moitié apprivoisée.

Derrière la silhouette en contre-jour de sa mère, se tient celle, plus sombre et imposante, de celui qu'elle sait être un gendarme.

Les forces de l'ordre de la ville de Pauillac connaissent Soraya à la perfection, et son adresse pourrait presque être pour eux une maison secondaire tant ils sont amenés à y venir fréquemment. Chacun d'eux pourrait se prétendre de la famille Abel, frère ou oncle de l'adolescente turbulente.

—Bonjour, Stéphane. Qu'y a-t-il, maman ? Que me reproche-t-on, encore ?

Mauvaise foi en bandoulière, dernier rempart contre la vérité, elle tente l'ultime coup de poker, le grand bluff qu'elle sait pourtant voué à l'échec. Ils ne la croient jamais.

—Le gendarme Carnot a deux mots à te dire. La statue de la mairie a été vandalisée, je me demande bien pourquoi ils ont pensé à toi dans ce cadre.

—Bonjour Soraya. Je viens juste à titre informatif. Nous n'avons, pour une fois, aucune preuve que tu sois impliquée dans cette affaire. Disons que cela entrerait parfaitement dans ta manière de faire. Le ou les coupables... ou la, entendons-nous bien, s'exposent à de sérieuses sanctions. La statue exposée face à la mairie a été vandalisée, comme vient de le préciser ta maman. Le... pardon, madame Abel, je suis contraint d'évoquer les faits... donc, je reprends, le sexe de l'athlète a été sectionné, et collé sur son front.

Soraya ne peut s'empêcher de pouffer, sous le regard électrique de sa mère.

—Ce genre de chose vous amuse, Soraya Abel ?

—Mais non, mais...

—Ne rajoute rien, cela vaudra bien mieux. Poursuivez, je vous en prie.

—Le maire était furieux, et a déposé une plainte ce matin. Je te pose donc la question, sans grand espoir que tu dises la vérité toutefois. Où étais-tu cette nuit ? Et que faisais-tu ? Avant de répondre, je te demande de réfléchir aux conséquences d'un mensonge pour toi et ta maman.

—Encore faudrait-il qu'elle pense parfois à quelqu'un d'autre qu'à elle-même. Allez, réponds.

Le ton d'Évelyne est au-delà de l'agacement.

—Quelle drôle de question. Maman, tu sais bien que j'étais dans ma chambre. Quant à ce que j'y faisais, que voilà une question encore plus étrange. J'y dormais.

Évelyne se tourne vers le gendarme, hausse les épaules en signe d'abandon.

—Je n'ai rien de particulier à te reprocher, rien ne t'accuse matériellement, aucune preuve ne t'accable. Mais tu te doutes bien que chaque personne de cette ville, nous y compris, te soupçonne malgré tout, à tort ou à raison. Bref, si ta mémoire te revenait, si tu avais la moindre information à nous fournir, tu sais où me joindre. On finira bien par établir une ligne privée entre toi et la gendarmerie, on y gagnerait en temps. Bien, mesdames, je vous souhaite une bonne journée. Et toi, Soraya, pense à t'assagir, un peu, cesse de tourmenter ta mère et les habitants de cette ville. À bientôt, j'imagine.

Le gendarme Carnot tourne les talons et quitte la propriété des Abel, sourire en coin.

Regard fuyant, Soraya cherche à se soustraire à celui de sa mère.

—Ne croyez pas en avoir fini avec moi, Soraya Abel !

—Mamaaan, arrête de m'appeler comme ça, c'est agaçant, à la fin. Je n'ai rien fait, je n'ai vraiment rien à me reprocher, ce coup-ci.

—Alors viens te poster face à moi, et jure-le en me regardant dans les yeux. J'attends.

—Oh, laisse tomber, c'est insupportable, quand tu fais ça.

—Très bien. Je sais que c'est toi. Et moi, crois bien qu'au contraire des forces de l'ordre, je ne suis pas tenue d'accumuler des preuves tangibles pour t'inculper, ta manière de me fuir te trahit plus sûrement que des aveux. Tu seras punie comme il se doit, interdiction de sortir jusqu'à nouvel ordre. Et cet après-midi, nous avons des courses à faire, tu viens avec moi. Ça n'est pas une demande, c'est un ordre.

—Mais, maman, je t'assure que...

—Chut ! Tu t'occuperas de ton petit frère, pour changer.

—Ah non, tout, mais pas ça ! C'est un petit capricieux, tu lui passes tout.

—J'ai dit ! Peut-être que cela te mettra un peu de plomb dans la cervelle, et que tu réfléchiras aux choses réellement importantes. Ta famille ! En attendant, file dans ta chambre !

Protester serait vain et mènerait à une interminable et épuisante confrontation, Soraya ne le sait que trop bien.

Si elle a toujours refusé l'autorité en dehors de son foyer, elle dont le père, géniteur sans gêne, s'est enfui quelques jours avant sa naissance, elle a toujours respecté sa mère, ses décisions et ses justes colères.

Consciente de tous les efforts et les sacrifices consentis par cette dernière, de la difficulté de sa position de mère isolée, et en dépit de son comportement à l'extérieur, elle évite autant que possible de rentrer en confrontation directe.

Mais s'occuper de Noah, son insupportable et capricieux petit frère, voilà qui va bien au-delà de ses capacités d'obéissance.

Noah est son demi-frère, fruit d'une union qui une nouvelle fois aura trouvé sa fin dans cette conception. Soraya s'est longtemps demandé, et s'interroge toujours sur ce sujet, comment sa mère a-t-elle pu se laisser berner une deuxième fois par un homme ?

Elle s'est juré de ne jamais faire suffisamment confiance à un représentant du sexe foireux, et non fort, comme l'usage initié par les mâles le voudrait, pour se laisser mettre enceinte. Elle n'aura pas d'enfant. Jamais ! Elle veut rester libre, ne pas s'attacher plus que de raison à une personne qui place le contenu de son caleçon avant le bonheur, avant le bien-être et la sécurité d'une femme. Avant même les enfants dont ils devraient prendre soin et qu'ils devraient aimer. Au lieu de ça, ils ne pensent qu'à fuir, la queue entre les jambes.

Pas tous, peut-être, comme se tue à le lui jurer et démontrer Julien, mais elle reste convaincue que dans le fond, ceux qui restent ne le font que par obligation, enchaînés au regard et aux convenances de la société.

Elle ne parvient pas à les considérer autrement que comme ces insectes pollinisateurs qui fécondent les fleurs dans leur seul intérêt, et s'envolent vers d'autres fleurs une fois qu'ils ont obtenu ce qu'ils voulaient. Sauf que ces insectes en question ont malgré eux une utilité pour la planète entière. Reste à prouver qu'il en va de même pour les hommes. Les pères ne sont, de son avis, qu'une paire de balloches, ne représentent rien de plus, aucun apport autre que le fluide contenu dans ces stupides sacoches qui véhiculent l'image d'un courage dont ils sont dépourvus. Avoir des couilles devrait signifier être un lâche, tout l'inverse de ce à quoi fait allusion cette expression, vulgaire non tant par le mot employé que par sa fausseté. Avoir des ovaires serait bien plus adapté pour identifier une personne brave, et porter le soutif plutôt que le pantalon serait bien plus éloquent pour désigner celle qui est le pilier central d'une famille et de la société en général.

Elle apprécie Julien, certes, plus que cela, même, elle le croit assez sincère quand il dit l'aimer et ne jamais vouloir lui faire de mal. Mais elle ne se laissera pas enfermer dans ce rôle de mère au foyer dévouée à son mari et ses enfants auquel TOUS les hommes sans exception rêvent de cantonner TOUTES les femmes.

Soraya rêve de liberté, veut penser et agir librement, sans aucune entrave, aucun lien, aucun facteur limitant. Si elle a un respect infini pour sa mère, pour sa force, elle ne veut surtout pas reproduire le même schéma qu'elle.

Les années lui amèneront peut-être une vision différente sur ces problématiques, elle en est consciente, mais pour l'heure, elle restera celle que les garçons craignent plus encore qu'ils ne la désirent. Et ça n'est pas peu dire.

Un léger crépitement vient faire frémir les carreaux de la fenêtre de sa chambre. De petits gravillons, lancés depuis le jardin pour attirer son attention. L'éternelle manière qu'a Julien d'annoncer sa présence.

Elle écarte le rideau, pour le voir planté au milieu de la pelouse, surveillant les alentours comme une biche aux abois, effrayé à l'idée d'être vu par sa mère.

Soraya le regarde un long moment, sourire s'agrandissant de

seconde en seconde. Ce gros bêta parvient toujours à l'attendrir par sa maladresse naturelle, son manque d'assurance et sa gentillesse au-delà de tout soupçon de tromperie.

Oui, malgré tous ses a priori sur la gent masculine, elle a beaucoup de tendresse pour ce spécimen en particulier, car elle le pense différent.

Il n'a d'ailleurs jamais cherché à la séduire, persuadé que cela aurait été peine perdue, se différenciant en cela des autres, convaincus, eux, qu'elle ne pouvait que succomber à leurs démonstrations de force et de connerie.

Finalement, ce qui lui plaît chez Julien, c'est cette absence de désir de domination, de se placer au-dessus. Il aurait même tendance à se placer en dessous de tout le monde.

Battant ouvert, elle lui fait signe de s'approcher en silence.

Julien s'avance sur la pointe des pieds, comme si le sol était fait de meringue et risquait de craquer sous ses pas.

—Allez, grouille-toi, empoté, se moque-t-elle gentiment.

—T'en as de bonnes, toi. Si ta mère me voit, elle va me chasser à coups de latte dans le fondement.

Elle l'aide à enjamber la fenêtre, et tous deux s'assoient sur son lit.

Gêné par le regard bleu acier posé sur lui avec insistance, Julien proteste.

—Arrête de me fixer comme ça, bon sang, Soraya, tu me gênes. En plus, j'ai bien l'impression que tu te moques de moi, c'est quoi, ce sourire, là ?

—Oh qu'il est susceptible. Je suis contente de te voir, je ne devrais pas ?

—Ouais, fous-toi de moi. Moi, je suis heureux de te voir ! Toi, j'ai l'impression que tu n'as besoin de personne, et surtout pas de moi. C'est simple, si je ne venais pas te voir, jamais tu ne ferais le chemin pour me rendre visite. Je crois que t'es pas humaine, un vrai robot.

—Mon pauvre chou, il est vexé. Tu sais bien que c'est compliqué avec ma mère, elle est assez tendue, en ce moment.

—Bah, tu m'étonnes, on dirait que tu fais tout pour la mettre en boule. T'avais vraiment besoin de saccager cette statue ? Sans déc ?

—Tu ne vas pas jouer les rabat-joie à ton tour, toi, sinon, je rouvre cette fenêtre et je te balance comme un vieux jouet usagé.

—Tu ne ferais pas ça... juste parce que ce ne serait pas écolo, bien sûr, pas pour ménager mon ego. Non, mais c'est vrai, Soraya, t'abuses. Attends au moins que tout se calme pour recommencer tes conneries. Fais en sorte de te faire oublier, au moins une semaine ou deux. Là, je suis sûr qu'à la pousser à ce point dans ses retranchements, le jour où ta mère me chopera ici, dans ta chambre, elle me castrera direct.

Soraya étouffe son rire entre ses mains jointes en coupe.

—Oh, tu serais mon mignon petit eunuque. Tu vois, si ça devait arriver, je crois que j'aurais une confiance aveugle en toi. Au moins, je serais sûre et certaine que tes actes ne seraient guidés que par intérêt pour ma personne, et non pour ton service trois-pièces.

—Ha-ha-ha, je me marre. Qu'est-ce que t'es drôle, quand même, quand tu t'y mets. Dis, j'ai vu les gendarmes repartir, ils ont trouvé quelque chose pour t'accuser ?

—Non, mais dès qu'une connerie est faite en ville, tu sais bien qu'ils se rappellent automatiquement à mon bon souvenir. Par contre, maman est furax, elle m'a condamnée à rester enfermée pour un temps indéterminé. Pire, cet aprèm, je dois aller faire les courses avec elle. L'horreur !

—Oula, je compatis, dur dur, la punition suprême.

—Sauf qu'il y a encore pire, figure-toi.

—Quoi ? Tu vas devoir défiler dans les rues en femme-sandwich et proclamer ton amour pour moi ?

—Non, elle est tordue, mais elle n'irait pas jusque là.

—Gnagnagna !

Soraya caresse tendrement la joue de Julien, comme pour l'assurer qu'elle plaisante bien.

—Figure-toi, mon Julien, que je devrai m'occuper de mon ptit frère. Là, on atteint le paroxysme de la cruauté.

—T'exagères, Soraya, il est mignon, Noah. C'est qu'un tout petit bébé, me dis pas que toi, la guerrière, la fière amazone, tu as peur d'un petit bout d'homme.

—On voit bien que tu n'as pas à le supporter au quotidien. Oui, il est joli, oui il peut être gentil à ses heures, mais ça ne dure jamais bien longtemps. Ses caprices sont insupportables, tu peux me croire. C'est le petit chouchou à sa maman, il le sait et il en joue. Il est méga chiant, mais il a oublié d'être con.

—Bon, pour ce soir, c'est mort, alors, tu ne sors pas ?

—Je pourrais faire le mur, comme d'hab, mais j'aime autant calmer le jeu avec maman. Il suffirait que je me fasse choper dehors par les keufs, et je te dis pas ce que je prendrais. Surtout qu'ils risquent de m'avoir à l'œil pour un moment. Mais t'auras qu'à venir, toi. On écoutera de la musique, rien que toi et moi.

—Tu veux dire... en amoureux, ou en simples camarades de classe ?

—T'es sûr que tu veux une réponse définitive, tout de suite ?

—Euh, non, j'aime autant rester dans le doute.

Soraya rit, ébouriffe la tignasse brune de Julien et l'embrasse prestement sur les lèvres.

—La réponse te convient ?

—C'est la plus belle réponse qu'on m'ait jamais faite, répond-il, en état de béatitude.

Des pas précipités leur parviennent soudain du couloir.

—Chuuut, tais-toi, voilà ma mère. Cache-toi vite sous le lit.

Julien se jette à terre, comme pris sous le feu nourri d'une mitrailleuse lourde. Seuls les rires moqueurs de sa petite amie l'atteignent, ne risquant de blesser que légèrement son amour propre.

Évelyne tambourine à la porte, et n'attend pas de réponse pour l'ouvrir à la volée.

—Qu'est-ce que tu fais, Soraya ? J'ai entendu des rires, tu es avec quelqu'un ?

Julien ferme les yeux aussi fort qu'il le peut, comme si ne plus rien voir pouvait le faire disparaître.

—Avec qui veux-tu que je sois, maman ? Je parlais au téléphone avec Virginie.

—Bien, j'ai besoin de ton aide, pour préparer le repas de ce midi. Il est temps que tu apprennes à cuisiner, et que tu fasses ta part dans la maison. Marre d'être ta bonniche, surtout vue la manière dont tu me récompenses. Dans 30 minutes, je t'attends dans la cuisine. Ne m'oblige pas à venir te chercher.

—OK, maman, reçu 5 sur 5.

—Ne lève pas les yeux au ciel, comme ça. À tout à l'heure.

La porte se referme sur les folles inquiétudes de Julien d'être pris la main dans le sac.

—Allez, sors, c'est bon, elle est partie. File, avant qu'elle ne revienne et ne m'ordonne de te trucider pour te cuisiner au four.

—Tu veux vraiment me donner envie de revenir, toi, hein, ça saute aux yeux. Je m'en vais, avant de finir en carpaccio.

Julien saute dans le jardin, avec la souplesse d'un arthritique, et se vautre dans la pelouse humide.

Sous les rires de Soraya, il se redresse prestement, maquillé de quelques brins d'herbe fraîchement coupés, vulnérable et touchant.

Elle l'attire à elle, l'embrasse longuement, puis l'incite à s'éloigner, ce qu'il fait en silence, comme s'il se déplaçait sur un nuage.

—Hé, Julien.

—Ouais ?

—Tu viens, ce soir ?

Il lui répond sans parler, d'un sourire qui en dit long sur ses sentiments pour elle, puis disparaît dans la rue.

Soraya, quitte sa chambre, décidée à devancer l'appel de sa mère pour apaiser les tensions.

Dans le couloir, Noah déambule en poussant le trotteur dont il usait plus jeune.

Faire du bruit, taper et cogner tout ce qui se trouve sur son chemin, voilà ce qui le motive.

Ce petit être dépendant et pourtant tellement volontaire et décidé agace souvent Soraya.

—Noah, arrête de taper contre les murs et les meubles avec ça, c'est plus qu'énervant. Tu devrais jouer dans ta chambre, plutôt.

—Abaga rrrrrrrr.

—Ouais, d'accord, abaga rrrr. Quand est-ce que tu vas apprendre à parler, toi ? Tu ne sais pas prononcer un seul mot.

Évelyne passe la tête dans l'embrasure de la porte de la cuisine.

—Il fait ses bêtises à la maison, lui. Peut-être qu'il parlera correctement quand sa grande sœur arrêtera de se comporter comme une délinquante.

—Oh, maman, épargne-moi ce couplet, je te prie. Je ne plaisante pas, pour Noah, tu trouves normal qu'il ne dise toujours pas un mot intelligible ? On dirait un petit singe.

—Chaque enfant a son propre rythme. Tu as parlé très tôt, mais visiblement, tu ne seras sage que très tard, si jamais un jour tu l'es.

Soraya lève les yeux au plafond et les mains au-dessus de ses épaules, paumes tournées vers sa mère en signe de reddition, consciente que poursuivre sur cette voie les mènerait sans le moindre doute à une violente dispute.

Elle laisse son petit bourrin de frère, comme elle a coutume de le désigner, et se dirige vers la cuisine où elle compte s'acquitter de sa "dette" morale.

—T'as besoin que je fasse quoi ?

—Tu peux commencer par éplucher les pommes de terre. On verra ensuite.

—Bien, chef !

S'ensuit un long silence, fait de regards échangés, de demi-sourires dissimulés et d'un amour réciproque et pourtant devenu si difficile à exprimer. Comme si en faire preuve et s'y abandonner devait être considéré pour l'une ou l'autre partie comme une preuve de faiblesse, un genou posé à terre dans l'affrontement qu'elles se livrent. Les rancœurs s'affichent et masquent les marques de tendresse, s'affrontent pour donner tort à l'autre.

Les reproches, silencieux et réciproques, s'accumulent et se ruminent, créant un fossé que les mots peinent à franchir.

Mais au-delà des apparences et des déchirements de surface, le fond reste le même. Une mère et sa fille, qu'aucune dispute ne pourra jamais détourner l'une de l'autre.

Les doigts s'activent dans un effort commun, bien moins anodin qu'il n'y paraît. Les épluchures s'accumulent comme le temps passé ensemble, et ce que les mots ne parviennent plus à dire s'exprime simplement et en silence dans ces moments de proximité et d'étonnante intimité.

Noah babille et percute murs et meubles pendant que sa mère et sa sœur apaisent les griefs qui les opposent dans un mutisme salvateur.

3

Le repas se déroule selon le même tempo, au rythme des borborygmes du garçon et des non dits des filles.

Tout au fond d'elle-même, Soraya sait et comprend que sa mère a raison, que les torts ne sont pas vraiment partagés, qu'ils sont en grande majorité sa propriété.

Mais elle ne peut réprimer ce besoin d'exister au travers de ses innombrables conneries, absurdités ou actes de vandalisme, qualifiés différemment selon les sources qui les citent, ses camarades, sa mère ou bien la police.

Vient l'heure redoutée des courses, marathon organisé dans les supermarchés de la ville, préparé à l'avance via la consultation des brochures publicitaires sur lesquelles Évelyne a pris soin de cocher tous les produits de première nécessité au coût le plus intéressant.

—Je peux sortir la voiture du garage, maman ?

—Tu ne mérites pas vraiment que j'accède à tes caprices, mais cela m'arrange. Ne recule pas au-delà de l'allée, comme la dernière fois. Si les gendarmes t'attrapent sur la chaussée, ils ne laisseront plus passer, même pour tes jolis yeux.

—Mais je ne conduisais pas sur la route, maman, j'avais juste reculé un peu plus loin que d'habitude. C'est quand même pas de chance qu'ils soient passés par là juste à ce moment-là.

—Je te rappelle que tous les problèmes que tu ramènes à la maison ne sont certainement pas dus à une quelconque malchance, mais bien à ton assiduité à faire preuve de malice. Allez, les clés sont sur la commode, mais obéis-moi, cette fois-ci, ou bien ce sera la dernière fois que nous parlerons de tout cela, je t'enverrai en pensionnat à Bordeaux. Nous sommes bien d'accord ?

L'envie de rétorquer que tout cela n'est pas juste, de donner libre cours au feu de la colère qui brûle en elle tenaille l'espace d'un instant Soraya.

Protestations au bord des lèvres, elle se ravise avec sagesse et se contente d'acquiescer mollement.

Sur le perron, elle relâche la tension, respire à grandes bouffées pour évacuer toute trace de colère.

Elle ouvre machinalement la grande et vieille porte à bascule du garage qui, faute d'entretien, grince et coince tout du long de la remontée qu'elle est contrainte d'accompagner jusqu'au bout, le contrepoids prévu à cet effet ne suffisant plus à cet usage.

Les voitures l'ont toujours fascinée, d'aussi loin qu'elle se souvienne.

La première fois qu'elle s'est mise derrière ce volant, elle n'avait que 10 ans. L'interdit était fort, moins cependant que sa détermination à faire vrombir ce moteur. Clé tournée, la voiture laissée la veille avec une vitesse enclenchée avait fait un bond en avant et l'aventure s'était terminée dans le mur du fond du garage.

L'une des premières "grosses conneries" commises par Soraya, initiatrice d'une très longue liste.

La peur et le sentiment de culpabilité ressentis alors n'étaient rien comparés à l'excitation éprouvée.

Excitation qu'elle chercherait à retrouver par mille moyens et stratagèmes, toujours en marchant hors des clous.

Leur voiture est aussi vieille et rouillée que la porte, mais démarre toujours au quart de tour.

Évelyne a en effet parmi ses amis proches un généreux mécanicien qui lui fait l'entretien de son véhicule à titre gracieux. Soraya a toujours soupçonné qu'il y avait bien plus entre eux qu'une simple amitié, et que les séances de vidange ne devaient pas toujours être seulement mécaniques.

Elle pouffe à sa propre bêtise, puis démarre. Elle s'imagine chaque fois tailler la route, prendre le large, visiter du pays en totale liberté, sans aucune contrainte.

La cour restera cependant aujourd'hui sa seule échappée.

Elle voudrait mettre la musique à fond, n'entendre le monde qu'à travers de filtre de chansons entraînantes, mais n'aura aujourd'hui encore que les reproches de sa mère et les cris de son frère.

La marche arrière, trop brève pour poursuivre ses rêves, l'amène au ras de la route.

Sa mère est déjà sur le perron, prête au besoin à lui hurler de s'arrêter. Ce qu'elle n'a nul besoin de faire, Soraya n'ayant aucune envie pour l'heure de rajouter des éléments à ses griefs.

Elle lui rend le volant, passation de pouvoir, et abandonne par là même momentanément ces fantasmes de liberté qui la hantent. Fermés, les horizons, elle se laissera guider là où elle ne veut pas aller.

Noah, installé dans le siège enfant à l'arrière, commence déjà à cogner l'un de ses jouets en plastique contre la vitre, en criant de contentement de sa voix suraiguë.

Soraya plaque ses mains à ses oreilles de toutes ses forces, sous le regard désapprobateur de sa mère.

Dans ces moments, elle le hait. Oui, elle déteste son petit frère, va jusqu'à souhaiter qu'il n'existe pas. Si elle regrette toujours ces pensées, elles ne lui viennent pas moins régulièrement en tête.

—Maman, demande-lui de se taire, ste plaît, c'est insupportable.

—Tu sais bien que c'est inutile. Laisse-le exprimer sa joie de sortir, ça ne dure jamais bien longtemps. Apprends à être plus tolérante envers lui.

Toujours tout accepter de ce petit monstre, ne jamais rien lui reprocher... ne surtout pas le frustrer. Ce refus de sa mère de lui imposer quelques règles met Soraya en rage, nourrit cette rancœur et ces moments de haine.

Il faudra bien un jour que quelqu'un remette de l'ordre dans cette famille.

Noah, comme toujours, s'endort après tout juste deux minutes de route. Mais cela présage de nouveaux caprices et hurlements lorsqu'il s'agira de le réveiller, les regards insistants, curieux et/ou agacés, des gens sur le parking et dans le magasin, cette honte ressentie d'être considérée comme la responsable de ce minot furibard et insupportable. Chaque fois qu'elle est contrainte d'accompagner sa mère, c'est la même histoire qui se répète inlassablement. Soraya ne peut plus supporter ce sale mioche, morveux indécrottable, qui ne représente pour elle que contraintes et inconvénients.

Le silence n'est plus troublé que par le ronflement exagéré de leur voiture au pot d'échappement fatigué et la laisse seule face à ses pensées. Pensées qui finissent toujours par la mettre mal à l'aise.

Comment peut-on décemment parler de son propre frère de la sorte ? Quelle sorte de monstre est-elle, elle-même ?

Comment fait sa mère pour supporter cela sans broncher, sans jamais sortir de ses gonds ?

Faut-il être fort, stable, patient...

Sans s'en apercevoir, elle la fixe intensément, et sans vouloir se l'admettre, la trouve belle et forte... l'admire.

—Qu'est-ce qu'il y a, Soraya ?

—Hein ? Euh, rien, maman, rien.

—Pourquoi est-ce que tu me regardes avec autant d'insistance ?

—Je.. je sais pas, j'ai pas fait attention. J'étais partie dans mes pensées. Si, je me disais probablement que j'avais de la chance, quand même, d'avoir une mère comme toi. Un truc comme ça, sûrement.

—Ooooh, ma fille me fait un compliment. Il va pleuvoir des grenouilles. Le quand même est encore là pour tempérer les choses, mais c'est déjà un appréciable progrès.

—Jamais contente, maman, vraiment jamais contente.

—Je te taquine, ma chérie. C'est gentil, ce que tu m'as dit, et ça me touche énormément. Mais tu sais, je n'ai plus l'habitude, je dois réapprendre à réagir en conséquence. Je t'aime, ma puce, j'espère que tu n'en doutes pas. Ce n'est pas parce que je me mets en colère après toi que je ne t'aime pas, bien au contraire.

—Je sais, maman, je sais bien. Moi aussi, je t'aime.

Elles échangent un long et franc sourire, le plus marqué depuis bien longtemps.

L'arrêt dans le premier parking de supermarché, moment tant redouté de Soraya, ne dément pas les habitudes.

Noah hurle en se réveillant, fouette l'air de ses bras et de ses jambes, éternelle crise inévitable à cet instant précis.

Soraya le hait dans ces moments-là, ne peut faire autrement que le détester et s'en sentir coupable, jusqu'à se dégoûter et se sentir très mal. Elle lui en veut pour cela, pour ses crises, pour son côté détestable, pour ce qu'il la pousse à penser, pour ce qu'il fait d'elle, adolescente méprisable, incapable de comprendre et supporter ce petit garçon qui n'est encore qu'un bébé.

Placé dans le petit siège du caddie, il se calme peu à peu, pour rire et sourire à nouveau. Elle sait très bien que le répit ne sera que de courte durée, qu'une fois à l'intérieur, face aux rayons regorgeant de tentations en tous genres, il reviendra à son mode de communication le plus maîtrisé, celui qui lui assure une attention immédiate, dût-elle consister en quelques remontrances.

Et aujourd'hui, elle ne pourra se défiler, sortir et les attendre dehors. Non, aujourd'hui, elle se doit d'apaiser les tensions avec sa mère, avant que leur famille n'explose.

Les rayons défilent, les cris de Noah s'amplifient jusqu'à couvrir le brouhaha ambiant.

Évelyne poursuit comme si de rien n'était, ne se préoccupe ni des manifestations de colère de son fils ni des réactions outrées des clients présents en nombre, encore moins des protestations de sa fille.

Dans ces conditions, les courses paraissent s'éterniser.

Soraya a enfoncé son casque intra auriculaire au plus profond de ses conduits auditifs et écoute son morceau préféré de métal, volume au maximum, pour contrer les décibels des hurlements de Noah, et, plus encore, s'isoler de la foule qui à l'instant les voue aux gémonies.

Yeux fermés et oreilles encombrées, barricadée en son for intérieur pour rester aveugle et sourde au monde qui l'entoure, elle serre les mains sur la poignée du caddie, pour évacuer l'influx nerveux induit par le comportement de son frère.

Elle s'imagine lui mettre des baffes et le coller au mur, repousse ces pensées derrière un rideau de musique endiablée, avant qu'elles ne reviennent à la charge, plus fortes que jamais.

Noah se déchaîne dans son petit siège, envoie coups de poing et de pied avec la véhémence de la frustration ignorée.

Soraya s'éloigne de quelques mètres, pour éviter les coups et l'envie d'avoir à les rendre.

Sa mère s'est éloignée. En quête d'un produit à bas coût, elle agit comme un fin limier lâché sur une piste, plus rien ne peut la détourner de sa cible.

Comment fait-elle ? Mais comment fait-elle donc pour supporter cela, se demande Soraya, estomaquée par tant de maîtrise de soi.

Elle croise les regards réprobateurs de clients agacés, qui la tiennent pour responsable de cette violation de leur espace auditif, du trouble occasionné dans leur recueillement dans le temple de la consommation.

Les nerfs ont pris le dessus, elle n'a désormais plus envie de baisser les yeux, répondre à ces provocations comportementales lui devient aussi vital que l'est le fait de respirer. L'heure est à l'affrontement.

Cette nature, elle le sait, lui a trop souvent valu d'être punie, mais elle n'y peut rien changer.

Plantée droit sur ses positions, elle adresse des hochements de tête agressifs à chaque regard insistant, manifestation sans équivoque d'un "regarde ailleurs ou je te botte le cul" muet que les mots n'exprimeraient pas mieux.

Les mécontents passent donc leur chemin, baissant à leur tour la tête comme pour vérifier la qualité du travail du carreleur et la bonne tenue des joints.

Un homme, d'une trentaine d'années selon ses estimations, plutôt charmant et doté de cette insupportable mâle assurance qui l'a toujours horripilée, s'approche de Noah.

Du rôle de celle qui hait ce petit garçon, elle passe instantanément à celui de la grande sœur, prête à griffer, mordre et cogner pour le protéger.

—Qu'est-ce que tu veux, toi ?

Le ton employé ne peut induire personne en erreur, pas même ce bellâtre génétiquement persuadé qu'aucun membre de la gent féminine ne peut s'adresser à lui autrement qu'en y mettant du miel et un amour instantané. Le message est clair et lancé, approche un peu plus de ce petit garçon, et je m'essuie les godasses sur ta carcasse fumante.

Interloqué, assurance effritée, l'homme a un léger mouvement de recul et un temps d'hésitation marqué.

—Oh, rien de méchant, ne vous inquiétez pas. Je me demandais juste ce qui pouvait pousser ce pauvre enfant à pleurer ainsi.

—Il est comme ça, c'est tout ! Ça vous dérange ?

L'étranger lève les mains en signe de reddition, paumes tournées vers Soraya, pattes blanches affichées censées être garantes de son caractère inoffensif.

—Non, du tout, je vous assure, mademoiselle. J'ai eu un enfant qui pleurait souvent ainsi, aussi suis-je sensible au sujet. Cela me fend le cœur chaque fois que j'en entends un.

S'il lui semble sincère, elle ne baisse pas la garde pour autant. Ces "embobineurs" à visage d'ange, elle les connaît sur le bout des doigts, et elle en a fait les frais une fois.

Plus jamais elle ne laissera l'un de ces primates guidés par la testostérone l'avoir sans se battre.

Le seul "mâle" en lequel elle a totale confiance est ce cher Julien, pour ce côté prévenant et en rien dominant.

—Ben voilà, ça y est, t'as vu, mon petit frère va bien, il n'est pas abandonné, donc tu peux y aller !

L'homme a perdu toute sa superbe et paraît aussi faible qu'elle a pu l'être, elle-même.

De manière étonnante, Noah s'est totalement tu, et fixe l'inconnu avec béatitude.

Comme s'il voyait en lui la figure paternelle qui peut-être lui manque, il lui adresse quelques babillements ravis, qui mettent Soraya en rage.

Pourquoi se comporte-t-il ainsi avec un inconnu alors qu'avec sa propre famille, il est tout simplement insupportable ?

—J'ai l'impression qu'il m'aime bien, tente-t-il timidement en souriant, sans parvenir à décrocher l'amorce d'un sourire à Soraya.

L'homme avance un doigt avec une extrême lenteur, pour n'effrayer ni l'une, ni l'autre de ses vis à vis.

Noah se saisit de ce doigt en riant aux éclats, puis se laisse chatouiller le menton.

La colère de Soraya se partage entre son frère et cet étranger, le premier pour haute trahison, le second pour avoir réussi à faire en quelques secondes à peine ce qu'elle n'a jamais obtenu de la part de son propre demi-frère.

Elle les observe en silence, se sourire l'un à l'autre, et prend conscience que cette colère qui l'anime et agite ses neurones n'est rien d'autre que de la jalousie... ce qui décuple sa hargne.

—Bon, ça va ! Tu vas passer la journée à tripoter mon frère ?

Il retire sa main prestement, comme s'il venait de se brûler, apparemment blessé par la cruelle remarque aux allusions douteuses.

—Je suis navré, mademoiselle, je ne voulais pas vous importuner, passer pour un dangereux inconnu. Je ne me suis même pas présenté, je manque à tous mes devoirs. Je me nomme Luc, enchanté de faire votre connaissance, à vous deux. C'est que, voyez-vous, ce petit garçon ressemble beaucoup à l'enfant que j'ai perdu, voici quelques années. J'ai eu cette impression, l'espace d'un instant, de remonter le temps. Je vais vous laisser tranquille, j'ai juste une faveur à vous demander.

Soraya se mord les lèvres sous le vif effet du regret immédiat, s'en veut d'avoir ainsi rabroué cet homme au malheur affiché.

—Euh, je sais pas... quoi ?

—Me permettez-vous d'offrir quelque chose à votre petit frère ?

Pour la première depuis fort longtemps, Soraya se sent désarçonnée, prise au dépourvu, et pour seule réponse, hausse doucement les épaules.

—Il s'agit d'un jouet qui a appartenu à mon fils. Je le garde constamment avec moi, depuis toutes ces années. Je pense que le temps est venu de m'en débarrasser, et lui donner une nouvelle vie. Quelle meilleure manière de rendre hommage à mon enfant qu'en offrant son jouet préféré à un si joli bambin plein de vie ?

Il sort de la sacoche qu'il porte en bandoulière une jolie peluche en parfait état, à l'effigie d'un adorable ânon.

Soraya ne peut réprimer cette pensée fulgurante que le garçon de cet homme devait être beaucoup plus soigneux et sage que ne l'a jamais été Noah, sinon cette peluche serait en lambeaux dégueulasses.

Noah ouvre des yeux gigantesques, émerveillés. Si la même chose lui avait été offerte par sa mère ou sa sœur, il l'aurait dédaignée, jetée au sol et piétinée. Que peut bien avoir cet homme de si captivant pour ce petit garçon à moitié autiste.

Oui, Soraya en est convaincue, son frère est atteint d'une pathologie mentale quelconque, que sa mère se refuse à admettre. C'est pourtant bien pour cela qu'il paraît si... différent.

Sent-il chez cet homme la détresse d'un père en mal de son enfant, lui qui, indéniablement, souffre de l'absence d'un père ?

Noah serre la peluche avec la force de l'amour qu'il lui porte déjà de manière instinctive.

L'étranger lui sourit à nouveau, puis s'efface peu à peu, recule lentement jusqu'à disparaître dans les rayons avoisinants.

Il a su comprendre Noah mieux qu'elle, et ce en quelques minutes seulement, a compris comment l'approcher, puis le quitter, sans déclencher une crise.

Noah est désormais calme et silencieux, occupé à admirer et embrasser son nouvel ami synthétique. Elle le voit tout à coup d'un œil différent, perçoit en lui l'enfant avide d'amour et non plus uniquement l'insupportable capricieux.

Évelyne revient les bras chargés de victuailles bon marché dont elle se déleste dans le caddie.

Surprise, son regard passe de Soraya à Noah, cherchant à comprendre ce qui a bien pu changer.

—Comment as-tu fait, Soraya, pour le calmer de la sorte ? Mais...

d'où sort cette peluche ? Soraya, ça n'est pas très malin, tu sais très bien que lorsqu'il va falloir la lui retirer, il va redoubler de colère.

—Pour une fois, maman, arrête donc de me faire des reproches, et profite du silence, ça ne durera peut-être pas. Je ne lui ai rien donné, c'est un inconnu qui l'a fait. Un homme, qui a prétendu avoir perdu son propre fils et vouloir offrir ce jouet lui ayant appartenu à Noah. Que voulais-tu que je lui dise ? Non, remballe ton machin, on n'est pas là pour recycler ?

—Non, bien sûr que non, voyons. C'est... tu as eu raison, ma chérie. C'est en tout cas gentil de la part de cet homme, j'imagine que cela représentait pour lui un geste très symbolique, ce jouet devait avoir une valeur immense pour lui. Il est bien joli, en tout cas, ce petit âne. Hein, mon nono, il te plaît, on dirait. J'aurais aimé pouvoir remercier ce monsieur, au moins. Il est parti ?

—Oui, il s'est éloigné en douceur, pour pas faire pleurer Noah. Il l'a bien cerné assez rapidement, je crois. En tout cas, comme je ne connais pas du tout son nom, je l'appellerai monsieur Providence. Quel soulagement !

—Je suis bien obligée de te donner raison.

—Ne rajoute pas pour une fois, s'il te plaît, maman, j'ai reçu le message.

Évelyne rit volontiers.

4

Luc, d'une démarche calme et décontractée, se dirige vers la sortie.

Il affiche un sourire satisfait, celui du devoir accompli.

Dehors, à son arrivée, une berline grise démarre pour se porter à son niveau.

Luc s'engouffre dans l'habitacle, et adresse un pouce levé au conducteur.

—C'est bon, on peut y aller, Angus. C'est fait.

—T'es quand même plus doué que ton prédécesseur. Avec lui, on devait tourner des jours avant de trouver, et une fois sur deux, il foirait le coup. Plus qu'à attendre sagement à l'hôtel qu'ils veuillent bien nous faire signe.

—Ouais, roule. Ne nous faisons pas trop remarquer.

—Pour une fois, c'est pas notre caisse qui nous fera repérer. Quoi de plus banal et anodin que cette vieille bagnole ?

—Oui, mais si tu restes planté juste devant la sortie, à bloquer la circulation dans le champ des caméras de surveillance, je doute qu'on reste longtemps inaperçus.

—Ouais, ouais, ça va, calme-toi. Alors, elles sont bien comme ils ont dit ?

—Une famille comme une autre, ouais. Le minot a l'air un peu bizarre, j'ai vu la mère que de loin, rien qui sorte de l'ordinaire. Seule la minette a l'air d'être sacrément volontaire. J'avais rarement vu un regard pareil. Faudra se méfier de ses réactions.

—Bah, il me semble que le boss a prévu de quoi calmer les plus réfractaires, pour ceux-là. Qu'est-ce qu'elle a donc de si particulier, cette gonzesse, pour qu'il prenne tant de précautions ?

—On verra ça très vite, Angus, on verra ça très vite. Allez, roule.

Angus insère un cd dans le lecteur, enclenche la première, puis, volume ouvert à fond sur Money for nothing, de Dire Straits, gagne la circulation au sortir du parking.

5

Pour la première fois depuis que Noah est de ce monde, l'après-midi passée à faire les commissions, qui prend d'ordinaire des allures de course contre la montre pour ne pas dépasser le seuil de tolérance des clients aux hurlements du bambin, se déroule dans le calme.

Évelyne prend le temps de détailler les produits qu'elle met dans son caddie, et Soraya reste fascinée par le comportement nouveau de son frère.

À aucun moment il ne quitte ce "doudou" des yeux, paraît presque l'écouter. Soraya, légèrement gênée à cette idée, finit par penser qu'il communique avec lui, comme si l'esprit de son défunt petit maître se manifestait à travers lui.

Il serait temps d'arrêter de regarder tous ces films débiles, ma vieille, pense-t-elle en chassant ces idées comme on efface une ardoise magique.

Le moment qu'elle préfère arrive enfin, soulagement intense de rentrer chez soi et retrouver une forme de liberté, même enfermée dans sa chambre.

Ici, elle est enchaînée au caddie et à la surveillance de son frère, obligation morale plus solide que des chaînes, même s'il lui faut l'avouer, pour une fois, le calvaire a été écourté par l'arrivée providentielle de ce sympathique inconnu.

Confinée dans son petit intérieur intime, taillé à son image, ses horizons s'ouvrent bien au-delà de ses murs. Elle y rêve sans entrave, voyage en pensée et en musique à l'autre bout du monde, là où tout lui paraît possible, sans limites ni contraintes.

Le retour se passe de mains plaquées avec force sur les oreilles, et c'est même avec ravissement que mère et fille entendent Noah gazouiller gaiement.

À la maison, pendant qu'elles déchargent et rangent les courses, "petit bourrin" dément le surnom donné par sa sœur en restant assis avec sa peluche, sans manifestation d'impatience ou de colère.

—Ma parole, il l'a hypnotisé, le type, au supermarché. C'est dingue, non, maman ?

—C'est... surprenant, oui. Je n'arrive pas à croire que la maison, la ville, et le monde soient si silencieux, dis donc. Mais ne te plains pas, c'est plutôt bien, non ?

—Ah non, mais je ne me plains pas, c'est pas ça. Mais avoue que le changement est radical. Même avec des cachetons, tu ne pourrais pas le calmer de cette façon. C'est irrationnel, je suis super contente de le voir comme ça... mais en même temps, ça me fait un peu peur, je saurais pas te dire pourquoi.

—Pour te rassurer, regarde la bonne mine qu'il a. Il n'a jamais eu les joues aussi roses, non ? Est-ce ce jouet en lui-même ou la rencontre avec cet homme ? Toujours est-il, quelle que soit la raison réelle de ce changement que j'ose espérer durable, il semble y avoir trouvé quelque chose d'important pour lui, dont il manquait assurément. Je fais de mon mieux pour vous apporter ce dont vous avez besoin, mais je ne suis malheureusement pas infaillible. Il faut croire que je passais à côté d'un de ses... besoins ?

—Arrête ! Dis pas de bêtises ! C'est bon, on a tout ce qu'il nous faut, c'est juste un gamin pas facile, comme il en existe tant.

—Comme il semblerait que tous mes enfants doivent être, hum ?

—Et allez, c'est encore sur moi que ça va retomber. Non, mais sans blague, maman, tu penses que c'est le manque d'un père, qu'il exprime quand il beugle, c'est bien ton idée ?

—Ah, mais je ne plaisante pas, ma fille, sourit-elle. Oh, c'est probablement une partie du problème. Voir cet homme en mal d'enfant a peut-être déclenché quelque chose en lui.

—Oh, maman, pitié. Qui a besoin d'un père ? On n'a besoin que de toi, point.

—Ma fille qui me fait un compliment ? C'est la deuxième fois en quelques heures, je vais finir par m'y habituer. Dis-moi, je commence à avoir de sérieux doutes sur cet homme, que vous a-t-il distribué pour vous changer à ce point ? rit-elle cette fois franchement.

—Que tu m'agaces, parfois ! Je suis sérieuse, arrête de rire bêtement.

—Désolée, mais c'est le manque d'habitude, ma chérie.

—Moque-toi de moi, tiens.

—Ton compliment me fait très plaisir, c'est vraiment gentil de ta part. Mais chaque enfant a des besoins différents, j'imagine. Il est probable que ton petit frère ait un besoin d'une figure paternelle plus prononcé que toi. Je ne sais quoi en penser. Il projette peut-être l'image de cet homme dans cette peluche, s'en fait un père imaginaire... on peut tout imaginer, pour expliquer cela.

—Si seulement il parlait au moins un peu, il nous dirait.

—Il parlera bien assez tôt, et tu n'auras alors que l'envie de le faire taire. Et, petit détail qui fâche, malgré tout ce qu'on vient de se dire, tu sais que ta punition tient toujours, Soraya. Hors de question que tu sortes, ni cet après-midi, ni ce soir, ni dans les jours à venir.

—Quelle injustice ! Je suis innocente, ma chère mère, mais ça, tu ne veux pas l'entendre. Puis-je vous débarrasser de la vision de ma vile personne et me retirer dans ma chambre, mère ?

—File, monstre. Tu m'as bien aidée, va te réfugier dans ton antre.

—Bien, mèèèère, je disparais.

Soraya suit le couloir menant à sa chambre, satisfaite d'avoir pu parler à sa mère de manière aussi posée, sans heurts ni disputes.

—Et, Soraya !

—Oui ?

—Tu pourrais profiter de ta retraite prolongée dans ta chambre pour la ranger un peu, tu ne crois pas ?

—Jusqu'au bout, tu me poursuivras de ta mesquinerie ! C'est moche, m'man. Je ne peux rien promettre, j'ai tellement d'activités prévues, dans les jours à venir, séquestrée comme une criminelle.

—Allez, disparais, je ne veux plus te revoir avant le dîner. Ce qui dans le fond, n'est même pas une punition pour toi, vu que tu passes ton temps terrée dans ton antre, quand tu n'es pas dehors à faire les 400 coups.

Soraya referme la porte de sa chambre avant que les reproches amusés de sa mère ne se muent en véritable colère, comme cela arrive si souvent lorsqu'elle ressasse la somme de conneries commises par sa fille.

Elle ne compte plus les fois où le sujet était abordé sur un ton léger pour virer très vite à l'affrontement.

Quelques séries de pompes et de squat sauté, exercice physique qu'elle s'impose plusieurs fois par jour, l'aident à évacuer les tensions, et la maintiennent dans cet état de forme physique qui la rend si redoutable pour n'importe quel garçon mal intentionné.

Puis elle s'installe dans son lit, enfoncée jusqu'au menton sous sa merveille de couette, puis s'équipe des écouteurs de son MP3, arme de destruction massive contre la morosité et les idées noires.

Plus sûrement encore que sous ses couvertures, elle s'enfonce dans un état de bien être aux consonances musicales, oubli momentané de toute réalité.

Elle peut alors s'adonner à ses rêves, de grands espaces et de liberté.

6

Lorsque Évelyne l'appelle pour le dîner, elle est profondément endormie, en route vers de lointaines contrées.

Évelyne rentre dans sa chambre, et se fige à l'entrée, pour profiter de cette image. Celle de sa fille, tourbillon hyperactif, sereine et paisible comme elle ne l'est que dans son sommeil, seul moment où il lui est possible de l'observer sans s'attirer ses foudres.

Comme lorsqu'elle était une très jeune enfant, et qu'elle passait des heures à l'écouter respirer, à sentir son odeur jusqu'à s'en enivrer. À cette époque où elle pouvait encore, sans provoquer sa colère, l'embrasser tendrement, avec une part de l'amour qu'a une mère pour son enfant, dont l'immensité ne peut s'exprimer dans un simple baiser, et cette frustration de ne pouvoir le délivrer en entier et en une seule fois.

Il lui fallait alors recommencer sans limites pour tenter d'en distribuer la part la plus importante, sans parvenir jamais à satiété.

Ce n'est désormais plus possible, les années et l'adolescence l'ont privée de cela, les manifestations de tendresse tactiles sont proscrites.

Alors elle se repaît en silence de ces moments intimes où elle peut sans crainte se réapproprier en pensée le corps de Soraya.

Elle retient ses mains et ses lèvres, mais laisse ses yeux la dévorer avec une boulimie frénétique.

—Soraya. Soraya, réveille-toi, il est l'heure de manger.

Son ton est plus sec qu'elle ne le voudrait, mais elle sait que pour couper court à toute protestation et manifestation de mauvaise humeur, il lui faut être ferme.

—Ouais, j'arrive. Mais il est quelle heure ? J'ai dormi si longtemps ?

—Il est 19h30. Tu ne devrais pas dormir si tôt, tu ne vas pas fermer l'œil de la nuit, et demain tu seras encore avachie en cours. Si tu m'avais écoutée et t'étais mise en devoir de ranger ta chambre, tu n'aurais pas sombré. Tu aurais même pu improviser, soyons folles...

faire tes devoirs, par exemple, réviser tes leçons... des choses d'étudiant sérieux et appliqué, quoi.

—T'attaques fort, au réveil, maman. Je ne suis pas étudiante, juste une lycéenne, voyons.

—Joue sur les mots, c'est ça. Allez, saute du lit et va te débarbouiller, on t'attend pour manger.

—Et Noah, il est toujours...

—Calme, tu veux dire ? Oui, il est resté sage comme une image tout l'après-midi.

—Scotché à sa peluche ?

—Ah oui, je vois mal comment on pourra l'en séparer lorsqu'elle méritera d'être lavée.

—C'est bien, je dis pas, hein... mais je trouve toujours ça vachement bizarre, ça me ferait presque peur. Pas toi ?

—Tu te fais beaucoup d'idées, je crois, ton imagination doit être plus débordante que la mienne. Tu sais, il y a beaucoup d'enfants qui mettent des sommes d'amour considérables dans leur doudou. Noah a enfin trouvé le sien, celui qui lui convenait. On ignore pourquoi c'est aussi fort avec certaines peluches et pas d'autres, mais c'est ainsi.

—Dis, maman, tu ne veux jamais en parler, j'ai l'impression que ça te fout en rogne chaque fois que j'y fais allusion, mais... est-ce que Noah est autiste, ou quelque chose comme ça ? Ne te mets pas en colère, je te pose cette question parce que je m'inquiète, parfois, je ne le vois pas évoluer comme d'autres enfants de son âge.

—Nous allons en parler une fois de plus, mais je te rappelle que nous avons déjà eu cette discussion. Ton frère est tout ce qu'il y a de plus normal. Son développement est normal. Il a une vie normale. Il n'y a guère que l'entêtement de sa grande sœur à le trouver "bizarre" que personnellement je ne trouve pas très normal.

—Bien sûr. Tout va bien. Tout va toujours bien quand on met des œillères. N'ouvre surtout pas les yeux, tu pourrais voir des choses qui ne te plaisent pas. Mais ça a toujours été ainsi, rien de mal ne peut arriver, je ne vois pas pourquoi je m'en étonne.

—Qu'est-ce que tu veux dire ? Explique-toi tout de suite !

—Laisse tomber, maman. Il ne s'est rien passé, jamais. Tout va bien, tout est rose. Je vais prendre une douche.

—La prochaine fois que tu veux lancer des allégations, soit tu vas jusqu'au bout, soit tu te tais, compris ?

Soraya pousse la porte avec une vivacité mal contrôlée, l'envoyant taper le mur avec violence.

Elle s'enfuit presque dans le couloir, pour ne pas avoir à discuter davantage avec sa mère, sachant trop bien jusqu'où pourrait les mener la confrontation directe.

Enfermée dans la salle de bain, sourde aux appels d'Évelyne, elle se laisse bercer par l'eau qui l'enveloppe de sa douce chaleur. Cette eau qui l'a lavée imparfaitement de ses souillures, autrefois. Cela lui paraît si lointain, et si proche à la fois.

7

Luc et Angus sont installés dans un vieil hôtel miteux, sur les quais de Pauillac, en chambres séparées, mais communicantes par une porte commune.

Rideaux et tapisserie auréolés d'humidité et de moisissure, moquette antédiluvienne usée jusqu'à la corde et d'une propreté douteuse, les deux hommes sont effondrés de découvrir dans quel bouiboui leurs employeurs leur ont dégoté une chambre. Angus est furieux et scandalisé.

—Ils se foutent vraiment de notre gueule, putain. Non, mais t'as vu l'état du bousin ? C'est un tombeau, plus personne de vivant n'y a plus mis les pieds depuis des millénaires. Regarde cette moquette, dans quel état elle est. Où met on encore de la moquette dans un hôtel ? Puis tu sens cette odeur ? Ça sent la momie mal conservée, ici.

—C'est pas la grande classe, on est d'accord, mais faut se dire que s'ils l'ont fait, il doit bien y avoir une bonne raison. J'imagine que cet hôtel ne doit pas trop tenir ses registres à jour, surtout quand la commande leur vient de gens comme nos boss. Je suis certain qu'officiellement, on n'existe pas, ces chambres sont vides.

—Elle a bon dos, la discrétion. Le truc c'est que plus ça va, plus ils la jouent à la restriction sur nos frais. Bientôt ils nous logeront dans un chenil, tu verras. Tu me diras, ça doit pas être pire qu'ici, en tout cas, ça doit pas plus puer.

—C'est pas la mort, on n'en a pas pour longtemps. Ce soir on livre la première fournée, et demain soir, on embarque le reste, et on se casse de ce patelin pourri. J'ai vraiment hâte de bosser au centre, marre de devoir composer avec les bouseux. Mais d'ici là, on devrait tenir le choc, tu ne crois pas ?

—On n'a pas vraiment le choix, que je sache. Moi ça me fait

carrément chier qu'ils nous considèrent comme des domestiques, tu vois. Putain, sans nous, ils n'auraient rien à se mettre sous la dent, faut pas l'oublier !

—Sans nous, ils auraient d'autres exécutants, tu crois quoi ? On n'est pas indispensables. Prends ton mal en patience, on fait le boulot ici, puis encore quelques coups dans d'autres régions, et après on sera tranquilles pour quelques mois. La prime vaut la peine qu'on prend. Puis c'est quand même pas si terrible que ça. Les lits ont l'air d'être propres et confortables, de bonne qualité. C'est le principal.

—Ouais, laisse tomber, toi même tu penses pas ce que tu dis. Il est bientôt l'heure de décoller, je préfère partir un peu plus tôt, pour pas avoir à rester trop longtemps dans cette chambre pourrie. Pense à prendre le traceur, qu'on se retrouve pas comme des cons.

8

Les deux hommes, d'allure plutôt commune et banale, ni grands, ni petits, ni gros, ni maigres, sans signe distinctif en dehors de la grande gueule d'Angus, se faufilent en dehors de l'hôtel.

L'entrée donne sur les quais de la petite ville de Pauillac, où un port de plaisance prend place.

—C'est pas mal, quand même, ce petit trou. Dommage qu'y ait autant de connards de paysans, se marre Angus en fixant un couple qui marche le long des quais.

—C'est charmant, mais franchement, je ne crois pas que je voudrais y vivre. C'est mort, regarde-moi ça. Comment on peut vivre dans des patelins où toute vie s'arrête à 19h00 ? Je crois que je me foutrais une balle.

—Tu conduis ? Marre de prendre le volant de cette tire de merde. Là c'est pareil, tu crois pas qu'ils auraient pu nous trouver mieux ? Je parle pas d'une Rolls, mais merde, c'est pas le moment qu'on se fasse emmerder par les bleus pour un problème mécanique.

—On passe chercher le fourgon, ce soir on aura plus d'espace et de facilités à bosser dans de bonnes conditions.

—C'est quand même pas trop tôt. Si j'avais pas gueulé, ils n'y auraient pas pensé d'eux-mêmes.

La vieille berline se glisse hors de la ville le long de la Gironde, entre deux rangées de platanes.

Quelques kilomètres plus loin, elle s'engage dans une zone industrielle où cohabitent diverses entreprises.

Celle qui les intéresse, la CMPG (chantier métallurgique de la pointe de grave) abrite dans ses entrepôts ce qu'ils sont venus chercher.

—Tu les connais, les types, ici ?

—Pas plus que toi. Les boss ont des contacts un peu partout, mais moi je ne connais personne, et c'est plutôt bien ainsi. On n'est de toute façon pas venus pour taper la causette, on récupère le fourgon et on s'arrache.

Tout est sombre, noir, aucun éclairage de nuit ne vient contrarier l'obscurité.

Seuls les faibles phares à la lumière jaunâtre troublent la quiétude des animaux nocturnes qui investissent les lieux chaque soir, après que toute activité humaine a cessé.

Les longs bâtiments, simples hangars métalliques aux allures fantomatiques, s'adossent les uns aux autres pour former un énorme ensemble, troupeau de pachydermes regroupés pour la nuit.

—T'es sûr que c'est ici ? Y a que dalle, c'est mort. Pas possible de vivre dans une région aussi désertique, putain. C'est glauque, ce foutu endroit.

—Non, mais tu plaisantes, là, non ? Tu vas pas me dire que t'as peur, quand même ? C'est nous, les grands méchants loups.

—J'ai pas peur, Ducon, je dis juste que j'ai horreur de ce lieu au moins autant que de notre chambre d'hôtel. Les gens n'ont jamais de repos, ici, jamais de répit, obligés de se taper ces décors de merde 24h/24, ils doivent se faire chier comme des rats morts, être tous dépressifs.

—Eh oh, je dis pas que je suis un amoureux du coin, mais n'abuse pas, quand même. Tiens, regarde, au fond, y a un peu de lumière, je crois bien que c'est là.

D'une porte de service laissée entrouverte s'échappe une faible lueur.

La voiture s'avance à allure très réduite, comme une lionne en approche de son prochain repas.

—Putain, les mecs, ça doit être des pinces au point d'économiser la lumière.

—Faire l'économie de discrétion ne me paraîtrait pas des plus rassurants quant à notre collaboration.

À leur approche, une immense porte coulissante s'efface dans un tonnerre métallique propre à alerter le monde et l'univers.

—Discrétion, hein, Luc ?

—Ta gueule, Angus, ta gueule.

Angus explose d'un rire tonitruant, aussi laid que les crissements du métal.

Levant les yeux au ciel, Luc engouffre le véhicule dans l'espace libéré, de suite refermé derrière eux dans le même vacarme.

Ils se retrouvent dans un immense atelier de chaudronnerie, au milieu de tours, chalumeaux, presses hydrauliques et autres postes à soudure.

Ils descendent de voiture, pour se trouver face à un homme aussi court en taille que fort en largeur.

Rond comme un cobaye boulimique, le cheveu rare et roux, les membres puissants et les mains comme des rôtis , il se tient droit et immobile face à eux, les fixe de ses yeux bleu acier.

—Salut. Je suppose que tu sais pourquoi on est là, hasarde Luc, légèrement décontenancé par l'attitude de l'homme.

Il continue à les regarder sans ciller, sans décrocher un mot.

Angus, qui n'a jamais été un modèle de patience, commence à montrer des signes de nervosité. Par expérience, Luc sait très bien à quoi ce genre de situation pourrait mener s'il ne parvient à désamorcer la tension naissante.

—Vous avez les clés ?

Aucune réaction.

—Du fourgon... tu sais, c'est pour ça, qu'on est là, pour récupérer le fourgon.

Le court sur pattes aux rondeurs décomplexées leur oppose toujours un mutisme effronté.

—Bon, il commence à me gonfler, Bombur. Tu vas rester planté là longtemps à nous mater comme des monstres de foire ? Je t'avertis, Luc, si d'ici quelques minutes il ne nous a toujours pas filé les clés et montré le fourgon, je réponds plus de rien.

Le rire aigrelet du petit homme vient fouetter le visage d'Angus et raviver sa colère.

—Vous affolez pas, les Mickey.

—Miraaaacle, il parle, un vrai tour de force, dis donc. J'avais fini par croire que dans ce patelin, y avait que des demeurés, lance Angus, furibard.

—J'ai de suite vu que vous étiez de la grande ville, vous autres. J'ai le nez, pour ça, je les nifle de loin. Ça remugle copieux la tarlouze qui se chie dessus à la vue d'une poule. J'aime bien les tester, celles qui se donnent de grands airs de grandes dames.

Luc lève la main en direction d'Angus en signe d'apaisement. Il sent son coéquipier prêt à jouer le boucher-charcutier avec porcelet 1er pour en tirer saucisses et boudins de qualité.

—On ne va pas envenimer la situation davantage. File-nous les clés, et on se casse. Fais ce pour quoi t'as été grassement payé et évite le zèle, ça pourrait te mener au-delà de ce que tu imagines. Tu peux pas nous blairer, je sais pas trop pourquoi, ok, c'est pas très grave, et si ça peut te rassurer, c'est tout à fait réciproque. Nous, on est là pour faire le boulot pour lequel on a été engagés, et on le fera avec ou sans toi, si t'es capable de saisir l'image.

Depuis le fond de l'atelier, une voix d'ogre monte. Cette fois, Angus est au bord de l'explosion, main sur la crosse de son revolver, prêt à stigmatiser Bombur et le nouvel arrivant de nouveaux orifices.

Un homme de forte stature s'avance calmement. Luc remarque le changement de comportement du nain antipathique. Il le sent se recroqueviller, perdre de son agressivité et assurance.

Celui qui arrive est son supérieur, ou a en tout cas un ascendant psychologique sur lui.

—Qu'est-ce que tu fous ? Je t'avais dit de les amener derrière.

—On arrive, c'est eux, ils traînent.

Luc sait à ce moment que s'ils restent 30 secondes de plus au contact de l'engoncé, leur mission sera compromise dans un bain de sang.

Il se positionne à côté d'Angus, pose sa main sur son épaule, geste salvateur pour l'atrophié de la verticalité.

L'autre homme se montre beaucoup plus courtois et professionnel.

Il leur tend une main dédiée au dur labeur, forte et franche, qu'ils serrent volontiers pour ne plus avoir à faire attention au crétin en croûte.

—Suivez moi, je vous attendais. Ne faites pas attention à cet ahuri, il a plus de matières grasses que de matière grise.

Angus crache un rire de mépris au rouquin, promesse d'un tango langoureux s'ils venaient à se recroiser.

L'autre ne semble pas s'en émouvoir outre mesure, sourit maintenant d'un air niais.

—On m'appelle Nono, vous pouvez en faire autant.

Luc le soupçonne de se présenter ainsi pour détourner l'attention d'Angus, qu'il sent tendu comme le string d'un boulimique.

—Lui c'est Dudule, mon associé. Pas une lumière, mais c'est quelqu'un de fiable.

—Ouais ben encore heureux, parce que si en plus il ne l'était pas...

Les trois hommes rient volontiers aux dépens de Dudule, qui reste planté à l'endroit où ils l'ont laissé.

Nono leur donne les clés d'un fourgon utilitaire rallongé, dénué de toute marque distinctive.

Il les conduit jusqu'à l'arrière, où il ouvre la double porte.

Après s'être penché à l'intérieur, il en ressort muni d'une poche, qui tinte d'un cliquetis métallique.

—Là dedans, vous avez plusieurs logos de marques diverses. Choisissez-en une, et installez-les aux endroits prévus à cet effet, sur la calandre avant, et sur la porte arrière. Dans l'habitacle, vous avez plusieurs cartes grises et plaques minéralogiques. Choisissez-les en fonction de la marque que vous aurez décidé d'arborer sur la carrosserie, tout est marqué sur les cartes grises. Ne vous plantez pas, n'intervertissez pas, ça ferait mauvais genre, si vous étiez contrôlés par la maison poulaga, de présenter les papiers d'un fourgon Mercedes avec les logos Renault. Même chose pour la plaque. Chaque élément va par trois, chaque carte grise a sa plaque et son logo correspondant. Les plaques sont tenues avec des aimants très puissants, il faut vraiment forcer pour les bouger, aucune différence visible ou décelable à ce niveau là. Si, à un moment ou un autre, vous pensez avoir été repérés, faites les changements rapidement, sans vous tromper. Je vous dis pas que c'est infaillible si vous tombez sur un tatillon qui inspecte tout, mais c'est une chance supplémentaire de passer au travers, si la flicaille vous recherche. Avec de la chance, ils ne vous arrêteraient même pas s'ils vous croisaient, si le signalement leur a été fait avec suffisamment de précision pour donner le numéro de plaque ou la marque du véhicule. Si vous vous demandez si un fourgon d'une marque peut passer pour celui d'une autre marque, dites-vous qu'ils se ressemblent tous peu ou prou, et que seuls les indices visuels bien reconnaissables guident l'œil de l'observateur, fut-il gendarme. C'est bon, vous avez bien saisi ?

Angus et Luc acquiescent en silence, agacés par le ton paternaliste employé par Nono. Satisfait, ce dernier reprend, pendant qu'Angus s'agace et regarde sa montre.

—Venez, montez derrière. Ici, vous avez les bouteilles de gaz. Elles sont similaires à celles utilisées pour un chalumeau, mais vous et moi savons que le contenu n'est pas le même. Là vous avez le tuyau, assez long pour vous permettre d'agir même si vous devez vous garer un peu à l'écart de votre cible. Ce sont exactement les mêmes que ceux d'un chalumeau classique. En cas de contrôle, aucun poulet ne verra la différence. Il vous suffira de dévisser la tête de chalumeau et d'y adapter cette petite canule, posée à côté. Vous pouvez le passer par la porte latérale coulissante, mais méfiez-vous, elle est un peu bruyante. Là, dans les rangements, vous avez deux masques, à ne pas oublier, sinon, vous auriez quelques menus problèmes. Regardez, là, il y a un double fond, entre la cabine et la cage de transport. Pour débloquer l'ouverture, il y a une petite manette à l'autre bout, juste derrière le rack à outils. Il faut savoir qu'elle s'y trouve, presque impossible de la voir sans ça. Là-dedans, vous pouvez caser jusqu'à 5... paquets. Pas trop gros, quand même. Bon, vous savez tout, je crois que vous pouvez y aller.

—OK, merci, euh... Nono.

Ils se serrent la main, et Nono s'efface pour aller ouvrir la grande porte de garage.

Angus prend place au volant pendant que Luc, cartes grises en main, fait son choix et adapte les accessoires en fonction. Il range le reste dans le fond dérobé, puis rejoint Angus, qui a déjà démarré.

À leur passage, Nono les salue de la main, puis referme juste derrière eux.

Dans le puissant halo des phares, la silhouette micheline de Dudule se découpe, immobile dans la nuit.

—Mais regarde-le, ce taré. Il me ferait presque flipper, ce con. Tu sais, il me fait penser à ces dégénérés consanguins qui vivent retirés dans les bayous, dans les films d'horreur amerloques. Regarde-le, il est malade, ce gus, il me fait dresser le poil. Moi j'aime pas ça, en général, j'élimine rapidement la source de mon malaise.

—C'est juste un attardé, Angus, tu vas te mettre à dézinguer tous les déficients mentaux du monde ? Fais gaffe, paraît que le suicide est un péché.

—Putain, y a pas à dire, qu'est qu'on se marre avec toi.

—On n'est pas vraiment là pour ça, en même temps. On est en route pour notre premier chargement dans ce nouveau fourgon. J'ai dans l'idée qu'on va quand même moins s'emmerder qu'avec la vieille bagnole.

Dehors, Dudule s'avance vers eux, et lorsque Angus porte le véhicule à son niveau, il lève la main.

—Qu'est-ce qu'il veut, ce con ? Va chier, débile, je m'arrête pas.

Angus appuie sur l'accélérateur et dépasse Dudule sans hésiter.

Luc garde les yeux sur le rétroviseur, puis, comme pris d'un soudain regret, se met à fouiller l'habitacle du regard, pour finir par demander à Angus de stopper.

—Recule, Angus !

—Qu'est-ce qui t'arrive, bon sang ?

—Recule, je te dis !

—C'est bon, t'es devenu aussi marteau que cette bande de bouseux qui habite la région.

Marche arrière enclenchée, le fourgon revient au niveau de Dudule, puis stoppe.

Dudule a gardé cette main levée que Luc a aperçue dans le rétroviseur et qu'il tient fermée sur un petit objet rectangulaire et sombre.

Il s'avance vers la vitre que Luc vient de baisser, sourire d'ahuri accroché à ses traits.

—Dites, les tarlouzes, vous auriez pas oublié quelque chose, par hasard ? Genre un truc indispensable à votre boulot ?

Angus s'apprête à l'envoyer se faire empapaouter et à redémarrer, coupé dans son élan par Luc.

—Oui, j'ignore comment nous avons pu oublier ça. Merci, Dudule, tu vas nous éviter bien des déboires.

Saindoux lance un rire satisfait qui rend Angus fou de rage, et tend ce qu'il tient à Luc.

Celui-ci s'empare de l'objet et remercie encore Dudule, qui redouble de rire.

Angus démarre sur les chapeaux de roues, rêvant de passer sur le corps volumineux du rouquin.

—Ben quoi que t'en dises, il est pas si con, ce type.

—Me fais pas chier ! Qu'est-ce qu'il t'a donné ?

—Ce sans quoi on ne pourrait pas retrouver nos colis. Comment on a pu être assez cons pour laisser ça dans la voiture ?

—Et surtout comment on a pu être assez débiles pour partir sans s'apercevoir qu'on ne l'avait pas ? On serait allés où ? rit bruyamment Angus. Faut dire, c'est cette face de bille qui a détourné nos pensées. Bref, c'est parti. Active le traceur

Le fourgon s'engage sur la petite route déserte en quête de son chargement.

9

Lorsque Soraya sort de sous la douche, lavée et apaisée, l'image que lui renvoie le miroir la gêne et la dérange. Une fois de plus, elle s'est laissée aller à la confrontation avec sa mère, ce qu'elle s'était promis de ne plus faire.

Mais chaque fois qu'elle pense à cet épisode de sa vie, que Évelyne semble vouloir nier ou ignorer, cela la fait sortir de ses gonds.

Le repas va être long. Très long. Peuplé de lourds silences accusateurs comme un doigt pointé sur son front.

Elle déteste ces moments de tension muette, préférerait aller directement dans sa chambre et s'y enfermer.

Mais ce serait alors probablement la goutte qui fait déborder le vase, et la dispute, hurlée et bruyante celle-là, éclaterait sans doute possible.

Enveloppée d'un épais et moelleux peignoir, elle emprunte le couloir central qui dessert toute l'habitation. Les jouets de Noah, dangers permanents pour les pieds, les chevilles et l'équilibre simplement, jonchent le sol froid et carrelé à la manière de vieux véhicules jetés à la casse dans l'attente d'être recyclés.

Chaque fois qu'elle se ruine les arpions ou la plante des pieds sur l'un de ces objets de divertissement qui n'amusent guère Noah plus de cinq minutes chacun avant d'être abandonnés, elle voue son frère aux gémonies, aux pires châtiments. Systématiquement, elle se mord les lèvres d'avoir pareilles pensées, en pensant que si un jour il lui arrivait quoi que ce soit après l'une de ses malédictions quotidiennes, elle ne pourrait que se le reprocher et en concevoir une mortelle culpabilité.

Évelyne est déjà installée à table, à côté de Noah pour l'aider à manger.

Le regard qu'elle lui jette à son entrée ne laisse planer aucun doute sur ses dispositions à son égard.

L'ambiance sera glaciale et le dîner composé de soupe à la grimace.

Chacune fait mine d'ignorer l'autre, refuse de faire le premier pas vers la réconciliation ou l'affrontement. Trop fières, trop bloquées sur leur opinion.

Soraya mange sans faim. À la fin du repas, elle devance sa mère pour débarrasser la table et faire la vaisselle, non par volonté d'être aimable et d'apaiser les tensions, mais plutôt pour couper court à tout reproche dont Évelyne se servirait contre elle pour prendre l'ascendant.

Lorsque toutes les assiettes, les couteaux et les fourchettes sont nettoyés et séchés, ils sont rangés dans les placards et tiroirs, et Soraya part se ranger elle même dans sa chambre comme un objet encombrant.

Voilà à quoi ressemblent leurs échanges depuis quelques mois ou semaines.

Postée à la fenêtre, elle scrute l'obscurité et rêve à tous les possibles.

Elle attend l'arrivée de Julien avec fébrilité, brûlant plus que jamais de l'envie de le voir, pour se confier à lui, déverser cette colère retenue lors des duels de tête de mule menés avec sa mère.

Dans la rue, un gros véhicule passe devant leur jardin, à très faible allure, comme s'il cherchait sa destination. Il poursuit son chemin, toujours sur le même rythme.

Dans ses phares, une silhouette familière s'inscrit, fragile et indécise. Julien.

Sans s'en apercevoir, elle sourit déjà en grand à le voir progresser dans la nuit, maladroit, hésitant. Attendrissant.

Il se faufile sur la pelouse, jetant moult regards en arrière en direction de ce fourgon qui ne veut décidément pas disparaître.

Elle sait exactement ce qu'il se passe dans sa tête, il redoute d'être vu entrant chez sa petite amie par la fenêtre.

Il franchit les quelques mètres qui le séparent de la maison et se hâte de passer par la fenêtre pour se mettre à l'abri, des regards indiscrets et d'éventuels agresseurs.

Il enjambe le rebord et se hisse sans peine à l'intérieur.

—T'as vu ce camion, là ? Y a deux types, dedans. J'avais peur qu'ils me voient entrer. Je sais pas ce qu'ils cherchent.

—Il doit avoir une livraison à faire, non ?

—Euh, Soraya, le jour où tu verras un livreur à cette heure-ci, tu me feras signe. Mais bon, maintenant que je suis dedans, je m'en fous, qui qu'il soit, quoi qu'il veuille. Alors, ça a pas trop fait d'étincelles, avec ta mère.

—De suite, les sujets qui fâchent. Bah, elle est pas contente après moi, on s'est encore bien massacrées de regards mauvais et d'insultes pensées.

—Tu sais que j'ai vu le maire, tout à l'heure ?

—Hou, là, tu m'intéresses. Alors, il avait quelle mine ? s'enquiert-elle avec une gourmandise non feinte, et encore moins dissimulée.

—Il avait la mine de celui qui va te faire la peau le jour où il aura des preuves que c'est toi qui l'as humilié. Furax, le bonhomme, t'aurais vu ça. Mais va falloir que tu fasses gaffe, à l'avenir, parce que je te garantis que s'il parvient à t'identifier, à te confondre dans l'une ou l'autre affaire, tu passeras un sale moment. Il me fait peur, moi, ce type, je suis sûr qu'il serait capable de tout. Tu le trouves pas bizarre ? Même inquiétant ?

—C'est un homme, quoi, le taquine-t-elle.

—Rigole, cagole, je ne suis pas fait de tôle. J'ai un petit cœur qui bat, là, et toi tu joues avec et le malmènes.

Elle dépose un baiser furtif sur ses lèvres, baume à panser tous les maux.

—Tssss, tu t'en tires toujours avec des pirouettes de ce style, toi, hein.

—Je plaisante, rolala... même si c'est quand même ce que je pense de beaucoup d'hommes. Et de surcroît, lui, c'est un homme "important", comme ils le disent eux même. Important mon cul, oui. Il est aussi bouffi d'orgueil que de graisse, ce gros poussah, je peux pas le supporter. T'as déjà vu comme il regarde les jeunes filles ? Et je me demande même si les garçons échappent à ses envies lubriques. Je suis sûre qu'il n'est pas net du tout, dans l'intimité, ça doit être un gros pervers libidineux. Si ça se trouve, chez lui, il a une cave secrète, où il enferme des enfants et même des animaux pour leur faire subir les pires trucs imaginables.

—Faut toujours que tu partes dans des délires pas possibles, toi, quand même. Je te dis que je le trouve chelou, et toi tu me dépeins le diable. Il me faisait déjà flipper, alors je te dis pas maintenant, je vais plus penser qu'à ce que tu m'as dit.

—Tu ferais bien, un homme averti en vaut deux, paraît-il. Ça fait toujours pas lourd, mais bon.

Il lui envoie une solide bourrade dans l'épaule en l'accompagnant dans son rire.

—Chuuuut, pas trop fort. Si ma mère nous entend, le pire des tueurs sadiques te paraîtra doux comme un agneau. Mais sans blague, si tu ne veux pas qu'il te tombe dessus par surprise, autant être au courant. Si un jour t'es convoqué à la mairie, tu penseras à moi, rit-elle de plus belle.

—Mais qu'elle est naze, cette fille. Imagine que ça arrive. Là, je prends la tangente, de nuit, seul sur les chemins et les routes, par monts et par vaux, je traverserai les mers et les océans pour lui échapper.

—Toi qui as déjà peur de traverser notre pelouse, j'ai comme un doute, quand même, mon juju. N'empêche que si un jour tu te la jouais "fille de l'air", alors pense à moi, passe me prendre, je t'accompagnerai. Avec moi à tes côtés, t'aurais au moins une chance de sortir des limites de la ville sans retourner te cacher dans ton lit.

—Oh le mépris. Je ne suis pas un lâche, un couard, ou un immonde tracheux. J'ai juste un sens de la prudence beauuuuucoup plus développé que la moyenne.

Nouveaux rires partagés, d'un volume sonore mal contrôlé. Soraya plaque sa main sur la bouche de Julien et se mord le bras pour stopper son rire qui risque de se transformer en fou rire, vu les circonstances d'interdit.

—Soraya ? Qu'est-ce que tu fais ?

—Merde elle dort pas. Bouge pas, elle est encore dans sa chambre, chuchote-t-elle en maintenant sa pression sur le visage de Julien. Je regardais un film comique, maman.

—Dors ! Je t'ai déjà dit un million de fois de ne pas rester trop tard devant tous tes appareils électroniques de malheur. Je vais finir par tout confisquer, vu ton comportement et tes résultats scolaires. Ne m'oblige pas à venir te le redire, éteins tout et couche-toi.

Quelques minutes d'attente que Julien, toujours fermement bâillonné, pourrait trouver très longues s'il n'était ravi de se retrouver aussi étroitement plaqué à cette fille qu'il admire et qu'il aime.

Sa force et sa détermination lui ont plu à la minute où il l'a aperçue. Si elle est une très belle fille, c'est dans son attitude et l'aura qu'elle dégage qu'elle l'a subjugué.

Mais impressionné qu'il était par cette personnalité hors du commun, jamais il n'aurait osé l'aborder si elle-même n'était venue à sa rencontre.

Il se souviendra de ce jour jusqu'à sa fin, dût-elle survenir dans mille ans.

C'était en milieu de la précédente année scolaire. Étonnant de constater qu'il ne connaît Soraya que depuis si peu de temps en vérité, alors qu'il a cette impression, voire cette conviction intime, qu'il la connaît depuis les origines du monde.

La terreur du lycée, Alex Pardayot, un costaud assez malin pour se tirer de toutes les mauvaises situations, mais peu enclin à user de sa cervelle pour aider son prochain, avait jeté son dévolu sur lui, son petit casse-croûte du jour.

Jamais ce gorille ne s'en prend à des élèves qui pourraient présenter un danger de rébellion sévère, au risque de se ridiculiser devant tout le monde.

Non, il préfère les timides, les plus faibles, les effacés, les sans assurance.

Il lui reprochait de l'avoir regardé de travers, ce qui pour quelqu'un qui passe le plus clair de son temps à regarder ses godasses paraît peu probable.

Aux quelques poussons bien appuyés que Alex avait déjà imprimé à ses épaules, démonstration de force et test préalable de la résistance de l'adversaire, Julien se préparait à recevoir la plus belle correction de sa vie.

En dépit de ses supplications baragouinées dans une langue étrange que seuls les opprimés peuvent comprendre, Alex s'apprêtait à passer à l'action lorsque Soraya a débarqué de nulle part.

Ses magnifiques cheveux noir de jais, ses yeux bleu acier lançant des éclairs, sa stature à la fois fine, féminine, athlétique et puissante, sa position droite et dominante, tout cela a marqué l'esprit de Julien à jamais.

Pour lui, elle était un mélange de catwoman et wonderwoman, ou quelque autre super héroïne dont il est tombé sur l'instant super amoureux. Niais-man, dont le seul super pouvoir semblait être de s'énamourer en mode flash.

Il a vu à ce moment ce qu'il croyait impossible. Alex a eu un mouvement de recul, et dans ses yeux, Julien a lu le doute. La peur, même, probablement.

Son pire cauchemar était sur le point de survenir, se faire humilier en public par... une fille, de celles qu'il méprisait avec ardeur et constance.

Il a clairement senti, ce jour-là, que cette fille qui se tenait face à lui sans sourciller pourrait sonner le glas de sa réputation de caïd de bas étage.

Soraya n'avait eu à décrocher aucun mot, à faire aucun geste pour mettre le colosse en déroute. Simplement lui avait-elle imposé son assurance, sa simple présence auprès de celui qu'il s'apprêtait à malmener.

Il avait fait demi-tour, et se vanterait plus tard, pour sauver sa réputation en danger, d'avoir été magnanime, qu'il lui aurait été si facile d'écraser ces deux vermisseaux, mais que frapper une fille n'était pas dans ses habitudes, lui, prince de la cour... et roi des cons.

Il se trouve que quelques semaines plus tard, ce même Alex fut pris sur le fait par cette même Soraya, en train de racketter deux élèves de seconde, très intimidés, pour ne pas dire terrorisés par cet ancien à la stature de rugbyman professionnel.

Soraya, qui s'était liée de tendresse et d'amitié pour Julien depuis qu'elle avait volé à son secours, discutait avec lui de tout et de rien lorsqu'elle avait remarqué le manège du tas de muscles.

Sans aucune hésitation, courant dans sa direction, elle lui avait asséné un coup de coude dans le mouvement qui l'avait séché pour le compte.

Les deux jeunes, aussi impressionnés que soulagés, n'avaient pas demandé leur reste.

De ce jour et à jamais, Soraya resterait dans l'esprit de tous cette fille indomptable et redoutable, crainte de tous, et aimée à la folie par l'un d'entre eux.

Chaque nouvelle frasque de cette héroïne en herbe relève désormais de l'exploit, du fait d'arme de valeureuse guerrière.

Même s'il trouve qu'elle exagère sur ce plan, et craint qu'elle ne pèche par excès et ne finisse par en subir les graves conséquences, il ne peut réprimer ces élans d'admiration.

À ses yeux, elle est l'océan qui façonne ses horizons et repousse ses limites, elle est pour lui la vie même.

Elle est belle comme le charme en automne et les neiges éternelles, sa beauté les saisit tous comme le gel emprisonne les bourgeons et les feuilles.

S'il n'avait cette pudeur qui le pousse à garder les yeux baissés en permanence, il la regarderait sans cesse, à s'en brûler les yeux et lui user la peau.

Il regrette presque le moment où elle le lâche, convaincue que sa mère ne déboulera pas ici.

—C'est bon, je crois qu'elle est repartie au lit. Attends, je vais mettre en place mon système anti repérage.

Julien sait très bien de quoi elle parle, il l'a vue faire cela des dizaines de fois.

Elle saute du lit, s'empare de son kit anti espionnage, fait d'une couverture au bas de laquelle est fixé un traversin. Elle coince la couverture en la pinçant dans la fermeture de la porte, puis place le traversin comme s'il s'agissait d'un boudin d'isolation. Elle adresse à Julien, toujours allongé, un sourire contenté.

—Voilà qui est fait, ça n'empêche pas tout, mais ça étouffe bien les sons quand même. Eh, mais dis donc, mon saligaud, j'ai l'impression que tout le monde n'a pas trouvé le temps long. C'est moi qui te fais cet effet-là, ou t'as oublié une canette de coca dans ta poche ?

Julien, confus et catastrophé, s'aperçoit alors tout juste qu'il est en pleine érection.

Il se redresse comme un ressort, puis se courbe en avant pour cacher l'objet du délit.

—Je suis désolé, Soraya, sans déconner, j'ai trop honte. Je m'étais même pas aperçu de ça.

—Mais t'inquiète pas, gros bêta, c'est plutôt flatteur, en fait. C'est normal, non ? On est ensemble, toi et moi. Et je sais que toi, tu ne chercheras jamais à m'imposer quoi que ce soit.

—Ah, c'est une évidence. Et j'aurais même préféré ne pas t'imposer cette vision. Putain, la honte de fou que je me tape.

—Arrête de te torturer pour ça. Tu crois que je n'y pense jamais, moi. J'ai envie aussi, tu sais ? Mais je ne suis pas encore tout à fait prête. J'ai encore de vilaines choses en mémoire, qui n'ont rien à voir avec toi. Toi, au contraire, tu ne m'évoques que la douceur et la joie. T'es mon juju.

—Câlin ?

—Câlin ! affirme-t-elle en hochant la tête et en ouvrant grand les bras.

Ils se serrent longuement l'un contre l'autre, communient et accordent leurs battements cardiaques.

Lorsqu'ils s'écartent l'un de l'autre, ils sont libérés de toute tension, de toute mauvaise pensée.

Ils discutent plusieurs heures durant avant que Julien ne s'aperçoive de l'heure délirante.

—Oh la vache, So, il est presque deux heures du mat. Faut que je rentre. Je sens que le réveil va faire un saut contre le mur quand il se mettra à sonner.

—Tu crois que ça va aller, pour rentrer ? Sinon tu restes ici et tu repars tôt demain matin... enfin, tout à l'heure.

—Non, t'es folle, si mes vieux s'aperçoivent que je suis pas dans ma chambre, ils mourront, ressusciteront pour alerter la gendarmerie, les pompiers, l'armée, l'Élysée, puis il re-mourront. Tu les connais pas, toi.

Elle rit en lui ébouriffant la tignasse, cette chevelure châtain dense et folle dans laquelle elle aime tant à passer ses doigts.

—Ok, mon juju, alors fais attention à toi.

—T'inquiète, ma fiancée, c'est une super héroïne, s'il m'arrive une couille, elle arrive de nulle part pour botter le cul des méchants. Ouais ouais, elle est comme ça. Tu devrais faire sa connaissance, elle est incroyable, cette fille.

—Allez, file, idiot.

Il enjambe la fenêtre comme il l'a fait tant de fois depuis qu'ils sont ensemble.

Il lui adresse une main levée, sourire d'ivoire accroché aux traits.

Il est si beau, quand il est comme ça, pense-t-elle. Pas beau à faire tourner les têtes, à faire courir les filles, mais beau à l'attendrir, elle, beau à lui faire oublier l'agressivité des hommes, beau parce qu'il est fragile et doux.

Alors qu'il se retourne, elle le hèle doucement.

—Hé, Julien !

Il se retourne, avec cet espoir qu'ont les amoureux que l'être aimé va leur déclarer sa flamme au moindre mot prononcé clairement affiché sur le visage.

—Quoi, So ?

—Fais gaffe au maire, parvient elle tout juste à dire avant de littéralement exploser de rire.

—Que t'es con, putain. Je l'avais oublié, celui-là. Maintenant, tout au long de mon chemin, je vais plus penser qu'à ça. Merci Soraya, trop cool, je vais me chier dessus.

Elle ne lui oppose qu'un rire pleuré pour seule réponse.

—Bon, je m'en vais. Si t'as réussi à t'arrêter de rire d'ici là, rejoins-moi devant chez moi, tout à l'heure, comme d'hab, on fera la route ensemble jusqu'au lycée. Oh, tu m'agaces, quand tu te fous de moi comme ça, ciao.

Elle le regarde s'éloigner petite silhouette noyée dans les larmes de son rire.

10

Sur la route, elle aperçoit à nouveau un fourgon, qui ressemble beaucoup à celui déjà vu beaucoup plus tôt. Il passe très lentement, pour disparaître derrière la haie.

À cette heure-ci, nul doute qu'il ne cherche pas une adresse de livraison.

Elle frissonne à l'idée d'avoir affaire à des cambrioleurs... ou pire.

Comment réagirait-elle si des personnes tentaient de s'introduire chez eux en pleine nuit ?

Elle ne les laisserait pas faire, elle ignore de quelle manière elle s'y prendrait, mais plus jamais elle ne laissera un homme lui imposer quoi que ce soit sans réagir avec violence. Elle ne sera plus une victime effacée et obéissante.

Elle conserve sa position, assise sur le rebord de la fenêtre ouverte, à l'écoute du moindre bruit suspect.

L'air est frais, vivifiant.

La petite ville de Pauillac est calme, de nuit, seules les frasques de Soraya viennent parfois troubler cette quiétude.

De la rue, lui parvient un furtif raclement, semblable au bruit que font les roues d'un skate sur une rampe.

Elle reste un instant tendue, tous sens en éveil.

Le silence persistant lui ramène un peu de sérénité. Pour autant, le sommeil la fuit, chassé durablement par ce coup de stress, équivalent assuré de plusieurs tasses d'un expresso très serré. Regard perdu dans le vide d'une nuit sans étoiles, elle se laisse aller à rêver.

Julien s'invite dans son esprit vagabond, aux prises avec un maire lubrique.

Elle se prend à rire à nouveau, seule.

Le temps passe ainsi dépouillé de sa notion de durée, aucune montre ne saurait mesurer ces instants privilégiés hors de toute temporalité.

Un mouvement furtif la tire de ses pensées. Un chaton minuscule, blanc comme un flocon de neige, traverse la pelouse, perdu dans l'herbe humide et déjà un peu trop haute.

Elle le suit du regard sans bouger, avec l'espoir de voir sa mère arriver.

Il disparaît à sa vue dans la haie, laissant planer le doute sur son sort incertain.

Soraya saute à bas, avec dans l'idée de vérifier que tout ira bien pour le petit animal.

Sans torche, difficile d'apercevoir ses pieds, encore moins l'endroit où elle les pose.

Elle cherche la petite tache blanche qui se détache si bien dans cet univers si noir.

Au détour du coin du mur de la maison, elle aperçoit, garé sur le trottoir, une grosse masse sombre, qu'elle sait être le fourgon aperçu plus tôt.

Son cœur s'accélère soudain, pour s'arrêter lorsque deux silhouettes, trahies par l'éclairage public, traversent son champ de vision en direction de la maison.

Coeur en panne et cerveau en ébullition, elle tente de se ressaisir. Que font ces hommes ici, en pleine nuit ?

Nul doute qu'elle a affaire à des cambrioleurs, le fourgon leur permettant assurément d'emporter le fruit de leurs larcins.

Elle doit avertir sa mère avant qu'ils n'aient pénétré la maison. Marche arrière toute, elle se précipite dans sa chambre, dans laquelle règne une étrange odeur qu'aucun élément de sa mémoire olfactive ne lui permet d'identifier.

Lorsqu'elle ouvre sa porte, toujours calfeutrée, pour gagner le couloir, elle est prise à la gorge par la puissance des senteurs, bien plus gênante ici. Une bouffée, et déjà sa tête tourne.

Il lui faut battre en retraite avant de tomber inanimée. Elle referme sa porte, membres tremblants, palpitant au taquet, elle titube jusqu'à sa fenêtre pour respirer de l'air frais.

Au bord de l'évanouissement, elle se coule dehors. L'air non vicié et la glaciale humidité de l'herbe lui donnent un coup de fouet.

Ses capacités cognitives reviennent à la charge, sa réflexion se réactive.

De l'intérieur, elle peut entendre les bruits nés d'une effraction. Elle le sait, ils sont en train de tenter d'ouvrir la porte et ne tarderont plus à entrer.

Il lui faut agir très vite. Ces gens ne sont pas là pour un simple cambriolage, elle en est maintenant sûre. Elle cherche en vain son téléphone portable dans sa poche. Resté dans sa chambre. Trop tard pour y retourner, trop dangereux, elle serait cueillie par le gaz comme blanche neige par sa pomme empoisonnée.

Elle contourne à nouveau la maison, prête à user de la force pour protéger sa famille.

Les deux hommes sont penchés sur la porte, en train de crocheter la serrure.

Elle est seule, mais elle peut prendre l'avantage par effet de surprise, elle en est convaincue.

Avec la furtivité d'un félin, elle parvient à se poster à deux mètres des intrus sans se faire repérer.

Ils discutent tranquillement, ne se pressent pas, sûrs de leur fait. Lorsque la porte cède, ils se saisissent de masques qu'ils s'appliquent à ajuster.

Sous l'impulsion d'une soudaine inspiration, Soraya se précipite dans leur dos, fond sur eux comme un oiseau de proie, ne leur laissant aucune chance d'esquiver l'attaque.

Avant d'avoir pu fixer son masque, le premier est propulsé à l'intérieur par un coup de pied placé entre les omoplates. Il s'écrase au sol, dans le couloir d'entrée.

Le second reçoit une avalanche de coups, de pied, de genou, de poing, de coude, jusqu'à un coup de tête asséné dans le nez. La rapidité et la brutalité de l'attaque, alliées à l'effet de surprise, ont un effet dévastateur sur l'homme qui se retrouve à terre. Il s'accroche à Soraya avec la force du désespoir, entrave ses jambes du mieux qu'il peut pour atténuer les coups qui ne baissent ni en nombre ni en intensité.

Il ne peut plus qu'attendre que son coéquipier, parvenu à s'extraire de l'intérieur vicié en rampant comme un ver, récupère ses esprits et lui vienne en aide pour maîtriser cette furie.

Puis, sans qu'il s'y attende, sans comprendre pourquoi, leur agresseur s'effondre, inanimé ou mort.

Luc dégage ce corps qui pèse sur lui de son poids mort, secoue la tête comme pour évacuer les chocs et les maux.

À deux mètres, pompant l'air pour se réveiller, Angus se tient assis contre l'un des piliers du porche.

Debout, devant lui, une silhouette ronde et massive tient en main ce qui ressemble à une matraque.

—J'me doutais que les lopettes de la ville se chieraient cette mission là. Je la connais, la petite, une sacrée vacharde. Z'êtes pas taillés pour la mater, celle-là. Grouillez vous, faut aller chercher le reste de la marchandise, mettez vos putains de masques et rentrez dans cette bicoque. Je m'occupe de charger la donzelle et de la mettre hors d'état de nuire. Je vais te me la saucissonner de telle manière que même son petit doigt devra demander la permission pour bouger.

Luc regarde Dudule charger sans peine la fille sur son épaule et la porter jusqu'au fourgon.

—Putain, on s'est fait baiser comme des bleus. J'ai du mal à croire que c'est une jeune pétasse qui nous a niqués en beauté. Et j'ai encore plus de mal à accepter que ce soit ce gros lourd débile qui nous a sauvé la mise.

—On va pas lui reprocher d'être là, Angus. On l'a sous-estimé, il est bien plus malin qu'il n'y paraît. Allez, on termine ce qu'on a été infoutus de commencer.

Équipés de leurs masques à gaz, ils pénètrent la maison des Abel, méfiants, échaudés par leur mésaventure avec la harpie féroce.

Ils trouvent bien vite la chambre de la mère, où se trouve aussi le petit garçon. Ce dernier tient son ânon en peluche étroitement serré contre sa poitrine.

—Ton cadeau a l'air de lui plaire, regarde comme il s'y accroche. Pas moyen de lui faire lâcher prise sans lui casser les doigts.

—T'occupes pas de lui faire lâcher, on ramène le tout. Grouillons nous, on a assez traîné.

Effectif au complet, ils ressortent chargés de leur "marchandise", et rejoignent Dudule à l'arrière du fourgon.

Ce dernier les nargue de son sourire narquois et les toise d'un regard méprisant.

—Je l'ai ligotée, bien serré, et bâillonnée. Même si vous êtes contrôlés en route, elle ne pourra ni bouger, ni moufeter. Vous pouvez me croire, celle-là, faut mettre le paquet et ne surtout rien laisser au hasard, c'est un os. Les autres, je vous laisse faire, la mère doit être très loin d'égaler la fifille en fureur. N'oubliez surtout pas de bâillonner le chiard, bien que vous ayez le temps avant qu'ils ne se réveillent, on sait jamais. Ce serait pas le moment qu'il se mette à brailler. Moi, je me casse. Faites en sorte de pas vous perdre en route, les biquettes, ce serait vraiment con.

Il descend du fourgon sous le regard noir et furieux d'Angus.

—Aide-moi à attacher la femme plutôt que de t'occuper de lui. Laisse-le pérorer, il a eu sa petite victoire, accorde-la-lui. Tâchons de ne plus merder, et pour ça, je vais avoir besoin de toi et de toute ton attention.

—Ouais, mais je te garantis qu'il perd rien pour attendre. Dès que j'aurai l'occasion, je vais la dégonfler, la baudruche.

Ils lient pieds et mains de leur victime, et l'installe à côté de Soraya, sanglée dans le petit coffre secret de manière à tenir droite, debout, sans possibilité de tomber ou remuer.

Puis ils agissent de même avec Noah, sans plus de scrupule.

Vient ensuite le moment de tout refermer, de vérifier vingt fois de suite que tout est en ordre, que rien ne peut trahir la présence d'êtres humains dans cet utilitaire.

Puis ils prennent soin de boucler la maison, portes et fenêtres.

Ils quittent les lieux sans encombre, en direction de la côte, où les attendent les marais et leur isolement.

—Tu connais bien le coin ? J'ai beau essayer, je reconnais jamais rien, dans cette foutue région. Alors de nuit, même pas j'essaie, s'exaspère Angus.

—T'inquiète pas pour ça, je pourrais livrer la marchandise les yeux fermés. On va s'éloigner de quelques kilomètres, puis on changera les plaques et les logos.

—Pourquoi diable voudrais-tu faire ça ? C'est pas parce que l'autre trou du cul nous l'a dit que ce sera utile. Personne nous a vus, les bouseux du coin s'endorment avec les poules.

—Ouais, en attendant, l'un de ces bouseux, comme tu dis, a bien failli nous bousiller la gueule et nous mettre totalement à l'amende. Et c'était une frêle jeune fille... t'as pas l'impression de les sous-estimer, un peu, les gens du coin ? Qui est-ce qui nous a sauvé la mise ?

—Putain, me parle plus de celui-là, ça me casse assez les couilles comme ça d'avoir été aidé par ce taré congénital.

—N'empêche qu'il est toujours possible qu'un insomniaque nous ait aperçus et ait repéré notre manège. Donc on suit le plan.

Angus se tait, préférant ne pas entrer en conflit avec son binôme. Ils ont déjà suffisamment merdé pour ce soir.

11

Une heure environ plus tard, le fourgon s'engage dans une passe blanche, qui sinue dans la profondeur des marais.

À 5 kilomètres de la route, et à 20 kilomètres de toute habitation, Luc et Angus arrivent devant un immense portail, seule entrée ménagée dans une clôture électrifiée haute de 3 mètres, enceignant une gigantesque propriété de 50 hectares. Autour, les marais s'étendant à perte de vue d'un côté, une immense forêt de l'autre, assurant un isolement propice aux activités de l'endroit.

Luc échange un regard avec Angus, et ce dernier descend du véhicule.

Si leur arrivée est déjà repérée par le biais de capteurs de mouvements placés sur le seul passage possible et enregistrée par quelques caméras, pour obtenir le droit d'entrée, il leur faut montrer d'abord patte blanche.

Angus se poste devant le visiophone, et appuie sur le bouton.

La sonnerie ne déclenche aucune réaction, et après quelques minutes d'attente impatiente, il recommence. Un chuintement électrique finit par se faire entendre, signal que son appel a enfin été entendu.

—Ouais, c'est pourquoi ?

—Frédo ? C'est toi, sac à gnole ? Ouvre, tu vois parfaitement qui est là, et tu sais pourquoi on est là.

—Mot de passe !

—Hein ? Qu'est-ce que tu déconnes, pauvre con ? Fais pas chier, c'est vraiment pas le moment. On a passé une sale soirée, je veux qu'une chose, c'est livrer la marchandise, et rentrer chez moi.

—Mot de passe !

Derrière le crachotement du haut-parleur, Angus perçoit des rires.

—Tu te fous de ma gueule, Frédo ? Ouvre, putain ! T'as l'impression qu'on est là pour déconner ?

—Mot de passe !

La voix à l'autre bout n'est plus la même, et celle-ci emplit Angus de fureur.

Avant qu'il ne s'égosille à insulter le boîtier métallique, un gyrophare orange repousse la nuit par intermittences. Le portail coulisse lentement pour libérer le passage.

Angus remonte à bord, l'air maussade.

—Qu'est-ce qui t'arrive, encore ? Pourquoi tu tires cette gueule ?

—Laisse tomber, tu verras bien quand on arrivera.

Luc engage le fourgon sur un chemin de grave blanche long de quelque 500 mètres.

Dans l'obscurité contrariée par quelques rares éclairages, un énorme bâtiment se détache et dévoile ses formes massives.

Immense hangar métallique aux dimensions pharaoniques, il pourrait aisément contenir deux paquebots intercontinentaux dans ses entrailles.

Dans un bruit de meringue croquée, résultant du jeu des pneus sur le revêtement, le véhicule s'avance avec une lenteur calculée jusqu'à un volet métallique.

Là encore, un gyrophare en indique l'ouverture verticale.

Aucun grincement agaçant, preuve d'une construction récente et d'un entretien sans faille.

Le bâtiment avale le fourgon avant de refermer sa gueule monstrueuse.

À peine garé à l'intérieur, Luc comprend immédiatement la raison de l'agacement d'Angus.

Ce dernier le regarde en haussant les sourcils et en soupirant profondément.

Devant eux, se tiennent deux hommes, hilares. Il ne fait aucun doute qu'ils se foutent d'eux, sans chercher à s'en cacher le moins du monde, fort au contraire.

Frédo s'appuie sur l'épaule de son camarade pour rire sans retenue.

—Les voilà, les biquettes, elles ont trouvé leur chemin. C'était pas gagné, ça se noie dans un verre de flotte, les citadines, exulte Dudule pour le plus grand plaisir de Frédo.

—Eh, les gars, c'est vrai ce que Dudule m'a dit ? Vous avez vraiment pris une branlée par une minette de 16 ans ?

Luc conserve un calme sourire, conscient que toute tentative de minimiser les propos de Dudule ne ferait que provoquer un déluge d'humiliations verbales. Le mieux en ce cas est encore de faire le dos rond et attendre que les blagueurs s'en lassent.

Un coup d'œil porté à Angus suffit à Luc pour constater qu'il n'est pas du tout dans les mêmes dispositions que lui.

Au bord de l'explosion, Luc le sait prêt à dégainer son arme, et prend les devants pour désamorcer la bombe Angus. Alors qu'il lui fait signe, une voix, crachée par des haut-parleurs placés en hauteur, vient mettre un terme à tout affrontement et autre rigolade.

—Vous attendez quoi, au juste ? Je ne vous paie pas à vous bidonner ! Amenez-les, j'attends ceux-ci avec une réelle impatience, surtout la fille !

Dudule lève les mains vers une caméra de surveillance pour signifier que le message est bien reçu.

—Venez m'aider à décharger au lieu de rire comme des nazes consanguins, s'amuse Luc.

Angus retrouve un semblant de calme, même si Luc sait qu'il attendra le moment opportun pour se venger de Dudule. Et ça ne promet rien de bon pour celui-ci.

Lorsqu'ils ouvrent le caisson secret à l'arrière du fourgon, Frédo inspecte le chargement comme il le ferait de paquets de sucre.

—La vieille et le gamin sont réveillés. Je crois qu'ils n'apprécient pas le moment, rit-il à s'en étouffer. Ils ont les yeux ronds comme des chatons pris au piège.

—Je crois surtout qu'ils sont horrifiés de voir vos gueules de tarés, les bouseux, se venge Angus avec un plaisir non dissimulé.

—Par contre, la petite dort comme un ange. C'est la signature à Dudule, ça, il frappe juste, le bougre. Eh, Angus, c'est cette minette qui t'a botté le cul, toi le grand méchant loup ?

—Laisse lui une chance de te montrer ce qu'elle sait faire, et ce sera ta dernière. Sous ses airs de petit ange, c'est un démon. Ne la sous-estime pas, ou elle te pétera ta petite nuque comme j'ai bien envie de le faire moi-même.

—Arrête tes conneries. Tu vieillis mal, mon pauvre vieux, t'es plus la terreur que t'as été. Putain, quand je vais raconter ça aux copains, Angus qui se fait amocher par cette beauté. T'as vu le petit lot, Dudule ? La vache, elle a été gâtée par la nature, celle-là.

—Te fie pas à son air. Ça fait un bon moment qu'on l'a à l'œil, crois-moi, même si ça m'emmerde de le reconnaître, l'autre fiotte a raison, t'as tout intérêt à ne jamais sous-estimer ses réactions, ou elle te fera bouffer tes dents. Je crois que le boss a un projet spécial, pour elle. D'ailleurs, assez discuté, mieux vaut ne pas trop le faire attendre.

—Toi, petit tas de saindoux, un jour ou l'autre, je te ferai fermer ta grande gueule, définitivement. Tu verras, ça viendra, tôt ou tard.

Dudule ravale sa salive, moins sûr de lui tout à coup. Le ton et les yeux d'Angus ont changé du tout au tout. S'il a voulu tester l'homme dont il a toujours entendu parler comme d'une machine implacable sans jamais y croire, sa réputation se rappelle soudain à lui avec une effrayante acuité. Si ce qu'il s'en dit est vrai, il est probable qu'il soit allé trop loin avec lui. Frédo, qui connaît Angus depuis bien plus longtemps, tente de ramener l'homme à la raison.

—Déconne pas, Angus. On faisait que plaisanter, tu sais que tout le monde te respecte, ici. Faisons notre boulot, et oublions tout ça.

Luc sourit, et gratifie Angus d'une tape aussi amicale que reconnaissante dans le dos.

Évelyne est littéralement terrorisée. Elle a beau essayer de réfléchir, de comprendre où ils se trouvent, comment ils sont arrivés ici, aucune réponse ne vient éclairer l'horreur du moment.

Seul soulagement, ou peut-être au contraire inquiétude supplémentaire, Noah paraît étrangement calme.

Ils ont été drogués, elle en sent encore les effets, et rien d'autre ne peut expliquer le fait qu'ils se retrouvent dans cette situation sans aucun souvenir de ce qui a précédé. Peut-être son fils est-il encore sous l'empire de la substance utilisée.

Elle tourne la tête vers sa fille, crâne maculé de sang, et craint un instant de l'avoir perdue à jamais. Puis elle voit ses paupières s'agiter, promesse d'un réveil imminent.

Frédo, pressé de fuir la tension née entre eux et Angus, charge Noah sur son épaule, sans plus de ménagement que s'il s'était agi d'un amas de corde. Évelyne voudrait arracher à cet homme les yeux et les testicules et les lui faire avaler.

Le bâillon enfoncé profondément dans sa bouche l'empêche d'extérioriser sa fureur comme elle le voudrait.

—Frédo, tu te fais pas chier, ça va, il est pas trop lourd, le minot ? Quelle faignasse, celui-là, lance Angus avec hargne, ascendant psychologique retrouvé.

Dudule constate un regain d'activité chez Soraya, et pressent son réveil prochain.

—Qui prend la vieille ? Pour la petite, vaut mieux qu'on se mette à deux. Même ficelée comme un rôti, elle serait capable de nous la faire à l'envers.

—Coltine-toi la mère, on se charge de miss King Kong, avec Luc.

—Comme vous voulez, les gars.

Le ton radouci, nettement plus respectueux employé par Dudule est une bouffée de bonheur pour Angus. Mais cela ne lui évitera pas la punition méritée pour les affronts successifs. Il ne serait plus jamais respecté dans le milieu s'il laissait passer cela.

Dudule embarque sans peine Évelyne, laissant les deux coéquipiers seuls avec Soraya.

—Je crois que tu les as calmés, s'amuse Luc. Bon, notre petit démon ne va pas tarder à ouvrir les yeux, et vu le mal de tronche qu'elle va se taper, je doute qu'elle soit de très bonne humeur. On l'emmène avant d'avoir à lui cogner encore dessus pour la rendormir.

Angus se saisit des jambes de la jeune fille, pendant que Luc passe ses mains sous ses aisselles.

Ses gémissements accrus accréditent la thèse du réveil approchant, aussi pressent-ils le pas.

Ils traversent plusieurs salles avant d'arriver à celle où sont maintenus tous les prisonniers avant d'être "utilisés".

Une série de vingt cages de verre, numérotées, assez solides pour stopper la charge d'un troupeau d'éléphants, et dont 7 sont actuellement occupées, 8 maintenant avec les Abel, habille les lieux.

Dans chacune, une famille au complet, père lorsqu'il y en a un, mère et enfants.

Luc et Angus déposent Soraya dans celle qui accueille déjà sa mère et son frère, toujours ligotés et bâillonnés, puis se retirent prudemment. Dudule prend leur place et injecte à Soraya un sédatif puissant sous les yeux horrifiés et roulant de fureur d'Évelyne.

—Avec ça dans les veines, elle va se tenir tranquille jusqu'à ce soir, au moins. Elle vous fera pas chier, au moins, ma bonne petit' dame, s'esclaffe-t-il.

Toujours souriant, regard fixé sur celui d'Évelyne, il passe une main boudinée sur la poitrine de la jeune fille.

—Sors tes sales pattes porcines de là, sac à merde ! On n'est pas là pour ça, espèce de porc, tonne Angus, prêt à se ruer sur pot de lard.

Ce dernier se redresse, poings et mâchoires serrés, décidé à en découdre.

Le boss, comme ils le nomment tous, entre à ce moment précis dans l'immense pièce, muni de très larges lunettes de soleil lui mangeant le visage et d'un chapeau ridicule, souriant à s'en déchirer les zygomatiques, et coupant court à toute velléité de conflit interne.

Les deux hommes, promis à une belle et longue inimitié, sortent de la cellule.

La porte est fermée derrière eux, interdisant toute possibilité d'évasion.

Le boss inspecte au passage chaque cage, jusqu'à arriver à la dernière occupée.

Celle-ci revêt pour lui une importance particulière. Il a de grands projets pour cette famille. Pour cette fille-là, surtout.

—Surveillez-moi celle-là comme le lait sur le feu. Usez de tous les moyens à disposition pour la tenir tranquille, mais surtout, ne l'amochez pas. J'ai besoin d'elle en parfaite santé. Dudule, viens par ici !

Il entraîne son employé à l'écart du groupe pour l'entretenir en privé.

Il lui passe le bras sur l'épaule, et sur un ton comploteur, entreprend de le sermonner.

—Tu vas écouter attentivement ce que je vais te dire là, et non seulement tu vas écouter, mais en plus tu vas en prendre bonne note et appliquer à la lettre. Ne cherche plus jamais à toucher la gamine. Et évite de chauffer Angus. Si tu dépasses les bornes avec lui, on s'étonnera tous de ne plus te voir, et on ne te retrouvera jamais. Ne le sous-estime pas, ce type est une machine. Il a encore quelques principes à l'ancienne, mais fais-lui perdre patience, et on ne parlera plus jamais de Théodule. Je m'en vais, tâche de faire en sorte que tout se déroule selon nos plans, laisse de côté tes vieux démons.

Dudule grommelle, déteste qu'on l'appelle par son maudit prénom. Mais à l'aune de cette remontée de bretelles, il considère Angus d'un regard neuf et inquiet.

Comment, s'il est vrai qu'il est un impitoyable et implacable professionnel, a-t-il pu se faire surprendre de la sorte par la harpie féroce ? Certes, il sait de quoi il retourne, sait à quel point elle peut être redoutable lorsqu'elle est déterminée, mais tout de même. Cette furie n'a décidément pas fini de l'étonner.

12

7h45. Comme toujours, Soraya est en retard. Le nombre de fois où elle l'a mis dans l'embarras vis-à-vis de l'administration scolaire. Elle fait les conneries, et c'est à lui d'inventer un alibi.

Si ça n'était pour elle, jamais il n'aurait imaginé en être capable.

Mais elle lui a toujours donné des ailes, a décuplé ses capacités à affronter "l'autre", surtout lorsque cet autre représente l'autorité.

Quitte à être en retard, il part à sa rencontre, pour la forcer à presser le pas.

Dix minutes à peine séparent leurs maisons respectives en marchant tranquillement, cinq s'il veut réellement forcer l'allure.

Bientôt, il a en visuel la petite résidence qu'il rejoint presque chaque soir depuis environ 1 an, sans qu'il ait croisé Soraya. Elle doit encore dormir.

La voiture de madame Abel est toujours dans l'allée.

Depuis ce soir où elle l'avait attrapé à rôder sous la fenêtre de sa fille, il a très peur de la croiser à nouveau, plus par honte que par réelle crainte de la personne.

D'ordinaire, elle est déjà partie déposer Noah à la garderie avant d'aller travailler, à cette heure-ci.

Il s'approche par derrière en redoublant de prudence.

La fenêtre de la chambre de Soraya est fermée, volets clos. Jamais elle ne ferme ces volets, elle a trop besoin d'air, elle étouffe dès qu'il s'agit de rester à l'intérieur.

Sa mère le sait bien, la pire punition qu'elle puisse lui infliger pour ses frasques régulières est bien de lui interdire toute sortie... même si Soraya a toujours composé à sa façon avec les interdictions, les contournant fréquemment.

Il regrette soudain avec une cuisante amertume de n'avoir jamais cédé à la mode des portables. Probablement car il savait ce genre de possession vouée à alimenter le racket dont il aurait immanquablement fait l'objet.

Comment, du coup, joindre Soraya ?

Comment faire ? S'il frappe aux volets et que madame Abel l'entend, elle risque de le chasser avec pertes et fracas.

Il gratte doucement le bois, puis devant l'absence de réaction, ose quelques timides "toc toc" d'un index plié. Sans plus de succès. D'un œil indiscret, il tente de s'introduire dans la chambre au travers des persiennes, mais ne parvient pas à percer les secrets cachés dans une profonde obscurité.

Il ne peut croire qu'elle soit là sans l'entendre, elle qui est une féline aux aguets, prompte à repérer les plus infimes changements dans son environnement direct, sonores ou visuels.

Rassemblant tout son courage, il tambourine, poings serrés, sur ces maudits volets qui l'empêchent de voir clair dans cette histoire.

Il ferme les yeux, comme si le fait de ne pas voir venir le danger, qu'il imagine matérialisé par Évelyne Abel, pouvait l'éliminer.

Le désespoir s'empare de lui lorsqu'il constate qu'il n'obtient pas plus de résultats ainsi.

Aucun mouvement notable, aucun bruit indiquant signe de vie dans cette maison.

Où peuvent être passés les Abel ? Son esprit vagabonde et les scénarios les plus farfelus, absurdes ou horribles s'y succèdent.

Prenant une profonde inspiration, il se dirige vers la porte d'entrée, décidé à s'assurer qu'il n'y a personne. Il sonne, maintient la sonnette enfoncée plus d'une minute. Une interminable minute.

Rien.

La présence de la voiture l'étonne d'autant plus. Quelqu'un sera donc venu les chercher.

Il ne peut rester éternellement à attendre, bien qu'il en meure d'envie.

Il est désormais très en retard, et doit rejoindre au plus vite le lycée.

Seul, sans celle qui est sa force et son assurance, il va devoir affronter ses peurs, celles qu'il parvient à vaincre en compagnie de Soraya. Peur de l'autorité, dans un premier temps. Mentir lui paraît soudain impensable sans l'appui de Soraya. Et peur des autres, les Alex Pardayot de tous poils.

Sans elle, il se sent démuni comme un poussin du jour devant traverser une chatterie, comme Samson à qui l'on vient de couper les cheveux. Comme il était simplement avant de la connaître, avec cette impression d'avoir à nouveau 7 ou 8 ans et d'être nu au milieu de la cour d'école, vieille phobie scolaire resurgissant tout à coup.

Puis il se ressaisit, se trouve tellement égoïste de penser à ses menus problèmes psychologiques alors même qu'il ignore ce qui a bien pu arriver à celle qu'il aime.

Dès la sortie des classes, il reviendra immédiatement faire le pied de grue devant cette maison.

Elle sera forcément revenue, alors. Oui, forcément.

13

La journée de Julien se déroule de manière distraite, il n'est vraiment en cours que physiquement.

Peu importe tout le reste, il ne pense qu'à Soraya, imagine toutes les possibilités, se trouve stupide de s'inquiéter autant alors qu'il n'y a aucune raison valable pour cela, puis se lamente la minute suivante d'avoir au contraire toutes les raisons de paniquer.

La sonnerie qui annonce 17h, sortie officielle des classes, accompagne Julien dans sa course effrénée vers la maison des Abel. Vers Soraya.

En passant devant la mairie, son attention est brièvement attirée par un fourgon garé devant la mairie. Le maire est en pleine discussion avec un homme, juste devant la statue customisée par Soraya. Probablement sont-ils là pour évaluer les dégâts occasionnés par celle à la rencontre de qui il vole et chiffrer la remise en état.

Il ne prend pas plus de temps pour observer la scène, trop pressé de s'assurer que tout ce qu'il s'est imaginé est faux.

La maison est pourtant toujours fermée, déserte, vide de tout ce qui en fait un lieu de vie.

La panique s'invite, aussi puissante qu'insidieuse. Son monde s'effrite, prêt à s'effondrer. Comment peut-il espérer la retrouver sans avoir la moindre idée de l'endroit où chercher ? Il n'a aucun moyen de la contacter, pas le début d'une piste à suivre pour la retrouver.

Il ne peut qu'espérer que madame Abel a eu une subite envie de partir en vacances, et qu'elle s'est envolée avec ses deux enfants pour la destination de ses rêves, avec un billet aller, mais surtout un retour.

L'idée est bien sûr absurde, mais il s'y accroche pour ne pas sombrer dans la folie dans laquelle l'inquiétude et l'angoisse seraient enclines à vouloir le plonger.

En désespoir de cause, il se résigne à rentrer chez lui, cœur arraché et cloué aux volets de Soraya.

Il s'attarde cette fois-ci plus longtemps, traîne des pieds, rêvant de découvrir au détour d'une rue un indice, à défaut de la croiser, elle.

Leur conversation de la veille lui revient en tête, et il tente d'en extraire le plus petit élément qui lui permettrait de comprendre.

Lorsqu'il repasse devant la mairie, tout ce qu'ils ont pu dire au sujet du maire lui revient, le laissant entre l'envie d'éclater d'un rire nerveux et celle de fuir cet homme qu'il a toujours viscéralement trouvé étrange et inquiétant.

Il est, encore, en grande discussion avec monsieur Tarba, le directeur du lycée. Ce type lui fait inévitablement le même effet chaque fois qu'il croise son chemin, antipathie irrationnelle autant qu'irrépressible. Ce qui est aussi valable pour monsieur Tarba, dont il a toujours eu une peur bleue. Soraya rend cet homme fou, en faisant les 400 coups.

Rongé par l'inquiétude et les doutes quant à la disparition de Soraya, il rentre chez lui, avant que ses parents ne retournent le monde.

Dans leur petit jardin, son petit chien, un corniaud croisé ascendant bâtard, ne ressemblant à rien qui puisse mériter le nom d'une race établie, l'attend en bondissant comme une balle derrière la petite haie qui enceint leur maison.

Le numéro 28, habitation de la famille Roussel, dans laquelle Julien est né.

—Salut, mon Jack. Toi au moins, t'es toujours content de me voir, hein, toujours fidèle au poste.

D'un container en plastique laissé à cet effet sous le porche, il tire une poignée de croquettes qu'il verse dans le petit bol fait d'inox, tintement caractéristique déclenchant chez Jack un réflexe pavlovien, bave filante et gourmande.

Jack, voilà qui a amusé Garance, la mère de Julien, lorsqu'il s'est agi de donner un nom à ce chiot affreux recueilli trois ans plus tôt. Jeté dans un fossé comme un déchet, Jacques, papa Roussel, l'a récupéré, lui a donné la chance qui lui avait été refusée.

Ils s'en sont occupés, lui ont accordé l'importance méritée par tout être vivant, sans aucune considération de valeur ou de race.

Garance lui a de suite trouvé dans les yeux une ressemblance avec son attentionné mari, s'attirant au passage les foudres amusées de ce dernier, et l'a instinctivement nommé Jack.

Il serait donc Jack Roussel, le petit sans-papiers, objet de consommation jeté et recyclé en membre à part entière de leur famille, et lui donnant par ce nom un semblant d'appartenance à une race établie.

À peine la gamelle est-elle posée au sol qu'il se jette dessus, sous le regard attendri de son ami, maître et serviteur à la fois.

—Julien ? C'est toi ?

—Ouais, m'man.

—Tu as encore divagué, tu as vu l'heure ? Rentre vite faire tes devoirs.

Le pas traînant, les yeux dirigés vers le ciel et les pensées restées chez Soraya, il s'exécute.

Son père lève les yeux de son journal, lui sourit.

—Alors, bonne journée, fiston ?

—Pas terrible. J'ai pas vu Soraya, aujourd'hui, je suis inquiet. Elle m'avait pas averti qu'elle devait partir.

—Tu sais que je n'aime pas que tu fréquentes cette fille, Julien. Elle a mauvaise influence sur toi. Pense à tes études avant tout, et oublie-la, celle-là.

—Garance, fous-lui donc la paix, laisse-le respirer, un peu. Cette fille n'est pas un monstre, et quand bien même l'entraînerait-elle à faire des âneries, c'est qu'il l'aura bien voulu. Je doute qu'elle lui mette un couteau sous la gorge.

—Non, elle doit lui mettre sous les yeux ce qu'elle a dans le soutien-gorge.

—Que t'es insupportable. Tu sais pourquoi elle n'aime pas Soraya, fils ? Parce qu'elle est jalouse, que cette jeune fille lui vole les pensées de son fils. Son fils unique, son petit, rit-il, moqueur, rendant Garance plus maussade encore.

—Ne dis pas n'importe quoi, tu veux, cornichon. Le fait est que depuis que notre Julien la fréquente, ses résultats ont baissé. Il ne faut pas sortir d'une grande école pour faire un lien de cause à effet.

—Oulala, tu oublies aisément que notre garçon devient un homme, et qu'il a d'autres préoccupations que les études. Hein, fiston, ajoute-t-il en lui adressant un clin d'œil appuyé.

Chacun à sa manière, ses parents l'agacent. Sa mère pour sa possessivité, son père pour cette lourdeur du mâle qui se veut complice de son garçon.

—Bon, je vais dans ma chambre... faire mes devoirs.

Jacques explose de rire, sous les éclairs lancés par les yeux de sa femme.

Julien reste enfermé jusqu'au dîner, auquel il assiste plus qu'il ne participe, sans appétit ni envie. L'esprit préoccupé par un milliard de questions, il n'entend pas les élucubrations de ses parents. Il se retire dans sa chambre avant l'arrivée du dessert, prétextant d'un bredouillement inaudible une fatigue soudaine.

La nuit venue, il n'en peut plus d'attendre. Il doit savoir.

Il sait que tout sera rentré dans l'ordre, qu'il la trouvera chez elle. Il le souhaite. Il le veut.

Ouvrant délicatement sa fenêtre, il se faufile dans le jardin.

Jack l'attend au pied de la fenêtre, conditionné par l'habitude. Assis, tête penchée, il le regarde avec intensité.

—Chuuut, mon petit pote. Je pars en virée, comme d'hab. Tu veilles sur la maison et sur eux, OK ?

Jack remue son petit trognon de queue de manière frénétique, fait interprété par Julien comme un oui franc et massif.

Les rues sont très calmes, silencieuses. C'est là son moment préféré, la manière dont il a toujours aimé cette ville, l'heure où elle est désertée, même de ses emmerdeurs.

14

Comme chaque jour, ou plutôt chaque nuit, il passe devant la mairie, et cela a ce soir un sens particulier pour lui. Comme s'il espérait y trouver Soraya, en train de se livrer à l'une de ses farces nocturnes.

Un grand véhicule utilitaire, garé sur la place centrale, attire son attention.

Pris d'un doute qui lui explose dans le cerveau à la manière d'une bombe, aussi brutalement, avec la même violence. Il lui semble reconnaître en ce fourgon celui qui circulait hier soir dans la rue des Abel à une heure tardive.

Il se souvient de s'être étonné de le voir plusieurs fois, notamment au moment où il repartait de chez Soraya. C'était en tout cas un modèle similaire à celui-là.

Sans réellement savoir ce qu'il fait, sans chercher à analyser dans quel guêpier il pourrait se fourrer, il se dirige vers ce véhicule qui abrite tout à coup pour Julien tous les mystères auxquels il veut apporter réponses.

De manière irrationnelle, il est persuadé qu'il trouvera dans ce véhicule les indices dont il a besoin.

Il ne peut faire autrement que de vérifier cela par lui-même sur le champ, à défaut de quoi il se reprocherait toute sa vie de ne pas l'avoir fait si un malheur devait arriver.

D'un rapide coup d'œil, il s'assure que personne ne puisse le voir.

Il se glisse alors à l'arrière de l'utilitaire, et le cœur battant, priant intérieurement pour que la porte ne soit pas fermée à clé, et souhaitant dans le même temps qu'elle le soit, il actionne la poignée.

La porte s'ouvre, condamnant Julien à poursuivre son exploration.

Il monte dans le caisson et referme derrière lui.

Avant de poursuivre ses investigations, il prend le temps de calmer sa respiration et les battements de son cœur.

Une fois retrouvé un semblant de sérénité, il s'applique à étudier chaque centimètre carré de l'intérieur du véhicule.

À première vue, rien ne distingue ce fourgon de n'importe quel autre. Des outils, des bouteilles de gaz, un chalumeau... rien de particulier. Il s'est laissé emporter par son imagination, guidée par le désir irrépressible de trouver une solution à son enquête.

Rien ne servirait de rester plus longtemps ici. Alors qu'il s'apprête à redescendre, des voix lui parviennent, assez fort pour qu'aucun doute ne soit permis quant à la proximité de plusieurs hommes.

Nouvelle crise de panique. Cette fois-ci, il est bon pour un voyage au poste pour intrusion, peut-être même l'accuseront-ils d'avoir volé. Il se voit déjà passer quelques mois en prison, mais n'a pas le temps d'aller plus loin dans ses délires. La poignée est actionnée avec force, le poussant à se blottir derrière les bouteilles de gaz.

—On va l'embarquer de suite, et on le livrera à bon port, monsieur, n'ayez crainte. Là où on l'amène, elle ne risquera plus rien des petits saccageurs qui sévissent ici. Après tout, ça n'est pas du vol, c'est de la préservation d'œuvre d'art.

—Oh, le pire de tous les vandales ne devrait plus nous poser de problème.

Rires gras et stupides, pense Julien, sans réellement saisir le sens de leurs propos. Le pire de tous... ou la pire ? Est-il possible qu'ils parlent de Soraya ? Aurait-il eu le nez creux en venant fouiner ici ?

—Ce soir nous recevons des personnes importantes, cette œuvre devrait leur plaire. Il manquait justement une pièce à l'entrée.

—C'est comme si c'était fait, monsieur.

L'un des hommes balance un objet sur le sol, puis claque la porte avec force.

Les amortisseurs grincent légèrement sous le poids d'une personne montant à l'avant, puis le moteur démarre.

Il est cette fois-ci dans le plus formidable des pétrins. Sa mère a probablement raison, il devrait l'écouter, parfois...

Il jette un œil à ce qui a été jeté à l'arrière. Malgré la relative obscurité, il distingue un rouleau de corde.

Le fourgon roule quelques dizaines de mètres, puis stoppe à nouveau.

Les deux battants de l'ouverture arrière s'ouvrent en grand. Julien ne peut espérer fuir sans être vu. Il se cale du mieux qu'il le peut derrière les bouteilles de gaz... et attend.

Deux hommes d'allure sportive passent dans son champ de vision limité par les parois métalliques.

Deux minutes plus tard, ces mêmes hommes, soufflant comme des dragons sous l'effort intense, présentent un objet volumineux devant la porte .

Cette masse informe, Julien le sait plus qu'il ne le voie, est la sculpture "améliorée" par Soraya.

Ils déposent l'œuvre d'art sur le plancher du fourgon qui s'affaisse quelque peu sous le poids. Les hommes referment les portes, et il entend nettement le cliquetis caractéristique du verrouillage.

Le voilà pris au piège, sans possibilité de sortir ni même de sauter en cours de route.

Le véhicule redémarre, puis s'engage dans la circulation.

Plus fort encore que la terreur qui le cloue à la paroi du véhicule, la certitude que la route empruntée le mènera à Soraya le pousse à ne rien tenter pour se sortir de là.

Il ignore tout de ces hommes, tout de ce qu'ils complotent, ne sait d'ailleurs même pas si tout ce qu'il croit avoir entendu et pouvoir en déduire n'est pas le simple fruit de son imagination, guidée par cette volonté farouche de retrouver Soraya.

Mais il sait aussi que s'il a eu raison, alors cela justifiera toutes les folies du monde.

L'instant d'après, il se trouve ridicule de s'être fait une montagne d'une simple absence. Il imagine déjà Soraya l'attendant dans sa chambre, et se foutant de sa gueule lorsqu'il lui raconterait tout.

En dépit de la peur qui lui vrille les entrailles, il ne peut réprimer un sourire, qui se transforme vite en rire. Comme il aimerait entendre le sien, à elle, fut-il moqueur à ses dépens.

15

Sa montre lui indique qu'ils sont partis depuis presque une heure lorsqu'il sent le véhicule décélérer, puis freiner carrément pour tourner.

Il tente de visualiser l'endroit où ils peuvent se trouver, à 55 minutes de conduite sage de la ville.

S'il en juge par le bruit et les cahots, ils ont quitté la chaussée goudronnée et circulent désormais à faible allure sur un chemin.

Le fourgon s'arrête, provoquant un instant de panique chez Julien qui doute de pouvoir rester invisible bien longtemps. Puis il repart, autorisant Julien à sortir de l'apnée dans laquelle la peur l'avait plongé.

Il pense qu'ils viennent de passer un portail ou autre barrière, justification probable à cet arrêt, et pénètrent donc une propriété privée. Très isolée s'il se fie à la longueur du chemin emprunté hors route.

Vient enfin, ou plutôt déjà, le moment à la fois attendu et tellement redouté.

Arrêt définitif du véhicule, le moteur est coupé.

Julien se colle à la paroi jusqu'à s'y fondre, caché derrière les bouteilles de gaz.

Il sait cette tentative de rester invisible vouée à l'échec si les hommes montent à l'arrière, mais ne peut rien tenter de plus qu'espérer.

La serrure est déverrouillée, la poignée actionnée. Julien ferme les yeux aussi fort qu'il le peut, comme si ne pas voir pouvait équivaloir à ne pas être vu. Il voudrait pouvoir fermer ses oreilles de la même manière.

Dehors, il entend plusieurs hommes discuter, quand un seul suffirait à le maîtriser sans forcer.

—Qu'est-ce que vous nous amenez là, les gars ? C'est pas la sculpture qui était exposée à Pauillac ?

—Si, Frédo. Il est là, pot de rillettes ? Dis-lui de bouger son gros cul et d'amener un chariot élévateur.

—Je sens bien que t'as ses piques en travers, Angus, mais crois moi, c'est pas le mauvais bougre. Essaie de rester calme, laisse-lui une chance. On va être amenés à cohabiter pendant un certain temps, j'aimerais assez que ça se passe pas trop mal entre nous.

—Laisse tomber. Dis-lui de se ramener, et de mettre la sculpture dans le grand hall d'accueil. Apparemment, le boss fait une réception en grande pompe, va y avoir du beau linge amateur d'art. Luc et moi, on a un autre colis à aller récupérer à 200 bornes d'ici, cette nuit. On sera de retour dans le courant de la matinée, probablement. Alors dis à saindoux de nous débarrasser le fourgon, on en a besoin. Moi je vais faire un petit somme avant de prendre la route. Tu viens, Luc ? Laisse-les se démerder.

—Ouais, j'arrive. Moi aussi, je vais pioncer un peu. Dis-moi, Frédo, tu sais quelque chose sur ces gens qui viennent ce soir ? Merde, j'aurais bien voulu être là, pour voir un peu de quoi il retourne.

—J'en sais pas plus que toi, Luc. Tout ce que je sais, c'est qu'ils sont tous tellement blindés qu'aucun ne se torche le cul lui-même.

—C'est pas que j'ai des regrets ou des scrupules, d'habitude je ne pose aucune question. Mais cette fois-ci, je dois avouer que je suis intrigué de savoir ce qu'ils vont faire de ces familles.

—Un truc tordu, à n'en pas douter, mon vieux. Y en a déjà une qu'on a utilisée, c'est pas jojo à voir, crois-moi. Ils sont tous nés le cul dans la graisse, ils savent plus quoi inventer pour se divertir. Enfin, moi, je m'en fous, ils sont prêts à payer des fortunes pour ce que le boss leur a préparé. Je crois qu'il n'y a que lui à savoir réellement de quoi il retourne. On sera mis au jus bien assez tôt, va. Ce qui est sûr, c'est que ça ne sera pas agréable pour ces familles. Bon, je vais chercher Dudule, pour décharger cette merde.

Les deux hommes s'éloignent du véhicule.

Julien est terrorisé par ce qu'il vient d'entendre. S'il a bien interprété les paroles entendues, il s'est jeté dans la gueule du loup, et risque probablement sa vie. Mais il est aussi à peu près certain que Soraya et sa famille sont bien ici. Parmi d'autres.

Que foutent ces dingues, bon sang ? Quel est leur but ?

Il doit se décider à bouger de sa cachette précaire avant l'arrivée de l'élévateur s'il veut avoir une chance d'échapper à la vigilance de ces malades.

Jamais se lever, simplement marcher, ne lui avait demandé tant d'efforts. Il doit se faire violence pour jeter un œil au dehors de l'habitacle.

Il se trouve dans un hangar, lui semble-t-il, une sorte d'immense garage.

Alors qu'il pose pied à terre, le bruit caractéristique d'un élévateur électrique arrivant à vive allure le pousse à courir se mettre à l'abri derrière de grosses caisses entreposées à quelques mètres de l'endroit où il se trouve, recouvertes d'une lourde bâche sous laquelle il se glisse.

Un homme assez rond et gros conduit l'engin au mépris de toutes les règles de sécurité. Julien ne peut réprimer l'image qui lui vient à l'esprit, celle du bidibulle qui a fait sa joie lorsqu'il était tout petit, accompagnée d'une irrépressible envie de rire.

Ce genre de rire fou, qui se transforme en fou rire, d'autant plus puissant et irrépressible que la situation est grave et n'a absolument rien d'amusant.

Le bidibulle de chantiers décharge le fourgon et emporte la sculpture vers une autre partie du bâtiment.

Personne pour l'heure ne l'a repéré. Même s'il crève de trouille, il pourrait mettre à profit l'effet de surprise pour venir en aide à Soraya. Si toutefois elle se trouve bien ici.

Pour la première fois de son existence, il va se mettre sciemment en péril, risquer sa vie.

Tenter de sauver celle qu'il aime et lui communiquer sa force est son seul but. S'il n'y parvenait pas, il mériterait de mourir ici, et ne pourrait de toute façon survivre à Soraya.

Il étudie le bâtiment, repère les portes, les possibilités de fuir ou de se cacher, mémorise le tout, s'en fait un plan mental. Deux caméras attirent son attention, chacune à un angle opposé de l'immense garage. Il se surprend à prier un Dieu auquel il n'a jamais cru que personne ne soit à cet instant devant les écrans de contrôle probablement reliés à ces caméras.

Sans réellement savoir pourquoi, il sent qu'il doit attendre avant de bouger d'ici, analyser un maximum de données, surveiller les allées et venues avant d'entreprendre quoi que ce soit.

Une fois de plus, il se maudit d'être aussi réfractaire à la technologie. Si comme tous les jeunes gens de son âge, il était accro à la téléphonie mobile, il aurait déjà alerté la gendarmerie. Qu'il serait heureux de les voir, pour une fois !

Il attend depuis déjà une heure lorsque les deux hommes qui l'ont conduit malgré eux jusqu'ici reviennent.

Le grand volet métallique s'élève sans bruit, laissant libre accès sur l'extérieur au fourgon qui disparaît rapidement dans l'obscurité, pour n'être bientôt plus résumé qu'à deux yeux rouges se déplaçant à vive allure.

Personne ne l'a encore repéré, ce dont il se félicite et l'amène à se demander quel usage ils font réellement de leurs caméras.

Trente minutes plus tard, le gyrophare annonçant l'ouverture imminente de la porte de garage s'excite à nouveau.

Trois berlines de luxes s'avancent lentement jusqu'à l'arrêt complet. Les chauffeurs descendent les premiers, pour ouvrir la porte à leurs passagers.

Julien s'étonne de ne voir que des gens à l'allure tout à fait banale, en dehors de leurs vêtements de luxe, et des masques de carnaval vénitien qu'ils enfilent prestement. Il a eu tout juste le temps d'apercevoir les traits de deux de ces personnes, un couple. Il s'attendait à ne voir débarquer que des salauds au physique de l'emploi, vieux cliché à la peau dure qui voudrait qu'un criminel ait forcément le visage marqué du sceau "enfoiré".

Quoi qu'ils viennent faire ici, il sait ou sent que ça n'a rien à voir avec une œuvre de charité. Pourtant, ils ont tout de ceux que l'on respecte et affuble de toutes les qualités a priori, juste parce qu'être riche est respectable pour la société, s'habiller de vêtements chics, ou en tout cas chers, valant toujours mieux que porter des guenilles aux yeux du monde.

Trois couples se retrouvent et usent de mondanités pour se saluer dans une bonne humeur électrique, une excitation presque palpable.

S'il s'écoutait, il se lèverait sur le champ et les écraserait comme des punaises. Il rêverait en tout cas de le faire.

Ils sont la crasse habillée de paillettes, la fosse à purin dissimulée sous un joli massif de fleurs.

Le bidibulle vient à leur rencontre, et les mène vers l'une des portes.

Julien n'entend pas ce qu'ils se disent, ces gens-là sont trop éduqués pour se permettre des éclats de voix et de rire, pour parler fort simplement.

Quelques minutes plus tard, une autre voiture pénètre le garage. Un modèle plus modeste, rien de luxueux dans celle-ci.

Le roux dodu et un autre homme, celui qui discutait tout à l'heure avec ceux qui l'ont conduit jusqu'ici, se précipitent au-devant du nouvel arrivant. Celui-ci n'a pas de chauffeur, mais n'en a pas moins d'importance, manifestement.

—Salut, Boss. Ils sont bien arrivés. Je les ai installés dans le grand salon. Ils ont eu l'air d'apprécier la sculpture, c'était une très bonne idée, il semblerait, avance le plus chétif des deux.

Le conducteur descend et se redresse de toute sa stature.

Il ajuste lui aussi un masque qui empêche Julien de voir son visage.

—Ce soir, vous allez assister à notre première vente aux enchères. D'autres initiés y participeront à distance, par vidéo interposée. Ce sont eux, qui ont financé tout ça, ce superbe complexe. Je veux que tout se passe bien ce soir. Si tout se déroule selon les attentes de nos mécènes, ils deviendront aussi des clients réguliers et cette affaire prendra de l'ampleur. Je prévois bientôt de remplir toutes les cellules, et d'autres sont en projet. Croyez que c'est un marché juteux, et chacun aura sa part du gâteau. Mais il faut pour cela que vous vous assuriez qu'aucun grain de sable ne vienne gripper la machine.

—Aucun souci à se faire, boss, nous veillerons au grain, vous pouvez nous faire confiance.

Celui qu'ils appellent boss pivote légèrement sur lui-même, comme pour s'assurer que rien ne cloche, que ses hommes disent vrai. Ce faisant, il dévoile plus sûrement sa silhouette. Elle rappelle vaguement quelqu'un à Julien, sans qu'il parvienne à mettre un nom ou un visage dessus. Que vient faire là ce sale et mystérieux personnage ?

—Dites, boss, j'ai une question au sujet des derniers arrivés. Pourquoi les avoir choisis, eux ? Je veux dire, d'habitude, vous prenez soin d'aller faire vos "emplettes" un peu partout, assez loin d'ici, y compris à l'étranger. Plus simple pour brouiller les pistes, j'imagine. Alors pourquoi des gens du cru, cette fois-ci ?

Dudule s'interpose, plus agressif qu'à l'accoutumée.

—Mêle-toi de tes affaires. Ton rayon, c'est de veiller à la logistique interne de ce complexe. Le reste ne te regarde pas, pigé.

—Je... ok, t'énerve pas, c'était une simple question, aucune arrière pensée. Ne pas savoir ne m'empêchera pas de dormir.

—Allons, messieurs, on se calme. Dudule, va t'occuper des invités. Et ne discute pas !

Râlant et grommelant, le Bibendum s'éloigne à contrecœur.

—J'en parle une fois, et ce sera la dernière. Ne répète pas ça à Dudule, il serait furieux. Il se trouve que nous avons déjà eu affaire à cette fille. La jeune tigresse s'entend, tu l'auras compris. Et ces derniers temps, elle devient de plus en plus invasive, fait de plus en plus de conneries qui semblent nous viser. Je n'ai aucune envie qu'elle remue le passé, elle a déjà assez foutu la merde comme ça. De plus, il ne vous aura pas échappé, à vous tous, qu'elle a une énergie hors du commun, c'est un animal sauvage, cette poulette-là. Bientôt, de nouveaux acheteurs possibles doivent venir la voir. Ils connaissent déjà le potentiel de cette fille et je leur ai parlé d'un projet qui les a de suite emballés. Ils sont prêts à y mettre le prix. Et quand je dis le prix, ça n'a aucune commune mesure avec toutes les propositions que nous avons pu avoir jusque là. Ce soir, cette famille ne sera pas présentée aux enchères, on la réserve expressément pour ces généreux... donateurs. En attendant, je compte sur toi pour faire en sorte que rien de fâcheux ne se produise d'ici là. Ne te fie jamais à elle, elle a le diable au corps, elle serait capable de te briser la nuque avant même que tu n'aies eu le temps de cligner des yeux.

—Je ne comprends pas, boss. Comment pouvez-vous savoir de quoi est capable cette petite ? Ce n'est qu'une ado, pas un membre d'un groupe d'intervention.

Le boss conserve un ton neutre, calme, mais Frédo sait parfaitement ce que cela cache.

—Je t'ai expliqué ce que j'avais à t'expliquer ! Il ne te servirait à rien d'en savoir davantage. Compris ?

Sans le voir, Frédo prête à cet homme, à cet instant, un sourire sans joie ni compassion, de ceux qui sont assez froids pour voler toute chaleur et ne sont donnés que pour montrer les dents, comme un point final à cette conversation, la signature du contrat implicitement passé entre eux. Plus de questions au sujet de la fille. Jamais.

Depuis sa cachette, Julien les regarde s'éloigner et emprunter la même porte que le petit grassouillet un instant auparavant.

Il se hasarde à quitter le couvert de la bâche pour inspecter les lieux avec plus de précision, préparer son évasion... dès qu'il aura retrouvé Soraya et sa famille.

Lui le peureux, le poltron, le lâche, le tracheux, est pourtant prêt à tout pour sauver celle qu'il aime.

Repérer dans un premier temps toutes les sorties possibles. Il teste toutes les portes une à une, constate que tout est verrouillé. Le grand volet électrique n'a aucune commande au mur, probablement n'est-il actionné que par le biais de télécommandes.

Aucun moyen pour lui de s'enfuir depuis le garage, à moins de trouver l'endroit où doivent être centralisés les tableaux de commande de toute l'installation. Il semblerait que tout soit prévu pour que personne n'entre ni ne sorte sans autorisation préalable. Quel horrible secret conservent-ils entre ces murs ?

Il doit visiter le reste du bâtiment pour en percer tous les mystères et trouver la faille.

16

Monsieur Caïn, Damien de son prénom, plus couramment appelé "boss" par ses employés, se dirige vers la salle d'accueil.

Les invités de marque y sont installés autour d'un buffet garni de plats et mises en bouche du meilleur traiteur de la région. Vins de médoc et champagne servis en abondance font le bonheur des convives. L'ambiance s'est déjà réchauffée, et l'excitation grimpe en flèche.

Damien monte sur une petite estrade, pour s'adresser à son auditoire qui attendait ce moment avec fébrilité.

—Chers amis, amateurs d'art de tous horizons qui pour certains d'entre vous venez de très loin, vous me voyez très heureux de vous accueillir ce soir en ces lieux, concrétisation d'un projet qui aura mis 10 ans à être pensé, analysé, pour finalement voir le jour. Sans vos dons, rien de tout ce que vous voyez autour de vous, et de ce que vous ne voyez pas encore, n'existerait. J'ajouterai que sans mécénat, sans généreux donateurs tels que vous, l'art ne serait simplement plus de ce monde. Il était donc normal et naturel que nous imaginions pour vous une nouvelle conception de l'art. Ou, peut-être au contraire, revenir à sa source. Le rendre à son essence même, lui redonner vie et corps. Nous nous réunissons ce soir pour la première vente aux enchères de ce genre, je crois pouvoir dire que nous sommes des précurseurs en la matière au niveau mondial. On peut espérer que ce genre d'initiative fera des émules de par le monde (rires). Nous allons remettre à chacun de vous, comptés en tant que couples, une lettre. Vos noms ne nous intéressent plus à partir de maintenant, vous serez A, B et C, et nous aurons en ligne D et E. Nous allons vous proposer de mettre en scène et de donner vie à l'œuvre que vous préférez, celle qui fait battre votre cœur. Les enchères se règlent toujours en liquide, le soir même. Ne misez pas l'argent que vous ne possédez pas sur place, il vous serait nié le droit de poursuivre, et le lot reviendrait alors au second offrant. Chaque semaine aura lieu une vente de ce genre. Celui qui remportera l'enchère aura le droit de choisir les sujets qui incarneront son œuvre. Finies les natures mortes, si j'ose dire.

Nouveaux rires plus soutenus, accompagnés de quelques gloussements complexés. S'ils savent tous pourquoi ils sont là, ce qu'ils sont venus faire, et que l'idée les enchante et les excite au plus haut point, certains n'assument pas encore tout à fait.

—Vous allez glisser, dans une enveloppe qui porte votre lettre, la scène de l'œuvre que vous aimeriez voir reproduite. Au choix, nous avons aussi un catalogue de scènes réalisables ici même, ou sur l'un des sites répertoriés, si vous étiez à court d'inspiration. Il va sans dire que nous étofferons peu à peu ce catalogue, que vos propres idées et choix successifs pourront venir gonfler. Nous allons lever un verre à l'Art, et trinquer à vos futurs succès. Longue vie à l'Art et à toutes ses manifestations.

Les applaudissements nourris et les piétinements sur place trahissent une impatience de plus en plus difficile à étouffer.

Damien décide d'écourter l'apéritif dînatoire pour passer au plus vite au plat de résistance.

—Je vous invite à me suivre.

Les couples A, B et C piaillent d'un plaisir fantasmé qu'ils savent proche de la réalisation.

Damien les guide directement jusqu'à la salle de détention.

Dudule suit tout ce petit monde avec un sourire amusé, caméra frontale connectée en WiFi captant ce que voient ses yeux pour le retransmettre en instantané aux mécènes D et E.

Tout le long, les invités peuvent admirer les installations, et percevoir tout le potentiel de certaines salles, qu'il s'agisse de la chambre froide aménagée spécialement à leur intention ou bien de la serre tropicale qui excite leur curiosité.

Ils marchent tous dans les pas de Damien à travers ce dédale d'interminables couloirs et entrent finalement tous à sa suite dans cette immense pièce meublée des seules cages et de leurs habitants.

—Notez bien le numéro de chaque cage, repérez les modèles que vous aimeriez remporter. Prenez tout votre temps pour ce faire, vous n'aurez droit qu'à un numéro et un essai par enchère.

Les couples, livrés à eux-mêmes, déambulent entre les cages, éclairées par un plafonnier de la 1 à la 7, comme des touristes lâchés dans un zoo.

Les prisonniers sont pour la plupart prostrés, ne comprennent pas ce qui leur arrive, paralysés par la peur et la résignation. Et drogués, pour éviter tout esclandre.

Seule la petite fille de la cage 4 s'est dressée au passage du couple B.

Mains et front plaqués à la vitre, elle les fixe, suppliante. Elle psalmodie une inaudible litanie.

—Ooooh, chéri, je craaaque. Je la veux. Je veux que ce soient cette petite fille et sa famille. Pour mon anniversaire, dis oui, s'il te plaît, minou.

L'homme se colle à elle, visage dans le creux de son cou, et chuchote tendrement à son oreille.

—C'est comme si c'était fait, mon amour. Avec l'enchère que je compte proposer, je doute que qui que ce soit puisse nous battre. Ça n'est pas tous les jours qu'on fête l'anniversaire de l'amour de sa vie.

Les participants vont d'une cage à l'autre, excités comme s'ils étaient sur le point de découvrir le chaînon manquant entre le singe et l'homme, chacun cherchant en chaque prisonnier la particularité qui fera de lui son œuvre, celle qui lui parlera et entrera en résonance avec ses goûts propres et ses attentes plus que n'importe quelle autre.

Le couple A s'intéresse de près à la cage 8, pourtant restée éteinte.

Ce petit garçon accroché à son âne en peluche, manifestement tourné vers un monde intérieur qui l'isole du leur et l'empêche de les voir, les fascine. De même que cette jeune femme ligotée, endormie, à la beauté sauvage. Elle dégage une magnétique animalité qui les scotche à la vitre aussi sûrement que le ferait un écran de télé sur des enfants.

Dudule s'approche, habillé de son plus beau sourire et muni de tout le tact dont il est capable... ce qui le concernant est loin de tutoyer les sommets.

—Ceux-ci ne font pas partie du lot, monsieur. Ils viennent d'arriver et sont encore épuisés et stressés par le transport.

—Vous êtes sûr qu'il n'y a pas moyen de les avoir, moyennant supplément pour vous ? Ma femme et moi-même serions prêts à mettre au-delà de ce qui est raisonnablement admissible.

—Vraiment désolé de devoir insister, monsieur. Vous pouvez faire votre choix parmi toutes les autres cages, mais celle-ci a fait, me semble-t-il, l'objet d'une commande bien particulière et est donc réservée.

Yeux agrandis par la terreur et la rage mêlées, Évelyne ne peut arriver à croire ce qu'elle entend et voit.

Ces gens les considèrent comme du bétail. Qu'ont-ils en tête ? Quel sort réservent-ils à ses enfants ? Est-ce l'un de ces sordides trafics d'organes dont elle a déjà vaguement entendu parler ? Ou bien vont-ils alimenter un réseau de prostitution ou d'esclavage d'un autre genre ? Toutes les hypothèses les plus abominables se bousculent dans son esprit, à rendre dément le plus sage des sages.

Si elle n'était toujours bâillonnée et ligotée, elle se dresserait et tambourinerait sur la paroi, tenterait idiotement de briser cette vitre pour égorger ces salauds, et au moins hurlerait-elle sa haine à la face de ces monstres.

Soraya, toujours sous l'effet du tranquillisant, commence à donner des signes de réveil.

Noah est calme, occupé à câliner sa peluche.

Évelyne se redresse du mieux qu'elle le peut, assise dos à la paroi, pour observer les réactions des autres prisonniers.

Ils paraissent tous résignés, amorphes, assommés par le poids de leur nouvelle condition d'animal objet. Ou bien sont-ils drogués aussi, peut-être.

Elle doit trouver une solution pour sauver ses enfants, ne se donne pas d'autre choix. Elle y parviendra ou mourra en les défendant. Probablement mourra-t-elle de toute façon, mais elle y est prête.

17

Soraya ouvre les yeux, tête douloureuse et idées brumeuses comme au sortir d'un coma éthylique.

Elle se souvient par flashs de ces hommes qui tentaient de pénétrer leur maison en pleine nuit et avec lesquels elle s'est battue avec acharnement, avant ce choc inattendu, soudain, brutal. Puis le noir.

La douleur qui incendie l'arrière de son crâne par pulsations intermittentes lui vrille les neurones.

Elle n'ose encore bouger, de peur de découvrir qu'elle est grièvement blessée, voire paralysée.

Doigt après doigt, muscle après muscle, elle teste son corps, comme on vérifie chaque partie d'un avion avant le décollage.

Enfin, elle tourne la tête. Dans son champ de vision, Noah, assis paisiblement, en pleine communion avec sa peluche. Il paraît être en parfaite santé. À côté de lui, leur mère, attachée aussi serré qu'elle l'est elle même.

Leurs regards se croisent, se disent ce que les mots n'arrivaient plus à exprimer depuis bien des années. Un "je t'aime" réciproque, aussi puissant que peut l'être un sentiment cru et nu, dépouillé de l'habillage du langage, du maquillage des mots souvent impropres à traduire avec exactitude la parole du cœur. Puis vient la peur commune, l'interrogation aussi. L'incompréhension.

Pourquoi tout cela ? Pourquoi eux ? Que va-t-il se passer ?

Soraya roule sur elle même pour se retrouver sur le dos, puis s'aide de ses jambes et ses mains liées au niveau des reins pour effectuer une reptation vers sa mère. Arrivée à ses côtés, elle adopte la même position assise, adossée à la paroi.

C'est à cet instant seulement qu'elle aperçoit Dudule. Le reconnaît de suite, autant visuellement que viscéralement.

La haine pure qui irrigue brutalement ses veines pourrait la mener à tuer. Sans hésitation, sans regrets ni peine.

Dudule sent le poids de ce regard posé sur lui, et tout à ses explications au couple A, ne peut s'empêcher de tourner la tête vers Soraya.

Ce qu'il voit le glace l'espace d'une micro seconde, pas suffisamment longtemps pour que ses interlocuteurs s'en aperçoivent, mais assez tout de même pour qu'il revive une scène de leur passé commun en intégralité.

Décontenancé, nu comme un ver face au jugement de ces yeux plus froids et impitoyables que jamais, il s'éloigne de la cage, prétextant vouloir guider les VIP vers une famille qui, selon ses dires, leur conviendra mieux.

Il pense que personne n'a perçu ses failles, mais Soraya l'a percé à jour.

Elle appuie sa tête sur l'épaule de sa mère, pour y chercher du réconfort et en donner en retour.

L'une comme l'autre savent qu'elles devront attendre le bon moment, l'occasion idéale, avant de tenter quoi que ce soit. Inutile de s'épuiser à hurler dans le vide, à essayer de se détacher.

Leur temps viendra.

18

Damien Caïn revient annoncer aux enchérisseurs que leur temps est écoulé, et qu'il est l'heure de se départager.

—Mesdames, messieurs, je pense pouvoir dire que votre choix est fait. Retenez bien le numéro de cage choisi, et suivez-moi.

Théodule remet deux enveloppes à Damien, contenant les choix et les montants proposés par les candidats D et E.

—Ils ont été satisfaits ? Ils ont pu tout voir comme il faut ?

—Ouais ouais, sans souci. Ils ont raccroché la conférence vidéo, z'ont dit qu'ils préféraient préserver le suspense jusqu'au bout.

—Tu leur as bien expliqué tous les scénarios possibles ?

—Ouais, ils ont choisi en connaissance de cause, t'inquiète.

—Bien. Je crois que tout se déroule pour le mieux. Alors, évite de déconner, comme à ton habitude, tu veux ? Si tu me fous tout par terre, je ne te couvrirai plus pour rien. Jamais, tu m'entends ! Et crois bien que nos mécènes n'hésiteront pas à te faire couler les pieds dans le béton pour te jeter à la Gironde. Peu de doute d'ailleurs sur le fait que leur exécutant serait alors Angus. Tu piges ?

—Ouais, ça va, fais pas chier, c'est bon. Si j'avais pas été là, je te rappelle que tes hommes de main l'auraient eu dans le cul.

—Tu n'as fait que te racheter, mon vieux, à ta place, je ne la ramènerais pas trop. Je t'ai sauvé la mise il y a deux ans, tu as rendu la monnaie la nuit dernière. Point. On est à zéro, tu n'as aucun crédit, OK ?

Dudule lève les mains en signe de reddition, puis s'efface.

Dans la salle d'accueil, où les hôtes se restaurent, Damien récupère toutes les enveloppes.

Il retourne à son pupitre, sur lequel il dépouille les propositions, sorte de remise des Oscars dévoyée.

Il prend le temps de comparer les offres, pour ne surtout pas commettre d'erreur quant à la désignation du gagnant.

Lorsqu'il ouvre l'enveloppe estampillée B, il écarquille les yeux.

La somme proposée est, même dans ce cadre particulier, indécemment importante. Cinq cent mille euros, quand les autres tournaient toutes autour des cent mille.

—Mesdames, messieurs, l'instant est solennel. Nous avons des gagnants officiels. Les B, vous pouvez vous avancer, vous avez remporté cette enchère haut la main.

—Oh ouiiii, minou, je t'adore, tu m'avais bien dit qu'on l'emporterait.

—Rien n'est trop beau pour ma si jeune et si belle femme.

Ils s'embrassent langoureusement, leurs 40 ans d'écart d'âge ne semblant pas être un obstacle à ce mariage d'argent d'amour.

—Dis, chéri, ça veut dire qu'on va avoir la petite fille qu'on a vue tout à l'heure ?

—C'est bien ça. Et comme j'ai opté pour une œuvre à la carte, on va pouvoir choisir ce qui te ferait le plus plaisir.

La jeune femme saute de joie, savourant par avance le plus beau cadeau qu'elle ait jamais reçu de toute son existence.

Damien, ravi d'assister à cette scène et de pouvoir fréquenter de véritables amateurs d'art prêts à tout pour lui redonner ses lettres de noblesse, les invite à le suivre.

—À moins que vous ne désiriez vous restaurer davantage, nous allons faire le tour des tableaux disponibles pour vous. Grâce à votre générosité, le nombre grossira rapidement, et si vous revenez, vous aurez toujours plus de choix.

—Oh, je sais déjà que nous reviendrons. Cela faisait tant de temps que je cherchais des attractions à la hauteur de mes attentes, des expositions assez audacieuses pour me surprendre et me sortir de ma zone de confort.

—Bien, laissez-moi prendre congé de nos invités, et passons au plat de résistance. Mes chers amis, je me dois de vous laisser poursuivre seuls. Prenez tout le temps qu'il vous faudra pour vous restaurer, vous reposer, vous divertir si besoin dans la salle prévue à cet effet. Nous avons quelques films plus qu'intéressants sur les débuts de cette aventure. Lorsque vous désirerez quitter les lieux, Frédéric et

Théodule ici présents se feront un devoir de vous raccompagner à vos véhicules. Sur ce, je vous salue.

Les couples A et C saluent et félicitent les gagnants, puis reprennent leurs agapes dans la joie et la bonne humeur.

19

Damien se retire, suivi de près par le couple B.

Ils longent un immense couloir desservant une vingtaine de pièces différentes, chacune contenant le nécessaire à l'élaboration d'un scénario et à la réalisation d'une œuvre d'art.

Damien s'arrête devant la première, sur laquelle ils ont une vision parfaite au travers d'une gigantesque baie vitrée. Tout l'intérieur est carrelé, le mobilier fait d'acier inoxydable. Tout est prévu pour un nettoyage et une désinfection facilités.

—Cette salle est celle de la plastification. Cette méthode de conservation consiste à remplacer tous les fluides vitaux d'un corps par une sorte de silicone, par imprégnation polymérique. C'est en quelque sorte une méthode de momification moderne. Cela permet d'obtenir d'incroyables statues. Plus que ça, des hommes et des femmes plastifiés, pas de vulgaires statues de cire. Vous y retrouverez toutes les expressions humaines comme aucune autre sculpture ne saurait vous en offrir. Vous serez guidés à chaque étape par notre spécialiste, le docteur Sandrine Delarace et son assistante Catherine Sicsic, que vous voyez là très occupées à préparer leur matériel. Elles mettent un point d'honneur à fournir le meilleur service, vous ne serez pas déçus, je puis vous l'assurer.

Monsieur B observe longuement la jeune femme aux prises avec son assistante, et bien qu'il ne puisse les entendre, a la nette impression qu'elles se disputent.

—J'ai une question, Damien... vous permettez que je vous appelle Damien, n'est-ce pas ?

—Je vous en prie, c'est un honneur pour moi. Et vu que nous serons amenés à nous revoir régulièrement, si je vous ai bien compris, je préfère. Posez donc vos questions, quelles qu'elles soient.

La jeune épouse glousse, surexcitée.

—Nous serait-il possible de faire un panachage, entre vos divers ateliers ? Je veux dire, nous avons une famille à disposition, je me dis qu'il serait intéressant de tester diverses choses.

—En temps normal, cela ne serait pas possible. Mais... car il y a bien sûr un mais de taille... pour vous, je vais faire une exception. Je dois dire que votre offre mérite bien que vous ayez accès à tous nos ateliers. D'ailleurs, j'aurais bien quelques suggestions "du chef".

Tous trois s'esclaffent sans bouder le plaisir du moment.

—Vous m'intéressez, mon ami. Maintenant que vous m'avez mis l'eau à la bouche, expliquez-moi de quoi il retourne, je vous prie.

—Un simple exemple. Vous pourriez allier un passage à l'atelier des écorchés à l'atelier de plastination, autre appellation de la plastification des corps. Jamais on n'avait produit plus extraordinaires écorchés. Quand l'art et la science se marient, cela donne des merveilles.

—Vous êtes de si précieux conseil. Je crois ne pas me tromper en disant que ma femme préférera conserver la petite fille telle qu'elle est là.

—En ce cas, la plastification sera aussi l'idéal, il n'existe pas mieux, croyez-le.

—Par contre, je dois dire que votre idée d'écorché me séduit beaucoup. Il serait possible que l'un ou l'autre des parents, voire les deux, subissent ce traitement ? Un couple d'écorchés... cette idée m'enchante, vraiment. Vous savez que j'ai quelques notions de médecine, ce serait pour moi un clin d'oeil à une partie de mes études.

—Si vous arrêtez votre choix sur cette solution, c'est bien évidemment tout à fait réalisable. Mais poursuivons la visite. Peut-être changerez-vous d'idée, sourit-il comme un vendeur de cuisines.

Monsieur B reste scotché devant la vitre, hypnotisé par le matériel de pointe prenant ici des allures inquiétantes et les quelques animaux exposés en exemple. Quatre lapins, figés à tout jamais dans un simulacre de course joyeuse, donnent la parfaite impression que la vie ne les a pas quittés, que le temps a seulement été arrêté et pourrait repartir à tout moment.

—C'est saisissant de réalisme. Allons voir le reste si vous le voulez, mais je crois pouvoir d’ores et déjà dire que ma décision est prise.

Ils avancent dans le couloir jusqu'à l'atelier suivant.

—Nous avons ici la serre tropicale. L'art prend toutes les formes, et la nature a toujours été le plus généreux pourvoyeur de chefs d'œuvre. Nous cultivons et testons ici diverses essences, notamment des bambous à pousse très rapide, si rapide qu'ils peuvent traverser un corps si l'on sait orienter leur pousse au bon endroit, si vous voyez ce que je veux dire. Nous avons aussi des moisissures très agressives capables d'envahir un corps de l'intérieur en quelques jours. Auriez-vous pensé qu'un jour il vous serait possible de peindre ou sculpter un être humain moisi comme une tomate oubliée au frigo ? Une nature morte d'un autre genre. Je vous assure qu'avoir pour modèle un sujet issu de cet atelier est une expérience unique. Mais je vois à votre regard que cela ne vous séduit pas plus que ça.

—Vous savez, nous, le jardinage, ça n'est pas notre partie, nous n'avons pas la main verte.

Le bâtiment résonne de leurs rires conjugués.

—La salle suivante accueille notre chambre froide, idéale pour les sculptures sur glace.

—Chambre froide... je suis un peu déçu, pour tout vous avouer. C'est quelque peu banal, non ?

—Cela le serait, si nous n'étions équipés comme nous le sommes. Cet atelier est géré aussi par le Docteur Delarace, secondée par son assistante Catherine. Vous verrez, ce sont des perles, elles vous guideront pas à pas, dans chaque étape.

—Dites-moi, cette docteure Delarace, il me semble en avoir déjà entendu parler, et son visage ne m'est pas inconnu. Je me trompe ?

—Vous avez l'œil. En effet, elle fait partie de ces chercheurs persécutés par les autorités pour son esprit de découverte, sa volonté de faire avancer la science avant tout, à tout prix. Il y a dix ans de cela, elle a été condamnée pour avoir mené des expériences non autorisées par le conseil.

—Si mes souvenirs sont exacts, il lui était reproché d'avoir procédé à des greffes d'oreilles de lapin sur des êtres humains, non ?

—C'est bien cela, en effet. Cette femme, scientifique surdouée, menait des recherches sur la possibilité de transplantation d'organes interspécifiques. Elle était sur le point de résoudre le problème majeur de rejet, ce qui aurait représenté une avancée majeure pour la médecine en général. Mais vous savez ce que c'est, morale et efficacité vont rarement de pair. Elle a été condamnée à 5 ans de prison avec sursis et à une interdiction d'exercer. C'est ainsi que nous nous sommes trouvés. Nous, l'interdiction, ça nous passe un peu au-dessus, n'est-ce pas, et les talents de cette grande dame ne seront pas gâchés plus longtemps.

Ils rient tous trois, comme de vieux camarades.

—Grâce à nos fonds, à nos locaux, à notre matériel, et surtout à la carte blanche qui lui est accordée ici, elle a résolu énormément des problèmes qui bloquent encore la médecine dite moderne. Vous le verrez, c'est fabuleux.

—C'est tout de même malheureux, mon cher Damien, nous vivons dans un monde où l'excellence est bridée, et où la médiocrité est sacrée et consacrée.

—Comme vous avez raison. C'est pourquoi ce lieu nous sera bénéfique, et le sera pour l'art et la science réunis. Pour revenir à nos moutons, et pour vous dire en quoi ce que nous faisons ici est particulier, imaginez-vous que votre corps soit intégralement pris dans la glace. En temps normal, il ne faudrait pas plus de 10 à 20 minutes pour que vous succombiez. Vous sombreriez rapidement dans un état comateux dû au refroidissement, pour ne jamais vous réveiller. Si le résultat final peut-être joli à voir et intéressant d'un point de vue artistique, ça n'est pas ce que nous cherchons ici. Nous voulons obtenir l'essence même de la douleur sur les traits de nos modèles, cette souffrance doublée d'un mélange d'incompréhension, de sentiment d'abandon, de supplication et de renoncement, ce qui n'est possible à obtenir que sur une période s'étalant sur au moins quelques heures. Nous pensons qu'il est envisageable de maintenir ainsi une personne plusieurs jours. Nous avons pour cela l'équipement médical nécessaire. Pour résumer simplement, le modèle qui aura eu l'honneur d'être choisi pour réaliser cette œuvre sera peu à peu recouvert de glace, par aspersion lente d'eau à faible débit. Le froid fait alors son œuvre pour créer une couche de glace cristalline. Le patient est relié à une machine dans laquelle circule son sang, à la manière d'une dialyse, vous voyez. Sauf que le sang n'est alors pas filtré, mais simplement chauffé pour être maintenu à la température normale d'un corps humain. C'est peut-être dans cette salle que nous pouvons capturer avec le plus d'acuité la douleur, la peur et tous les sentiments qui constituent la crasse de l'esprit humain. C'est cette saleté-là que nous cherchons à capter, non ? Rien n'est plus vrai que ça, aucun faux semblant, c'est l'âme crue et nue. Jamais vous ne trouverez ailleurs qu'ici des sujets plus vrais et inspirants.

—Vous m'avez convaincu. J'ai hâte de voir le résultat. Croyez-vous qu'il soit possible d'obtenir les conseils d'un peintre ? Je ne suis pas maladroit, mais n'ai pas encore le niveau pour retranscrire la complexité de ce que vous énoncez là. J'ai l'impression que l'on revient à l'origine de l'art.

—C'est bien cela. Et bien évidemment que vous serez épaulés par un maître dans toutes les phases de création. Nous ne pourrions imaginer de vous laisser partir avec une œuvre mal conçue, non aboutie. Que vous soyez débutant ou expert en peinture et/ou sculpture, vous aurez à tout moment l'appui de notre artiste local, Frédéric Brusson. Il est très réputé pour sa patte. Il signe d'ailleurs toutes ses œuvres, non de son nom, mais d'une patte d'ours.

—Nous sommes aux anges, vraiment. Quelle organisation, quelle idée de génie, vous avez eue là ! Le plus grand des artistes, ne peut-on dire sans se tromper que c'est vous, maître d'œuvre de ce bijou artistique, aussi complexe que génial ?

—Je vous en prie, vous allez me faire rougir. Rien de tout cela n'aurait été possible sans votre soutien à tous. Après tout, une idée n'est rien sans moyens pour la concrétiser.

—Nous avons hâte de poursuivre la visite guidée, de découvrir quels formidables secrets recèle encore ce complexe. Vous avez su nous fasciner avant même que les choses sérieuses ne commencent. N'est-ce pas, ma chérie ?

—Oui, tout à fait, mon amour.

—Eh bien, poursuivons donc.

Dans la salle suivante, toujours sous l'apparence d'un laboratoire vitré, trône en plein centre une énorme sculpture de bronze, magnifique taureau aux dimensions surprenantes, à vue d'œil à l'échelle 2:1. Formidable animal cuivré, monstre impitoyable figé dans le mouvement, prêt à marcher sur le monde.

—Quelle sculpture fantastique ! Impressionnant.

—Suivez moi, nous pouvons entrer ici sans précautions préalables. Je vais vous montrer ce qu'a de particulier cette reconstitution du taureau d'airain, en dehors du talent avec lequel elle a été réalisée.

Le couple B s'avance timidement, impressionné tant par l'animal mythique que par l'autorisation qui leur est donnée d'entrer de plain-pied dans l'aventure.

—Vous connaissez, j'imagine, la légende du taureau d'airain ?

—Tout à fait, oui, même si je me dois d'avouer que je n'avais même pas fait le rapprochement, alors même que je connais l'histoire de ce taureau sur le bout des doigts, c'est vous dire si la vue de ce chef d'œuvre m'a troublé. Phalaris était un tyran qui régna par la terreur sur Acragas, en Sicile. Il me semble que c'était entre 570 et 554 avant JC, année de son renversement et de sa lapidation. Il était réputé pour son extrême cruauté, allant même jusqu'à dévorer des enfants encore allaités par leur mère. Périllos d'Athènes inventa et réalisa pour lui le célèbre taureau d'airain, assez grand pour y faire entrer un ou deux êtres humains par une trappe ménagée dans son dos. En guise de remerciements, Phalaris inaugura son taureau avec son créateur, grillant Périllos à l'intérieur de son œuvre. Phalaris a utilisé le taureau pour punir systématiquement ses opposants. Il les faisait enfermer dans le corps du taureau, sous lequel on mettait le feu. Une mort lente et extrêmement douloureuse. Il se dit que Phalaris se délectait des cris étouffés de ses victimes qui ressemblaient à s'y méprendre au mugissement d'un taureau. Cette histoire m'a toujours fasciné, et j'étais loin de penser qu'un jour, Phalaris pourrait renaître de ses cendres et que je pourrais l'incarner.

—Quel cours d'Histoire magistral ! Merci pour cela, cher ami. C'est tout à fait l'esprit de cet atelier. Nous n'avions malheureusement pas maître Périllos sous la main, pour réaliser cette sculpture, aussi avons-nous fait appel, une fois de plus, à notre génie local, l'ours Brusson.

—Je vois en effet sa signature sur la cuisse du taureau, une belle patte d'ours, s'amuse l'homme. A-t-il reproduit l'animal à l'identique ?

—Il y a apporté quelques modifications. L'ours est mélomane, la musique est l'un des arts auxquels il s'adonne. On se demande d'ailleurs lequel il ne maîtrise pas. Venez voir, devant, tout du long du cou du taureau et jusqu'à ses naseaux, des trous ont été percés selon des calculs que je ne saurais vous expliquer ici, le maître vous en dira davantage, très certainement. Sous le ventre de la bête, plusieurs rampes de feux à gaz, un peu de modernité ne nuit pas. Comme dans l'original, une trappe sur le dos permet d'introduire entre une et trois personnes. Une fois le feu allumé, les cris et les hurlements se changent en une mélodie envoûtante par le jeu de ces trous savamment étudiés. C'est à entendre au moins une fois dans sa vie, vous pouvez me faire confiance. Nous avons fait des tests avec des chimpanzés, le résultat est au-delà de toutes mes espérances. J'attends avec impatience que des voies humaines fassent preuve de leur extrême beauté dans la souffrance.

—Chose très peu explorée en matière d'art, l'odeur ! Ce doit être exceptionnel, j'imagine. Pourquoi négliger à ce point notre odorat ? Certes, l'on peut considérer la parfumerie comme un art, mais pourquoi se restreindre à ce cadre très fermé ? L'olfaction est le parent pauvre de l'art, y avez vous déjà songé ?

—J'avoue que non. Mais probablement ceci est-il dû au caractère très éphémère des senteurs, à part les enfermer en bouteilles, impossible de les conserver.

—Mais la beauté se loge aussi dans l'éphémère, Damien. Et il n'en reste pas moins que les odeurs restent inscrites très longtemps dans notre mémoire, ce sont probablement les souvenirs qui ont la plus longue rémanence. Les senteurs de notre enfance nous marquent à jamais et déterminent souvent ce que nous aimerons ou pas. C'est donc de l'éphémère durable à l'échelle d'une vie humaine.

—Il y a certainement quelque chose à creuser de ce côté-là. Vous allez me donner de nouvelles idées. La création est en marche, mes chers amis, la création est en marche. Nous l'avons réveillée, et plus rien ne saurait l'arrêter. Elle se nourrira d'elle même, à présent. Il se fait vraiment tard. Je vous présenterai le reste des ateliers demain soir si vous le voulez bien. Dans le courant de la journée, Théodule vous mènera à l'extérieur sur le site d'un atelier particulier, au milieu des marais, dans lequel les horizons de vos possibles s'élargiront.

—Oh, vous avez des installations à l'air libre ?

—Oui, seulement surplombées de filets de camouflage, histoire de ne pas trop attirer l'attention d'yeux aériens indiscrets. Il y a un petit aérodrome, à quelques kilomètres d'ici, et parfois des ULM et autres petits biplans survolent la zone. Il est des choses qu'il vaut mieux conserver à l'abri des regards extérieurs et ne pas ébruiter. Je vais vous conduire à vos appartements, vous verrez, vous serez très bien installés, ça vaut largement les meilleurs hôtels de la région. Puis vous allez vous imprégner de l'ambiance des lieux, cela vous aidera sans nul doute dans votre désir de création.

—Nous vous suivons aveuglément.

20

Cette nuit, Dudule a renoué avec ses vieux démons. Après avoir raccompagné les invités jusqu'à leurs véhicules, il s'est retiré dans le petit local qui lui a été alloué.

Un cagibi, à peine plus grand qu'un placard à balai, où l'on range ce qu'on ne veut pas voir traîner.

Damien n'aime pas s'afficher avec lui, il le sait, quoi qu'en dise "le boss".

Même Frédo a un bureau bien plus grand que le sien, où il dispose d'écrans de contrôle pour surveiller le complexe sans avoir à bouger son cul.

Ici, rien. Rien que des murs sans papier peint, une chaise et un bureau miteux. S'ils avaient pu le faire rentrer et murer la porte derrière lui, probable qu'ils l'auraient fait.

Ces enculés. Sans lui, ils ne seraient rien. Damien serait un trou du cul.

Dès qu'il l'a vu quitter le complexe après sa visite guidée, il a sorti son trésor de sa cachette, dans le garage, sous une bâche couvrant des caisses de matériel de peinture et sculpture destiné aux gagnants.

Une caisse de rhum qu'il a introduite ce matin, en douce.

Il va boire jusqu'à tomber, voilà ce qu'il va faire. Oublier. Plus personne pour le faire chier, cette nuit va être calme. Les prisonniers sont tous bouclés, sans aucune possibilité de s'en tirer, les deux mercenaires à la con sont partis chercher de nouvelles recrues involontaires, le boss est reparti dans sa petite ville de merde, et Frédo doit être en train de piquer un somme dans un coin.

Ne doivent rester que les deux chercheuses ravagées du bulbe et l'autre taré d'artiste plantigrade, mais ils ne quittent que très rarement leur atelier, et lorsqu'ils le font, ça n'est jamais que pour aller pisser un coup ou bien rejoindre leur chambre.

Il compte bien s'enfoncer une bouteille dans le cornet, se mettre dans cet état qu'il recherche ardemment, où plus rien ne lui paraît insurmontable, où plus personne ne lui est supérieur.

Où plus rien d'autre que lui-même n'a d'importance.

21

Julien a échappé de peu à la correctionnelle.

Une première fois, il a tenté de sortir du garage par l'une des portes accessibles, et a dû battre en retraite avec l'irruption de l'un des chauffeurs revenu chercher son téléphone dans sa boîte à gants.

Lorsqu'enfin il a vu les voitures repartir chargées de leurs passagers, puis, environ une heure après, celui qu'ils appellent tous boss quitter les lieux, il a pensé qu'il pouvait se permettre de sortir de sa cachette, pour explorer en profondeur ce bâtiment dans lequel il soupçonne qu'il pourrait aisément se perdre.

Il n'a vu le gnome roux qu'au tout dernier moment au travers d'une porte vitrée et a réussi à rejoindre sa cachette sans être repéré par pur miracle. Il lui faudra songer à brûler un cierge.

L'homme a encore bien failli le découvrir lorsqu'il est venu fouiller sous la bâche à 50 centimètres à peine de lui.

Il a cru sa dernière heure arrivée, et aurait même pu mourir sans aucune intervention extérieure, simplement parce que son cœur l'a lâché durant d'interminables secondes.

Un énorme raté dans les battements, comme si la peur d'être vu et entendu avait commandé à son cœur d'arrêter de battre et de faire du bruit.

Il l'a entendu proférer des insultes à l'égard de tous ceux qui sont censés être ses acolytes, ses complices dans cette entreprise néfaste dont il ne connaît pas encore la nature.

Ne pas savoir lui fait peur, aller au-devant de la découverte le terrifie.

Il va pourtant se forcer. Il a hésité trop longtemps, et n'a maintenant plus l'excuse de la présence de trop de monde. Le bâtiment doit être quasiment vide à cette heure-ci.

Le silence relatif qui règne désormais lui est plus pesant encore que les précédentes manifestations sonores d'une activité dont il ignore tout.

Il se sent comme une souris dans une souricière, imagine les hommes cachés à des endroits stratégiques, prêts à lui tomber dessus dès qu'il mettra le pied au mauvais endroit.

Le garage n'est plus éclairé que par les diodes luminescentes indiquant les sorties et par la lueur qui passe à travers les portes vitrées, en provenance des pièces et couloirs adjacents.

Julien hésite sur le choix de l'issue à emprunter, puis opte pour celle qui lui fait le plus peur, celle par laquelle sont tous passés les hommes et les femmes aperçus plus tôt.

S'il doit découvrir quelque chose d'utile, il pense que ce sera par là.

La porte s'ouvre sans aucun bruit, aucun grincement traître qui le ferait repérer.

Chaque pas lui coûte des efforts démesurés pour vaincre la gravité. La peur plombe ses pieds, son corps pèse des tonnes sous le poids de la découverte redoutée.

Plusieurs pièces vides dépassées sans encombre finissent tout de même par lui procurer un regain de confiance et d'énergie. Il met un peu plus d'entrain à l'exploration, presse le pas dans ce couloir interminable desservant un grand nombre de salles diverses,

dont la majorité est éteinte. Elles sont éclairées seulement par la lumière du couloir, suffisamment en tout cas pour qu'il en distingue le contenu.

L'une d'entre elles attire particulièrement son attention. Il y voit une série d'écrans de surveillance, et c'est avec stupeur qu'il constate sa présence sur l'un d'eux. Des caméras le filment en ce moment même, tout comme cela a été le cas dans le garage sur lequel il a une vue télévisée.

Si le préposé à la surveillance avait correctement fait son boulot, il serait probablement déjà mort, ou au moins prisonnier.

Un pupitre rassemblant diverses commandes trône devant le mur d'écrans. Il s'avance dans la pièce, déchiffre dans la semi-pénombre les inscriptions figurant devant chaque bouton.

L'ouverture de toutes les issues de ce bâtiment peut-être initiée depuis ce poste de commande. S'il trouve Soraya, il lui faudra donc revenir ici même pour espérer pouvoir s'enfuir.

Un éternuement tonitruant vient le surprendre et le foudroie sur place. Immobile, en panique totale, il attend la voix qui le hélera, le coup qui l'assommera. Pourtant, seul un froissement de tissu lui parvient, semblable au bruit que font les couvertures et les draps lorsqu'on se retourne dans son lit.

Un homme dort dans cette pièce, derrière l'alignement d'écrans et de pupitres.

Il ne peut s'empêcher de penser qu'il vient d'épuiser son stock de chance et que la prochaine fois sera la bonne, qu'il finira forcément par se faire prendre.

Après avoir observé une prudente attente silencieuse pour s'assurer de ne pas être repéré par le dormeur, il regagne le couloir sur la pointe des pieds.

Plus loin, quelqu'un semble faire moins de cas de la discrétion que lui. Un ronflement tellurique envahit et occupe tout l'espace sonore.

C'est sans surprise que Julien découvre le courtaud rouquin affalé sur un bureau, en train de cuver la bouteille de rhum fraîchement vidée et posée à côté de sa grosse tête mi chauve, mi rousse.

En voilà un qui ne risque pas de l'emmerder de suite.

Au bout du couloir se trouve une autre porte, ouvrant sur une nouvelle série de pièces, beaucoup plus grandes que les précédentes. Tout est ici allumé, autorisant une vision claire et nette sur ce qu'il estime être une série de laboratoires.

Dans l'un, deux jeunes femmes en blouse blanche se crêpent le chignon s'il en juge par le ton et le volume sonore de leurs échanges. La porte restée entrouverte ne filtre rien du contenu de ce qu'elles se disent.

—Mais enfin, Sandrine, on ne peut continuer à greffer des organes de lapin sur tout ce qui bouge, il est temps de tirer un trait sur le passé, nous avons autre chose à faire, désormais.

—Tu n'as jamais compris tout l'intérêt de mes travaux, Catherine. C'est tout l'avenir de la médecine qui se joue dans ces expériences. Et même ici, dans le cadre strict de la tâche qui nous est confiée, cela pourra être utile. Essentiel, même, l'art dans ce qu'il a de plus pur. Les peintres et les sculpteurs ne peuvent jamais que reproduire ce qu'ils voient, même s'ils le modifient à l'aune de leur sensibilité propre. Je reste persuadée que pour ces fous amateurs d'art, peindre ou sculpter une chimère en ayant sous les yeux un modèle réel, en chair et en os, serait une expérience sans précédent. Je leur réserve une surprise de taille, tu peux me croire, du jamais vu, ni même seulement imaginé. Le chef d'œuvre ultime, que même Dieu me jalousera.

—Tu m'intrigues, là. Et tu ne m'en as même pas parlé ?

—Ben je viens de le faire, banane. Je te montrerai ça demain. Tu devrais en être soufflée. Moi-même, je m'étonne, conclut-elle d'un rire fait d'azote liquide, laissant courir un interminable frisson le long de l'échine de leur secret espion.

Julien ne comprend pas à quoi elles font allusion, mais sait par contre que ces deux-là sont complètement démentes et étrangères à tout ce qu'il a toujours tenu pour normal.

Bien qu'elles paraissent trop occupées et dans leur propre monde pour faire cas de ce qui les entoure, Julien poursuit sa traversée à quatre pattes.

Plus loin, un autre labo est occupé et au moins aussi animé que le précédent.

Un homme chauve, nu comme à son premier jour et recouvert de peinture de la tête aux pieds, se jette contre un mur pour y imprimer la marque de son corps à plusieurs reprises, par couches successives de diverses couleurs. Tout à sa création, en totale transe, l'homme écoute et chante à tue-tête "Sapés comme jamais", de maître Gims, manifestement source d'inspiration pour cet artiste taré. Il parachève son œuvre en y apposant ce qui ressemble à une patte d'ours trempée dans la peinture noire.

Cet endroit est un véritable asile de dingues, pense Julien, au bord de la crise de nerfs et du désespoir. Dans quel univers parallèle est-il tombé ? Lui reviennent en tête toutes les images d'une vieille série qu'il a toujours suivi avec avidité, "la quatrième dimension"... et si cela était désormais SA réalité ?

Il fonce jusqu'au bout du couloir, pousse la porte sans précaution ni ménagement, et la referme derrière lui.

Il ne veut plus voir ou entendre ces personnes démentes, veut fuir avant qu'elles ne le fassent sombrer dans la folie ou n'expérimentent sur lui quelque diablerie. Ce lieu est l'antichambre d'un enfer qu'il redoute de rejoindre bien plus tôt qu'il ne l'avait espéré.

Avant qu'il ait eu le temps de se retourner pour scruter cette nouvelle partie du bâtiment, une main se pose sur son épaule.

Une légère défaillance cardiaque le saisit, suivie aussitôt d'un redémarrage en trombe, battements très nettement accélérés.

Son monde auditif se résume au vacarme assourdissant né des pulsations de terreur à ses tempes.

—Excusez-moi, j'ai bien peur de m'être égaré. Je peinais à trouver le sommeil, aussi ai-je décidé de marcher un peu dans les coursives de cet incroyable navire sur lequel nous naviguons tous vers des terres nouvelles, s'amuse l'homme, manifestement fier de sa saillie verbale. Pourriez-vous m'indiquer la direction à emprunter pour retrouver mes appartements ?

Réfléchir, vite. Cet homme ignore qu'il ne fait pas partie de "l'aventure", il ne doit pas gâcher cette chance. Mais comment lui faire croire qu'il fait réellement partie du personnel alors qu'il n'a aucune idée de l'endroit où ils se trouvent, encore moins du chemin à suivre pour rejoindre les chambres ?

Sous l'impulsion d'une inspiration démente, il se tourne vers l'inconnu, et tente d'obtenir l'oscar du meilleur premier rôle dans ce qu'il espère être la plus réaliste imitation de sourd de l'histoire de la comédie.

Il lui propose un forfait voyelles illimitées et gestes surjoués d'acteur de film muet.

L'homme paraît décontenancé, un peu gêné probablement.

—Oh, mes excuses, j'ignorais totalement que... enfin, vous voyez. Je vais m'y retrouver seul, n'ayez crainte. Bonne continuation... quel que soit votre rôle ici.

L'inconnu tourne les talons puis s'éloigne, en cherchant des yeux une quelconque indication de la direction à prendre.

Julien se sent tout à coup à l'image d'un mollusque, sans squelette pour soutenir son corps, et pourrait presque tomber à l'état de flaque. Il a bien noté le dernier regard de ce type, suspicieux.

Le doute va faire son chemin dans sa tête, Julien en est convaincu, aussi doit-il se dépêcher de trouver une solution avant que l'alerte ne soit donnée.

Il se glisse dans ce couloir, bien plus long que les autres, comme s'il n'était qu'une ombre, un fantôme sans substance.

Sur sa droite, une très grande double porte attire son attention plus que la somme de toutes les autres.

Il sait d'instinct qu'elle est là, mais doit s'employer avec force à refréner cette envie quasi irrépressible qu'il a de foncer tête baissée pour retrouver Soraya, la tirer de là... se tirer de là.

Mais si réellement ils les retiennent prisonniers ici, probablement est-ce aussi bien plus surveillé que le reste du navire, comme l'a appelé l'autre con.

D'ailleurs, que fait cet homme ici? Il lui a donné l'impression d'être un client. Client de quoi, bon sang ?

Diverses caméras quadrillent le secteur autour de cette porte pour ne louper aucun événement, entrant ou sortant.

Si Julien n'avait vu, presque frôlé d'ailleurs, le préposé aux écrans de contrôle en train de dormir profondément, de même que l'autre lourdaud dans un coma éthylique, probablement aurait-il battu en retraite en attendant de trouver le moyen d'entrer sans être vu.

Il tente donc malgré tout sa chance sans plus attendre, appuie franchement sur la poignée, prière induite sans formulation orale pour que la porte ne soit pas fermée à clé.

Le clac rassurant de la serrure qui oublie toute résistance vient répondre de manière favorable à son souhait.

La porte pivote avec douceur, sans aucun bruit, et s'ouvre sur une salle gigantesque plongée dans une obscurité à peine contrariée par des séries de petits écrans, sortes de digicodes numériques.

Julien entraperçoit, par quelques reflets, les parois de verre qui constituent, il ne le sait encore, des cages.

Il s'avance à tâtons, écran tactile pour seul guide.

Lorsqu'il parvient, sans rencontrer d'obstacle, au pied du petit pupitre, ses constatations lui confirment qu'il s'agit bien de claviers numériques, servant sans nul doute chacun à ouvrir l'une de ces enceintes de verre.

Il distingue à peine des masses sombres posées à même le sol, comme de gros sacs de linge.

De sa poche, il tire son stylo torche, seul gadget à peu près moderne auquel il a succombé, quelques mois plus tôt, et qui lui a valu tant de gentilles moqueries de la part de Soraya.

Le faible faisceau qui en jaillit, tout juste capable de rivaliser avec un vers luisant, lui rappelle avec une douloureuse précision à quel point elle avait eu raison de se foutre de lui, mais surtout ô combien il lui serait doux à cet instant de subir cette coutumière taquinerie. S'il devait perdre cela, ces futilités essentielles à la vie comme le sel l'est la saveur, il n'aurait plus goût à la vie.

Il s'approche de la paroi pour y plaquer sa micro torche et déjouer le reflet.

Ce qu'il voit invite son esprit à basculer entièrement du côté de la folie.

Une famille entière est enfermée là, trois personnes encagées comme de vulgaires lapins nains... ou plus probablement comme des cobayes. Un homme et une femme, endormis, ou bien trop résignés pour réagir au moindre stimulus extérieur, protègent de leur corps leur enfant, placé entre eux comme pour ne plus perdre la moindre seconde de son contact.

L'esprit de Julien vacille dangereusement, au point de risquer de compromettre la suite de la mission qu'il s'est fixée. Que va-t-il arriver à ces gens ? À cet enfant ? Qui peut être assez cruel et inhumain pour enlever et enfermer une famille entière ? Non, c'est bien pire que ça, pire que ce que ses yeux voient, car ce n'est là que la partie émergée de l'iceberg.

Il voudrait fuir dès maintenant, nier ce qu'il a vu et ce que son esprit imagine.

Mais il ne le peut pas, moins en raison de ces murs et ces portes qui interdisent physiquement toute sortie que pour des raisons morales.

Sa vision s'est adaptée au noir, et il voit très nettement les autres cages se dresser comme autant de sentinelles, monolithes de verre clair gardiens de nuits troublées.

Il peut en dénombrer une vingtaine. Ce chiffre lui fait tourner la tête pour la somme de malheurs et de douleurs qu'il représente.

Julien ignore pour le moment si elles sont toutes occupées, mais potentiellement, il y a dans cet entrepôt vingt familles arrachées à leur vie, niées dans leurs droits et leur existence en tant qu'êtres humains. Il se précipite sur le clavier numérique, tape un code au hasard.

Au cinquième chiffre, le code est refusé. Il lui faudrait manifestement trouver un code à quatre chiffres pour pouvoir ouvrir cette prison. Autant dire impossible vu le nombre de combinaisons possibles. D'autant que si les codes sont différents à chaque cage, il lui faudrait une vie et quelques autres pour les trouver tous.

Il tente alors d'estimer l'épaisseur du verre pour en tester mentalement la résistance.

Même s'il se jetait à pleine course et de tout son poids contre l'une de ces parois, il ne ferait rien de mieux que s'assommer ou se briser comme un fragile jouet.

Son regard se promène le long du mur à la recherche d'une hache de secours, comme les héros de ses films d'action préférés en trouvent toujours au moment où ils en ont besoin.

Pas de chance de ce côté-là, rien de visible qui puisse lui venir en aide dans son entreprise de destruction... il n'a décidément rien d'un héros de film.

Bien qu'il redoute d'affronter cette réalité qu'il n'a jusqu'alors que devinée, il s'avance entre les deux rangées de cages, pointant tour à tour le faisceau lumineux sur l'une et l'autre.

Chaque fois que sa torche révèle une cage vide, il pousse un soupir de soulagement intérieur.

Chaque fois qu'il passe devant une cage occupée, il retient un cri d'horreur.

Il en est à avoir dénombré 7 familles emprisonnées, toutes plongées dans un profond sommeil suspect qu'il imagine aidé de sédation chimique.

Pour autant qu'il ait pu en juger, il ne connaît aucune de ces personnes, ne les a jamais vues.

Dans la cage n° 8, il perçoit un amas de personnes. Il devine un petit garçon, lové sur les jambes de sa mère adossée au verre. Derrière eux, une autre personne, qui sans la voir vraiment fait déjà battre son cœur.

Il l'a retrouvée, il sait qu'il s'agit d'elle.

À l'instant où il se précipite, prêt à se briser tous les os pour ouvrir une brèche dans cette paroi de verre qui le sépare de l'être qu'il aime, les lumières s'allument.

Les néons crépitent, hésitent entre rester dans le noir et éclairer la pièce.

La panique le brûle à nouveau de son impitoyable acide, qui s'insinue dans chaque parcelle de l'être pour en modifier le fonctionnement.

Où se cacher quand le seul mobilier semble être constitué de ces cages transparentes comme l'onde la plus claire ?

22

Dudule se redresse en sursaut, réveillé par une irrépressible envie de dégueuler. Il maquille son bureau d'un tout nouveau revêtement en une gerbe prodigieuse.

Lui même s'extasie un long moment sur le résultat visuel qu'aucun artiste peintre ne saurait renier.

Peut-être a-t-il un réel talent, après tout, s'amuse-t-il en ouvrant une seconde bouteille de rhum.

Sa bouche semble être le siège d'une famille de rats morts depuis belle lurette, aussi prévoit-il de faire un sérieux bain de bouche. La santé buccodentaire, c'est son affaire.

Il en ingurgite le quart en un temps record, puis se gargarise, en garde une partie en bouche pour s'ôter cet incroyable goût de vieille écurie et décrocher les morceaux qui n'ont su franchir le barrage de ses dents.

Aller voir cette jeune salope. Maintenant ! Voilà sa priorité. Il va lui faire payer, quoi qu'en disent les autres, quoi qu'en pense le boss de merde.

Il leur chie dessus, à tous.

Ses jambes hésitent beaucoup plus que sa tête, désolidarisées du tronc qui entame la danse du culbuto.

Ses mouvements finissent toutefois par se coordonner, fruit d'une longue expérience en termes de beuverie, pour le propulser vers la salle des damnés. Et il en connaît une qui va savoir ce qu'il en coûte de s'opposer à Théodule.

Sur son passage, toutes les portes claquent et battent. Il se déleste déjà sur elles d'une partie de sa haine.

Il se retrouve dans le couloir desservant les ateliers, et constate avec mépris que les deux "scientichoses" de ses deux "fiques" sont toujours là, plongées dans une de leurs expériences de détraquées du bulbe.

Ces deux radasses lui ont foutu les nerfs à la seconde où il les a vues, avec leurs grands airs supérieurs, cette manière détestable qu'elles ont de le regarder de haut.

Sandrine et Catherine, quels noms à la con !

Tanguant comme une coque de noix perdue en mer par forte houle, il les observe longuement et leur crache tout son mépris sans discrétion aucune.

Elles sont tellement absorbées par leur tâche/passion qu'elles ne remarquent pas sa présence, pas plus qu'elles n'entendent les jolis noms d'oiseaux dont il les affuble. Ou plus probablement s'en tamponnent-t-elles la coquille.

Que peut-il bien y avoir dans la tête de ces foutus chercheurs pour que dès qu'on leur lâche la bride, ils aient envie de refaçonner la nature à leur idée ? Ces deux-là revisitent leurs plaisirs de petites filles version collage, il faut toujours qu'elles assemblent des morceaux de diverses bestioles, sauf qu'elles ne se contentent plus de morceaux de papier.

Quand en plus on mélange ça aux idées de création de ces neuneus d'artistes à la noix, ça donne un résultat qu'il a bien du mal à appréhender.

Il tente de faire irruption dans le labo pour s'assurer d'être vraiment entendu et leur beugler sa haine, mais trouve porte close. Il s'acharne un instant sur la poignée, comme si son esprit aviné avait du mal à faire passer le message à son corps, puis se replie sur l'hygiaphone prévu pour communiquer avec les apprentis artistes sans déranger outre mesure le cours.

—Eh, faites pas comme si j'étais pas là, les pétasses. Je sais que vous m'entendez. Qu'est-ce que vous faites encore comme saloperie ? Quel genre de monstre vous créez, là, les sœurs Frankenstein ?

Les deux jeunes femmes lèvent la tête de leur paillasse pour regarder le malotru, écarquillent les yeux comme si elles venaient d'apercevoir la pire aberration que la nature ait jamais créée.

Catherine ne peut s'abstenir de pouffer en voyant s'afficher derrière la vitre du labo cette face rubiconde et ronde comme un poisson chinois dans un bocal.

—Dis, Sandrine, t'exagères, quand même. Tu vas vraiment loin dans les greffes contre nature.

—Je ne sais pas ce qui m'a pris, j'avoue que je n'ai pas été très inspirée, sur ce coup. Greffer un trou du cul sur la face de quelqu'un qui débite déjà de la merde au kilomètre n'est pas une bonne idée.

—Mais c'est tout de même une jolie mise en adéquation entre le physique et la pensée profonde.

Toutes deux donnent libre cours à ce rire irrépressible et moqueur qui horripile Dudule.

Il frappe la vitre de toutes ses forces, ne parvenant guère qu'à se faire mal lui-même. Il les voue aux gémonies avec son langage exotique d'oiseleur, ne trouvant en réponse que plus de rires encore.

Dudule se résigne à les quitter en se promettant de leur rendre un jour la monnaie de leur pièce. Il les laisse à leurs délires de dégénérées, décidé à rattraper le temps perdu avec la jeune garce, et à lui faire payer aussi l'affront que viennent de lui infliger ces deux salopes en blouse blanche.

L'atelier de l'ours est toujours allumé, moins cependant que ne l'est celui qui en a l'usage. Le concernant, le survoltage paraît permanent et l'ordinateur central en a apparemment subi les dommages. Maître Gims l'accompagne toujours dans ses créations, s'invite à fort volume dans les coursives pour s'y répandre comme une corrosive pandémie.

Certes, Dudule n'a jamais été un grand amateur d'art, encore moins un connaisseur. Le seul qu'il cultive avec constance depuis sa prime enfance et dans lequel il excelle est celui de se mettre dans la panade.

Toutes ces fadaises autour de la beauté supposée ne l'ont jamais touché, ne lui ont jamais parlé, à vrai dire.

Mais quand même, ce qu'il le voit créer sous ses yeux depuis quelques semaines est carrément de la merde, du "prends-moi pour un con" sur toile ou en sculpture.

Puis franchement, il se dit partout de lui qu'il est un génie, peut-être le plus grand artiste de sa génération tous domaines artistiques confondus, peinture, sculpture et musique comprises.

Alors il faudra qu'un jour on lui explique en quoi écouter du maître Gims à longueur de temps fait de ce lessivé des neurones un mélomane.

L'ours sculpte un bloc de pierre à l'aide d'un marteau, d'un burin, et d'une sauvagerie hors du commun.

Dudule préfère passer son chemin, ce type étant assez dingue pour le passer sur le champ dans son taureau d'airain s'il venait à le déranger, et surtout parce qu'écouter sans préparation préalable ce "beugleur" chantant est une torture à laquelle il ne résistera pas longtemps.

Ses pensées se tournent vers la jeune tigresse, et il se régale par avance à l'idée de ce qu'il va lui faire subir.

Cette fois-ci, elle est ficelée comme un rôti, aucun risque de rébellion.

Il pousse la porte du zoo, comme il appelle cette salle emplie de cages et d'animaux humains.

Sur sa droite, il appuie sur l'interrupteur, puis attend que ces foutus néons veuillent bien s'éclairer.

Leur clignotement lui fout la gerbe, accentue cette sensation de déséquilibre due à l'ingestion massive d'alcool.

Lorsque tout est allumé, qu'il voit où il met les pieds, il s'avance dans l'allée centrale.

Comme un touriste ahuri qui s'amuserait à exciter les singes à travers les barreaux dans un véritable zoo, il tape sur les cages à l'aide de sa matraque télescopique, celle qu'il conserve toujours à sa ceinture et qui lui a si souvent assuré un avantage décisif dans divers conflits.

Réveiller ces pauvres merdes, ne leur laisser aucun répit jusqu'à la fin... il adore cette sensation de pouvoir, ce sentiment d'être un dieu possédant tous les droits sur la vie de ces misérables créatures.

Certains, déjà habitués aux frasques nocturnes de pot de lard, ne réagissent qu'au premier sursaut de surprise, puis se rallongent aussitôt.

D'autres, arrivés plus récemment, sont en proie à des crises de panique, se serrent les uns contre les autres, persuadés que leur dernière heure est venue. C'est la réaction recherchée par Dudule, qui se délecte et se nourrit de leur terreur.

Il s'approche de la cage convoitée, la dernière occupée, numéro 8.

Évelyne et Soraya sont éveillées, assises avec pour dossier la paroi, l'une contre l'autre.

Noah dort sur les jambes de sa mère, dans la position rassurante du fœtus, visage enfoui dans sa peluche.

Théodule peut lire dans le regard de cette petite garce qu'elle le hait et le craint tout à la fois.

Sans se préoccuper de savoir si le verre y résistera, il donne un puissant coup de matraque dans la vitre, dans l'espoir de voir jaillir le môme comme un ressort. Espoir déçu, l'enfant n'a pas la moindre réaction.

Il tape le code à quatre chiffres, sésame réservé aux initiés donnant accès au trésor qu'il convoite.

La porte s'efface d'elle même, mue électriquement pour lui ouvrir la voie.

Matraque en main, serrée à s'en blanchir les phalanges, il s'avance vers ces femmes qui l'annihilent du regard.

Il a beau savoir qu'elles sont attachées et incapables du moindre mouvement pouvant présenter un danger pour lui, il n'en mène pourtant pas large. Ces deux paires d'yeux bleus l'agressent avec plus de violence que des coups portés. Il y sent le reproche, la colère, la haine, et, particulièrement dans ceux de l'adolescente, la réminiscence d'un passé commun et haï.

—Tu te doutais pas qu'on se reverrait, hein, sale garce ? Maintenant, t'es ma chose, pas moyen de t'en tirer.

Il s'agenouille devant elle, balade sa main porcine sur les cuisses de la jeune femme, remonte à l'origine du monde.

Soraya se tend brusquement sous l'impulsion d'une rage destructrice, replie ses jambes unies par une corde jusque sur sa poitrine et propulse ses pieds dans la mâchoire de ce sale gnome.

Théodule n'a pas le temps d'éviter le coup, réflexes émoussés par un trop-plein d'alcool.

Il reçoit le violent choc dans le menton, faisant claquer ses dents avec force, manquant d'y perdre une langue pendante, lourde de pensées lubriques et chargée par l'excès.

Il s'écroule en arrière en un sourd gémissement, se cogne le crâne à la paroi.

Cinq minutes lui sont nécessaires pour retrouver ses esprits, dégrisement express.

Sa langue le lance et enfle déjà d'un afflux sanguin augmenté et accéléré.

Il se redresse en se tenant et massant la mâchoire. Cette pute a un coup de sabot de mule. Si elle n'avait été pieds nus, mais chaussée de gros croquenots, probablement lui aurait-elle pété la mâchoire.

Il ramasse ensuite sa matraque, lâchée sous l'impact.

—T'as pris ton pied, ma chérie, hein.

Soraya voudrait lui répondre que c'était plutôt lui qui avait pris son pied à elle, mais ses mots ne franchissent le barrage de son bâillon que sous forme d'onomatopées, incompréhensibles, bien qu'aisément interprétables dans l'intention.

—Ouais, fais la maline. Cette fois, tu vas y avoir droit, foi de Dudule. Mais je vais d'abord te casser, tous les jours t'auras droit à ton petit matraquage. Jusqu'à ce que tu me demandes pitié et pardon. Jusqu'à ce que tu préfères ma queue à cette matraque, sourit-il d'un rictus malsain en se passant la main sur l'entrejambe.

Il lève soudain haut le bras avec une soudaineté et une célérité insoupçonnables chez un homme de sa corpulence, et abat sa matraque sur le pied gauche de Soraya. Les orteils craquent et cèdent.

La douleur est fulgurante, elle hurle à l'étouffée.

Évelyne, révoltée et furieuse, crie à l'unisson avec sa fille, voudrait voir cet homme mourir sur le champ et tente de vomir sa fureur à travers le bout de tissu qui lui barre la bouche.

—Va falloir t'habituer à voir ta petite famille souffrir, ma vieille, parce que ça, c'est qu'un tout petit début.

D'un geste brusque, il arrache le bâillon de Soraya, puis en fait autant avec Évelyne.

—Espèce d'immonde salopard, laisse ma fille, ne touche plus jamais un cheveu de mes enfants !

Dudule sourit, ravi de son effet. Il observe avec une curiosité grandissante le petit garçon, qui s'obstine à dormir en plein chaos.

—Qu'est-ce qu'il a, ton chiard ? Il a pas été drogué, celui-là, pourtant. Il bouge, des fois ?

—Laisse-le, enfoiré, gros sac à merde. Je te tuerai, t'entends, j'attendrai le temps qu'il faudra, mais je te buterai ta sale face, crache Soraya, venimeuse.

—Toi, ma salope, t'es pas vraiment en position dominante, alors tu ferais vraiment mieux de fermer ta grande gueule. Tiens, tu vas encore goûter du redresseur de torts.

Il lève haut sa matraque, prêt à l'abattre sur le crâne de Soraya.

23

Luc et Angus ont accompli leur mission, cette fois-ci sans heurt notoire. Pas de jeune furie pour les surprendre en plein travail et leur mettre une rouste mémorable.

Ils ont capturé une nouvelle famille, composée d'un père, sa fille de 13 ans et ses deux fils, des jumeaux de 8 ans. Pas de mère, sans qu'ils sachent si elle est décédée ou simplement partie après la naissance des garçons.

Ils sont sur le chemin du retour, ont fait l'essentiel du trajet avec ce fourgon neuf, bien plus pratique et sûr que la voiture qu'ils ont utilisée lors du rapt des premières familles.

Le boss ne leur a accordé ce nouveau fourgon qu'après qu'Angus ait poussé une gueulante quant aux conditions dans lesquelles ils avaient à travailler.

Luc bâille longuement au volant, sous le regard amusé d'Angus. Ce dernier s'empare du thermos, remplit une tasse de café, puis la tend à Luc.

—Prends ça, va pas nous foutre dans le décor, ça ferait désordre si la maison poulaga venait constater un accident et trouvait ce qu'on transporte. Tu veux que je te remplace ?

—Non, t'inquiète. On n'est plus très loin. Tu sais, j'ai repensé à cette fille, qui nous a surpris.

—Surpris ? T'as le sens de la litote, toi. Elle nous a botté le cul, tu veux dire, ouais. Je vais te dire, là où je vois que je vieillis, c'est pas d'avoir pris une branlée par une jeunette, c'est que j'admirerais presque cette poulette pour ça. Sans déconner, Luc, merde, tu m'aurais connu avant, je lui en aurais voulu à mort... et je l'aurais tuée pour ça. Là, je peux pas m'empêcher d'éprouver de la sympathie pour elle. Je crois que je deviens mou comme une guimauve. Putain, rien que d'en parler, j'en chialerais comme une midinette !

—Je voulais justement savoir si tu éprouvais la même chose que moi. C'est dingue, cette vitalité, cette force, cette volonté. Je crois que personne ne m'avait jamais autant impressionné. Tu te rends compte qu'on parle d'une minette de 16 ans ? Je trouve que c'est quand même un sacré gâchis de la laisser entre les mains des autres tarés. Elle aurait fait une foutue bonne recrue.

—Je suis d'accord. Moi aussi, c'est bien la première fois que quelqu'un m'impressionne comme ça, et pourtant, j'en ai fréquenté des salopards, dans ma putain de vie. J'ai l'impression de me voir en elle, quand j'étais un jeune gaillard. J'éprouverais presque des remords de l'avoir fourrée dans ce guêpier. C'est quand même pas banal, ça, moi qui n'ai jamais éprouvé la moindre empathie pour qui que ce soit, il faut que je découvre ça avec une personne qui m'a collé une trempe. Quand j'ai vu l'autre con de nain la toucher, mon sang n'a fait qu'un tour. Qu'est-ce qui cloche, avec moi, bordel ? Je crois que je commence vraiment à me faire trop vieux pour ces conneries. Tu vois, j'ai aimé la vie que j'ai menée, je crois que j'aurais pas pu faire autre chose. Mais tu veux savoir quel est probablement mon seul regret ?

—De pas avoir fondé de famille ?

—Tout juste, Auguste. Je ne m'en aperçois que maintenant, en fait, mais je crois vraiment que j'aurais aimé avoir une fille. Une comme elle. Toi qui es encore jeune, réfléchis-y avant qu'il ne soit trop tard.

—Ben mon vieux Angus, j'aurais pas imaginé une seconde qu'un jour on puisse avoir une conversation comme celle-là. Ça me fait franchement plaisir de découvrir une autre facette de mon coéquipier.

—Tu pensais que t'avais affaire à une machine, hein ? Ben c'était probablement le cas jusqu'à hier. Bref, que ce qu'on vient d'échanger ne s'ébruite pas, je serais pas tendre, le cas échéant. Maintenant, on arrête les conneries, notre boulot nous attend, terminé, la guimauve.

Luc rit volontiers de voir ainsi son binôme d'un œil totalement différent.

Dix minutes plus tard, Angus sonne au portail du complexe. Il fait encore nuit noire et certains ne doivent pas faire nuit blanche, l'attente est plus longue que la veille, plus agaçante aussi.

—Ce trou du cul de Frédo doit dormir comme un loir. Putain, va falloir changer ce système, faut qu'on puisse entrer et sortir à loisir sans attendre après ce corniaud. Sans même parler de l'autre emplâtre, là.

—T'énerve pas, ils ne tarderont pas.

L'interphone grésille finalement, mettant un terme au grommellement d'Angus.

—Ouais ? C'est pourquoi ? Crachote une voix pâteuse.

—On doit te faire un dessin ? À ton avis, c'est pourquoi ? Toi t'as la voix de celui qui sait pas encore qu'il a quitté l'oreiller, ça va aller, ouais ? Ouvre-nous avant que je m'énerve vraiment !

—Ouais, ouais, Angus, ça vient.

Frédo, conscient de l'agacement profond d'Angus, n'insiste pas, évite de le chambrer comme ils l'ont fait la veille, sous peine d'avoir à manger de la soupe et de la purée jusqu'à la fin de ses jours.

Il cherche un instant Théodule pour obtenir de l'aide au déchargement. Sa quête se soldant par un échec, il rejoint le fourgon dans le garage.

Angus a sa tête des mauvais jours, mieux vaut ne surtout pas le contrarier. Frédo en est presque soulagé que Dudule ne l'ait pas accompagné, il soupçonne sinon que les choses se seraient mal passées entre ces deux frères ennemis.

—Où est saindoux ? On a quatre clients, là-dedans, pour une fois, il servirait à quelque chose.

—Il est occupé, Angus. Oublie-le, on n'a pas besoin de lui.

—Si tu le dis. Puisque tu veux le couvrir, t'en porteras deux.

Luc et Angus se chargent de l'homme et de la jeune fille, laissant les jumeaux à Frédo.

—Faudra prévoir des chariots pour les transporter, j'en ai plein les douilles, de me coltiner des gus sur le dos à travers ce dédale.

—C'est prévu, Angus, souffle Frédo sous le poids des deux garçons. J'en ai fait la demande au boss, on devrait être livrés bientôt.

Les couloirs défilent, résonnent des claquements des semelles sur le carrelage.

C'est avec grand soulagement qu'ils approchent la porte du "Zoo".

Angus entre en tête, et avant que les autres ne réalisent quoi que ce soit, il a déjà lâché sa charge comme un sac de patates jeté au sol sans ménagement pour se précipiter en avant.

Luc aperçoit Théodule dans la cage 8, bras suspendu en l'air, matraque en main.

Il a stoppé son geste en les entendant entrer.

Que fout-il là, quel besoin avait-il d'entrer dans cette cage ? Pourquoi tourmenter ceux qui subissent déjà un incroyable traumatisme ?

Angus est furieux, et Luc sait qu'il doit agir très vite s'il ne veut pas qu'une bavure vienne entacher leurs états de service.

—Frédo, occupe-toi d'eux, lâche-t-il avant de courir derrière son aîné.

Angus est déjà sur Dudule, qui tente en vain d'abattre sa matraque sur son crâne. D'une projection de lutteur, Angus propulse cette raclure hors de la cage.

Bouboule roule à terre sur quelques mètres, et avant qu'il ait pu tenter le premier mouvement pour se redresser, Angus est sur lui, redoutable prédateur.

Il est ce soir à l'image de ce qu'il a été durant toute sa carrière, impitoyable.

Dudule voit celui que tous ont toujours craint, qu'il pensait jusqu'alors n'être que le fruit d'affabulations.

Angus lui écrase le visage du plat du pied, front kick appuyé d'une violence inouïe. Luc entend un sinistre craquement, résultat du combat inégal entre un nez et une chaussure.

Le sang de Dudule gicle en une gerbe vermillon, alors que lui sombre dans l'inconscience.

Il ne doit sa survie qu'à l'intervention de Luc, qui empêche Angus de lui réduire la tête en bouillie.

—Angus, c'est bon, il a eu son compte. Ne fais pas le con, si tu le tues, le boss ne nous le pardonnera pas. Ça foutrait tout en l'air. Prends ton mal en patience, le temps viendra où tu pourras lui fracasser les vertèbres, mais sois patient. Après ce boulot, tu pourras prendre ta retraite, comme tu avais prévu de le faire.

—T'as raison. Je vais pas tout foutre en l'air pour cette merde. Frédo, sors-moi ce pantin de là, avant que j'en fasse des rillettes.

—Hé, les gars, je veux bien porter deux mômes, mais là, c'est trop pour moi. T'as une idée du poids qu'il fait, l'animal ?

—Je vais te filer un coup de main, Frédo, on va le ramener dans sa piaule, pendant qu'Angus veille à ce que rien ne cloche ici et referme les portes. Hein, Angus ?

—Ouais. Allez-y, je me charge du reste.

Luc et Frédo soulèvent, non sans peine, le poids inerte de ce fumier.

Luc en viendrait à regretter de lui avoir épargné la mise à mort. Il n'a que mépris pour cet homme dont il ignore presque tout si ce n'est qu'il est une sombre merde.

Ils doivent faire plusieurs pauses pour souffler, laissant chaque fois Dudule tomber lourdement au sol.

Angus se tourne vers Soraya et sa famille, s'approche doucement.

Il s'agenouille, examine le pied meurtri de l'adolescente. Deux de ses orteils sont dans un sale état, manifestement cassés.

—Je vais te remettre ça en place, c'est le mieux que je peux faire. Si je les laisse comme ça, ils ne se ressouderont jamais correctement.

—Aidez-nous, monsieur, je vous en supplie. Sauvez mes enfants, ne les laissez pas leur faire de mal.

—Prenez ce que je donne, et évitez de quémander. J'ai dit, je réduis les fractures, et ce sera tout pour moi. Maintenant, fermez-la, ou c'est moi qui m'occupe de vous.

Évelyne sent qu'il serait inutile, et même contre-productif, d'insister auprès de cet homme.

Angus récupère le bâillon tombé au sol.

—Tiens, mords là-dedans ! Ça va te faire mal, mais ça ira mieux après.

Soraya s'exécute, impressionnée par cet homme au calme froid.

Avec appréhension, elle mord dans le bâillon et ferme les yeux de toutes ses forces dans l'attente de la souffrance qui ne tardera pas à la foudroyer.

D'un coup sec et rapide, Angus tire sur le doigt de pied pour remettre les os dans l'axe.

Tous muscles contractés, Soraya pousse un râle sourd et étouffé, puis se relâche.

La douleur irradie par pulsations de moins en moins puissantes, pour finir par devenir supportable.

C'est le moment que choisit Angus pour redresser l'autre orteil cassé.

Nouvelle vague de douleur.

Lorsqu'elle se relâche, Angus indique sa bouche d'un index pointé.

—Passe-moi le bâillon, t'en auras plus besoin.

Elle crache le bout de tissu, dont s'empare Angus pour le déchirer en fines bandelettes sous les yeux apeurés des deux femmes.

Il bande les orteils de Soraya en un ensemble grossier, poupée de chiffon grotesque au bout du pied de manière à ce qu'elle ne puisse plus les plier.

—Voilà, c'est tout ce que je peux faire. Tu pourras au moins tenir debout.

Elles regardent l'homme se relever, hésiter un instant, puis sortir et refermer la porte.

Il a quitté la salle sans rien ajouter, même si Soraya conserve cette étrange impression qu'il avait quelque chose à lui dire.

Les lumières s'éteignent, rendant la nuit et le silence à cette pièce.

Aplati derrière les corps joints des deux femmes, Julien remercie le ciel de n'avoir pas été repéré.

Il se redresse lentement, reste à l'écoute pour s'assurer que les tortionnaires ont tous quitté la salle.

Lorsqu'il est à peu près certain que le danger est écarté, il rallume son stylo torche.

—Soraya ! Tu m'entends ?

—Julien ? C'est toi ? Comment...

—Je suis arrivé ici un peu par hasard. Je m'apprêtais à vous parler quand l'autre salopard est arrivé, alors j'ai pas trouvé d'autre endroit où me cacher que derrière vous. Heureusement qu'ils étaient tous trop agités pour remarquer quoi que ce soit. Ils vous ont fait du mal ?

—Juste des orteils pétés, ça fait un mal de chien, mais c'est rien. Si tu savais comme je suis contente de t'entendre, mon juju. Il faut que tu nous sortes de là, Julien, trouve le moyen d'ouvrir cette porte. On va tous mourir, si on reste là, ces types sont des malades.

—J'ai déjà essayé d'ouvrir une de ces portes, mais il faut un code que j'ai pas... je sais pas quoi faire, Soraya, j'ai peur, si tu savais comme j'ai peur.

—Cherche quelque chose pour casser la vitre, Julien, lance Évelyne avec assez de persuasion pour communiquer un peu d'assurance au jeune homme. On doit libérer tout le monde, à nous tous, on sera assez forts pour sortir d'ici.

—Mais ils sont armés, madame Abel. S'ils nous voient sortir de cette pièce, je crois pas qu'ils hésiteront à nous tuer, tous. J'ai vu des choses étranges, avant d'arriver ici, je ne sais pas ce qu'ils préparent, mais ils sont très bizarres. Et dangereux.

—Écoute, Julien. Ce que tu as accompli en venant jusqu'ici est déjà la chose la plus courageuse que j'aie jamais vue. Et je vais t'en demander encore plus. Si tu ne trouves pas le moyen de nous faire sortir de cette cage, alors il te faudra partir. Quitter ces lieux et aller chercher du secours. Ce sera peut-être notre seule chance, tu comprends ?

—J'ai déjà essayé de repérer des sorties possibles, madame Abel, mais tout est verrouillé. Je crois que tout est contrôlé à partir d'une même salle, je pense être passé devant. Mais je ne sais pas trop comment y retourner sans me faire repérer. Les hommes qui sont venus à votre secours à l'instant étaient partis. Maintenant, ils sont au complet, je vais avoir du mal à passer inaperçu. Ceux-là ne sont pas comme l'immonde ivrogne qui vous a agressées, je doute de pouvoir échapper à leur vigilance.

—Julien, si tu sais ce qu'ils comptent faire de tous ces gens, nous y compris, je veux que tu nous le dises. Même si c'est atroce, je veux savoir.

—Comment veux-tu qu'il sache, maman ? Il est pas devin, eux seuls doivent savoir ce qu'on fait ici ! Fous-lui la paix, un peu ! Pour une fois que tu veux ouvrir les yeux sur la réalité, tu t'y prends mal. Le manque d'habitude, sans doute.

—Pourquoi tu dis ça, Soraya ? Et qui était cet homme, il semblait te connaître et t'en vouloir particulièrement.

—Je rêve ou t'es en train d'insinuer que tout ça est de ma faute ?

—Ne dis pas de sottises ! Seulement, avec toutes les âneries que tu as faites, je me pose la question de savoir si cet homme t'en veut pour quelque chose que tu aurais fait. Je cherche juste à comprendre, je ne dis pas que c'est de ta faute.

Peu à peu, le ton monte. Julien, de ses deux mains pressant des pédales de frein imaginaires, tente de faire baisser le volume sonore, imaginant déjà les hommes revenir et le découvrir là.

—Tu veux vraiment savoir ? T'es sûre ? Après presque deux ans, tu vas accepter de voir la vérité en face ? Et après, si ça se trouve, tu admettras que Noah a un problème d'ordre mental, allez, soyons fous.

—Ne mêle pas ton frère à ça, laisse-le dormir tranquille, tant qu'il le peut.

—Mais tu trouves toujours normal qu'il n'ait eu aucune réaction à l'arrivée de l'autre sac à merde ? Réellement, maman ? Avec le bordel que ça a foutu, il a même pas bronché. Merde ! Tu fais chier, maman. Noah a toujours souffert, mais tu t'en fous, pour ne surtout pas admettre que ton petit garçon a besoin d'une aide autre que la tienne, tu fermes les yeux, tu nies l'évidence. Mais encore heureux qu'il ait cette peluche, sinon imagine un peu dans quel état il serait.

—Calme-toi, Soraya, s'il te plaît. Ce n'est pas le moment de se disputer, tu ne crois pas ? Mettons toute notre énergie disponible à sortir de là, tu veux ? Qui est cet homme, Soraya ?

—Celui qui il y a presque deux ans a tenté de me violer, et que vous avez tout fait pour couvrir, le maire, les flics... et jusqu'à toi, qui les as crus, les as laissés me traiter de menteuse.

Dans le faible faisceau de la mini torche de Julien, les yeux d'Évelyne brillent d'une émotion mal contenue.

Elle conserve le silence un instant, déglutit avec peine comme si elle tentait d'avaler cette information crue, brutale, trop grosse pour passer.

—Je... je suis désolée, ma chérie. Je te demande pardon. J'ai vraiment cru à cette époque, quand les gendarmes et même le maire t'ont accusée de mentir, que tu avais inventé cette histoire pour te sortir d'un de ces mauvais pas où tu te fourrais si souvent. Tu étais si... menteuse, Soraya. Mais aujourd'hui, je te crois, et je m'en veux de t'avoir laissée affronter cette épreuve seule, oh oui ma puce. Nous aurions dû marcher main dans la main, toujours, et je t'ai abandonnée en route. Comme je regrette, mon amour. Je veux me racheter pour ça, et pour le reste. Quand nous serons sortis de ce cauchemar, j'emmènerai Noah consulter un spécialiste, tu as ma parole. Je tenterai de réparer tout ce que j'ai détruit.

Julien ne peut s'empêcher de relever la rhétorique conquérante employée par Évelyne. Elle dit quand, et non si. Pour elle, il est évident qu'ils sortiront tous d'ici.

—Est-ce que tu crois que c'est en partie à cause de ça que nous sommes ici ? Est-ce que ce porc redoute que tu fasses des vagues ?

—Je sais pas maman. Regarde tous ces gens, ils n'ont rien à voir avec cette histoire, et sont pourtant là.

—J'ai été tellement idiote. J'aurais dû me douter, voir ce qui n'allait pas. C'est pour cette raison, que tu multipliais les actes de vandalisme autour de la mairie, c'est bien ça, ma chérie ? Pour faire payer au maire le fait de ne pas t'avoir crue, toi, et à travers lui cet homme immonde qui t'a encore agressée tout à l'heure ?

—J'y ai même pas réfléchi de cette manière, mais ouais, je suppose qu'inconsciemment, y a de ça.

Julien hésite depuis plusieurs minutes à prendre la parole, puis ne peut plus contenir ce qu'il a à leur dire.

—J'ai un truc important à dire. Soraya, tu te rappelles qu'on a parlé du maire comme d'un sale type, quand on était dans ta chambre ?

En prononçant ces dernières paroles, Julien se rend soudain compte qu'il vend la mèche, leur secret est éventé, Évelyne n'en ignorera plus rien. Puis il se trouve aussitôt ridicule de réfléchir en ces termes, au vu de leur condition actuelle.

Soraya hoche la tête affirmativement.

—Oui, je le déteste depuis cette histoire. Je me demande toujours pourquoi il a fait ça.

—Je comprends mieux la vision que tu en as, et ça confirme l'idée que je m'en suis toujours fait. Mais le pire de tout, c'est que j'ai eu l'impression de reconnaître sa silhouette. Ça vient tout juste de me sauter à la gueule, en écoutant ce que tu racontais, jusque là je n'arrivais pas à savoir à qui me faisait penser ce type masqué. Rien de sûr, évidemment, c'est juste... ben une impression, quoi. Et de ce que j'ai pu en voir, c'est même celui-là qui commande.

—Bon sang, Julien ! Hier soir, il me semblait bien avoir vu un homme lui ressemblant, même allure générale, mais il faisait sombre, ici, j'avais les yeux bouffis de larmes, j'ai vite pensé que je me faisais des idées.

—Non, vous n'avez pas rêvé, madame Abel, il existe bien un homme qui lui ressemble mêlé à tout ça. Voilà en tout cas qui expliquerait pourquoi il a pris la défense de l'autre monstre contre Soraya. Ils sont de mèche.

—Mais... que nous veut-il, enfin, pourquoi tout ça ? Je veux dire, si c'est réellement le maire, ce serait d'une absurdité sans nom.

—On s'en fout, maman, tout ce qui doit nous intéresser maintenant, c'est comment... comment sortir d'ici. Juju, est-ce que tu crois que tu peux passer par dessus la paroi ?

—C'est super haut, Soraya. Même en sautant, je ne toucherai pas le sommet du bout des doigts, ou alors à peine. De là à m'y hisser...

—Cherche un peu partout, doit bien y avoir quelque chose ici qui te servirait de marche pour atteindre le sommet. Si t'y arrives, tu pourras nous détacher, et on s'entraidera pour repasser par dessus.

—OK, je vais aller fouiner vers le fond, là-bas.

Il s'éloigne doucement, puis se retourne brusquement, lampe braquée sur Soraya sans risque de la faire cligner des yeux par un trop plein de puissance lumineuse.

—Eh, Soraya ! Tu t'es tellement foutue de ma gueule, avec mon stylo torche. Ben tu vois, aujourd'hui, c'est peut-être grâce à lui qu'on s'en sortira tous.

Elle lui sourit en grand, de ce sourire qu'il aime tant, collier de perles d'ivoire, celui qui fait battre son cœur et lui communique chaleur et joie. Et courage, pour ce soir.

Il s'enfonce dans l'obscurité, visible seulement par ce point lumineux qu'il promène, luciole bienfaitrice sur laquelle repose leur avenir à tous.

—Maman, j'ai du mal à rester éveillée. Je sais pas ce qu'ils m'ont fait, mais je suis lessivée, comme un lendemain de beuverie. Je vais fermer un peu les yeux, tu veilles sur lui, hein ?

Bien que la requête soit pour le moins futile, Évelyne acquiesce.

—Je ne le quitte pas des yeux, ma chérie, ne t'en fais pas. Repose toi, on aura bientôt besoin d'être en pleine possession de nos moyens pour courir loin d'ici, grâce à Julien.

Le sommeil s'empare d'elle sur un léger sourire.

Elle sombre.

24

Soraya a 14 ans. À l'occasion de l'anniversaire de sa meilleure amie, Laetitia, elle a été invitée à sa première boum. Les parents de Laetitia ont laissé leur immense garage à disposition, et tout l'après-midi, elles ont dansé, fumé... et dragué.

Puis, lorsque sa montre a affiché 18h45, selon la promesse faite à contrecœur à sa mère, elle a pris congé de tout le monde pour rentrer chez elle. Elle a déjà dépassé l'heure autorisée, mais n'en est pas moins agacée de devoir partir.

Dix minutes à peine de marche séparent leurs habitations, c'est pourquoi Évelyne a accepté qu'elle s'y rende seule, et à la condition expresse qu'elle rentre avant la nuit.

Elle s'éloigne doucement du centre, peu décidée à courir après l'heure .

Jamais elle ne flâne mieux que lorsqu'elle est en retard, comme si se plier à cette simple règle de la ponctualité était faire preuve de faiblesse, ou de soumission.

La luminosité commence déjà à baisser, les ombres à s'allonger.

Elle décide de traverser le grand terrain vague, abritant un chantier laissé en suspens.

Une barre de HLM en construction attend un déblocage administratif et financier pour être achevée et accueillir ses locataires.

Cinq jours auparavant, elle a aperçu ici un chaton famélique, mais n'a pu l'approcher. Depuis, elle passe chaque jour pour tenter de le voir. Si elle parvient à l'attraper, elle le ramènera à la maison pour en prendre soin et lui donner de meilleures chances de survie.

Toute à ses recherches, il lui semble percevoir une voix, rien à voir toutefois avec celle d'un chaton en détresse.

Oreille tendue, immobile, elle perçoit plus nettement ce qui ressemble à un appel à l'aide, provenant des bâtiments en construction.

La volonté d'aider son prochain et sa prudence s'affrontent dans son esprit, hésitation humaine entre compassion et méfiance.

Que ferait une personne dans ce chantier à l'abandon depuis quelques mois ?

L'appel est renouvelé, avec plus de force, plus de réalité. Elle ne peut plus le nier, faire comme s'il n'avait été que le jeu du vent dans cette forêt de béton.

Si la peur se fait plus présente, l'empathie lui dame le pion, emporte ce combat titanesque.

Soraya s'avance, cœur dans la gorge et les tempes.

—Aidez-moi ! Au secours !

La voix paraît fébrile, faible. Elle ne peut laisser personne ainsi dans la détresse sans rien tenter pour l'aider.

Ses dernières réticences tombent, les barrières posées par son instinct de survie sont balayées par son élan d'humanité.

Elle s'enfonce à l'intérieur du bâtiment par l'une de ces ouvertures sans porte.

Tout est gris et sinistre, oppressant et sans horizon, ici. L'air a le goût de ciment et de papier moisi, et semble être en défaut d'oxygène.

Respiration forcée, saccadée, sa cage thoracique se meut avec difficulté, comme emprisonnée dans un cruel corset.

Nouvel appel, en provenance d'une pièce reculée, sombre, angoissante.

Chaque nouveau pas, résonnant et sonnant faux dans cet environnement mort et stérile, lui coûte des efforts incommensurables, la laissant à court de souffle.

—S'il vous plaît, aidez-moi.

La voix est suppliante, fragile et chancelante comme une flamme sur le point de s'éteindre.

Enfuis-toi, rentre chez toi, lui hurle son côté raisonnable. Elle ne l'écoute pas, pénètre la pièce d'où provient cet appel.

Elle perçoit au sol, dans un coin assez sombre pour accueillir des vampires, une masse sombre, silhouette que ses yeux peu à peu habitués au noir interprètent comme étant celle d'un homme, en position assise, adossé à un mur.

—Qu'est-ce qui vous est arrivé ? Vous faites quoi, ici, monsieur ?

Sa propre voix la surprend, la fait presque sursauter lorsqu'elle se répercute contre les murs pleins de cette salle vide.

—Aidez-moi, je vous en prie.

—Répondez à mes questions, monsieur, j'en ai besoin, sinon je m'en irai... je suis désolée.

—Non, je vous en supplie, ne me laissez pas. Je suis un ouvrier de ce chantier, mademoiselle. On m'a envoyé faire un état des lieux, les travaux devraient reprendre prochainement. J'ai glissé dans une flaque d'eau, et je crois que je me suis foulé ou cassé la cheville. Je ne peux me lever seul. Si vous voulez bien m'aider, je pourrai me dresser, et en m'appuyant à votre épaule, je pourrai sortir.

Les sentiments contradictoires qui animent l'esprit de Soraya la rendent nerveuse, instable.

—Je... je vais aller chercher de l'aide. Je ne crois pas que je pourrai vous soutenir. Je reviendrai très vite avec de l'aide.

—Non ! S'il vous plaît, ayez pitié, mademoiselle. Je vais étouffer, ici, c'est irrespirable. Je veux me retrouver à l'air libre. Si vous m'aidez, je pourrai marcher jusqu'à l'extérieur, et là vous pourrez partir chercher de l'aide.

Du regard, elle cherche à capter les yeux et les traits du visage de cet homme, à déchiffrer ses expressions. Mais la clarté lui manque cruellement, elle ne peut que percevoir les contours flous de ce corps.

—Ne me laissez pas plus longtemps ici, je n'y survivrai pas.

—Promettez-moi que vous ne simulez pas, que vous ne chercherez pas à me faire de mal.

—Mais enfin, je ne veux de mal à personne, je peux le jurer sur la tête de mes enfants, je veux juste quitter cette atmosphère nauséabonde et néfaste. Il y a des rats partout, j'en ai le frisson rien que d'y songer.

—Vous avez des enfants ?

—Oh oui, deux. Un garçon et une fille, de cinq et huit ans. Ils sont adorables. Si vous saviez comme je les aime.

Soraya se détend un peu, est moins sur la défensive. Elle s'approche de l'homme de quelques pas encore, jusqu'à être presque capable, en tendant le bras, de le toucher.

—Je vais vous aider, c'est d'accord. Je suis désolée d'être si méfiante, ça n'est pas contre vous, mais ce lieu me fout les jetons.

—Je comprends, soyez sans crainte, c'est tout à fait normal.

Cette réponse, trop précipitée, trop avide, déclenche à nouveau le signal d'alarme interne de Soraya qui lui ordonne de fuir.

Sans la voir vraiment, l'homme a ressenti cette réticence, senti la fille lui échapper.

—Oh, que j'ai mal ! Venez, mademoiselle, il nous faut sortir d'ici, cette atmosphère n'est vraiment pas saine à respirer.

Tous ses sens mettent soudain Soraya en alerte, et instinctivement, elle sait qu'il lui faut partir maintenant. Vite !

Un bruit, infime, celui d'un pied posé délicatement dans une flaque d'eau, lui fait faire volte-face.

Elle a tout juste le temps d'apercevoir une silhouette et d'éviter un coup porté avec un objet long et contondant.

Le mouvement d'air né de l'attaque vient lui fouetter le visage, attestant de la proximité et de la violence du coup porté.

Deux pas de recul la mènent directement contre le supposé blessé, qui la ceinture avec brutalité de deux bras courts et puissants, constricteurs impitoyables dont l'étreinte lui coupe la respiration.

La panique et la terreur alimentent ses veines et ses membres.

—Alors, j't'avais bien dit que ce serait pas trop compliqué de l'attirer là, je l'ai vue plusieurs jours de suite passer par le terrain vague. Elle est parfaite, tu devrais être content.

L'autre homme ne répond pas. Il reste immobile et muet, froid comme la mort.

—Dis, par contre, avant de te la filer, j'aimerais bien en profiter un peu, moi. Elle est sacrément gaulée, la petite.

Soraya sent avec horreur les deux mains glisser sur sa poitrine, ne comprend plus ce qu'il se passe.

Tout devient confus. Suffoquée, elle tente de reprendre le contrôle de son esprit, qui menace dangereusement de vaciller

Cet homme a trahi sa confiance, a fait appel à son humanité pour mieux la tromper.

Ce porc la tripote, la malaxe comme il le ferait d'une balle anti stress, insupportable intrusion dans son espace vital, viol inqualifiable de son intimité. Dans le bas de ses reins, elle sent un renflement qui ne trompe guère sur les intentions de ce salaud.

Le souffle saccadé de cet animal dans le creux de son cou provoque un cataclysme en elle, explosion de haine jamais ressentie jusqu'alors.

De manière instinctive, poussant de toute la force conférée par ses appuis au sol, elle propulse sa tête en arrière. La cible est atteinte de plein fouet, le nez de sa victime claironne sa défaite en un sinistre craquement, accompagné d'une plainte aspirée.

Avec une vivacité et une explosivité hors normes, Soraya se libère de cette étreinte, profitant du court laps de temps durant lequel l'étreinte se relâche sous l'effet de la douleur et de la surprise.

D'un mouvement de rein appuyé, elle se sert de ce corps bedonnant comme d'un appui pour s'élancer vers l'avant, départ arrêté dans les starting-blocks pour une course à la vie.

Ne voyant plus que le halo découpant une porte de lumière dans cette obscurité, elle pose le pied dans une flaque d'eau croupie, glisse et se tord la cheville.

Elle ne doit qu'à sa chute d'éviter le coup lancé par l'autre homme, qu'elle sent plus qu'elle ne voit. La matraque passe à deux centimètres à peine de son crâne, ne parvenant à atteindre et déplacer qu'une mèche de cheveux.

En dépit de la vive protestation de sa cheville, douleur fulgurante qui en temps ordinaires l'aurait clouée au sol, elle se redresse, mâchoires serrées, et reprend sa course.

Soraya ne se retourne pas, ne cherche pas à savoir si ses agresseurs la poursuivent.

Elle n'a en tête que l'idée de sauver sa vie, mettre le plus de distance possible entre elle et ces monstres.

Derrière elle, le martèlement de pas lourds lui indique la position exacte de son agresseur.

L'homme est lourd, massif, mais il est rapide. Plus qu'elle, handicapée par une probable foulure.

Il la talonne, veut la rattraper avant qu'elle n'atteigne la rue.

Elle pourrait presque voir un bras tendu prêt à s'abattre sur son épaule pour la stopper, et est consciente qu'il met toute son énergie disponible au service de sa vengeance.

Il veut la rattraper... et lui faire mal. Peut-être la violera-t-il, mais plus sûrement la tuera-t-il sur le champ, de ses mains, de ses pieds ou de tout objet assez lourd, traînant de ci et de là.

Elle se fait une représentation mentale si réaliste de ce qui risque de lui arriver que chaque fois que sa cheville lui demande pitié, elle force davantage dessus.

Le souffle rauque de ce buffle au bord de la rupture, gêné par la fracture du nez dont elle l'a gratifié et par le sang qui s'en écoule, lui paraît soudain si proche qu'il pourrait aussi bien être collé à son oreille.

Elle hurle, envoie au hasard le coude d'un mouvement latéral d'avant en arrière. Nouvel impact, gémissement sourd.

La chair a craqué sous le choc, elle l'a parfaitement senti.

L'avantage lui est désormais acquis, le prédateur a très nettement ralenti, pommette éclatée et nez fracassé, pleurant et mouchant le sang.

Un ordre, teinté de crainte et d'affolement, tonne au loin, lui donnant un ultime coup de fouet.

—La laisse pas filer, putain !

—Ta gueule !

La voix de son poursuivant est pour elle un élément de localisation et la confirmation qu'il a stoppé sa course.

Alors qu'elle parvient à la limite du terrain vague, prête à passer par dessus la barricade de fortune qui enceint le chantier, elle ose un regard en arrière, encouragée et rassurée par l'assurance d'avoir creusé un très net écart.

L'homme courtaud est bien arrêté, plié en deux, les mains appuyées sur les genoux.

Il ne peut plus la suivre que des yeux, qui s'ils étaient des armes la réduiraient à l'état d'atome.

Elle tente d'apercevoir l'autre, qui se maintient hors de son champ de vision, à l'abri des bâtiments.

Sa cheville menace de ne pas vouloir la porter plus longtemps si elle ne poursuit pas sa route à chaud, aussi se retourne-t-elle.

Avec peine, elle parvient à se hisser au sommet, et tourne une dernière fois la tête pour voir où en sont ses agresseurs.

Petit bouddha s'est remis en marche, et se trouve à 20 mètres d'elle à peine.

Accrochée à la palissade, elle se laisse glisser en douceur de l'autre côté, de manière à éviter tout nouveau choc sur sa cheville, ce qui, elle n'en est que trop consciente, signerait sa fin.

Entre les planches ajourées, elle constate l'avancée du suidé, furieux de s'être laissé posséder à deux reprises par une si jeune fille.

La rage, contre elle et lui même, se déchiffre aisément sur ses traits.

L'espace d'une fraction de seconde, elle se demande s'il parviendra à hisser son corps lourd et adipeux par-dessus la barrière.

Elle n'a cependant pas l'intention d'attendre plus avant pour en avoir le cœur net, et pivote sur elle-même pour s'éloigner.

Elle pousse alors un cri perçant probablement audible dans toute la ville, surprise par une main solide se posant sur son épaule.

25

Soraya s'éveille en sursaut, saisie par la fraîcheur qui tombe sur son corps emperlé de sueur et affolée, comme cela lui arrive régulièrement depuis ce jour-là, et avec d'autant plus de violence aujourd'hui qu'elle se sait de retour en enfer.

—Tu as rêvé de lui ? De cette pourriture ? Dis-moi, ma chérie.

—Oui, mais c'est rien. On a d'autres problèmes, maintenant. Comme tous ces gens, répond-elle en désignant les autres cages du menton.

—Mais j'ai besoin de savoir, Soraya, je t'en prie. Je m'en veux horriblement de ne pas t'avoir écoutée toi, plutôt que ce bête rapport de gendarmerie. Est-ce que... tu fais souvent ce rêve, depuis ?

Les yeux d'Évelyne luisent soudain dans la nuit, captant les moindres lueurs des quelques leds éparses pour les restituer en une constellation nommée émotion.

—Presque toutes les nuits, assène Soraya bien plus sèchement qu'elle ne l'aurait voulu, se mordant aussitôt les lèvres.

Elle en veut autant à sa mère qu'elle s'en veut à elle-même à l'instant. Il lui faut changer de sujet, évacuer ce malaise qui n'a rien à faire ici et maintenant et dont ni elle ni Évelyne n'ont besoin en un pareil moment.

—Où est passé Juju ? Je le vois nulle part.

—Je crois qu'il a trouvé une porte, dans le fond, là-bas, et qu'il est sorti explorer. Tu sais, Soraya, j'ai dit beaucoup de mal de lui, et je m'en excuse. Je suis impressionnée par son courage.

—C'est à lui, qu'il faudra le dire. Moi, je sais qui il est, et ce qu'il est. Il n'a fait que me prouver ce soir que j'ai un jugement sûr. Il est notre seule chance, maman. S'il ne revenait pas, on serait perdus, tous les trois, ne ferme pas les yeux sur ça, non plus.

—Je suis prête à me battre pour mes enfants, tu peux me croire, ma chérie, je ne vous laisserai pas tomber. Je te le jure.

Soraya perçoit les sanglots retenus à grand-peine dans cette voix, cristallisation de la peur et du chagrin mêlés. Elle refuse de céder au désespoir, repousse de toutes ses forces la tentation d'exploser en larmes et de se morfondre.

Noah soupire longuement, sans quitter la position du fœtus adoptée sur les jambes de sa mère.

Soraya ne peut réprimer le coupable soulagement qu'elle éprouve à ne pas l'entendre hurler comme à son habitude. Elle en serait devenue folle à lier, confinée entre ces parois de verre, amplificateurs de pleurs et de cris.

Il ne faut pas qu'elle sombre, se laisse aller. Elle doit être forte aux côtés de sa mère, tout faire jusqu'à l'ultime espoir pour les tirer de là.

Penser positif, se battre et ne surtout pas offrir à ces enfoirés ce qu'ils attendent sans tenter tout ce qui est imaginable pour leur échapper.

—Maman, c'est bon. On arrête de chialer. On va se battre ensemble. Je te jure qu'on va pas leur faciliter la tâche. Mets-toi de dos à moi, on va essayer de défaire nos liens.

—Je... ok, ma fille. J'aime cette attitude. Les Abel ne se laisseront pas marcher dessus sans rendre les coups.

Le ton employé est exagérément enthousiaste, clairement surjoué, dérisoire tentative d'auto persuasion.

Mère et fille se mettent dos à dos, position emblématique de leurs relations conflictuelles de ces dernières années, utilisée aujourd'hui pour se rapprocher et envisager un avenir.

Dans le mouvement, Noah s'éveille. Il se dresse sans émettre le moindre son, va s'asseoir au centre de la cage, et se met à jouer avec sa peluche.

—Bon sang, maman, tu crois encore qu'il est conscient du monde qui l'entoure ?

—J'ai fermé les yeux sur beaucoup de choses trop longtemps, ma chérie, mais c'est fini. J'ai conscience de tout, désormais. Il m'aura fallu être acculée, craindre de perdre ce que j'ai de plus cher et la vie pour oser l'affronter. Mais c'est du passé. Approche bien tes mains, je vais te libérer, foi d'Évelyne Abel.

Le ton est cette fois-ci bien plus juste, en place, elle ne joue aucun rôle et pense profondément ce qu'elle dit, véritable injection de courage en intraveineuse.

Les mains se cherchent, tâtonnent, trouvent les nœuds et s'affairent à les défaire.

26

Julien progresse dans le noir, n'allumant sa torche que par intermittence pour réduire les chances, ou plutôt les malchances qu'il a de se faire repérer.

Il vient d'entrer dans une pièce dans laquelle il espère trouver quelque chose pour sortir Soraya et sa famille de leur cage, et pourquoi pas tous les autres. Une échelle, une chaise, ou n'importe quel objet lui permettant soit de monter, soit de fracasser ce verre qui lui a paru si résistant.

Bien plus petite que la précédente, en son centre ne trône qu'une cage, du même type que les autres, hautes parois de verre sans aucune aspérité interdisant toute ascension à moins d'être une mouche.

Quelque chose est cependant différent, ici, sans qu'il parvienne à mettre de mots dessus. Juste une sensation, un ressenti qui flotte dans l'air. Quelque chose d'animal.

Une masse sombre, relativement imposante, occupe l'un des coins. Vivante, s'il en juge par la lourde et effrayante respiration qui fait vibrer l'air.

Si le souffle entendu et ressenti est celui d'un humain, alors il va lui falloir rapidement des soins.

Malade. L'ont-ils mis à l'écart des autres pour cette raison ?

Et s'il était contagieux, si le mal qui le ronge peut-être empruntait lui aussi la voie aérienne pour l'atteindre et se répandre en lui ?

En dépit de ces doutes et ces interrogations pour le moins angoissantes, Julien ne peut se résoudre à partir avant d'avoir vu ce qui se tient prostré dans cette cage, ne pariant pas sur son appartenance à l'espèce humaine.

Il est aussi effrayé qu'attiré par l'aura dégagée par cet... être ?

Pas à pas, il s'avance jusqu'à la cage, dans laquelle l'agitation augmente. Quoi que ce soit, cela le sent comme lui l'entend.

Une tête se dresse, silhouette indistincte qu'en l'état rien ne distingue de celle d'un être humain.

Elle est dépourvue du moindre cheveu, lisse comme une fesse de bébé.

Julien se détend, avant de laisser son esprit glisser avec effroi vers la solution "maladie".

Il se décide à allumer sa torche pour la braquer sur le prisonnier.

Ce dernier pousse un abominable crissement, entre crachement de félin et bruit de cascabelle de serpent à sonnette.

Si le frisson qui lui parcourt le corps des pieds à la tête devait être défini, il serait comparable à un mouvement de plaques tectoniques tant il est puissant.

Ce qui est là a l'apparence générale, la silhouette d'un homme, mais n'est pas humain, il en a la certitude.

Deux yeux vert-émeraude répondent à la lueur de sa torche avec une intensité glaçante.

Malgré ce besoin impérieux de fuir à toutes jambes, celui d'en découvrir davantage sur cette créature le pousse à rester immobile, hypnotisé par ces deux émeraudes luminescentes.

Stupéfait, Julien voit la chose se dresser, immense, probablement plus de deux mètres.

Un horrible doute s'insinue dans ses pensées : et s'il était capable de passer par dessus la paroi ?

En présence de quelle diablerie se trouve-t-il, lui qui n'était venu chercher qu'une échelle ?

L'animal, le monstre, ou quoi qu'il soit, se déplace jusqu'à la vitre à une vitesse ahurissante.

Julien voit mieux ce visage émacié, terrifiant dans ce qu'il a d'inhabituel et de contre nature tout en étant bien humain, dévoré par d'énormes yeux de chat.

Son regard est dérangeant, déroutant, mais Julien n'y décèle finalement aucune agressivité, pour autant qu'il puisse en juger. Son nez est aussi étrange que le reste, plus fin et petit que la normale, les narines de simples fentes étroites. La peau du visage, totalement imberbe et diaphane, laisse apparaître un réseau de vaisseaux sanguins qui ne cachent rien de leur activité.

Il baisse peu à peu le faisceau sur le corps de cet être gigantesque, tente d'en déceler les détails.

La peau, terne et grise, paraît rugueuse, lui fait immédiatement penser à celle du petit agame barbu qu'il a vu un jour dans une animalerie.

La chose plaque ses deux mains à la vitre, paumes tournées vers Julien. Les doigts, outre leur longueur peu commune, comportent de petites griffes à leur extrémité, et des stries horizontales formant de petites lamelles à l'image de pattes de gecko. Aucun vêtement ne vient couvrir ce corps, pourtant Julien ne repère aucun organe sexuel, l'entrejambe est lisse et sans relief. Est-ce seulement sexué, d'ailleurs, s'agit-il d'un mâle ou d'une femelle ? Il poursuit son inspection par les jambes, qui sont à la fois nerveuses et puissantes, terminées, non par des pieds, mais par... des sabots.

Julien pense un instant qu'il a basculé totalement, qu'il est devenu fou et a des visions.

Puis la créature déploie une paire d'ailes de plusieurs mètres d'envergure, recouvertes de plumes noires comme les ténèbres, et il SAIT qu'il est bon pour l'asile. Peut-être même est-il déjà mort et erre-t-il entre deux mondes, à ce stade, tout lui paraît plausible.

Cette créature sort tout droit de contes ou de la mythologie, et elle se tient là, face à lui. Plus improbable encore que tout le reste, il est convaincu qu'elle lui demande de l'aide.

Quelles sortes d'expériences ont-il menées ici pour en arriver à ce résultat ? Ont-ils fait d'un homme normal ce monstre de foire ? Réservent-ils le même sort à Soraya et aux autres ?

Il compte bien ne pas se donner le temps de vérifier cela.

Se sortir de là, avec tous les autres prisonniers, y compris celui-ci, voilà ce qu'il va s'employer à faire.

—Est-ce que... vous me comprenez ? Vous pouvez parler ?

Seules ses pupilles répondent à sa voix, se dilatant et s'étrécissant tour à tour.

—OK, je crois pas qu'on aura de grandes discussions, toi et moi. Mais on doit bien pouvoir communiquer, d'une manière ou d'une autre. Je sais même pas pourquoi je te parle, d'ailleurs. Si ça se trouve, derrière ta vitre, là, t'attends qu'une chose, c'est de pouvoir me bouffer. Merde, j'hallucine, ou tu fais non de la tête ? Tu me comprends, hein ? Même si tu peux pas parler, tu me comprends. Dis-moi, tu veux que je te sorte d'ici ?

La bête, composée de diverses parties animales, paraît tout à coup bien plus humaine à Julien que ne le sont ses geôliers. Elle acquiesce mollement.

La douleur et la peine que Julien peut lire dans ses yeux lui confirment la part importante d'humanité de cet être hybride.

—Je dois te demander un truc, parce que tu vois, moi, je suis pas un héros. Je me chie dessus, et je ne suis pas là volontairement, pour tout avouer. J'ai peur d'eux, peur de toi aussi, peur de cet endroit. J'ai peur de tout, en fait. Si t'étais pas enfermé, je serais pas là à te parler, je courrais en hurlant, tu vois ? Si je trouve le moyen de t'ouvrir, est-ce que tu m'aideras à leur péter la gueule ? Tu comprends ça, insiste-t-il en mimant un combat de boxe ? Non, bien sûr que non. Si tu veux te tirer d'ici, faudra que tu m'aides à attraper les salauds qui t'ont mis là-dedans, et qui t'ont fait... ça.

Le géant grogne et découvre une dentition effrayante, deux interminables rangées de dents pointues et effilées, à n'en pas douter imaginées par dame nature ou par un esprit scientifique dément pour satisfaire un régime carné plus que de crudités.

—Tu me fous plus les jetons qu'autre chose, là. Ça veut dire quoi ? Tu veux bouffer les autres, ou moi ?

—Ôôôtr, parvient à prononcer une voix rauque semblant provenir d'outre-tombe.

Julien en frissonne à nouveau.

—La vache, je crois que j'aurais préféré que tu causes pas du tout. Bon sang, ce que tu peux me mettre mal à l'aise et me terrifier, tu peux pas savoir. Mais dis, encore une question. Tu peux voler, avec ça ? Tu sais, t'élever, flotter en l'air, quoi. Non ? Merde, dommage, ça nous aurait bien servi. Ouais je sais, je regarde trop de films de Marvel. Laisse tomber, tu pourrais pas comprendre. Putain, je débloque complet, moi, je raconte vraiment n'importe quoi à une créature qui, si elle existe vraiment, ne doit rien entraver à mes élucubrations. Ouais, je deviens dingue, c'est ça. Alors tant qu'à s'enfoncer dans la folie, faut que je te donne un nom, si on doit collaborer, je peux pas t'appeler machin, ou truc, quand même. À moins que t'en aies déjà un ?

—Ikkkâââr.

—Putain, je vais avoir du mal à m'y faire, à ta voix. Icare, c'est ça ? Rapport à tes ailes. Mais dis, tu peux pas au moins sauter par dessus cette cage ?

Pour illustrer sa réponse, Icare lève une aile vers le haut. Un petit éclair aveuglant grille instantanément l'une de ses plumes.

—Merde, les salopards ont foutu un grillage électrifié au-dessus ?

Julien s'interroge quant aux autres cages. Si un dispositif identique les équipe, autant oublier sa recherche d'une échelle ou autre support.

Il fait un rapide état des lieux, constate l'absence de tout objet pouvant lui permettre de briser ces maudites vitres.

—Les extincteurs devraient être obligatoires dans de telles installations, même les criminels devraient avoir à respecter cette règle.

Nerveusement, il rit de sa propre bêtise. Tout se mêle dans sa tête, il voudrait hurler, pleurer, se rouler au sol comme lorsqu'il était enfant et que ce comportement lui valait d'obtenir ce qu'il désirait auprès de ses parents. Si seulement...

—Icare, je vais devoir te laisser.

Icare s'agite soudain, et pousse un cri déchirant, puissant... trop puissant.

—Chuut, putain, fais pas ça. Je reviendrai, je te jure que je ferai tout mon possible pour revenir. Je dois aller chercher quelque chose pour ouvrir ta cage, y a rien, ici. Même si je dois attendre demain, ou après demain, tu as ma parole, tu reverras ma sale gueule pour te sortir de là. Je dois retourner au garage, là-bas, ce serait bien le diable si je ne trouvais pas de quoi dégonfler ces carreaux géants, hein ?

Icare se calme, semble saisir tout ce que lui explique Julien.

—Si tu me voyais pas revenir, ça voudrait dire qu'ils m'ont chopé, mais si ça n'est pas le cas, je t'ai fait une promesse. Je ne te laisserai pas tomber. Je dois y aller, ne gueule pas, hein ?

Julien recule jusqu'à la porte redoutant un nouveau cri d'Icare.

Ce dernier, mains et front appuyés au verre, regarde Julien s'éclipser en silence.

À ce spectacle déchirant, celui d'un colosse mythologique craignant d'être abandonné à son sort, Julien ressent un horrible pincement au cœur. Il pousse la porte battante, et se retrouve dans la salle principale.

Lorsqu'il arrive à quelques mètres de la famille Abel, il constate avec surprise que les deux femmes sont désormais debout, et avec effroi qu'elles sont sur le point de goûter aux joies de l'électricité.

—Non ! Attendez !

En un sursaut, Soraya et Évelyne tournent ensemble la tête vers lui, s'attendant manifestement à voir resurgir leur bourreau.

—Julien, tu nous as fait peur, t'es fou.

—ne cherchez pas à passer par dessus, Soraya, si c'est comme je le crois, vous recevriez une forte décharge électrique. Si je me trompe pas, y a une sorte de grillage électrifié, là-haut.

—Sérieux ? Mais comment tu sais ça ?

—Ce serait trop long à expliquer. Et impossible. Et trop zarbi. Vous me croiriez pas. Moi-même, j'ai du mal à me croire.

Il se colle à la vitre, et dirige sa torche vers le haut.

—Regarde, tu vois ce filet tout fin qui a l'air de rien, que tu pourrais déchirer sans peine. Ben si vous le touchez, vous verrez des étoiles. On pourra rien faire de ce côté-là. Je dois retourner au garage, chercher de quoi tout péter, ici. Y a quelqu'un là-bas, dans la pièce d'à côté, qui attend aussi après moi. Si j'arrive à le libérer, on aura un allié de poids. Je suis pas sûr de savoir ce que je fais, mais pour la première fois depuis mon arrivée ici, j'ai une lueur d'espoir. Je crois en nos chances, maintenant, aussi minces soient-elles. On va s'en sortir !

—Un peu, mon juju, qu'on va s'en sortir. Et grâce à toi, j'ai totale confiance.

—Moi aussi, Julien, je m'en remets totalement à toi pour sauver ma famille.

Julien sourit, un peu gêné, se sentant pris au piège de ses propres paroles. La confiance que placent en lui Évelyne et Soraya pèse déjà sur ses frêles épaules.

—Eh, mais... comment vous vous êtes détachées ?

—Travail d'équipe, hein maman ?

—Les Abel en force, sourit Évelyne.

Chacun d'eux est conscient que l'enthousiasme et la force dont ils font preuve ne sont que simple façade et effet de manche, un piètre jeu d'acteur pour ne pas céder à la panique, à la terreur, et tenter de faire bonne figure devant les autres, leur communiquer un semblant d'assurance.

Ils doivent s'appuyer les uns sur les autres et ne montrer aucune faille, ne pas être le maillon faible de cette chaîne déjà fragile qui menace de se briser à tout moment.

Julien craint même qu'ils ne doivent être forts pour toutes les personnes présentes dans cette pièce, qui paraissent avoir renoncé à tout esprit de révolte.

—Je dois retourner au garage, maintenant. J'y trouverais un

marteau, ou même mieux, une masse, ou tout autre objet assez lourd et solide pour exploser ces vitres. Je pense pas que je pourrai revenir avant la nuit prochaine, aujourd'hui, y avait du monde partout.

—On les a vus, oui. Ne prends pas de risque, ne bouge qu'en étant sûr de ne pas être repéré. Et je te le répète, si tu trouvais un moyen de sortir seul, fais-le, et va chercher du secours. Ce serait probablement notre meilleure chance.

—Même si je n'ai rien vu de la route, je crois qu'on est assez loin de toute habitation. Je sais pas combien de temps il me faudrait pour parvenir à contacter quelqu'un, et revenir avec de l'aide. En plus, je sais même pas si je me perdrai pas. J'aimerais autant qu'on sorte tous ensemble de ce cauchemar.

—On te fait confiance, mon Juju, je sais que tu choisiras la meilleure solution, ajoute Soraya, mains et front plaqués à la vitre.

Il se poste face à elle, en position miroir. Ils sont tous deux prêts à craquer, voudraient pouvoir se serrer l'un contre l'autre et pleurer, mais ne savent que trop bien que leur détermination subirait l'érosion de leurs larmes pour s'y diluer.

Julien s'écarte, décidé à assumer ses nouvelles responsabilités, celles qui le terrorisent, mais font de lui un jeune homme plus vivant qu'il ne l'avait jamais été jusque là.

—Il est presque 5 heures du mat, je vais profiter du calme pour me glisser jusqu'à ma planque. Ils doivent roupiller, à cette heure-ci, en tout cas je l'espère. Dès que je peux, je vous rejoins, je vous en fais le serment.

Soraya ne contient pas un rire nerveux devant le côté solennel de la déclaration de Julien.

—Tu vois, même dans des moments comme ceux-là, tu arrives à me faire rire. T'es le juju qu'il faudrait inventer s'il n'existait pas.

Il sourit à se déchirer les zygomatiques, remonté à bloc pour la mission qui l'attend.

Sans un mot supplémentaire, il s'éloigne jusqu'à la sortie.

Le silence est total, l'obscurité aussi.

Pour le coup, le soulagement de ne pouvoir être vu se dispute ses pensées avec l'angoisse de ne pouvoir repérer les éventuels dangers à l'avance.

Lorsqu'il longe les laboratoires, si animés lors de son premier passage, tout est fermé et éteint.

Il voudrait s'arrêter pour les examiner en détail et tenter de comprendre ce que manigancent ces hommes et ces femmes, mais un cri déchirant, sorte de meuglement féroce, le pousse à accélérer sa progression, peur au plancher.

La plainte, celle d'un gros mammifère blessé ou furieux, se renouvelle et envahit le couloir, le percutant de sa violence dans le dos.

Il ressent la douleur associée à la colère de quelque monstre torturé. Si son séjour entre ces murs devait durer, en partant du principe qu'il ne soit pas repéré et réduit en purée, il deviendrait assurément fou. S'il ne l'est pas déjà.

C'est sans prudence qu'il pousse une nouvelle porte et s'engouffre dans le couloir suivant, accordant temporairement plus d'importance à fuir cet horrible hurlement qu'à toute discrétion.

Comme il l'espérait, personne ne traîne plus dans les locaux.

Cette partie du bâtiment dort et ne vit plus que de quelques bips informatiques et autre ronronnement de soufflerie automatique.

Dans la salle de contrôle vidéo, tous les écrans sont en veille. Sans le voir, il sait qu'un homme dort au fond de cette pièce.

Parvenu sain et sauf dans le garage, il souffle son soulagement, évacuant de ses entrailles toute la tension accumulée.

Adossé à la porte, il cherche déjà du regard un établi ou autre caisse à outils. Une relative clarté est maintenue ici par de multiples plafonniers à leds probablement destinés à maintenir un visuel immédiat sur les véhicules en cas d'urgence.

À l'opposé de sa position, il détecte ce qu'il cherche, et traverse l'immense garage.

De grandes servantes d'atelier sont rangées le long du mur, contenant a priori plus d'outillage qu'un bricomarché.

Un à un, il ouvre les tiroirs, tente d'imaginer une utilisation possible à chaque nouvel outil repéré.

Il trouve un énorme marteau, taillé pour le dieu du tonnerre, qu'il peine à manipuler tant il est massif et lourd. Voilà qui sera un sésame parfait. Il s'arme aussi d'une grosse clé à griffes et d'une longue clé de 50, plus maniables que le marteau pour le cas où il aurait à se défendre.

Enfin, il retrouve le couvert de sa bâche, où il veut tenter de trouver le sommeil dans l'attente de l'heure. Son heure.

27

Dudule se réveille avec un mal de tête atomique, mélange de ses excès alcooliques et de la rossée infligée par ce grand connard d'Angus.

Il peine à se souvenir de ce qu'il s'est réellement passé, mais a toujours en mémoire bien vive les yeux impitoyables d'Angus vissés dans les siens. Ce type est un danger public, il faudra bien que le boss se décide à le virer, voire à le faire disparaître.

Devant la minuscule glace qui orne sa non moins minuscule salle de bains, il constate les dégâts.

Trois dents pétées, pommette et arcades ouvertes, nez cassé, un énorme hématome lui recouvrant la moitié du visage... ce fils de chien n'y a pas été de main morte. Il relève son tee-shirt sur des côtes extrêmement douloureuses, bien que très enveloppées, pour constater là aussi la présence de multiples hématomes. L'enfoiré a cherché à le tuer, nul doute à avoir là-dessus.

Pas moyen de s'occuper des clients aujourd'hui, pas dans cet état. Les questions fuseraient, et ces trous du cul dorés ne manqueraient pas de lui faire une mauvaise publicité auprès du boss. Pas besoin de ça en ce moment, leurs relations sont déjà assez tendues.

Il se dirige vers la salle de contrôle vidéo où est installé le lit de Frédo, d'un pas traînant.

Tous ses muscles et ses articulations le font souffrir, handicapant sa marche. Il rentre sans frapper, se foutant du tiers comme du quart de l'intimité de son collègue.

Ce dernier se redresse dans son lit, en mode affolé.

—Putain, dudule, qu'est-ce que tu viens foutre ici, merde ! T'as vu l'heure ? Tu sais à quelle heure je me suis couché ? Tu fais chier !

—Ta gueule, Frédo, arrête de chialer. Tu dois me remplacer, aujourd'hui. Regarde un peu la tronche que je me paie. Pas moyen d'aller guider les culs graisseux dans ces conditions.

—Tu te casses pas les couilles, toi ! J'ai pas que ça à foutre, je te signale. Qui va faire ma part de boulot, en attendant ?

—Ben moi, Ducon, cette question !

—OK, mais je te rappelle qu'il faut porter leur repas aux prisonniers, leur faire faire leurs besoins et leur toilette. Ne recommence pas tes conneries avec la petite, ou cette fois-ci, je crois pas que tu couperais au pire. À elle et sa famille, tu leur files que le pot, faut attendre qu'on soit plus nombreux pour la surveiller avant d'avoir droit à la douche. Ce sera leur premier repas, donc elle ne sera pas encore docile comme le sont les autres. Un conseil, laisse couler, attends que tout se tasse, fais ton job sans faire de vagues, et tout devrait vite rentrer dans l'ordre. Mais ne va pas nous énerver Angus encore une fois, ce serait celle de trop et ta dernière. Ils sont partis pour la journée, chercher de nouveaux cobayes, je crois qu'Angus n'apprécierait pas de s'apercevoir que t'as récidivé en son absence. La vache, en parlant de lui, il t'a pas raté, le bougre.

—Il perd rien pour attendre, je te le garantis. Il l'emportera pas au paradis, ce fils de chienne. Et arrête un peu avec ce ton paternaliste, t'as pas idée à quel point ça me fout les nerfs. Vous me sous-estimez tous, vous faites une vache d'erreur.

—Tu devrais plutôt chercher à calmer les choses, Dudule. Hier soir, si on avait pas été là, avec Luc, il t'aurait saigné sur place, c'est sûr comme le soleil se lève tous les matins. Ne le pousse pas davantage.

—Rira bien qui rira le dernier. Je lui ferai bouffer son extrait de naissance pour ce qu'il a fait.

—Bref, tu me fais chier, Dudule. OK, je prends les gugusses en charge, mais toi tu t'occupes de gérer l'installation, et sans faire de zèle, si tu vois ce que je veux dire.

—C'est comme si c'était fait. Et toi, grouille-toi, j'ai entendu du bruit en passant devant leur chambre, ils sont déjà debout. On dirait des mômes pour leur première virée à Disney, putain.

28

Le couple B s'est levé de bonne heure, mari et femme étant trop excités pour prolonger leur sommeil.

La visite guidée va se poursuivre aujourd'hui, et tous deux sont dévorés d'impatience de découvrir les trésors que leur réserve encore ce complexe.

Un copieux et délicieux petit déjeuner leur est servi, repas qu'ils expédient au plus vite pour ne pas perdre une précieuse minute de leur journée.

Frédo les guide jusqu'au garage, où il les invite à embarquer dans un petit véhicule électrique tout terrain.

—Vous nous emmenez carrément en safari, se gausse monsieur B, encouragé par les rires niais de sa chère et tendre.

—La propriété est étendue, vous savez, et les marais sont immenses, tout autour. Je ne pense pas que vous soyez venus pour une remise en forme physique, non ? plaisante Frédo, tentant de se mettre au niveau de ce type qu'il considère déjà comme un imbécile.

Monsieur rit à gorge déployée, suivi immédiatement par madame qui ne semble devoir éprouver d'émotions qu'au travers de celles de son époux.

—En effet, nous ne sommes pas là pour ça. Je suis impatient de voir ce que vous avez à nous montrer, si vous saviez. Cela fait bien des années que j'attends de trouver un lieu comme celui-ci. Quand j'ai été informé de l'existence de ce projet, par un ami sûr, qui a toujours su flairer les bonnes affaires, j'ai de suite accepté de participer au financement. Et ça a été beaucoup plus vite que prévu. Alors, qu'allons-nous découvrir ?

—Ils ont pensé à tout pour accueillir les premiers visiteurs. Les premiers cobayes livrés ont été immédiatement placés sur cet atelier, vous comprendrez vite pourquoi. C'est un atelier qui nécessite du temps pour laisser mûrir l'œuvre, ça ne peut se faire en quelques heures, il faut compter quelques semaines. C'est le cadeau de bienvenue de la maison, ici, on n'offre pas de savonnettes ou de serviettes.

Monsieur B s'étrangle à nouveau de rire, déclenchant le hululement de sa femme.

Autour d'eux, à perte de vue, s'étendent des marais inhospitaliers, constitués de prairies halophiles entrecoupées de haies arbustives. Aubépine et prunellier, ajoncs et armoise maritime se partagent l'espace à la quasi-exclusion de toute autre essence, pour un rendu austère et peu accueillant.

—Ce n'est pas très agréable, tout de même, non ? Je ne sais pas si l'on s'y fait, à la longue, mais je n'aimerais pas vivre ici, n'est-ce pas, ma douce.

—Oh, moi non plus, minou. Cet endroit me met déjà mal à l'aise.

—Il ne fait peut-être pas bon y vivre, mais vous verrez qu'il ne fait surtout pas bon y mourir, ajoute Frédo, lui au contraire à son aise.

Le couple B repart d'un rire tonitruant, à en friser la crise cardiaque et la descente d'organes.

—Et cette forêt qu'on voit sur notre gauche ? Elle a l'air immense.

—Oui, ce sont des centaines d'hectares de bois. Je crois qu'il est prévu d'y faire des ateliers, plus tard. Pour l'heure, rien de plus que des arbres, pour ce que j'en sais, en tout cas. Et croyez-moi, je suis loin de tout savoir, et ça n'est pas plus mal.

Frédo dirige le véhicule sur les petits sentiers ménagés à leur effet, et évite d'en sortir sous peine de rester planté.

Ses passagers piaffent d'impatience, ne tiennent plus en place à l'idée de ce qui les attend.

Frédo les soupçonne d'obtenir bien plus d'orgasmes en assistant aux saloperies qu'ils sont venus admirer qu'en accomplissant le devoir conjugal, si tant est que monsieur B en soit encore capable.

Devant eux s'étend une grande aire couverte de bâches de camouflage.

Plus ils en approchent, plus l'odeur qui en émane est insupportable.

Madame B est prise de nausées, pendant que son mari hésite entre rendre son petit déjeuner ou s'évanouir.

Frédo stoppe la voiture, et sort de dessous le siège deux masques à gaz.

—Vous devriez mettre ça, je crois que ça vous sera utile. Mais attendez que les nausées se calment, vomir là dedans ne vous arrangerait en rien, s'amuse Frédo. On finit par s'habituer à tout, mais les premières fois, ça remue pas mal. À vous de me dire jusqu'où vous êtes prêts à aller. Si vous ne vous sentez pas encore assez aguerris pour supporter ce qui va suivre, il est tout à fait possible de faire demi-tour. Après tout, vous avez tout le temps qui vous semblera nécessaire à la réalisation de votre œuvre personnelle. Ce serait dommage de vous rendre malades dès le début.

Monsieur B, penché à la fenêtre, agite sa main en direction de Frédo pour balayer ses propos.

Lorsqu'il se redresse, blanc comme un cul de nonne rousse, il enfile son masque, et respire longuement à travers ce filtre bienvenu. Madame dépose toujours le bilan par la portière ouverte avec un bruit étrange de lavabo qui se débouche.

—Je crois qu'on devrait faire demi-tour pour votre dame. J'aurais dû penser plus tôt aux masques, je suis désolé, vraiment.

L'homme respire très fort et bruyamment, et Frédo, au bord de l'explosion de rires, s'attend à tout moment à l'entendre lui dire qu'il est son père.

—Non, ne vous inquiétez pas, on continue. Nous n'avons pas fait le voyage jusqu'à votre pays pour renoncer si près du but, tout de même. Elle est plus forte qu'elle n'en a l'air, vous verrez, elle va vite se requinquer.

—C'est que pour le masque, ça me paraît compromis, pour elle, voyez. J'ai bien peur que, si on poursuit, son état n'empire.

Monsieur B ne prend même pas la peine de répondre oralement et se contente de faire signe à Frédo de bien vouloir avancer.

Il s'exécute, tout en pensant que ce type est un bel enfoiré, avec seulement deux priorités dans sa vie : sa gueule et sa seule gueule. Même sa femme n'a pas droit à sa condescendance. Certes, il ne s'attendait pas à rencontrer des parangons d'empathie, mais tout de même...

Première enclenchée, ils reprennent doucement leur progression, chemin balisé par les humeurs stomacales de madame.

—Il faut savoir qu'au départ, cet atelier a été tenté en intérieur, mais malgré l'usage de très puissants extracteurs d'air, l'odeur envahissait tout le bâtiment. Ça n'était pas vivable. Il a même été envisagé d'abandonner cette activité. Mais le boss y tenait particulièrement. C'est un sentimental, le boss, quand il s'attache à quelque chose, il ne laisse jamais tomber. Alors il a eu l'idée de ce champ couvert, pour ne pas être repéré du ciel.

—Mais vous ne craignez pas que des marcheurs, chasseurs ou autres, viennent à découvrir votre site par hasard ?

—C'est très peu probable, pour ne pas dire impossible. Nous sommes très loin de toute activité humaine, et de plus, tout est clôturé et électrifié sur des dizaines de kilomètres. Rien ni personne n'entre ici par la voie terrestre sans en avoir l'aval. On peut au mieux être survolés, et c'est là qu'entrent en jeu ces filets et bâches de camouflage. Des hommes du boss ont survolé la zone pour s'assurer que rien n'était visible, et ils ont bien confirmé qu'il était impossible de repérer quoi que ce soit.

—Vous n'avez rien laissé au hasard. C'est rassurant.

Frédo stoppe le véhicule à quelques mètres de la zone couverte. Il sort un troisième masque qu'il enfile aussitôt.

—Voulez-vous vous munir de casques anti bruit ? Ce n'est pas que vous risquez de subir des dommages auditifs, loin de là, mais disons que certains gémissements et appels à l'aide peuvent perturber. Vous avez donc le choix entre tout vivre sans filtre ou bien cloisonner un peu la réalité.

—Non, ça ira très bien ainsi. Nous devons nous immerger totalement et nous imprégner de cette ambiance pour en tirer l'essence artistique, ne croyez-vous pas ?

—C'est à vous de voir. Veuillez me suivre. Madame veut peut-être rester dans la voiture, non ?

—Chérie, tu vas venir, non ? Tu ne vas pas louper le spectacle, tout de même ?

Il va pas lui foutre la paix, ce connard, pense Frédo sans rien montrer de ses impressions.

Monsieur B aide sa femme à descendre du véhicule, mais se dérobe lorsqu'elle manifeste le besoin de s'appuyer à son épaule.

—Ah non, ma chérie, excuse-moi, mais tu vas dégueulasser ma veste. Marche quelques pas derrière nous, au cas où tu vomirais encore. Je t'avais dit de ne pas te gaver au petit déjeuner. Vous savez, c'est plus fort qu'elle, il faut qu'elle se goinfre, elle ne sait pas se raisonner. Et après, ça veut garder la ligne. Là au moins, tu n'auras pas besoin de mettre les doigts, hein ma chérie?

Frédo n'en revient pas. Comment une femme, jeune et belle comme l'est celle-ci, peut-elle se laisser traiter de la sorte et rester avec une telle merde ? Il a bien sûr la réponse, pour la même raison qui fait qu'eux-mêmes lui cirent les pompes : le fric.

Et le gus est visiblement fourni en la matière. Tout est fait pour que l'identité des clients ne soit jamais révélée au personnel, il est probable que le boss lui-même ne soit pas au courant.

Frédo ne peut donc savoir qui sont ces gens, quelle est leur activité ou leur fortune personnelle, mais il lui suffit de savoir qu'ils sont assez blindés de tunes pour ne plus savoir qu'en faire et vouloir se payer avec le frisson ultime, l'interdit suprême. Il n'a pas à juger cela, c'est grâce à eux qu'il vit, mais il les voit d'un œil dubitatif. Quel plaisir peuvent-ils trouver à faire ça ?

Non qu'il éprouve des remords pour sa participation à ce projet, il n'a jamais été un modèle de compassion, mais pas plus que du plaisir. Il ne veut ni du bien ni du mal à qui que ce soit, il fait simplement ce pour quoi il est payé.

Il pensait Angus dans les mêmes dispositions, mais sa réaction de la veille prouve qu'il n'en est rien. Même ce vieux crocodile, animal primitif réputé sans émotion, ressent de l'empathie pour cette fille. À son inverse, Dudule, lui, semble se réjouir à l'idée d'avoir un contrôle total sur la vie d'autrui. Ces deux-là finiront par s'entre-tuer, et tuer par là même la poule aux œufs d'or. Il faudra bien que le boss se décide à les calmer et écarter pour ce faire ce fouteur de merde congénital qu'est Dudule.

Il tient son rôle malgré tout, celui de guide touristique ayant appris son texte par cœur. Ne jamais parler de cobayes devant les clients, ce sont les consignes, toujours les situer dans le rôle qu'ils sont censés avoir, celui de modèles d'art.

—Nous y voici. Ici se tiendra un atelier peinture particulier. C'est une œuvre qui évoluera au fil du temps. La mort est ici très lente, je pense pouvoir dire sans me tromper que c'est la plus lente de tous les ateliers. Vous voyez, de multiples baquets de 300 litres environ ont été disposés partout. Le but est de plonger le corps du modèle dans l'eau intégralement, à l'exception de la tête qui dépasse à la surface, bien sûr. L'eau est chauffée à 37 degrés exactement, pour qu'ils ne tombent pas en hypothermie, ce qui se ferait très rapidement dans une eau laissée à température ambiante. Ensuite, et vous aurez l'occasion de le faire vous-même si un jour vous choisissiez cet atelier, il s'agit de badigeonner la tête d'un mélange de lait et de miel. Vous savez, dans le coin, nous avons une faune particulière. Les insectes sont légion, et sont pour la plupart de vrais pots de colle, des nuisibles qui vous pourrissent la vie. Ils sont attirés par notre mixture, qui évoluera au fil du temps en se mélangeant avec les fluides corporels du modèle. Nous passons chaque jour les nourrir, leur donner à boire, ils ont tout ce qu'il faut. Leurs besoins sont bien sûr effectués dans les bacs, et très vite, l'eau qui croupit attire d'autres espèces, qui pondent dans l'eau. En une à deux semaines, tout dépend de la température ambiante, et c'est là la seule véritable limite à cette activité, d'innombrables vers et asticots se développent, autant sous l'eau qu'en dehors.

—Vous voulez dire que ces personnes, qui, pour être tout à fait clair, baignent littéralement dans leur jus, sont peu à peu... dévorées par les vers et autres insectes?

—C'est bien cela. Cela peut durer longtemps avant que le modèle n'y succombe. Ceux dont le système immunitaire est faible peuvent partir en moins d'une semaine de septicémie et d'infections de toutes sortes, mais les plus forts peuvent lutter durant plusieurs semaines.

—C'est donc cela, cette odeur pestilentielle... et moi qui disais justement hier soir à votre patron que les senteurs étaient bien trop ignorées par l'art. Je crois que nous allons être servis ici. Il faudrait absolument trouver le moyen de les reproduire, ou les conserver sur la longueur. Imaginez un peu une peinture ou une sculpture représentant cette scène, déjà frappante en soi, accompagnée de cette odeur. Le résultat serait d'autant plus marquant.

—Là, je dois reconnaître ma totale ignorance en la matière, malheureusement, je ne vous serai d'aucun secours. Mais je vous conseille d'en discuter avec notre artiste, maître Brusson. Il bouillonne d'idées en permanence, la vôtre devrait l'intéresser. Et si quelqu'un doit pouvoir y apporter une réponse concrète, ce sera bien lui. D'ailleurs, en rentrant, vous pourrez admirer les tableaux qu'il a déjà peints de cette scène. C'est admirable.

—Je suis impatient de collaborer avec lui, c'est d'après ce que j'en ai entendu dire, un véritable génie.

—Je crois que c'est ainsi qu'on peut le décrire, en effet. Vous allez mieux, madame, vous supportez le masque ? s'enquiert Frédo auprès de madame B, abandonnée quelques pas en arrière par son butor de mari.

Si elle acquiesce mollement pour donner le change, son attitude prouve le contraire.

Elle n'ose regarder en direction de ceux qui sont intégrés de force à ce tableau en trois dimensions.

Trois baquets sont occupés par des personnes, probablement membres d'une même famille. Des nuées d'insectes viennent les butiner, harcèlement incessant et insupportable.

Une plainte, longue et monotone, jaillit de l'un des baquets.

Ce qui a dû être un homme, père de famille, en est à l'origine. Son visage boursouflé grouille littéralement d'asticots, qui en ont dévoré la moitié. La joue gauche, de la mâchoire inférieure jusqu'à la pommette, a laissé place à un matelas vivant de larves blanches avides de viande, quelle qu'elle soit. Les os sont à nu, nettoyés à blanc par ce service de maintenance miniature. Les rangées de molaires et prémolaires paraissent au grand jour, et aucun mouvement de langue ne peut échapper aux spectateurs. Le sommet du crâne est lui aussi le siège d'une infestation similaire, formant un cratère aux bords relevés, soulevés par les asticots en progression pour en agrandir constamment le diamètre. Cela suinte de chairs en décomposition se détachant par paquets grouillants pour aller nourrir l'importante faune aquatique qui croit dans cette mixture écœurante.

L'eau a pris une teinte marron malsaine, interdisant toute vision sur le corps, mais laissant le soin à l'imagination de penser l'impensable. La peau n'est probablement plus qu'une bouillie molle et déliquescente, laissant la voie libre aux parasites jusqu'aux organes internes.

Dans le baquet voisin, trempe une créature de nature incertaine, peut-être une femme à en juger par la longueur des cheveux subsistants, mais rien de décisif. Le visage a disparu dans son intégralité, donnant le spectacle d'une tête de mort animée de quelques mouvements et émettant d'étranges sons gutturaux.

Un troisième bac contenait sans nul doute possible un enfant, peut-être 8 ou 9 ans. Plus un gramme de chair n'encombre son crâne, pendant que ses yeux crevés et sans paupières pleurent leur contenu en une traînée épaisse et visqueuse ne trouvant pas de joue pour rouler dessus. Lui est assurément mort, depuis un bon moment, et son corps fond comme un sucre et se délite pour alimenter ce bouillon de culture.

Madame B remet le couvert, emplit son masque de vomi et de bile. Elle part en courant en direction de la voiture, suffoquée.

—Peut-être devrait-on la raccompagner à vos appartements, non ?

—Oh, laissez, il faudra bien qu'elle s'endurcisse un peu. Dites, croyez-vous qu'il sera possible de les sortir momentanément de leur bain ? pouffe monsieur B, fier de sa saillie. Je veux dire, il serait intéressant de pouvoir observer tous les changements, des pieds à la tête. Je suis réellement curieux de savoir ce qui peut arriver à un corps plongé aussi longtemps dans l'eau, avec tout ce qu'elle doit contenir de parasites et bactéries. Ils doivent être de vraies éponges. Hein, Bob ? crie-t-il à l'adresse de l'homme, en riant aux éclats.

Frédo pense que ce type est probablement le plus gros enfoiré qu'il ait jamais rencontré, ce qui n'est pas peu dire lorsqu'on sait que, de toute sa vie, il n'a jamais fréquenté autre chose.

—Oui, bien sûr. Il y a des poulies disposées au-dessus des bacs, et des harnais sont prévus pour soulever les corps... enfin, les modèles.

—Je suis admiratif. Quelle organisation ! Je n'aurais su rêver mieux. Et là, donc, c'est une famille au complet, je suppose. Y aura-t-il d'autres essais, avec des modèles supplémentaires ?

—C'est bien une famille. Oui, il est prévu de faire un roulement, pour que toutes les étapes de décomposition soient représentées aux yeux des élèves comme vous. Ça permettra de réaliser une série de tableaux, du premier jour au dernier, comme une sorte de diaporama, avec l'évolution au fil des jours. Un peu comme un mini film, quoi.

—Je reste époustouflé, subjugué par cet endroit. Fantastique. Nous pouvons rentrer, maintenant, j'ai des images en tête pour un sacré bout de temps, je crois que je pourrais peindre cette scène les yeux fermés.

Ils rejoignent madame B, échouée sur la banquette arrière comme un cétacé sur la plage, d'une blancheur de cadavre.

Frédo méprise ces gens qui veulent se donner le grand frisson et n'en ont même pas les tripes.

—Vous désirerez prendre une collation, en rentrant, pour reprendre des forces ?

À la seule évocation de nourriture, madame B se jette à la fenêtre.

—Je crois que nous éviterons de manger quoi que ce soit ce midi, mon cher ami, ma femme ne me contredira pas, rit l'abruti en chef.

Ça ne nous fera pas de mal, pour notre ligne, et nous nous rattraperons ce soir. Emmenez-nous loin de cet endroit, nous avons eu assez de cette senteur abominable.

Le véhicule s'éloigne en silence, abandonnant à leur sort les suppliciés.

29

Théodule s'aventure en cuisine pour la première fois. Il n'aime pas le chef cuistot, Émile Feuille, encore l'un de ces soi-disant artistes. Le genre à mettre plus de mots dans la description de ses plats que d'aliments dans l'assiette, à se vanter de revisiter tous les plats à sa sauce, de les sublimer.

Conneries ! Pour lui, ces trous du cul, et notamment celui-ci, ne sont que des imposteurs, au même titre que tous ces artistes contemporains de pacotilles.

Ce mec possède un restaurant côté 3 étoiles dans le guide Michelin, qui fait salle comble tous les jours de l'année. Lui n'y est presque jamais présent, ce qui n'empêche pas son équipe de régaler la clientèle, preuve s'il en était besoin, toujours selon Dudule, que ce chef est très surestimé et ne sert finalement pas à grand-chose. Il a un melon cosmique à ne pas pouvoir enfiler sa toque, ce qui agace prodigieusement Dudule.

Il va pourtant devoir le côtoyer aujourd'hui, le temps de collecter les repas des captifs.

Cette tâche le fait déjà chier, rien qu'à y songer. Jouer les nounous, c'est bon pour ce con de Frédo, mais lui aspire à bien mieux que ça. Un jour, il dirigera cette affaire. C'est à lui que tous les friqués du monde en mal d'occupations dignes de leur richesse feront confiance, c'est lui qu'ils couvriront d'or.

En attendant des jours plus dorés, il va récupérer le grand chariot prévu pour la distribution des repas.

Le chef, qui manifeste la même inimitié à son égard, le voit pénétrer sa cuisine avec méfiance.

—Qu'est-ce que tu fous ici, toi ?

—Commence pas à me les briser, ça me fait déjà assez chier d'être ici. Je viens chercher les repas des animaux, là, je remplace Frédo, aujourd'hui. Alors envoie, et replonge ta sale gueule dans tes marmites avant que je le fasse moi-même.

—Apparemment, y en a un qui t'en a fait bouffer une batterie complète, de marmites dans ta face. J'aimerais vraiment savoir quel est ce magnifique héros, je lui offrirai ma meilleure table à vie dans mon restaurant.

Émile fait signe à l'un de ses commis d'aller chercher les plats surgelés destinés aux invités involontaires et non consentants, pendant que lui s'occupe de cuisiner pour les gens de la haute.

—Un jour, c'est ta langue, que tu boufferas, toi. Crois-moi.

—Embarque la marchandise et débarrasse ma cuisine de tes miasmes. Je veux plus te voir ici. Démerdez-vous comme vous voudrez, mais je n'accepterai plus de te laisser entrer ici, envoyez-moi Frédo, ou quelqu'un d'autre, du moment que c'est pas toi.

—Ben tu vois qu'on peut tomber d'accord. J'éviterai soigneusement ce bouiboui. Passe une bonne journée quand même, sac à merde.

Chariot chargé, le commis le remet à Dudule, qui sort en le poussant, non sans avoir au préalable adressé un majeur dressé à Émile.

Avant de s'acquitter de sa tâche, il s'arrête dans son petit bureau, et sort d'un tiroir une bouteille de rhum. Il joue du clairon avec tant d'ardeur que bientôt, la moitié du contenu se retrouve dans sa panse fournie.

Il longe ensuite les couloirs, zigzaguant légèrement, précédé du couinement des roues de caoutchouc sur le carrelage et des injures qu'il lance à l'adresse du monde.

Dudule n'aime personne à l'exclusion de lui-même. S'attirer les foudres des gens qui l'entourent semble être une vocation pour lui, un véritable sacerdoce.

Il ne manque pas d'insulter les deux chercheuses à son passage devant leur labo, avant de s'apercevoir que l'une des deux seulement est présente.

L'assistante du docteur Delarace ne relève même pas son passage, trop absorbée par une nouvelle tentative de greffe contre nature.

Dudule se fait plus discret lorsqu'il passe devant l'atelier de l'ours, toujours intimidé par cet homme dément.

Il poursuit son chemin jusqu'au dernier atelier, un laboratoire sur lequel il n'a aucun visuel et qu'il n'a jamais pu visiter, et où il sait se trouver le doc Delarace.

Depuis quelques jours, d'étranges cris flippants proviennent de ces murs, déclenchant en lui une inhabituelle curiosité.

Il tente une oreille indiscrète, collé à la porte, mais ne perçoit rien de plus que ces hurlements bestiaux qui le font frissonner et grincer des dents.

Quelle horreur est en train de concocter cette radasse totalement déjantée ?

Un truc du genre de ce monstre dont elle paraît si fière et qu'elle a appelé Icare, sans aucun doute. Quelle conne !

Elle se targue d'avoir créé de toutes pièces une espèce de légende biblique, mélange d'ange et de Nephilim, œuvre d'art vivante, selon ses propres termes. À elle aussi, il lui fera fermer sa grande gueule, un de ces quatre.

Dieu sait quelle aberration naît encore sous son bistouri à cet instant.

Il s'éloigne de ce lieu de cauchemar qui le rend nauséeux, jusqu'à arriver au Zoo.

Il laisserait volontiers crever, de faim ou d'autre mal, toutes ces victimes nées pour lesquelles il n'a que mépris, mais le boss le lui ferait payer au centuple.

Une à une, il ouvre les cages, lance à l'intérieur la bouffe comme s'il s'agissait réellement d'animaux, chiens ou autres porcs. Il s'amuse même à viser la tête de certains, sur lesquels les platées s'étalent pour son plus grand plaisir, provoquant son hilarité aux sonorités "hippopotamesques".

D'autres ont droit à quelques démonstrations de force brutale, par le biais de quelques, claques, coups de poing et de pied.

L'un des jeunes garçons a ses faveurs en la matière, il aime particulièrement le harceler, le saouler de gifles appuyées à lui tourner la tête. Ses parents, incapables de réagir, ont droit alors à un déluge de coups, leçon de responsabilité et de morale façon Dudule.

Il ne prend le temps d'amener aucune famille à la douche, ni seulement aux WC, se contentant de laisser un pot de chambre dans chaque cage. Demain, ce sera à Frédo de les vider, se marre-t-il.

Enfin, avant d'arriver à la dernière cage, il siffle la moitié restante de sa bouteille de rhum.

Ses bonnes résolutions du matin, de se tenir à carreau un moment, le temps d'endormir la méfiance des autres, se sont bel et bien évaporées dans les vapeurs éthyliques.

Il s'avance jusqu'à cette cage renfermant la famille Abel et l'objet de sa haine la plus noire.

Elles paraissent assoupies, mais il les sait fourbes, vicieuses.

D'un geste de rage, il lance la bouteille vide contre la vitre, provoquant un tonnerre fracassant à l'intérieur de la cage.

Les trois membres de cette famille s'éveillent en sursaut, se redressent comme une tribu de suricates sur le qui-vive. Noah se jette dans les bras de sa mère, terrorisé par cet homme dément.

Dudule l'entend geindre et couiner comme un petit rat pris au piège.

—Alors, les salopes, on a bien dormi ? Toi, la petite pute, c'est jour de paye. C'est aujourd'hui que tu payes, quoi, s'étouffe-t-il dans un rire empreint d'autosatisfaction. Mais... je rêve ou vous êtes détachées ? C'est ce gros connard d'Angus qui vous a enlevé vos liens ?

La fureur qui envahit l'esprit de Soraya la pousse à abandonner toute réserve, toute prudence.

—T'imaginais déjà pouvoir encore poser tes sales pattes sur moi sans réaction de ma part, hein, gros porc. Viens, rentre dans cette cage, on verra si t'as toujours autant de gueule. Je t'ai pas loupé, hier soir, hein, même attachée, je t'ai fait cracher tes chicots pourris. Et dis donc, ton pote t'a pas épargné non plus, à ce que je vois.

Elle part d'un rire forcé, exagéré sciemment pour agacer cette pourriture et le pousser à la faute, sous le regard effrayé de sa mère qui tient toujours Noah serré contre elle, tête enfouie dans sa poitrine pour lui éviter la vision des événements démentiels qui se déroulent à l'instant. S'il commet l'erreur d'ouvrir cette porte, Soraya donnera libre cours à sa rage contre celui qui a essayé de la violer deux ans auparavant, et a tenté de récidiver la veille.

Dudule est furieux, hésite entre s'abandonner à ses pulsions dévorantes et jouer la sécurité.

S'il s'écoutait, il entrerait sur le champ pour ravager la gueule de cette harpie féroce.

Mais il connaît bien l'animal Soraya pour l'avoir pratiqué à deux reprises. Il y a chaque fois perdu des dents en même temps que sa fierté de mâle.

Sa part de lucidité, en déclin évident, tend à le retenir, alors que l'alcool ingéré massivement le pousse plutôt à se sentir invulnérable et à foncer.

Il ne peut la laisser claironner sa supériorité, il doit lui fermer son putain de clapet une bonne fois pour toutes. Et il sait exactement comment faire sans prendre le moindre risque.

Les filets électrifiés suspendus, tendus sur une armature métallique épousant les formes des cages et de dimensions légèrement inférieures, peuvent être ajustés en hauteur à l'aide de poulies.

En règle générale, ces dernières, prévues pour les actes de maintenance, ne sont actionnées que lorsque le courant est coupé. Pas cette fois-ci.

—Tu sais pas fermer ta gueule, hein, chérie. Je vais refroidir tes ardeurs, moi, tu vas voir. Ta mère et ton chiard de frangin pourront te remercier.

Il se dirige vers la poulie correspondante sous le regard effrayé des Abel.

—Monsieur, s'il vous plaît, n'écoutez pas ma fille. Elle ne voulait pas vous blesser, vous savez. Ne nous faites aucun mal, épargnez au moins mon petit garçon, je vous en prie.

Le ton suppliant, teinté d'horreur, employé par Évelyne le remplit d'aise, il s'en repaît et en redemande.

—Fallait réfléchir avant et mater ta fille, salope. Vous allez apprendre une bonne leçon, aujourd'hui. Après ça, vous serez de bonnes filles. Écoute bien ton chiard gueuler de douleur, ça te remettra les idées en place, se bidonne-t-il.

Alors qu'il actionne doucement la poulie, en prenant tout son temps, Soraya se déchaîne sur la paroi de verre, à coups de pieds et de poings, en une vaine tentative de briser ce mur aussi solide que transparent.

Les insultes fusent, les cris de peur et de colère aussi, dominés par les pleurs hystériques du marmot.

Dudule rit comme jamais auparavant dans sa foutue vie.

Les deux femmes se baissent au fur et à mesure de la progression du filet vers elles, jusqu'à se retrouver allongées au sol.

Évelyne tente de maîtriser Noah, le calmer, pour qu'il ne se redresse surtout pas et ne s'empêtre dans cette toile d'araignée d'un autre genre.

Dudule stoppe la descente à quelques centimètres des corps fébriles, suffoqués par la peur.

—On la ramène moins, hein ?

—Pitié, je vous en supplie, mon fils souffre de troubles mentaux, il ne va pas supporter longtemps ce traitement. Je vous le demande, si vous épargnez mes enfants, je ferai ce que vous voudrez. Absolument tout.

—Maman ! Ne te laisse pas avoir par ce salaud ! Il profitera de toi et fera quand même ce qu'il voudra.

—Tu sais, la vieille, ta vilaine gamine a vraiment une trop grande bouche. Puis honnêtement, c'est pas que tu sois moche, mais je préfère la chair fraîche. Tant que cette petite salope ne demandera pas pitié et n'acceptera pas de satisfaire tous mes désirs, vous allez tous manger. Mais je veux bien quand même vous accorder une faveur pour le petit.

Il marque un temps d'arrêt, le temps nécessaire à les laisser espérer, se repaissant à loisir de ce qu'il voit, ces larves rampant au sol, terrorisées. Et c'est lui qui mène le bal, lui qui décide et a toutes les clés en main.

—Vous dites que votre mioche souffre de troubles mentaux... OK, je vais faire quelque chose pour lui, alors. Vous savez comment étaient soignés tous les troubles mentaux, dans les hôpitaux psychiatriques, jusqu'à très tard dans le courant du 20ème siècle ?

Sans avertir, comme pour apporter une réponse sans paroles à sa propre question, il abaisse brusquement le filet au contact des captifs.

Ces derniers se tordent et hurlent de douleur.

—On les soignait par des chocs électriques, s'étouffe-t-il de rire. J'ai vu un reportage très intéressant là dessus, à la télé. C'était fascinant. Je ne garantis pas que ce genre de traitement soit très très efficace, mais qui ne tente rien n'a rien, n'est-ce pas, se bidonne-t-il de plus belle.

Il donne un tour de manivelle pour interrompre le supplice de ses cobayes avant qu'ils ne succombent d'un arrêt cardiaque.

Tétanisés par la douleur, ils n'effectuent que des mouvements saccadés et réduits, accompagnés de gémissements plaintifs.

—Voyons l'état de ce jeune homme. Huuuum, je vois dans son œil une résistance du mal. Docteur Théodule insiste, il faut réitérer.

La douleur s'abat à nouveau sur la famille, atteinte de convulsions frénétiques.

Dudule a sorti de sa poche son smartphone dernier cri et filme la scène avec jubilation.

Il y a moyen de se faire un complément de salaire, avec ce genre de scène, pense-t-il, satisfait.

L'écume aux lèvres de l'enfant signe la limite à ne pas dépasser. Dudule veut prendre du plaisir, mais sait qu'il ne doit pas aller trop loin. Cette famille a été réservée, et si l'un de ses membres venait à mourir avant la cession, il aurait alors de gros ennuis. Même alcoolisé comme une quetsche, il sait encore que cela lui vaudrait les pires ennuis, et que son con de boss n'hésiterait probablement pas à mandater Angus pour le descendre.

Il doit les laisser récupérer un peu. Pas arrêter de s'amuser, non, pas de suite, mais modérer ses élans, ne pas commettre l'irréparable. Ne pas se foutre une fois de plus dans une merde noire.

Il s'approche du mur de verre, s'accroupit.

Voir cette petite chienne réduite à l'état de légume lui plaît vraiment. Il ne voit plus qu'elle, plus que sa poitrine qui se lève et s'abaisse au rythme accéléré de sa respiration, traduction visible littérale de l'intensité de la douleur et des tourments ressentis.

Ses mains voyagent en pensées sur ces rondeurs vallonnées. Le souvenir de ce contact l'excite mentalement, sans pour autant déclencher le moindre émoi dans son caleçon, "électrophallusogramme" plat, l'alcool présent dans ses veines anesthésiant sa virilité pour la laisser coite, semblable en consistance à une crêpe chaude.

Cette impuissance le rend hargneux, fou de rage, et il décide de punir ses souffre-douleur pour cela.

Nouvelle session d'électrification, les corps se tendent et s'arc-boutent.

Il va prendre son pied de cette manière, puisque sa queue refuse de lui accorder le statut de mâle viril. Il voudrait les voir crever, entendre leurs yeux grésiller et exploser. Les sentir griller.

La tension du courant circulant dans ces fils n'est probablement pas assez importante pour ce faire, mais ils souffrent tout de même beaucoup, et un arrêt cardiaque n'est pas à exclure.

Repu, le sommeil le gagnant, il remonte le filet à sa place originelle, pour aller cuver sa bibine dans un coin sombre et tranquille. Il ouvre rapidement la porte, se prépare à balancer un pot de chambre à l'intérieur, puis se ravise. Elles n'auront qu'à pisser et chier par terre et se rouler dedans, se régale-t-il en pensées. Il referme prestement. La crainte que lui inspire cette garce le rend dingue. Il voudrait pouvoir continuer à la torturer jusqu'à la mort.

—Ce sera tout pour aujourd'hui, beauté. Mais on se reverra vite, tu peux compter sur moi. Bon, pas sûr qu'il soit guéri, le chiard, mais un traitement psy ne se fait pas sur une seule séance. À demain, mes petits cœurs.

Prostrés, choqués, les Abel entendent toutefois le rire dément de leur bourreau s'éloigner, jusqu'à s'évaporer.

Évelyne et Soraya reprennent leurs esprits peu à peu, sous le regard de Noah qui a de manière impensable récupéré bien plus vite qu'elles.

Il tient sa peluche serrée contre sa poitrine, et paraît serein. Comme si rien ne s'était passé, comme s'ils étaient toujours chez eux.

—Maman, ça va ?

Soraya aide sa mère à se redresser, péniblement.

—Je crois que ça va, oui. Et toi, tu as récupéré ? Et mon nono, viens voir maman, mon chéri, viens.

—Ouais, ouais, ça roule. Regarde Noah. Lui, on dirait qu'il a juste subi une séance de chatouilles. Ça va, nono ?

Noah ne répond ni à l'une, ni à l'autre. Il se contente de babiller dans le vide, s'adressant assurément aux êtres peuplant son monde intérieur et non à quiconque de ce monde réel qu'il ne partage jamais que physiquement avec elles.

—Ce salaud finira par nous tuer. Il faut qu'on sorte d'ici, Soraya, et vite. Si Julien ne revenait pas, nous serions condamnées.

Sa détresse perle sous le filtre de l'assurance surjouée. Évelyne voudrait rester la mère protectrice, sûre d'elle, mais peine à donner le change.

—Ce salaud, comme tu dis, maman, finira par commettre une erreur qui lui coûtera très cher. Aussi sûr que 2 et 2 font 4. Et Juju reviendra ! Je le sais !

—Je n'insinue pas qu'il pourrait vouloir fuir en nous laissant, Soraya, juste que...

—Je sais très exactement ce que tu insinues, et je ne veux surtout pas l'entendre. Il ne se fera pas attraper, point. Si on commence à émettre des doutes sur tout, on est foutues. Tu comprends, ça ? On va sortir d'ici, tous les 4, et tous les gens qu'on voit là. Je ne laisse pas d'autre choix au cours des choses.

Le feu qui brille dans les yeux de sa fille impressionne Évelyne. D'où lui viennent donc cette force et cette assurance qui émanent d'elle, si puissantes, magnétiques et communicatives qu'elle la croirait sur l'instant capable d'infléchir le destin lui-même.

Puisse-t-il obéir à Soraya, songe-t-elle en regardant Noah.

—Il nous a même pas laissé à manger, ce bâtard. Je crève la dalle, moi.

—Moi aussi, j'ai très faim. Et soif. À ce rythme, on sera vite déshydratés. Ton frère doit être affamé lui aussi. Que sont donc ces gens pour laisser un enfant si jeune sans nourriture et sans eau ?

—Des enfoirés, je crois que c'est clair, non ?

Avant qu'Évelyne n'ait eu le temps de répondre, un hurlement, entre mugissement et rugissement, fait trembler le bâtiment dans son intégralité, forçant sous sa puissance le temps à s'arrêter.

Toutes les personnes présentes s'immobilisent, comme frappées par la foudre ou écrasées par le poids du ciel leur tombant sur la tête.

—Putain, maman, tu crois que c'est quoi ?

—Je n'en sais rien, mais ça me donne le frisson. Je n'avais jamais entendu pareil cri. Je suis presque sûre que ça ne peut pas correspondre à une créature vivant à la surface de cette terre. Rien au monde ne crie comme ça.

—Sans savoir ce que c'est, ça me fout une frousse bleue. On avait déjà toutes les raisons de vouloir se tirer d'ici, maintenant, on a ça aussi.

30

Frédo sort de la poche de sa veste la télécommande, sésame et patte blanche, élément indispensable pour ouvrir la porte du garage et entrer dans le bâtiment.

Il gare le véhicule à l'intérieur, pensif.

Dudule aura-t-il fait son boulot ou n'aura-t-il, comme à son habitude, fait que des conneries ?

Il finira non seulement par s'attirer de sérieux ennuis, mais encore par l'entraîner dans sa chute.

Monsieur et madame B descendent du véhicule, blancs et livides comme des morts en sursis, légèrement désorientés.

Frédo les enjoint à le suivre, amusé de les voir ainsi perdus.

—Je vais vous conduire jusqu'à vos appartements, j'imagine que vous aimeriez vous rafraîchir un peu avant de poursuivre, non ?

—Oui, ce ne sera pas de trop, en effet. Je me sens... barbouillé. Ne parlons même pas de ma femme, hein, chérie ?

—Je... crois que je vais même rester me reposer un moment dans la chambre, je ne me sens vraiment pas bien.

—Aaaah, les femmes, rit monsieur B, ton paternaliste et mépris affiché.

Frédo leur ouvre la porte, les laisse passer et se faufile à leur suite.

Pris d'un doute soudain, il revient rapidement sur ses pas.

—Putain, j'ai bien failli oublier.

Il pointe sa télécommande et actionne le moteur de l'immense volet roulant.

—J'arrive, désolé.

Julien, depuis sa cachette, voit là une chance inespérée de sortir.

Le volet se referme lentement, lui laissant le temps de la réflexion.

Sortir et aller chercher du secours sans être certain d'en trouver à temps, ou rester et tenter de les sauver lui-même, en étant encore moins sûr d'en être réellement capable.

Il ne lui reste que quelques secondes avant la fermeture totale, il lui faut prendre une décision, vaincre son indécision, cette crainte d'échouer qui pourrait être leur perte.

Une occasion telle que celle-ci ne se représentera probablement jamais.

Abandonnant toute réserve, il s'élance. L'ouverture n'est plus que de 60 centimètres de haut lorsqu'il s'y engouffre en roulant au sol.

Il se retrouve à l'extérieur, effrayé par cette soudaine liberté. Il va devoir fuir, éviter les caméras qui surveillent sans nul doute possible les alentours du bâtiment.

D'un rapide coup d'œil circulaire, il tente d'établir un plan de fuite sur ces terres qu'il ne connaît pas.

Un seul sentier carrossable dessert le complexe, peut-être la seule direction à mener vers des lieux habités. Et donc vers une aide potentielle.

Mais ce chemin le rendra aussi très visible et vulnérable, car aucune cache, buisson ou arbre, ne semble s'élever à des centaines de mètres à la ronde.

Il aperçoit un haut portail, à environ 100 mètres, qu'il conserve en ligne de mire en se mettant en marche.

Si la chance est de son côté, le préposé aux écrans de surveillance est aussi vigilant que la veille au soir. Sinon, il est perdu.

Il n'a de toute façon plus d'autre choix, il n'est plus temps de tergiverser.

En petite foulée, il se rend au pied de ce portail, qui lui apparaît de suite comme étant infranchissable.

Haut d'au moins 3 mètres, il est rehaussé de concertinas, redoutable fil de fer barbelé agrémenté de véritables petites lames de rasoir positionné en spirales desquelles il est impossible de se défaire une fois empêtré dedans. De plus, sans qu'il en soit certain, il subodore que l'ensemble est électrifié.

Aussi loin que porte son regard, il perçoit une clôture tout aussi imperméable, à l'intrusion comme à l'évasion.

Il se retrouve dans une situation pire encore lorsqu'il était enfermé dans ce garage.

Il ne peut non seulement pas partir en quête de secours, mais encore ne peut-il plus aller tenter de sortir Soraya et les autres de ces maudites cages.

S'il reste là, il en est conscient, même avec un surveillant défaillant, il est assuré de se faire repérer. Le point d'entrée sur cette propriété doit bien être l'endroit le plus sensible et surveillé.

Seule l'arrivée d'un véhicule pourrait lui permettre de se glisser dehors à l'ouverture de ce portail.

Au sol, tout le long de la clôture, un amas de végétaux, coupés pour éviter tout contact avec le grillage électrifié, attire son attention.

Sans réfléchir plus avant, il se précipite sur le côté, s'allonge et se recouvre de végétaux.

Se cacher, toujours se cacher. Il se méprise d'avoir ainsi à se sauver, à penser à lui avant de pouvoir penser à celle qu'il aime. Mais il doit en passer par là.

S'il reste immobile, ils ne pourront le repérer. Il n'a plus qu'à attendre l'arrivée d'une voiture pour se glisser dehors à l'ouverture du portail, et il sait que les allées et venues sont fréquentes pour y avoir assisté depuis sa cachette dans le garage. Certes, il aura alors toutes les chances d'être vu et pris en chasse, à ce moment-là, mais il n'a pas d'autre choix. Aucun.

31

Débarrassé du couple B pour un moment, Frédo décide d'aller vérifier si Dudule n'a pas fait des siennes.

Il le croise dans le couloir des ateliers et laboratoires, absorbé par son observation, à travers la vitre, du maître Brusson. Pour une fois, ce dernier est calme, assis sur un siège de sa création, et lit Miserere, un thriller de Jean-Christophe Grangé, auteur qu'il affectionne particulièrement et en presque exclusivité, sur fond sonore de maître Gims.

—Te voilà, toi ? Où t'as foutu les deux tâches ?

—Ils sont un peu remués par ce qu'ils ont vu. La femme est malade comme un chien, s'amuse Frédo. Y a de quoi, si on était de bonnes personnes, nous aussi ça nous foutrait la gerbe. Et toi, tu fous quoi, ici ?

—Je regarde ce trou du cul qu'on nous présente comme un génie. Sans déconner, il fait que de la merde. Regarde ça ! T'y comprends quelque chose, toi, à ses tableaux et sculptures ? C'est n'importe quoi, merde, j'en faisais autant quand j'étais môme avec mes crayons de couleur et ma pâte à modeler. Puis ça va un moment, d'écouter maître Gims, c'est à rendre fou. Il est taré, ce mec.

—Ben reste pas là, Ducon, si t'aimes pas ce qu'il fait ni ce qu'il écoute. T'as autre chose à faire, je te signale. T'as filé à bouffer aux modèles ?

—Putain, t'es obligé d'employer ce vocabulaire même avec moi ? Tu crois que j'ai besoin d'être ménagé quant aux finalités de ce qu'on fait ici ? Appelle un chat un chat, ste plaît. C'est des prisonniers, des condamnés qui attendent leur tour dans le couloir de la mort. Me fais pas chier avec votre rhétorique à la con.

—La question n'était pas là, et tu le sais. T'as fait le boulot, ou pas ? Sinon je m'en charge de suite.

—Mais putain, tu me prends vraiment pour un môme. Bien sûr que j'ai fait ce que j'avais à faire. Vous commencez à me les briser sévère, tous.

—T'as pas fait le con ?

—Oh ta gueule ! Je vais me pieuter. Si t'as besoin de moi, je suis pas là pour toi. Va chier, connard !

Frédo le regarde s'éloigner en titubant légèrement.

Gonflé, ce type. Comme s'il n'avait pas de raisons de le soupçonner d'avoir déconné.

Il décide d'aller vérifier que tout est en ordre au "zoo".

Les vitres maculées, l'attitude des prisonniers plus craintive encore qu'à l'accoutumée, tout cela lui indique que Dudule a encore merdé. Cet ivrogne ne sait pas se tenir, il le pensait plus responsable que ça. S'il continue à picoler et déconner de la sorte, il devra en toucher un mot au boss, avant qu'il ne mette les lieux à feu et à sang et ne fasse couler ce beau navire avant même qu'il ait quitté le port.

Il se précipite vers la cage 8, s'attend à y trouver le pire. S'il est arrivé quelque chose à ceux-là, notamment à la fille, il est bon pour une plongée en eaux profondes avec des semelles de béton aux pieds.

Le petit garçon est toujours étonnamment calme, étant donné les circonstances. Jamais il n'avait vu aucun autre enfant de cet âge rester aussi stoïque, quelles que soient les conditions.

La mère et la fille ont l'air d'être saines et sauves, bien qu'apparemment prêtes à tuer quiconque entrerait à leur contact.

La fille aux yeux d'acier le malmène du regard, le force à y plonger le sien. En dépit de la situation, elle parvient presque à inverser les rôles, à le faire se sentir vulnérable et fragile.

—Il nous faut de l'eau. Au moins pour lui. Vous allez pas laisser un bébé crever de soif, non ? Et on a aussi envie de pisser, et même plus que ça. Va falloir penser à nous amener aux gogues, ou à nous donner de quoi nous soulager dedans, si vous voulez pas qu'on barbouille tout d'excréments.

—Ah... il ne vous a pas servis ?

—Ben à ton avis ? On n'a rien mangé ni bu depuis notre arrivée ici. C'est quoi votre plan, nous faire sécher comme des fleurs dans notre bocal de verre ?

—Je m'occupe de vous amener ce qu'il vous faut. Je vais vous donner un pot de chambre, mais je vous avertis, ne tentez rien, vous mettriez la vie du petit en danger. Croyez-moi, je n'hésiterais pas à lui loger une balle dans la nuque ! Compris ?

Évelyne serre Noah contre elle aussi fort qu'il lui est possible de le faire sans l'étouffer.

—C'est bon, on a compris. Ne fais pas de mal à mon frère.

—Reculez, plaquez-vous à la paroi opposée à la porte, et asseyez-vous au sol.

Les deux femmes obéissent sans attendre.

Tendu, arme au poing, Frédo déverrouille la porte. Puis il se saisit d'un pot, et sans entrer dans la cage, le fait glisser au sol. Porte refermée, il rengaine son revolver, soulagé. Il se trouve soudain ridicule de redouter à ce point les réactions d'une adolescente, mais ce que lui en a dit Dudule le pousse à rester prudent.

À nouveau, le terrible hurlement animal retentit, faisant sursauter tout le monde, Frédo y compris.

—Dis, c'est quoi, ce machin, qu'on entend parfois gueuler ? Vous lui faites quoi, pour qu'il hurle à ce point, bande de salauds ?

—J'en sais pas plus que toi, puis je m'en fous. Et j'ai pas à répondre à tes questions. Je crois que vous saurez bien assez tôt toutes les surprises qui vous sont réservées. Je vais chercher de quoi vous restaurer.

—Tu vas le laisser nous violer ?

La question a claqué à l'esprit de Frédo comme une accusation. Il ignore comment s'y prend cette garce, mais elle parvient à le faire culpabiliser, lui, l'être humain le moins empathique de l'univers.

—Qui ? Tente-t-il en jouant la carte de la mauvaise foi.

—Ton gros porc de pote. Il en crève d'envie, et il a déjà essayé à plusieurs reprises. Il t'a raconté ce qu'il nous a fait ? Vous êtes de mèche ? Toi aussi, tu te régales à nous faire souffrir ?

Déstabilisé. La petite est forte, à en être dangereuse si l'on n'y prend garde, et il comprend de mieux en mieux pourquoi le boss en parle en ces termes.

Il la jauge un instant, cherche à comprendre d'où peuvent lui venir cette vitalité, cette volonté et cette force hors normes.

De quoi sont donc faites ces deux femmes ? Enlevées, enfermées, maltraitées, et elles sont debout, fières, prêtes à se battre. Merde, la minotte a cassé la gueule à Luc et Angus !

Et ce bambin, qu'en dire ? Il reste assis, stoïque, joue avec sa peluche comme si tout ce qui l'entoure n'existait pas, comme s'il se foutait complètement des événements récents.

À dire vrai, ils lui font peur, aussi absurde que soit cette idée tant elle inverse les rôles. Depuis quand les bourreaux devraient-ils craindre leurs victimes ?

Cette famille mérite assurément son respect et d'être traitée avec méfiance et circonspection.

—Non, je ne suis pas responsable de ce que fait ce type, et je ne me régale pas, comme tu dis, pour la simple raison que je me moque de savoir quel sera votre sort, de votre souffrance, de vous. Je ne vous veux ni bien ni mal. Je fais mon boulot, point, je ne me pose aucune question d'ordre moral. Si la réponse te convient, je vais chercher vos repas.

Soraya ne répond pas, s'assoit simplement à côté de son frère, rejointe par sa mère. Ces trois là, contrairement à toutes les autres familles retenues ici, ne baissent pas les bras, ne laissent rien se mettre entre eux pour briser les liens qui les unissent.

Pensif, impressionné, il s'éloigne.

Noah regarde tour à tour sa mère et sa sœur, leur sourit, puis se replonge dans son monde intérieur, accompagné de sa peluche.

—Au moins, il est heureux, hein, maman. Il ne se rend compte de rien de ce qui se passe ici.

—Son inconscient le protège de la peur, je crois. Ce sera au moins un soulagement pour moi de le savoir insouciant jusqu'au bout, ajoute Évelyne, les yeux nappés de tristesse.

—Ne parle pas comme ça ! Je te l'interdis, tu m'entends ! C'est pas le moment de nous lâcher, maman. T'as toujours été là pour nous, t'as affronté la vie seule. J'ai besoin de toi pour rester droite, j'y arriverai pas sans toi. On reste ensemble, on va sortir Noah de là, OK ?

Évelyne prend sa fille dans ses bras pour masquer son émotion et puiser en elle force et combativité.

32

Voilà bientôt trois heures qu'il attend, enseveli sous cet amas de végétaux morts. D'innombrables et étranges mouches plates, presque impossibles à écraser, l'agressent et le harcèlent sans répit, et d'horribles démangeaisons s'emparent de tous ses membres, à le rendre littéralement fou. Il ne pourra tenir bien longtemps dans ces conditions, et si l'attente devait se prolonger, il prendrait le risque de se lever et rester à découvert. Pas moyen de supporter ça une journée entière.

Comme pour répondre à son souhait le plus cher, un véhicule en approche laisse entendre le vrombissement de son moteur et le feulement de ses pneus sur la grave.

À travers l'entrelacs de branchages et herbes, il voit la voiture s'arrêter devant le portail.

Un homme en costume en descend, sans qu'il puisse voir son visage de l'endroit où il se trouve.

Deux minutes plus tard, le gyrophare orange se met à tourner pour annoncer l'ouverture du portail, qui suit dans les dix secondes.

Il se prépare mentalement à courir plus vite et longtemps qu'il ne l'a jamais fait, angoisse et peur pour dopage.

Une prière psalmodiée sans croyance ni foi s'échappe de ses pensées, sans qu'il sache réellement de quel genre de souvenir il la tire, lui qui n'a jamais mis un pied dans une église ou autre lieu de culte.

La voiture redémarre, franchit le portail qui aussitôt se referme.

—C'est maintenant ou jamais, mon vieux. Pour une fois dans ta putain de vie, sois courageux... fuis !

Comme il l'aurait fait de starting-blocks, il s'appuie sur cette dernière parole crachée en un cri libérateur pour jaillir. Il se redresse de manière aussi explosive que le lui permet sa musculature.

Homme de paille prenant vie, épouvantail épouvanté, il s'élance.

Le temps n'est désormais plus à la prudence, mais au dépassement de soi.

Dépassement de la terreur qui l'accompagne en chacun de ses pas, dépassement physique, aussi.

Il sait qu'il va devoir piocher dans ses réserves s'il veut accorder une chance aux prisonniers de ce complexe.

Courir, vite et longtemps.

Un coup d'œil jeté par-dessus son épaule capture furtivement ce qu'il aurait préféré ne pas voir. La voiture a stoppé sa progression, et reste immobile à mi-distance entre le portail et le complexe.

"Le conducteur m'a-t-il vu ? Ou bien répond-il simplement à un appel téléphonique ?" tente-t-il de se rassurer.

Peu importe, trop tard pour revenir en arrière.

Il se concentre sur le visage de Soraya, sait qu'il détient la seule clé capable de la libérer.

Chaque enjambée l'éloignant de ce lieu maudit le rapproche d'elle.

Nouveau regard en arrière. Le portail reste fermé, et la voiture a finalement poursuivi son chemin.

Rassuré, il force tout de même l'allure, pressé de ne plus avoir en visuel ce bâtiment.

Très vite, il vient à regretter son désamour pour le sport. Souffle court, jambes accusant une nette baisse de régime, il ralentit sans le vouloir au fil des mètres parcourus.

Pointe de côté, poumons incendiés, son corps hurle son désaccord, lui intime l'ordre de stopper.

Il ne l'écoute cependant pas, continue malgré tout, crache sa douleur et son manque de condition.

Ce chemin lui paraît interminablement long. Droit comme un I, sans repère distinctif, Julien a l'impression d'en être toujours au même point, de ne pas progresser.

Menacé par le découragement, il s'imagine un instant s'allonger au milieu et attendre de se faire cueillir lorsqu'il entend distinctement le bruit caractéristique d'une route fréquentée, bourdonnement encore discret et lointain, bouffée d'espoir et de motivation.

Il approche du but. S'il parvient jusqu'à cette route sans encombre, il lui suffira de demander aide à un automobiliste.

Fort de ces nouvelles projections dans l'avenir proche, il chasse fatigue et douleur physique pour reprendre un rythme plus soutenu.

Une demi-heure plus tard, il a la route en visuel, voit des voitures passer à intervalles restreints et très réguliers.

Il n'aura aucun mal à trouver de l'aide.

Inconsciemment, il sourit déjà en s'imaginant en chevalier blanc, pourfendeur du mal pour sauver sa bien-aimée.

Il va y arriver, le salut est désormais à portée d'un jet de pierre.

Jamais il n'avait trouvé le bitume plus beau, quelle invention merveilleuse que les routes !

Placé sur le bas côté, il lève haut les bras à chaque passage de voiture. Elles passent sans lui prêter la moindre attention, mais il sait que l'une ou l'autre finira par s'arrêter. Il ne peut en être autrement. Après dix minutes d'une attente allant d'espoirs en déceptions, une voiture ralentit enfin, pour s'arrêter à son niveau.

Son cœur bondit sous l'émotion du moment. Il est sur le point de craquer, de relâcher la pression et la tension accumulées, mais se contrôle, veut être sûr de trouver secours avant de s'effondrer.

Le conducteur baisse la vitre côté passager pour s'adresser à lui.

—Bonjour, jeune homme. Vous avez besoin d'aide ? Je peux vous amener quelque part ?

Par où commencer ? Comment ne pas effrayer cet homme par des révélations trop brutales, comment ne pas passer pour un fou ?

—Vous pouvez me conduire à la gendarmerie la plus proche ? Pardon, bonjour. S'il vous plaît.

L'homme le regarde, quelque peu interloqué par l'instabilité de Julien, par ce léger manque de cohérence dans l'expression.

—D'où venez-vous, comme ça ? Excusez mon propos, mais vous m'inquiétez un peu.

—Je... vous ne risquez rien de moi, monsieur, je vous le jure. Mais c'est très urgent, il me faut vraiment du secours. Aidez-nous, monsieur, je vous en supplie.

—Nous ? Il y a quelqu'un qui attend caché dans un fossé, prêt à surgir dès que vous aurez ferré le poisson, c'est ça ? Marre de ces autostoppeurs malhonnêtes.

—Non, att...

Avant qu'il ait eu le temps d'ajouter quoi que ce soit, l'homme redémarre et le laisse planté sur le bord de la route, hébété, stupéfait.

Ne pas se laisser abattre, retenter sa chance jusqu'à obtenir ce qu'il est venu chercher.

Au loin, un fourgon attire son attention. Son rythme cardiaque s'accélère.

Il ne peut y croire, l'agitation qui règne en lui le paralyse.

Le véhicule se porte à son niveau et stoppe.

Il n'a pas rêvé, c'est bien ce qu'il pensait avoir vu.

33

—Maman, tu trouves pas bizarre que tous ces gens soient aussi calmes ? Regarde-les, on dirait des zombies. Ils devraient être comme fous, se jeter contre les parois pour sauver leur famille. On pourrait croire qu'ils sont comme Noah... enfin, tu vois, dans leur monde, quoi.

—Ils les droguent peut-être. La nourriture, l'eau... on est les seuls à ne pas avoir été servis. Je suppose qu'une partie de l'explication se trouve là. Le renoncement, aussi, peut-être. On ignore depuis combien de temps ils sont là. Et le temps joue en notre défaveur, ici, plus on reste, plus on se ratatine, j'imagine.

—C'est bien pour ça qu'on n'y restera pas longtemps, nous. Hors de question qu'on devienne des victimes consentantes. Ça, jamais ! Hé, oh, réveillez-vous ! Faut se révolter ! On a une chance de s'en sortir ensemble, on a tous besoin les uns des autres. Mais va falloir se bouger. Oh, vous m'entendez ?

Aucune réaction, personne ne leur porte le moindre regard. Les yeux vissés dans leur gamelle, ils s'occupent à finir leur plat et nettoyer jusqu'à la dernière miette. Seuls les enfants paraissent se mouvoir normalement, mais aucun ne veut établir le contact, semblent même le fuir.

En y regardant mieux, seule une fillette d'une dizaine d'années, occupant la cage 4, prête attention aux propos de Soraya.

—Eh, petite, tu m'entends, hein ? Qu'est-ce qui se passe ici ? Pourquoi ils sont tous aussi mous ?

—Chut, il faut pas parler trop fort, il est très méchant. Il va venir, si tu cries.

—Mais non, ne t'inquiète pas, personne ne viendra te faire de mal. Depuis quand tu es là, tu le sais, la puce ?

—Il faut pas parler entre nous. Ils nous font du mal. Ils nous ont fait du mal à tous. Lui, surtout. Beaucoup. On doit pas faire de bruit, sinon ils vont être encore plus méchants. Je veux pas qu'ils reviennent. On doit être sages. Chuuuuut.

La fillette se retourne, et va s'asseoir à côté de sa mère, visiblement absente.

Peut-être ne droguent-ils que les adultes, que les personnes assez fortes pour se rebeller, pense Soraya.

—Ils ont dû les maltraiter jusqu'à ce qu'ils renoncent totalement à tenter quoi que ce soit.

—je suis sûre que c'est l'autre gros porc qui se charge de ça, ça doit le faire jouir, ce salaud. T'as entendu comme moi, maman, la petite a dit surtout lui. J'ai bien regardé l'autre enflure quand il a servi les repas, l'eau est la même pour les parents et les enfants. Elle ne doit pas être droguée. La bouffe, par contre, il ne faut surtout pas qu'on en avale une miette. On doit rester au top pour saisir la première occasion qui se présentera. Je crois qu'il est trop tard pour les autres, maman, on pourra jamais les sortir de là. Faut qu'on fasse le choix de la survie, qu'on soit fortes.

Évelyne s'enfonce lentement, s'effondre sur elle même, paraît sur le point d'abandonner. Tout cela est trop, elle ne parvient à envisager aucune issue favorable.

—Ne me laisse pas seule, maman, ne lâche pas prise. Je veux que tu sois avec moi, maman, tu m'entends ? Je suis pas assez forte, toute seule, on sortira tous les trois d'ici. Ensemble. On va le faire pour nono, pour toi, pour moi. Pour nous.

Un claquement sec retentit dans la pièce. Évelyne se tient la joue, chaude et douloureuse.

Jamais de toute sa vie elle n'avait pris pareille gifle et n'aurait pu imaginer qu'elle lui viendrait un jour de sa propre fille.

Mais elle la reçoit, non comme une punition ou une humiliation, non comme une provocation supplémentaire, mais comme un appel au secours. Elle sait maintenant sa fille prête à aller jusqu'au bout, à tout faire pour se et les sortir de là. Et elle l'épaulera, tiendra son rôle de mère.

Cette vivacité, cette brutalité dont a su faire preuve Soraya à son égard a été un électrochoc.

Leurs chances de sortir d'ici en vie viennent d'augmenter de manière drastique, elle en est persuadée.

—Je t'aime, ma chérie.

Soraya fond en larmes dans les bras de sa mère, se laisse bercer tendrement, comme lorsqu'elle n'était encore qu'une enfant docile, avide de câlins.

Noah sort de sa réserve pour les rejoindre. Il écarte les bras pour enserrer les deux femmes de sa vie.

34

Un fourgon de la gendarmerie.

Il ne peut y croire, la chance lui sourit enfin.

—Besoin d'aide, jeune homme ?

—Oh messieurs, si vous saviez, si vous pouviez savoir, mon dieu, c'est terrible...

—Calmez-vous, monsieur. Expliquez-nous lentement ce qui vous met dans cet état. Venez, montez.

L'un des deux gendarmes ouvre la porte latérale pour l'inviter à monter à l'arrière.

Julien s'exécute avec délice, s'assoit sur une banquette. Son soulagement est tel qu'il se sent se dégonfler comme une baudruche en poussant un interminable soupir.

—Exposez-nous les faits, jeune homme, vous êtes en sécurité.

—Il faut aller sauver mon amie et sa famille, là-bas, au bout de ce chemin. Il y a beaucoup de gens prisonniers, ils vont leur faire du mal, comme à la créature ailée, ils...

—Oula, c'est bien décousu, tout ça. Vous avez consommé de l'alcool, monsieur ? Du cannabis ? De l'herbe ?

—Non non, je vous assure que non. Il y a vraiment un endroit, tout là-bas, où des gens sont retenus prisonniers. Je crois qu'ils font des choses horribles. Même le maire de Pauillac est peut-être mêlé à tout ça.

—Le maire ? Dites, vous ne nous prendriez pas pour des imbéciles ?

—Je vous en supplie, ils ont besoin de vous pour les sortir de là.

—Bien, nous allons vérifier ce que vous avancez, mais tenez vous tranquille. J'espère pour vous que vous n'affabulez pas, ce dont j'aurais tendance à douter.

Le gendarme au volant redémarre, puis engage le véhicule sur le long chemin.

Les minutes passées paraissent des heures. Julien en vient à douter lui même de ce qu'il a raconté. Ce lieu existe-t-il, ou bien a-t-il tout inventé ? Devient-il dingue ? Enfin, il aperçoit au loin le gigantesque hangar, entre soulagement et terreur.

—Regardez, c'est là-bas. Appelez du renfort, vous aurez besoin d'aide.

—Soyez raisonnable, restez tranquille. Nous allons contrôler tout ça, mais si vous continuez à vous agiter de la sorte, je me verrai contraint de vous menotter. Ne me contraignez pas à avoir recours à cette extrémité, dans notre intérêt à tous.

Julien se tait, décide de ne plus rien dire ou faire qui pourrait retarder l'intervention des gendarmes.

Le fourgon s'arrête devant le portail.

—Propriété privée. Qu'est-ce que c'est que cette immense propriété ? Tu en connaissais l'existence, Jean-Luc ?

—Non, pas plus que toi. Jeune homme, s'ils ne nous ouvrent pas, nous devrons revenir avec une autorisation, et de quoi forcer l'entrée si besoin était, OK ? Je vous demande de rester calme si nous devions repartir, nous n'abandonnons personne, nous vérifierons toutes vos déclarations.

Le gendarme descend, se poste devant l'interphone et sonne. Julien le voit s'adresser au haut-parleur, puis revenir.

—Ils vont nous ouvrir. On ne peut pas dire que ça soit une attitude de terribles criminels ayant des choses à cacher.

Il met déjà en doute la parole de Julien, sans chercher à dissimuler ses interrogations.

Le gyrophare s'active très rapidement. Julien a du mal à croire que les salauds présents dans ce bâtiment puissent ouvrir sans attente à la gendarmerie. Il doit pousser les deux gendarmes à entrer dans le bâtiment pour tout fouiller, et il sait exactement où les mener.

Le fourgon s'engouffre dans l'allée intérieure, avalé par la gueule béante de ce portail, mâchoire métallique se refermant derrière lui.

En dépit de la présence des deux représentants des forces de l'ordre à ses côtés, Julien crève de trouille.

Mains moites, gorge et bouche sèches, inversion et chamboulement extérieur témoins du chaos qui règne en son for intérieur.

Le fourgon se gare devant la porte du garage, celle qu'il a

empruntée plus tôt comme voie de sortie.

Un homme attend, bras croisés, mine maussade. Julien le reconnaît immédiatement, le gros porc qui a tabassé Soraya. Il porte sur sa sale gueule les stigmates de la raclée que lui a donné son collègue.

—C'est lui, c'est lui. Il a agressé ma petite amie à plusieurs reprises. Ils sont toute une équipe, là-dedans. Il faut que je vous montre tout ça, les prisonniers, et tout.

—Restez calme, monsieur. Laissez nous faire notre travail. Restez assis.

—Méfiez-vous de lui, c'est un vrai salaud, il...

—Je vous ai demandé de vous tenir tranquille. Nous connaissons notre métier. Ne bougez pas d'ici. Nous vous appellerons si besoin était.

Malgré son bouillonnement intérieur, Julien s'exécute, impressionné par l'autorité du gendarme.

Les deux agents descendent du véhicule, saluent porcinet et entament avec lui une discussion dont Julien ne peut saisir le propos.

L'autre ne va faire que leur mentir, pourquoi ne pas le menotter de suite et aller explorer ce bâtiment. Julien se ronge les sangs, doit se contenir pour ne pas hurler aux gendarmes la conduite à tenir.

Le tas de lard à la verticalité contrariée s'agite, fait de grands gestes et le pointe du doigt, manifestement furieux.

Julien se recroqueville sous l'effet de la peur comme un escargot dans sa coquille sous celui de la chaleur.

Lorsque la porte du garage s'ouvre, il aperçoit la voiture qui lui a permis de passer l'étape du portail.

Un autre homme sort, celui qu'il a entendu les autres nommer Frédo.

Il serre la main aux gendarmes. S'ensuit une longue discussion, animée de rires, à la manière de vieux amis.

Julien n'en peut plus, sent l'explosion proche. Que foutent ces putains de flics, qu'attendent-ils pour obliger ces sales enfoirés à les mener à l'intérieur ?

Enfin, l'un des deux revient vers le fourgon.

—Venez, monsieur, nous allons entrer. Vous nous montrerez les endroits que vous pensez nécessaires à notre compréhension de votre problème.

—OK. Mais vous êtes sûr que ça ne risque rien ? Il faudrait menotter ces hommes.

—Pour l'heure, nous n'avons aucun élément nous permettant de le faire. C'est votre parole contre la leur. Nous avons la situation en main, ne soyez pas inquiet.

—Bien. OK OK... Je vais vous montrer que vous avez toutes les raisons d'arrêter tous ceux qui sont là dedans, et de les foutre en taule pour plusieurs siècles.

Julien descend, craintif. Il redoute le regard que les deux hommes posent sur lui.

Ils rentrent dans le garage, retour à la case départ pour Julien.

—Venez, je vais vous guider jusqu'à la salle où ils retiennent toutes les familles qu'ils ont enlevées. Il faut faire vite, je crois qu'ils torturent des gens, ici. C'est par cette porte, là.

Lorsqu'il voit le rideau métallique se rebaisser, Julien sait instinctivement que quelque chose cloche.

—Pourquoi vous refermez ? Il ne faut pas les laisser faire, c'est un piège.

—Calme-toi, mon garçon. Tu as causé assez de problèmes comme ça, ne fais pas d'histoire. Hé, les gars, on peut dire que c'est une chance qu'on ait patrouillé pas trop loin d'ici. Vous avez déconné sévère, sur ce coup. Vous vous rendez compte des conséquences que ça aurait pu avoir ?

Si Julien entend parfaitement les paroles du gendarme, il ne comprend pas la teneur de ses propos. Ou plutôt refuse de comprendre.

—On sait même pas d'où il vient, celui-là, sans déconner. D'où il sortait ? Je comprends plus rien, moi. Toi petit enculé, le boss nous a passé un sacré savon, à cause de toi. Il a fallu que ce soit lui qui te voie sortir alors qu'il arrivait. Tu vas payer ça, mon gars, oh putain oui, beugle Dudule, toujours sous l'empire de l'alcool.

Julien a soudain l'impression de chuter dans son propre corps, son sang semble vouloir le fuir.

Au bord de la crise de nerfs, les larmes dévalent ses joues sans barrage.

—Mais... arrêtez les, vous êtes la loi, vous êtes du côté des victimes. Vous devez m'aider, vous entendez ! Vous êtes obligés, c'est votre métier !

—T'énerve pas gamin, ça servirait à rien. Si tu résistes pas, on va pas t'amocher. Mais si tu nous fais encore des histoires, je laisserai le rouquin qui est là se charger de toi. Tu me copies ? Allez, sois raisonnable, tente de le convaincre Frédo.

—Cherche pas à discuter avec lui, on lui matraque sa sale petite gueule de fouine vite fait. Tu sais bien que si jamais les clients venaient à savoir qu'un gugusse est entré ici et a réussi à s'échapper, ça en serait fini de tout ça. T'imagines bien que plus aucun n'aurait assez confiance. Terminé le financement.

L'un des gendarmes sort son arme de service et la pointe sur Julien.

Celui-ci pourrait mourir sur le champ d'une crise cardiaque.

—Allez, assez joué, viens par ici, mon gars. Laisse-toi menotter, et ne résiste pas. Tout se passera bien.

Julien pleure à chaudes larmes, secoué de sanglots.

Dudule s'en approche, et sans autre alerte, lui décoche un uppercut surpuissant à la pointe du menton.

La dernière pensée de julien avant de heurter durement le béton va à Soraya. Il a échoué.

Ténèbres.

—Je vais le ranger, ce sac à merde. C'est le couple B qui va être content, va y avoir du rab pour eux.

Dudule charge sans peine Julien sur son épaule et l'amène rejoindre les autres prisonniers.

—Bon, nous, on y va, on va poursuivre notre ronde. Eh, les gars, faites gaffe, maintenant, la prochaine fois pourrait être fatale.

—Ce que j'aimerais vraiment comprendre, c'est d'où il sort, celui-là, je ne saisis vraiment pas. On va le cuisiner un peu pour en savoir davantage. Je vous ouvre et vais rejoindre Dudule avant qu'il ne fasse preuve de zèle, une fois de plus, vous le connaissez. Merci, en tout cas, les gars, vous nous avez sauvé la mise.

—Si le boss ne nous avait pas appelés, va savoir jusqu'où aurait pu aller ce minot ? Rien que d'y penser... allez, zou, on y va. Salut, Frédo.

—Salut, les gars, à bientôt.

Après avoir laissé sortir les gendarmes, puis refermé le rideau métallique, Frédo court à la suite de Dudule. Il ne sait que trop bien que ce dernier est capable du pire, notamment lorsqu'il est en état d'ébriété avancée.

Les couloirs défilent, interminables. "On aurait bien besoin de petits véhicules électriques", pense-t-il, essoufflé.

Alors qu'il parcourt l'aile réservée aux ateliers, un hurlement plus puissant que tous les précédents s'élève du labo secret du docteur

Delarace, sur lequel il n'a jamais eu droit de regard.

Il stoppe net sa course, comme si face à lui se tenait l'être à l'origine du cri.

—Putain de scientifiques tarés !

Que peut bien fabriquer, dans tous les sens du terme, cette bonne femme, à l'abri de tout contrôle ?

Frédo n'a jamais eu confiance en ces putain de scientifiques, tous des tordus prêts à tout pour faire LA découverte. Comme moi pour le fric, pense-t-il en riant.

Toujours est-il que la puissance du cri bestial indique la présence dans ces locaux d'un être vivant hors du commun, probablement énorme. Un être de cauchemar pire que le machin ailé enfermé à côté du "zoo".

L'apercevant à travers le vitrage, le docteur Sicsic sort de son laboratoire, amusée.

—Effrayant, non ?

—Flippant, ouais. Mais c'est quoi ? Vous savez ce que vous faites, au moins? Pas envie de me retrouver avec une saloperie incontrôlable circulant librement dans le bâtiment.

—Je n'en sais pas plus que vous. J'avais déjà eu du mal à obtenir d'elle des informations sur Icare, elle ne m'a laissée l'assister qu'à la toute fin du processus de greffes. Mais là, elle ne veut rien entendre. Elle y travaille comme une acharnée, c'est son Graal, à ce qu'il semble. Le seul indice qu'on ait, vous comme moi, c'est que son bébé a de la voix, rit-elle.

—J'espère qu'elle contrôle tout de A à Z. Imaginez un instant qu'un machin de ce genre parvienne à se tirer d'ici. Je vous laisse songer aux conséquences que ça aurait. Niveau discrétion, on fait mieux, les autorités tarderaient pas trop à nous tomber dessus. Le monstre de Frankenstein, ça vous dit quelque chose ? Vous savez sans doute comment se finit l'histoire.

—Ah mais il y a une différence notable, c'est que ce pauvre docteur Frankenstein devait se contenter de morceaux d'êtres humains morts. Sandrine... enfin, le docteur Delarace, a accès à des êtres vivants, les résultats sont forcément bien meilleurs, rit-elle franchement. Ne soyez pas inquiet, elle est d'un professionnalisme impressionnant, je n'avais jamais vu cela. Tout est sous contrôle, il n'arrivera rien de mal. Aucun imprévu à craindre, vous pouvez me croire. Vous devriez par contre vous méfier davantage de votre collègue. Il me paraît plus dangereux pour cette "entreprise" que ne le seront jamais les créatures du doc. Lui est réellement incontrôlable, en plus d'être un abruti fini. Il vous causera des ennuis, pas besoin de lire dans le marc de café pour s'en rendre compte. D'ailleurs, je l'ai vu passer avec un jeune homme sur le dos. Était-ce prévu au programme, ou bien est-ce l'une de ses improvisations foireuses ?

—Oh, lui. Ouais, je sais, il craint. Il faut que j'en cause au boss, on peut pas continuer dans ces conditions.

—Le scientifique dingue —ou taré, je crois que c'est le terme que vous avez employé— qui l'a créé ne devait pas être très doué, s'amuse-t-elle.

—Ah, vous m'avez entendu, sourit-il, gêné. C'est pas ce que je voulais dire, vous savez, c'est juste que...

—Aucun mal, pas d'inquiétude. Sans une dose de folie, on ne ferait rien, non ? Venez, on n'a pas trop l'habitude de faire ça, mais je vais vous montrer de plus près les travaux effectués ici. Vous changerez peut-être d'avis à notre sujet.

—Euh... OK, je vous suis, mais je ne reste pas longtemps, je dois aller surveiller... enfin, aider mon collègue.

—Oui, on s'est compris, je crois.

35

Dudule traverse le Zoo, sous le regard inquiet des enfants suffisamment éveillés pour conserver une conscience de ce qu'il se passe.

Ils ont peur de cet homme comme la souris craint le chat, viscéralement. Ils se réfugient auprès de leurs parents, qui eux naviguent en eaux troubles, drogués, en dehors de toute réalité.

Dudule ne s'en préoccupe pas, esprit déjà tourné vers ce qu'il compte faire.

Les seuls qui l'intéressent désormais ici sont les occupants de la cage 8.

Il compte leur démontrer par procuration qu'il n'est pas sage ni indiqué de le foutre en boule.

Soraya et Évelyne, sans voir encore le visage du nouvel arrivant, redoutent de savoir de qui il s'agit.

Après avoir ouvert la 9, Dudule jette Julien dedans comme un vulgaire sac d'ordures.

La confirmation de leurs craintes est un énorme coup porté aux Abel mère et fille, suffoquées, submergées par un élan d'horreur et de désespoir.

Sans aucun contrôle, sous le choc de cette vive émotion, Soraya lâche imprudemment un appel implorant.

—Julien !

Dudule s'arrête net. Son esprit tournant au ralenti comprend pourtant tout de suite la situation.

—Vous connaissez ce trou du cul ? C'est... ton mec ? Hein, salope, c'est ça ?

Son rictus dément s'élargit, laissant craindre le pire pour la suite.

Les deux mains ramenées sur la bouche, Soraya se rend compte de la terrible erreur qu'elle vient de commettre.

—Ouaaaaiiis, c'est ça. Dis donc, c'est lui qui te baise ? Ce ver de terre, là ? Tu les aimes chétifs. Il est même maladif, ce chevreau mal né. Je vais essayer de l'arranger un peu, mais je garantis rien.

Pour accompagner ces paroles, preuve de l'immense plaisir pris à torturer mentalement Soraya, il rit à gorge déployée.

—Comment il est arrivé ici, ton chevalier servant, hein ?

—Ne lui fais pas de mal, je t'en supplie, je ferai ce que tu voudras.

—Oooh, qu'elle est mignonne, quand elle supplie. Mais je dois m'assurer qu'elle a bien compris le message. Rien ne vaut qu'une bonne démonstration pour expliquer. Le visuel, rien de tel.

Il rit de plus belle, en s'avançant vers Julien.

—Regarde bien ce que je vais lui faire, sale chienne. La prochaine fois, ce sera la gueule de ta mère, ou celle de ton demeuré de petit frère. Ouvre bien les yeux.

—Laisse le tranquille, espèce de fumier, sale raclure, laisse-le !

—Ooooh, c'est pas joli, ça. T'entends ça, Julien, comme elle cause, ta dulcinée ? Ça mérite petite punition, ça. Tu m'en voudras pas, c'est pour la bonne cause.

Dudule redresse la tête de Julien, toujours inconscient, en l'attrapant fermement par le col, et abat sur son visage son énorme poing.

Le craquement lugubre résonnera longtemps aux oreilles de Soraya.

Elle tambourine à la vitre, s'époumone. Sa mère et elle hurlent à l'unisson, comme si ce cri déchirant pouvait stopper le monstre à l'œuvre.

Soraya se jette de tout son poids, à maintes reprises, contre cette paroi inébranlable, ne parvenant guère qu'à se blesser elle même, et réveiller la douleur intense irradiant de son pied.

Elle plaque ses mains à ses oreilles, se tourne et se laisse glisser le long de la vitre jusqu'au sol.

Accompagnées de puissants sanglots incoercibles, des larmes d'acide dévorent son visage, tourbillon de douleur menaçant dangereusement sa santé mentale. Évelyne vient se coller à elle, pour pleurer leur douleur et leur impuissance à l'unisson.

Le bruit sordide des coups portés à pleine puissance, horriblement évocateur, hante déjà leur esprit.

Soraya se projette dans ses souvenirs, cherche en eux l'image de Julien souriant et riant.

Dudule martèle ce jeune visage fragile avec une insistance frénétique. Il veut détruire ce garçon, le rendre méconnaissable. S'il voulait lui donner une bonne leçon, le fait de savoir maintenant qui il est le pousse à être impitoyable avec lui. À travers lui, il veut faire payer à cette garce toutes les humiliations qu'elle lui a fait subir.

Chaque coup porté provoque des dégâts supplémentaires et en appelle un autre. Et un autre. Et un autre.

La peau délicate de Julien ne résiste pas longtemps à ce traitement, éclate et se déchire.

Le sang éclabousse le sol et habille les parois de verre d'une constellation d'étoiles rouges.

Les dents coupent les lèvres et les joues, avant de casser elles-mêmes. Les os cèdent un à un, mâchoire, pommette, plancher orbital, rien n'échappe à la rage dévastatrice de Dudule.

La cage revêt bientôt une cape vermillon aux couleurs d'une vie qui s'échappe.

Le visage de Julien n'a plus rien d'humain, n'est plus qu'une plaie, un magma sans forme et bouillonnant.

Dudule reprend son souffle, lâche Julien qui s'effondre sans aucune retenue, mou comme un invertébré.

La vision de cette tête hachée révulse Dudule.

Il lève le pied au-dessus, et l'écrase de tout son poids, provoquant davantage de dégâts encore dans l'ossature faciale. Le corps de Julien est secoué de haut en bas par l'ampleur du choc.

36

—Je n'imaginais pas du tout ce que vous faisiez ici. Enfin, plutôt, si, mais disons que je ne voyais pas trop comment vous pouviez parvenir à ces résultats. Je ne dis pas que je comprends tout, maintenant, mais j'en ai déjà une meilleure idée. C'est assez exceptionnel, je me demande pourquoi le doc Delarace n'est pas mondialement reconnu. Je veux dire, une pareille avancée en matière de greffes, ça sauverait des milliers et des millions de personnes.

—Les règles d'éthique sont un énorme frein, pour nous, scientifiques. Soit nous les respectons et nous n'avançons qu'à petits pas, soit nous passons outre pour faire d'immenses bonds en avant, mais en ce cas, il nous faut le faire à l'insu de tous, à l'écart du monde et de la reconnaissance. Un scientifique digne de ce nom devrait tout faire pour parvenir au résultat qu'il s'est fixé. La plupart sont de simples moutons, qui ne courent qu'après les bourses pour mener des études inutiles. Sandrine, elle, a le véritable amour de la recherche et s'y adonne sans retenue. Elle comme moi savons qu'on ne fait pas d'omelette sans casser des œufs. Les dommages collatéraux sont inévitables, si l'on veut faire progresser la science.

—Vu sous cet angle, je comprends mieux, en effet. Moi qui vous prenais... bref, je dois y aller.

—Pour des folles, vous pouvez le dire, nous sommes habituées à ça. Mais personne ici n'est plus sensé que Sandrine, vous savez.

—Je ne vous aurais probablement pas donné raison voilà de ça une heure à peine, mais désormais, je ne pourrai plus vous contredire à ce sujet. Je dois vraiment vous laisser, je n'aimerais pas que mon collègue fasse encore des siennes. Merci pour tous ces renseignements, ces enseignements, même, devrais je dire. À bientôt, sans doute.

—Tout le plaisir était pour moi, rétablir une image un peu plus flatteuse auprès de vous me tenait à cœur. Et oui, à bientôt, nous sommes sur le même bateau, peu de chances qu'on ne se croise plus.

Frédo sort du labo, satisfait de cette entrevue. Sympa, dans le fond, la petite chercheuse.

Toutes les parois vibrent à nouveau soudainement sous un cri monstrueux.

Frédo s'imagine ce que doit être le fait de se trouver dans la même pièce que ce monstre au moment où il beugle. Faut être sacrément atteint pour supporter ça. Ouais, même s'il a joué les hypocrites et acquiescé aux propos de Catherine, il n'en pense pas moins. Ces deux bonnes femmes sont tarées.

Il quitte cette aile avec soulagement, heureux de mettre de la distance et quelques portes entre lui et l'être hybride fruit des recherches de ces folles.

Lorsqu'il pousse la porte du Zoo, il lit dans le comportement des enfants que quelque chose cloche ici.

—Dites-moi qu'il a pas recommencé, bon sang, dites-le-moi !!!

D'un pas accéléré, il se dirige vers la cage 9, dans laquelle il aperçoit Dudule.

Il le voit donner des coups au gamin, tant et si bien, tant et si fort, qu'il est maculé de sang de la tête aux pieds.

Avant qu'il n'ait eu le temps de l'interrompre, Dudule écrase le visage de l'ado de son énorme godillot, pesant dessus de tout son corps.

—Putain, mais qu'est-ce que t'as foutu ? Qu'est-ce que t'as foutu, bordel de merde ?! T'as vraiment un problème, pauvre con ! Cette fois-ci, t'as été trop loin. Sors de là, casse-toi ! Quand le boss va apprendre ça, tu vas morfler sévère, et compte pas sur moi pour te couvrir, sur ce coup.

—Tu te prends pour qui, toi, pour me parler comme ça ? Qu'est-ce qu'on en a à branler, de ce peigne-cul, tu m'expliques ? Il a eu ce qu'il méritait, rien de moins.

—Ils doivent rester intacts jusqu'à utilisation, qu'est-ce que tu comprends pas là-dedans. Regarde un peu dans quel état tu l'as mis ! S'il crève pas, t'auras du bol.

—Les deux radasses de scientifiques de mes deux ont toujours besoin de morceaux de ceci et de cela, elles sont fortiches en puzzle, il paraît. T'as pas remarqué qu'elles faisaient dans la pièce détachée ? Elles auront qu'à le prendre, et le tour sera joué.

Soraya crache une bordée de jurons suintant la haine. Elle ne veut plus qu'une chose, en dehors de la survie de sa famille : la mort de ce salopard.

—Ferme ta gueule, salope, ou je lui en remets une couche. Je te croyais plus maline que ça, t'as pas l'air de piger rapidement.

—Qui ne pige rien ? Il t'est pas venu à l'esprit que le boss voudrait obtenir des infos de ce môme, savoir de quoi il est au courant, et s'il a pu transmettre des infos en dehors de ce centre ? T'es vraiment une burne, mon pauvre. La prochaine fois, compte sur moi pour laisser Angus finir le boulot.

Dudule accuse le coup, commence à retrouver un semblant de réflexion, et à enregistrer qu'il vient de commettre une nouvelle erreur. Une grosse. Peut-être celle de trop.

—Je... je vais aller voir le boss. Je vais lui expliquer ce qu'il s'est passé. Tu verras, il comprendra. Ce petit con a essayé de m'échapper, il m'a frappé, je te jure.

—Espèce d'enfoiré ! Lâche ! Même pas le courage d'affronter tes responsabilités, assène Soraya, venimeuse, entre chagrin inconsolable et rage destructrice.

—Est-ce que quelqu'un va lui faire fermer sa grande gueule, à celle-là ? Fais la taire, ou je te jure que je fous le feu à tout ça, hurle à son tour Dudule, à la limite de l'hystérie.

—Je t'ai demandé de dégager d'ici. Tu l'entendras plus, quand tu seras ailleurs. Casse-toi.

Au moment où Dudule fait mine de se jeter sur lui, Frédo dégaine son arme de poing.

—J'hésiterai pas, je suis pas du genre sentimental, tu dois le savoir, Dudule. Je répète : tire-toi de là, avant que je tapisse la pièce avec ce que l'alcool aura laissé de ta pitoyable cervelle.

Dudule lève les mains en signe de reddition, capitule sans chercher à argumenter plus avant.

Il connaît en effet très bien son collègue. Si ce dernier n'est pas le dernier à rire de ses blagues à deux balles, s'il est toujours plus avenant que ne peut l'être Angus, il n'en reste pas moins un impitoyable enfoiré. Pas d'amitié qui tienne dans le cadre de son boulot, il le tuerait sans ciller.

Les haut-parleurs placés à chaque coin de la salle grésillent, annonçant une prise de parole imminente. Les deux hommes savent très bien que les problèmes ne font que débuter.

—Qu'est-ce que vous foutez, encore ? Frédo, où est le nouveau prisonnier ? Amenez-le ici, je veux l'interroger moi-même. Je dois apprendre tout ce qu'il sait, entendu ?

L'appel fait l'effet d'un dégrisement express sur Dudule. Il se prend la tête à deux mains, conscient que Frédo avait raison. Il va devoir trouver le moyen de se tirer d'ici en douce.

Voyant Soraya s'agiter, Frédo pointe son arme sur Julien, pour lui faire comprendre qu'il serait plus judicieux de ne pas s'immiscer dans la conversation.

—Heu... on a eu comme qui dirait un problème, boss. Le jeune n'est pas en état, là, à l'instant. Nous venons vous expliquer ça. Théodule a des choses à vous raconter.

Le boss marmonne un "putain qu'est-ce qu'il a encore branlé, celui-là" qui n'est adressé qu'à lui même, reflet de l'exaspération que provoque chez lui l'attitude de Dudule.

—Ramenez-vous, fissa. Je crois qu'on a beaucoup de choses à se dire.

Frédo, d'un signe de tête, ordonne à Dudule de passer devant. Ils quittent la salle, au grand soulagement de tous les enfants présents.

Évelyne et Soraya n'osent jeter un seul regard à Julien, de peur d'y voir ce qu'elles se refusent à accepter.

—Juju ? Mon Juju, ça va ?

Visages envahis de larmes, elles attendent une réponse qui ne vient pas.

La voix tremblante, secouée de sanglots, Soraya réitère son appel.

—Julien, mon Juju, je sais que tu es fort. Plus que tous ces machos qui roulent des mécaniques, au lycée. Sous tes airs fragiles, tu es plus costaud qu'eux, je le sais moi. Eux ne le voient pas, mais moi, je l'ai de suite vu. Tu vas t'en sortir, mon chéri, j'ai confiance. Rien ne peut t'arriver de mal, pas à toi. Et tu sais pourquoi, mon Juju ? Parce que je t'aime ! Tu es le seul garçon que j'ai jamais aimé, mon amour. Je ne te l'ai jamais dit avant, mais je crois le moment venu. Oui je t'aime, mon Juju. Tu vas tenir le choc, mon amour, je le sais, parce que l'amour nous fait faire des choses incroyables.

Elle s'effondre sur l'épaule de sa mère, qui pleure avec elle Julien, ainsi que, peut-être, leur seule chance de s'envoler de cet endroit et s'en tirer vivants.

Un gémissement, faible, mais audible, s'élève de la cage 9.

Julien n'est pas mort ! Les pleurs de Soraya redoublent en intensité, mélange de soulagement, de peur et de colère.

Ce cocktail explosif prépare en elle la recette d'une révolte virulente.

37

Dudule marche lentement, retarde le moment où il aura à affronter le regard et les reproches du boss. Il tourne et retourne dans sa tête toutes les excuses qui lui viennent à l'esprit, des plus débiles aux plus farfelues, dans l'incapacité d'en imaginer une au-dessus du lot. Il sait d'ores et déjà que, quoi qu'il dise, il aura tort.

—On passe par les labos. Je vais envoyer l'une des docs voir ce qu'elles peuvent faire pour le gamin. Si elles arrivent à le sauver, elles sauveront ton cul en même temps. S'il crève avant d'avoir pu parler, je donne pas cher de ta peau, vieux. T'écoutes jamais rien, t'en fais qu'à ta tête. Putain, tu fais vraiment chier, tout pourrait rouler, il faut que tu viennes foutre ton grain de sel.

—Arrête 5 minutes de faire ta suceuse, Frédo, tu vas avoir les lèvres gercées. Ce mioche est venu avec la fille. Je sais pas trop comment il s'est démerdé, mais une chose est sûre, vu comme les deux baltringues ont merdé ce soir là, le merdeux a dû en profiter pour se glisser dans le fourgon, ou le suivre, ou un truc du genre. C'est pas moi qu'il faut punir pour les conneries de ces deux abrutis. Reconnais au moins que j'ai raison sur ce point !

Frédo ne répond pas. Dudule est probablement dans le vrai à ce niveau-là, finalement, ceux qui ont tout foiré depuis le début sont Luc et Angus. Après tout, Dudule leur a sauvé la mise.

Dans le couloir, ils croisent Catherine, l'assistante du doc Delarace.

Frédo lui expose rapidement les faits, et lui demande de bien vouloir aller porter les premiers soins au garçon.

—Faites ce que vous pouvez pour le sauver, on a besoin d'entendre ce qu'il a à dire. Après, vous pourrez en faire ce que vous voudrez, ce sera votre récompense.

—Je vais voir ce qu'il est possible de faire. Mais nous le sauverons, n'ayez crainte. C'est ce gros poussah décérébré qui a encore fait des siennes ? Ne vous avais-je pas averti sur sa nocivité ?

Dudule a un mouvement d'humeur envers la chercheuse, qu'il hait depuis le premier jour, aussitôt arrêté par l'arme pointée sur sa tempe.

—Déconne pas, Dudule. T'es un peu trop tendu, ces derniers temps, calme-toi de suite ou je t'aère l'esprit sur le champ. T'as une audition à passer, n'oublie pas, ce serait dommage que tu doives y aller avec un joli trou dans le front. Allez, avance. Je vous fais confiance, Catherine.

—Soyez sans crainte, s'il y a bien un endroit où on peut s'attendre à des miracles, c'est ici même. Le docteur Delarace serait même capable de rendre ce primate intelligent, c'est dire, conclut-elle en riant et en se dirigeant vers le zoo.

Dudule voudrait pouvoir lui sauter sur la gueule à pieds joints, la réduire à l'état d'amibe.

À leur arrivée devant le bureau du boss, Frédo fait signe à Dudule de frapper.

Ce dernier s'exécute, vouant intérieurement et en silence Frédo aux gémonies, ce qui en langage dudulien se traduit par "je vais lui marteler la gueule, à ce bâtard".

La porte s'ouvre brusquement sur un vaste bureau confortable et luxueux.

—Entrez !

Le ton employé par leur patron ne trompe guère. Il va leur en faire voir de toutes les couleurs et entendre de toutes les tonalités, se servir de Théodule, au moins, comme d'un punching-ball défouloir.

Angus et Luc sont déjà installés sur un fauteuil. Voilà qui est encore pire pour Dudule, qui va devoir subir l'humiliation d'une sévère remise en place devant ces deux connards.

Le boss le foudroie du regard.

Maintenant que les effets de l'alcool se dissipent, il se sent beaucoup moins sûr de lui, éprouve presque de la honte pour ce qu'il vient de faire.

Non qu'il éprouve le moindre remords, mais à l'image d'un chiot surpris à faire une bêtise, il redoute la punition.

—Damien, je peux tout t'expl...

—Ta gueule ! Ne m'appelle pas Damien, plus jamais, t'as compris ?

Dudule hoche lentement la tête, yeux baissés sur ses godasses.

Damien amorce son laïus sur un ton au calme calculé, froid, sans émotion notable, alors qu'ils savent tous qu'il est en ébullition intérieure et que sa seule envie est de les buter de ses mains.

Dudule a horreur de cette manière qu'il a de donner des leçons et de menacer sans vraiment le faire.

—Bien ! Vous savez tous pourquoi je vous ai réunis ici. Ce gosse qui s'est échappé de ces murs, sans qu'aucun de vous ne sache comment il y était entré, vient bien de quelque part. Il a été rattrapé juste à temps, j'ose espérer que cet épisode n'aura pas d'autres conséquences. Ce qui m'agace prodigieusement, voyez-vous, c'est que cela ait été possible. Si n'importe quel chiard peut pénétrer cette enceinte, l'aventure ne durera que le temps d'une rose. Qui aurait suffisamment confiance pour dépenser son fric de manière indécente s'il n'y a aucune assurance quant à la sécurité des lieux ? Non, mais dites-moi, c'est une vraie question. Vous avez été en dessous de tout ! Moi qui pensais avoir réuni une vraie équipe de professionnels, des gars solides sur lesquels je pourrais compter en toute circonstance, il semblerait que je me sois lourdement trompé. Pour l'heure, nous ne savons pas encore si l'intrusion, puis l'évasion de ce jeune auront pour nous des répercussions. Si tel devait être le cas, je vous laisse imaginer quelles en seraient les conséquences pour chacun d'entre vous. Je compte sur vous, même si je ne le devrais manifestement pas, pour obtenir toutes les informations nécessaires à notre compréhension du problème survenu, et donc éviter que cela ne se reproduise. Je vous demande la plus grande discrétion, qu'aucun bruit ne fuite auprès de la clientèle. Nous aurions tous de très sérieux problèmes, moi y compris... et j'aimerais éviter cela autant que faire se peut. Bien, je veux m'entretenir avec Théodule, maintenant. Les autres, vous pouvez disposer.

38

Angus quitte la pièce en compagnie de Luc et Frédo, non sans avoir planté ses yeux dans ceux de Dudule.

"Ce grand connard me traîne dans la boue d'un simple coup d'œil, il a vraiment envie de me liquider", frissonne Dudule.

Il doit maintenant soutenir et supporter le regard inquisiteur et plus encore accusateur de Damien, le boss. Ce putain de boss.

—Le môme a tenté de se barrer, encore. Il m'a pas laissé le choix, tu sais, Damien. Il s'est battu comme un diable, j'ai bien été obligé de l'amocher un peu.

—Un peu ? Un peu ? Tu me prends vraiment pour un con. Ça fait vraiment trop longtemps que tu profites de ton statut. Mais terminé, tu m'entends ? Je ne te passerai plus rien. T'es un véritable bon à dalle, la seule chose que tu saches faire avec brio, c'est foutre la merde. Je t'ai averti à plusieurs reprises, mais tu te crois intouchable. À partir de maintenant, à la moindre incartade, tu rejoindras les prisonniers et tu serviras de modèle ou de sujet d'étude pour nos scientifiques. Tu piges ?

—Tu déconnes, Damien ? Je suis ton frangin, merde ! Ça veut rien dire, pour toi ?

—Si t'avais pas été mon frère, tu penses vraiment que tu serais toujours en vie ? Crois-tu que j'aurais supporté le dixième de tes conneries si elles avaient été faites par un autre ? Mais aujourd'hui, on passe à la vitesse supérieure. Plus de place à l'approximation. Si t'es pas capable de comprendre ça, alors je serai contraint de me débarrasser de toi. Si le doc ne parvient pas à sauver le mioche, tu en paieras le prix. Dorénavant, je ne veux plus te voir au contact de la clientèle. Tu t'occuperas de l'entretien de locaux, là au moins, tu ne risques pas trop de me décevoir. Tu seras aussi préposé aux corvées de chiotte pour les prisonniers, tu devras les mener tour à tour faire leurs besoins, les amener se laver, sans jamais lever la main sur l'un d'entre eux, ou je te promets une fin abominable, frérot.

Il crache ce dernier mot comme il l'aurait fait d'un champignon vénéneux ou de tout aliment au goût écœurant et détestable.

—Tu m'as pris pour ton homme à tout faire ? T'as besoin de moi pour mener tout ça à bien, tu le sais bien. T'oublies que sans moi, la pute aurait tout fait foirer, tes deux bons à dalle de chasseurs se seraient fait damer le pion. Sans moi, tout ça va s'effondrer. N'essaie pas de m'humilier, Damien, tu le regretterais.

—Tu me menaces ? Angus sera ravi d'apprendre que tu n'es plus mon protégé. Désormais, tu devras assumer tes actes. Dégage, et va faire ce que tu sais faire. J'ai autre chose à foutre que tenter de raisonner un débile. Je vais m'occuper de la visite de cet après-midi, étant donné que t'es incapable d'assumer quelque chose d'aussi simple que ça. Disparais de ma vue avant que l'envie d'être moins clément ne me prenne, et fais ce que je t'ai demandé sans excès de zèle. On verra peut-être à l'avenir pour te redonner une chance de faire tes preuves.

La fin de la discussion est actée. Dudule serre les dents et les poings, fou de rage. Son frère regrettera amèrement de l'avoir sous-estimé et traité de la sorte. Il le lui fera payer très cher.

Il sort de ce bureau mû par la haine née, selon ses considérations, d'une totale injustice.

Une bonne bouteille l'attend dans son propre bureau, le reste passera après.

39

Deux femmes en blouse blanche entrent dans la salle en poussant un brancard.

Malgré les larmes qui lui brouillent la vue, Soraya remarque le mouvement de repli sur soi effectué par tous les prisonniers au passage de ces deux nouvelles venues. Elle ne les avait encore jamais vues, mais sait instinctivement qu'elle les hait. Quelque chose en elles la dérange profondément, peut-être cet air détaché, cette froide indifférence toute professionnelle.

Cependant, probablement viennent-elles sauver Julien. Oui, il va s'en sortir !

Pour la première fois depuis le départ de l'agresseur de Julien, elle se retourne pour voir de quoi il retourne.

Les deux femmes chargent Julien sur le brancard, inconscient, offrant une vision abominable sur son visage disparu. Littéralement défiguré, Soraya se demande s'il pourra un jour retrouver figure humaine. Et si les malades auxquels appartient ce bâtiment lui laisseront seulement le temps de cicatriser.

La haine grandit encore en elle, passe au niveau supérieur. Elle sait qu'à la moindre occasion, elle tuera cet homme de ses mains. Elle le fera, oui, sans hésitation ni pitié.

—Sauvez-le ! Prenez soin de lui. Cela rachètera une partie des saloperies que vous faites ici.

Les deux infirmières, ou médecins, ou quoi qu'elles soient, rient de cette saillie.

Comme s'il était possible de les culpabiliser, de moraliser leurs actes.

—Nous allons le chouchouter. Tu ne le reconnaîtras pas, tu peux me croire, assure l'une des deux en riant.

Soraya ne sait comment interpréter ces paroles, sont-elles censées être rassurantes... ou bien au contraire inquiétantes ?

Regard fixé sur cette main fragile qui dépasse et qu'elle voudrait tant serrer dans la sienne pour l'accompagner, elle suit le parcours du brancard jusqu'à sa sortie.

Puis elle ferme les yeux aussi puissamment que possible, en priant un Dieu auquel elle ne croit pas pour le salut de son Julien.

Les larmes ne tardent pas à passer le barrage sous la pression d'un chagrin sans limites.

40

Le couple B se remet doucement de ses émotions.

Madame B est restée 1 heure durant sous une douche brûlante et parfumée, dans l'espoir de chasser cette abominable odeur qui refusait de quitter ses sinus.

En dépit de ce qu'il craignait, monsieur B a pu se restaurer, se prouver à lui-même qu'il est capable d'affronter et regarder en face l'essence de l'horreur.

Les images, les sons et les odeurs enregistrés, emmagasinés, resteront gravés à jamais dans leur esprit.

Monsieur Caïn en personne vient les chercher pour poursuivre la visite guidée.

Si madame B éprouve quelques réticences, son mari est lui impatient de découvrir de nouvelles "attractions".

—Est-ce aujourd'hui que nous pourrons commencer avec nos modèles ?

—Nous sommes à vos ordres, cher monsieur, nous ferons cela à votre rythme. Ce complexe vous appartient en exclusivité pour une semaine complète.

—Parfait. Je suis d'humeur galante. Chérie, nous pourrions commencer par ta création. Cette petite fille qui t'a tant plu n'attend plus que toi.

Madame B bafouille, hésite.

—M-merci, mon chéri, mais j'aimerais autant qu'on remette ça à un autre jour. Je ne me sens vraiment pas bien, je ne profiterais pas. À toi l'honneur, mon amour. Si vous permettez, je vais même retourner m'allonger. Je ne serais qu'un poids pour vous. Amuse-toi bien.

—Comme tu veux, mais tu vas rater le meilleur, rit-il en lui tapant les fesses.

—Voulez-vous que je vous envoie un médecin, madame ? Vous

avez une petite mine.

—Non, vraiment, ça ira. Merci, un peu de sommeil me fera le plus grand bien.

Damien entraîne monsieur B à sa suite, répondant à ses nombreuses et enthousiastes questions, véritable bambin pressé d'être à la veillée de Noël.

Madame B attend la fermeture de la porte pour s'effondrer sur son lit.

Nathalie. Que restera-t-il de son identité après qu'ils se soient adonnés à ce qu'ils s'apprêtent à faire ? Comment vivra-t-elle avec cela sur le cœur ?

Lorsque son mari lui a fait part de ce projet, elle a de suite été emballée, trouvant l'idée d'un romantisme fou. Il se proposait de prendre pour elle des risques énormes, de lui offrir des vies.

Le plus incroyable de tous les cadeaux qu'elle ait jamais reçus.

Mais la réalité l'a rattrapée ce matin, dans toute sa crudité.

Comment a-t-elle pu imaginer un instant que cela pourrait être agréable ? Que cela était acceptable ?

Elle se hait déjà pour ce qu'elle a initié en acceptant le pire. L'indicible se fraie un chemin dans son esprit, et elle ne le supportera pas. Elle mourra de se savoir en partie responsable de cette horreur. De se savoir coupable.

Une violente nausée la coupe en deux, pliée sur elle même, vomissement à sec non dangereux pour les moquettes, n'exprimant que son dégoût pour ce qu'elle est venue faire ici. Pour ce qu'elle est.

L'argent. Seul ciment de son mariage, seule promesse faite à l'avenir, pour le meilleur et le plus riche. Cet argent qui lui a tout offert. Tout ce dont peut rêver une femme.

Une maison principale magnifique et gigantesque, à même de loger plusieurs familles, alors qu'à l'évidence, elle et Stéphane n'auront jamais d'enfant. Plusieurs résidences secondaires dans divers pays, à ne même plus savoir combien au juste, ni où. Un dressing de la taille d'un terrain de basket, garni d'une garde-robe digne des contes de son enfance. Une piscine à faire passer les olympiades de natation pour des ébats en pédiluve. Et des bijoux à ne plus savoir qu'en faire.

Oui, tout. Sauf l'essentiel, finalement. Pas d'amour entre eux, juste une relation tarifée en CDI.

Elle se sent comme une pute de luxe, embauchée sur la durée, affublée d'un mac qui ne lui trouve d'autres qualités que celles qui tiennent dans sa culotte et ses bonnets.

Tout avoir et en vouloir toujours plus, toujours être en recherche d'un bonheur à acheter car on n'a pas ce qui est primordial. S'inventer de nouvelles activités auxquelles seuls les gens très riches peuvent avoir accès, se démarquer de la base en payant très cher ce qui ne peut, humainement, s'acheter. Normalement. Car dès lors qu'une demande est créée, l'offre suit inévitablement.

Même lorsqu'elle est aussi immonde que l'est celle qui les a menés jusqu'ici.

Ils vont assassiner leur propre humanité.

41

—Vous savez, Damien, j'ai bien réfléchi, j'aimerais commencer aujourd'hui par la serre, mais j'aurais besoin de plus de précisions sur cet atelier. Comme j'imagine que cela doit prendre du temps, il me paraît judicieux de m'y prendre au plus tôt.

—En effet, il s'agit d'un excellent choix. Quel modèle préféreriez-vous utiliser pour ce faire ?

—Je pensais à l'homme. L'enfant est réservée à mon épouse, c'est son cadeau pour notre anniversaire de mariage, sourit-il. Et pour la femme, j'hésite encore, même si mon idée se précise.

—Très bien, j'envoie un homme chercher votre modèle.

Damien sort de sa poche de veste le petit mobile réservé à un usage interne à ce bâtiment.

—Frédo ? Tu peux amener le modèle masculin de la cage 4 à l'atelier serre, je te prie ? OK, merci, à tout à l'heure.

—Dites, Damien, cette nuit, ayant du mal à m'endormir, j'ai été marcher dans les couloirs. À plusieurs reprises, j'ai entendu un cri bestial, tellement puissant qu'il faisait vibrer tout le bâtiment. Je suis curieux de savoir de quoi il s'agissait. Aurais-je le droit de découvrir cela aussi ?

—Ah ! C'est l'une des surprises préparées par le docteur Delarace. Un génie dans son domaine, vous savez. C'est grâce à notre petite entreprise qu'elle peut exprimer tout son talent, elle a eu beaucoup de problèmes avec les hautes autorités médicales, avant ça. Il s'agit d'une commande particulière, donc le secret est gardé, moi-même n'en sais pas davantage à ce sujet. J'essaierai d'obtenir plus d'infos. Mais en attendant, je vous montrerai sa première création d'envergure, je vous garantis que vous en resterez bouche bée. Essayez donc d'imaginer la créature la plus incroyable, eh bien vous serez encore loin de la réalité.

—C'est cruel, de faire ça, mon cher Damien. Vous me mettez l'eau à la bouche. Sera-t-il possible d'en conserver un souvenir ?

—Vous aurez tout loisir de prendre des photos et des films, et même de peindre cette créature qui va devenir notre mascotte. Elle est tout de même moins bruyante que celle qui est en préparation, j'avoue ne pas être mécontent que cette dernière soit vouée à partir vers d'autres horizons.

Damien guide monsieur B à travers le complexe jusqu'à la salle de détention.

Ils passent en revue chaque cage, chaque prisonnier, notamment les modèles lui étant destinés.

La petite fille, l'air hagard, regarde dans le vide, yeux vissés dans leur direction sans les voir.

—Vous les droguez, pour qu'ils restent si calmes ?

—Oui, pour éviter tout problème. Certains auraient tendance à s'abîmer contre les parois de verre avant de servir. Seuls les enfants ne sont pas sédatés, mais comme vous pouvez le constater, cela s'avère inutile, ils entrent assez rapidement en état de choc.

Monsieur B s'arrête devant la cage 8.

La jeune fille qui l'occupe avec sa famille le transperce de ses impitoyables yeux bleus.

—Et elle... elle n'est pas droguée, si ?

—Normalement, elle devrait...

—Quand je la vois ainsi, je suis heureux de porter un masque. Imaginez qu'elle s'échappe...

—Cela n'arrivera jamais, vous pouvez en être certain.

—Bande de lâches. Regarde ces ordures, maman. Ils viennent observer leurs prises cachés derrière leurs masques, même pas le courage de soutenir nos regards. Comment va monsieur le maire ?

Damien encaisse le coup, mais donne le change.

—Venez, monsieur, je vais vous montrer notre merveille.

—Monsieuuuur le maiiire.

—Pourquoi répète-t-elle cela ? Est-ce qu'elle vous a reconnu ? Êtes-vous... maire ?

—Pas du tout. N'ayez crainte, elle ne sait rien, mais essaie simplement de jeter un trouble.

Monsieur B stoppe net devant la cage 9. Les parois, encore maculées de sang attirent son regard comme l'aimant la limaille de fer.

—Que s'est-il passé ? Cette cage était bien vide, hier soir, non ?

Damien, gêné, force monsieur B à poursuivre en le prenant par le coude.

—Ce n'est rien. Ce... nous avons nourri le Nephilim dans cette cage.

—Le Nephilim ?

—Oui, suivez-moi, je vais vous le montrer.

Surexcité, monsieur B oublie tout le reste, au grand soulagement de Damien.

Cette garce a failli le mettre dans l'embarras. Il va vraiment être temps de s'en débarrasser.

Mais avant, il doit découvrir ce qu'elle sait au juste de lui et de toute cette affaire. Le jeune que son frère a "légèrement abîmé" est assurément venu pour elle. Avec elle ? Comment ? Les questions se bousculent sans trouver le début d'une réponse, et le mènent à douter de leur organisation, de A à Z.

Il aimerait pouvoir se dire que ce n'est que par le fruit du hasard et de la chance que ce jeune con est arrivé jusqu'ici, mais la probabilité est faible.

Il va devoir relâcher d'un soupçon la bride à Dudule pour le laisser mener un interrogatoire musclé, tout en contrôlant qu'il n'amoche pas trop cette fille pour laquelle, accompagnée du nouveau bébé du docteur Delarace, ils devraient percevoir une somme record.

Hors de question de tout faire foirer si près du but.

Il précède monsieur B dans la petite salle attenante au Zoo, comme l'appellent ses hommes.

Tout est ici très sombre, l'occupant des lieux ne goûtant que modérément les lumières vives.

—On ne pourrait pas allumer ? Je n'aime pas trop avancer sans savoir sur quoi je vais tomber.

—Il est préférable de laisser la créature dans l'obscurité, la lumière la rend nerveuse.

—Pour le coup, c'est moi qui suis nerveux. J'entends... une respiration.

Damien allume sa torche, dont il maintient le faisceau au sol.

—Je ne vois pas grand-chose, à vrai dire. Je distingue... une immense silhouette. Braquez votre lampe dessus, je vous prie, c'est très angoissant de voir sans voir.

—Non, nous allons nous avancer doucement vers lui, et je ne l'incommoderai à aucun moment avec la lumière tournée directement vers lui. On peut dire qu'il s'agit d'une créature de la nuit. Le doc l'a créée pour une commande particulière, mais nous n'avons plus eu de nouvelles depuis. Notre commanditaire désirait en faire le point d'orgue d'un parc d'attractions d'un genre particulier, sur le thème des vampires et autres démons de la nuit. Il semblerait qu'il ait eu quelques démêlés avec la justice pour tout à fait autre chose, une bête histoire de fisc. Du coup, Icare reste avec nous. Il est en quelque sorte notre mascotte.

—Un coup vous dites "elle", le coup d'après "il"... s'agit-il d'un mâle ou d'une femelle ?

—Je ne crois pas qu'il soit sexué. Je parle souvent de LA créature, mais comme on lui a donné le nom d'Icare, ce serait plutôt "il". Peu importe, au final, c'est un être exceptionnel.

Parvenus au pied de la cage, ils stoppent leur avancée. Monsieur B reste collé à Damien comme un enfant apeuré tient la main et la jambe de l'un ou l'autre de ses parents.

Damien éclaire le bas de la paroi de la cage. Le verre agit alors à la manière d'une fibre optique et conduit la lumière sur toute sa surface. En résulte un halo assez faible, suffisant toutefois aux deux hommes pour voir clairement l'occupant de la cage.

Monsieur B retient son souffle, entre subjugation et terreur.

Icare les domine de sa haute taille et semble les observer aussi bien qu'eux le font de lui.

Ses yeux étranges luisent d'une lueur inquiétante.

—Dites, Damien. Vous êtes certain qu'il ne peut pas sortir de là dedans, hein ?

—Assez certain pour rester devant cette cage en toute confiance, en tout cas. Mais vous n'auriez pas grand-chose à craindre quoi qu'il en soit, quand bien même parviendrait-il à se libérer. Il n'est pas agressif le moins du monde. C'est un point sur lequel le doc, en dépit de tout son génie et toute sa science, n'a pas vraiment de contrôle. Elle gère l'aspect extérieur, pour le reste, c'est la loterie de la vie.

—Si on m'avait dit qu'un jour je croiserais Frankenstein et son monstre dans la réalité !!! Mais... il y a un point qui m'étonne. Vous disiez tout à l'heure que la cage de l'autre pièce, celle où il y avait tant de sang, avait été souillée en le nourrissant, lui. Il est donc carnivore, ou alors je me suis trompé sur la nature de ce qui recouvrait les vitres. Mais je n'ai pas eu l'impression qu'il s'agissait de gelée de groseille. Et il doit manger... salement. Frénétiquement. Comment pouvez-vous être aussi sûr qu'il n'est pas dangereux, dans ces conditions ?

Ce type commence sérieusement à m'emmerder avec ses questions à la con, pense Damien, en proie à un accès de paranoïa depuis la découverte du "passager clandestin".

Il se force toutefois à rester courtois, pour laisser à ce généreux donateur un goût de "revenez-y".

—C'est comme un chien, voyez-vous ? Certains sont capables de massacrer et dévorer d'autres animaux, sans pour autant être agressifs le moins du monde envers les hommes. Icare dévore en effet avec gourmandise des produits carnés, mais à aucun moment il ne s'est montré menaçant.

—Hum, je vois. Oh, mais... dites-moi que je rêve ! Je n'avais jusque là pas tilté sur son nom. Il est... ailé ?

—Eh oui. Je ne crois pas qu'il soit capable de voler, mais il est bien ailé.

—Je le veux ! Je mettrai le prix qu'il faudra, mais je le veux.

—C'est que... nous devrons en discuter avant avec le doc, si ça ne vous ennuie pas. Il...

—Ikâââr.

—Ce truc parle ?! Oh bon sang, il me le faut ! Personne d'autre au monde n'aura animal de compagnie plus fantastique que celui-ci. Vous m'entendez, Damien ? Peu importe ce que vous en demandez, votre prix sera le mien. Regardez-moi cet immense salopard. De l'art en chair et en os. Je suis presque déçu de l'avoir vu, maintenant, car tout ce qu'on pourra faire ici me paraîtra désormais terne. Je tiens à assister à une séance de nourrissage. C'est possible ?

—Je peux répondre à cela sans peine : oui. À présent, suivez-moi. Mes hommes ont dû préparer votre modèle.

—Je voudrais tellement pouvoir rester ici à l'admirer jusqu'à la fin de notre séjour. Je me rattraperai lorsqu'il sera à moi. Tu comprends ça, Icare ? On va bien s'entendre, tous les deux. Ma femme va en faire une jaunisse, elle qui ne supporte déjà pas les chiens et les chats, s'esclaffe-t-il.

Damien, exaspéré par ce merveilleux connard, l'entraîne jusqu'à la sortie.

C'est presque au pas de course qu'ils retraversent le Zoo, sous les appels et quolibets de Soraya.

La journée risque d'être très longue, songe Damien.

42

Julien est allongé sur l'une des tables de dissection du laboratoire du docteur Delarace, sanglé comme un condamné à mort attendant l'injection létale.

Il ne voit rien d'autre que le halo lumineux rougeoyant d'une puissante lampe perçant l'amas de chairs déchirées et gonflées, interdisant toute ouverture des paupières.

La douleur irradie par pulsations fulgurantes. Il ignore tout de ce qui s'est passé, mais il est certain que les choses ont très mal tourné pour lui.

Il tente d'ouvrir les yeux sans succès, condamné à être muré dans cette incertitude, inquiétante et rassurante à la fois. Il veut à la fois savoir ce qui lui arrive et rester dans l'ignorance.

Tant qu'aucun mot n'est posé sur un mal, il n'existe pas vraiment.

Il entend du mouvement autour de lui, des bruits métalliques, ainsi que deux voix féminines.

Engourdi, totalement ensuqué, il ne parvient pas à capter la teneur de leur discussion.

Il est possible qu'elles le touchent, sans qu'il en soit pourtant certain. Son corps ne lui appartient plus vraiment, plus totalement. Il ne ressent que de vagues impressions, n'en a plus le contrôle.

La lumière se fait soudain plus vive, comme si les obstacles qui lui obstruent la vue lui étaient ôtés.

Il ne voit que cette lampe éblouissante, comme lorsqu'il va à la plage, allongé sur le sable, et entrouvre avec peine ses paupières sur un soleil de plomb.

Ils y sont allés à plusieurs reprises, avec Soraya. Il aime tant être allongé près d'elle, sentir sa présence. La savoir à ses côtés et respirer le même air qu'elle.

Il esquisse un sourire en pensée, sans réellement savoir si ses zygomatiques obéissent à ce stimulus.

Il lui semble voir une main passer dans son champ de vision. Puis une masse sombre vient de nouveau lui masquer la vue.

Quoi qu'il soit en train de se passer, il se sent plutôt bien, apaisé.

—Qu'est-ce qui a bien pu se passer pour qu'il soit dans un état pareil, Cathy ? On pourrait croire qu'il est passé sous un bus.

—Ce goret dégénéré s'est lâché sur ce gamin. Je ne comprends pas que monsieur Caïn conserve pareil incontrôlable boulet dans ses rangs. Je suis persuadée qu'il causera encore des problèmes, et pourrait même être la cause de la perte de cet immense projet. Je dois avouer qu'il m'effraie, il est capable de tout, surtout quand il a bu.

—Je suis d'accord. Je rêve qu'on me le confie comme sujet d'étude. Ce serait un réel plaisir que de travailler dessus. En tout cas, nous allons tâcher de redonner à ce garçon figure... présentable, à défaut d'être bien humaine, rit Sandrine. Son état est stabilisé, il survivra ; Il est bien plus solide qu'il n'y paraît. Il est déjà en état de choc, je lui ai fait une anesthésie locale, ce sera amplement suffisant. Le donneur est prêt, nous pouvons commencer, Catherine.

Le scalpel incise les chairs profondément, en un mouvement net et précis suivant les contours du visage de Julien.

Les doigts de l'assistante glissent sous la peau tuméfiée et scarifiée pour la détacher des muscles et des os.

Peu à peu, elle dévoile une face écorchée, mêlant muscles, nerf et éclats d'os brisés. Elle découvre le menton, prive la bouche de lèvres pour donner à Julien un sourire carnassier, puis vient le nez, les paupières quittent ces yeux qui n'en paraissent qu'incroyablement globuleux.

Comme s'il s'agissait d'un simple masque de carnaval, le visage est ôté et déposé dans une boîte hermétique.

La même opération est effectuée en parallèle sur le donneur, dont tous les membres et les organes serviront au docteur pour ses expériences à venir.

La chirurgie faciale, entre reconstruction des os et greffe du visage, dure de très nombreuses heures, mais le doc sait par avance que le résultat sera au rendez-vous. Si elle ne compte plus le nombre de patients décédés des suites de ses opérations, depuis ses découvertes capitales dans le domaine de la greffe, elle n'a plus jamais connu l'échec. 100% de réussite, voilà qui valait bien la peine qu'elle s'est donnée, et les quelques sacrifices, insignifiants en regard des services futurs rendus à l'humanité.

Ce garçon est sauvé, jusqu'à nouvel ordre en tout cas, et a retrouvé un visage. Quel qu'il soit, ce sera toujours bien mieux pour lui que la gelée de groseilles qui lui tenait lieu de faciès.

43

Lorsqu'ils entrent dans la serre, monsieur 4 est déjà sur place, en compagnie de Frédo.

Il paraît ailleurs, comme peut l'être Noah la plupart du temps, simplement pas pour les mêmes raisons. Drogué, mais surtout résigné.

À l'intérieur de cette serre chauffée, dont le taux d'humidité est contrôlé électroniquement, il règne une chaleur étouffante, atmosphère digne d'une jungle tropicale.

Dans divers pots et autres bacs croissent de jeunes pousses de bambou.

—Il me semble que vous m'aviez parlé de moisissures, aussi, non, Damien ?

—En effet, elles sont capables de coloniser un organisme vivant en quelques jours, et même parfois en quelque heures, en fonction des défenses immunitaires du sujet. J'ai vu un chien être envahi de ces spores en deux jours à peine, toutes voies respiratoires totalement obstruées par ce tissu de mycélium, comme si on l'avait bourré de coton gris verdâtre. La progression continue après la mort, jusqu'à recouvrir entièrement le corps. C'est sidérant d'observer à quelle allure évolue l'aspect du modèle utilisé. Vous le voyez fleurir en temps réel, se muer en une créature pelucheuse. Une œuvre d'art au naturel. Cela a beaucoup inspiré maître Brusson, qui en a fait des tableaux exceptionnels de réalisme. Je vous les montrerai. Vous savez, il n'a jamais autant créé que depuis qu'il a rejoint nos rangs, il est ici dans son élément.

—Je m'y sens bien aussi. J'ai abandonné pendant plusieurs années mes activités artistiques pour me consacrer au boulot, pour le dire vulgairement. Vous savez ce que c'est, on trime sans compter pour lancer les affaires, puis vient un moment où tout tourne presque tout seul. Il faut beaucoup travailler pour pouvoir par la suite se relaxer. Maintenant que tout fonctionne sans que j'aie à intervenir, j'ai beaucoup plus de temps pour moi. Et me voilà, prêt à reprendre le pinceau et à apprendre. Mais dites, vous me paraissez préoccupé. Tout va bien ?

—Oui, tout va bien, ne vous inquiétez de rien, nous gérons tout. Je vais devoir vous laisser entre les mains de Frédéric, il vous guidera dans toutes les étapes.

—J'ai beaucoup apprécié la visite de ce matin en sa compagnie.

—Très bien ! Frédo, je te passe la main, tu sais ce que tu as à faire, je te fais confiance.

Frédo lui adresse un signe affirmatif de la tête, sûr de lui.

Damien quitte l'atelier à la recherche de son frère.

Il compte mettre cet ivrogne invétéré à l'épreuve une dernière fois. La petite garce le sait prêt à tout, il est probablement le plus à même d'obtenir des aveux rapides sur tout ce qu'elle sait sans même avoir à l'abîmer. Elle fait partie de la livraison prévue pour très bientôt, en compagnie de la nouvelle créature du doc, il est hors de question de l'amocher, elle doit arriver à bon port intacte. Mais ils ont à leur disposition d'excellents moyens de faire pression sur elle, aussi tête brûlée soit-elle.

Après tout, sa famille n'intéresse aucunement ses généreux acquéreurs.

Il sait par avance où et dans quel état il va trouver Dudule, et pour une fois, cela va servir ses projets. En le voyant éméché, la gamine aura d'autant plus peur de lui et prendra ses menaces au sérieux.

Le bureau de Dudule est éteint, tout y est sombre et noir, mais il est persuadé que ce gros lard s'y trouve, dissimulé dans l'obscurité pour siffler sa bibine à l'abri des regards.

—T'es là ?

Aucune réaction.

—Allez, fais pas le con, je sais que t'es là. M'oblige pas à allumer, tes yeux de fouine avinée n'y résisteraient pas.

—Qu'est-ce que tu veux, putain ? Tu m'as pas assez humilié comme ça, à ton goût ?

—Je viens te donner une dernière chance de racheter tes conneries. Et quelque chose me dit que ça devrait te plaire. Ramène ton cul, je vais t'expliquer. Et ne cache pas ta bouteille, tu peux l'amener.

—De quoi tu parles, bordel de dieu ? Je faisais un somme avant que tu viennes me déranger.

—Ton bureau empeste le rhum, évite de me prendre pour un con, tu veux ? Allez, viens, je te garantis que tu ne le regretteras pas.

Dudule se libère d'un rot gargantuesque en se dressant, assez chargé en alcool pour saouler un régiment de Polonais.

Il empoigne sa chère bouteille, puis titube à la suite de son frère.

—Oh, t'empestes, bon sang ! T'es vraiment un gros dégueulasse.

Dudule rit à s'en décrocher la luette, fier de son effet.

—Bon, je t'explique. Écoute-moi bien, parce que si tu ne fais pas exactement ce que je te demande, je te refourgue au doc en pièces détachées.

—Eh vas-y, annonce et fais pas chier avec tes menaces à deux balles.

—Il faut que tu fasses peur à la chieuse pour lui faire dire tout ce qu'elle sait de nous et de notre affaire. C'est pas de moi, pourtant, mais j'avoue que l'arrivée impromptue de ce jeune dont on ignore tout du parcours qui l'a mené jusqu'ici, ajouté à quelques paroles que je l'ai entendue, elle, prononcer, m'ont rendu parano. Je dois savoir à tout prix si d'autres personnes sont au courant de ce qu'il se passe ici, OK ? Mais surtout, Théodule, je te le répète, ne lui fais aucun mal à elle. Par contre, je te laisse toute latitude avec sa mère et son frère, eux ne nous serviront à rien, je les ai déjà promis au doc Delarace. Si tu dois sévir pour la forcer à divulguer ce qu'elle sait, tu peux te lâcher sur eux, elle, je la veux intacte. Pigé ?

—Putain, tu me prends vraiment pour un débile. Ça va, j'ai compris. Et l'idée me plaît, ouais, plutôt, qu'elle me plaît.

Dudule se fait un plaisir par avance de torturer cette chienne, même si cela doit rester une maltraitance psychologique par tiers interposé.

—Je te laisse faire, et je te fais confiance. Mais ce sera la dernière fois. Je dois partir. Obtiens-moi les infos que je veux en restant dans les limites imposées, et on pourra revoir ta position dans l'affaire.

—T'en fais pas, c'est comme si c'était fait. Ce sera du gâteau.

Damien s'éloigne vers le garage, alors que Dudule zigzague en direction opposée.

Dès qu'il a disparu, Damien fait demi-tour et se dirige vers la salle de contrôle vidéo. Il désire que la petite pense que Dudule est seul avec eux et se pense donc en grand danger immédiat, de manière à ce qu'elle soit plus encline à dévoiler tout ce qu'elle sait. Mais il tient tout de même à le surveiller, connaissant trop bien son bon à rien de frangin lorsqu'il est alcoolisé comme une quetsche.

44

Frédo tente tant bien que mal d'expliquer à monsieur B ce qu'il aura à faire, ce dernier étant trop intéressé par les cultures de moisissures diverses pour l'écouter réellement.

Il prend soin de déshabiller le modèle, puis de l'attacher lui même en position de croix sur un cadre métallique pivotant monté sur un support stable. Le moment venu, ils pourront le basculer en position horizontale sans le moindre effort.

L'homme, maintenu en état végétatif induit par une camisole chimique, se laisse faire, comme s'il n'était qu'un amas de glaise n'attendant que l'artiste pour être modelé selon ses désirs.

Dans cette atmosphère chaude et humide, les visages s'empourprent, les fronts s'emperlent, les aisselles se parent d'auréoles en pleine croissance.

—Vous voulez bien m'aider, s'il vous plaît ? Il faudrait lui tenir la cheville collée au montant, le temps que j'attache les sangles.

—Je dois le toucher ? C'est que...

—C'est que quoi ? Ce ne sera pas long, juste 30 secondes.

—Je n'avais pas imaginé que j'aurais à entrer en contact avec eux, voyez-vous. J'ai peur que ça modifie ma perception des choses.

—Ne me dites pas que vous avez peur de vous attacher, quand même, vous ne me paraissez pas être le plus sentimental des êtres humains.

—Non, bien sûr que non, ça n'est pas ça. Mais... je ne sais pas, l'idée d'un contact avec lui me révulse, comme si je pouvais ressentir moi-même ce que nous allons lui faire, voyez ? Je sais que c'est ridicule.

—Bref, laissez tomber, je me suis débrouillé seul. Bon, que je vous explique ! Nous allons placer son corps à l'horizontale juste au-dessus de ces quelques pousses de bambou. Avec la chaleur et l'humidité qui règnent ici, en une journée, ce machin peut pousser d'un mètre. Je vous laisse imaginer la suite.

—Est-ce que... il faut placer les bambous en vis-à-vis de ses orifices naturels?

—C'est ça, oui. Le corps est ensuite lentement traversé par le bambou en croissance. Bien souvent, les organes internes sont juste écartés sur le passage de la plante, et non percés.

—Vous voulez dire qu'il peut arriver que le bambou ressorte de l'autre côté sans que le modèle soit encore... parti ?

—En effet.

—Mais dites, y a-t-il possibilité de faire des points d'entrée autres que les orifices naturels ?

Frédo méprise de plus en plus cet homme. Cette chochotte ne veut pas se salir les mains, mais veut ajouter de l'horreur à l'horreur. Monsieur ne se contente pas du menu proposé, il lui faut y mettre son grain de sel.

—Disons que tout est imaginable et possible. Vous êtes seul maître à bord.

—Damien m'a aussi parlé de ces moisissures, je voudrais réellement essayer. J'imagine parfaitement une œuvre intitulée "l'homme forêt". Si ce que m'a décrit votre supérieur ressemble à l'image que je m'en suis faite, je l'imagine déjà recouvert de ce qui ressemblerait à de la mousse verte, avec quelques branches sortant de ci et de là. Qu'en dites-vous ?

—Je suis là pour vous accompagner dans la partie technique, mais pour être tout à fait franc, je n'entends rien à l'art. Pour moi, tout ça est très abstrait. Ça ne m'intéresse pas, désolé.

Monsieur B paraît presque choqué, se renfrogne et maugrée, accroissant de manière dangereuse l'envie de Frédo de lui coller une balle entre les deux yeux.

Il se contente de l'écouter, et le laisse lui montrer les endroits où il voudrait voir le bambou pénétrer, comme s'il décrivait avec autant d'excitation que de détachement la prochaine décoration de sa cuisine.

—Je compte sur vous pour créer de nouvelles portes d'entrée aux points indiqués.

Frédo n'a aucune intention de jouer les chirurgiens inciseurs pour le compte de cette fiotte, mais donne le change, repousse l'échéance en espérant qu'il ne sera plus à ce poste le lendemain.

—Il faut attendre que les bambous aient poussé un peu pour voir où exactement situer les ouvertures, monsieur. Si nous faisons ça de suite, les pousses risquent simplement de passer à côté, contourner le corps.

—Bien, je vous fais confiance. Mais vous allez m'aider à lui administrer les moisissures, non ? Je ne sais pas du tout comment me servir de ces éprouvettes, j'aurais trop peur de me contaminer moi-même.

Tu mériterais pas beaucoup mieux, pense Frédo, de plus en plus excédé par cette caricature de salaud sans aucun courage.

—Vous voulez que je le fasse pour vous ?

—Oui, montrez-moi, je préfère.

Ce connard doit avoir quelqu'un pour lui montrer comment se torcher, rit intérieurement Frédo.

Frédo détache deux masques à filtre du support mural et en tend un à monsieur B.

—Mettez ça ! Si je venais à faire tomber une éprouvette, il vaudrait mieux ne pas en respirer le contenu.

Il se saisit ensuite de deux fioles dans les incubateurs prévus pour la culture des spores.

De deux doigts, il en dévisse les bouchons, puis place les éprouvettes sous les narines du modèle.

—Voilà, il va inspirer les spores, qui se développeront à partir de ses poumons, pour investir peu à peu tout son corps.

Monsieur B, très attentif, se penche sur son modèle pour observer de plus près l'afflux de moisissures en devenir dans ses narines.

45

Dudule envoie un violent coup de pied dans la grande porte battante du Zoo.

À l'intérieur, sur son passage, les prisonniers se recroquevillent comme des dionées au toucher.

Muni d'une matraque, il tape sur les parois, pour se repaître de la panique que manifestent les occupants.

Le voyant, et surtout l'entendant approcher, avec son rire de sadique psychopathe, prise d'une peur incontrôlable, Évelyne prend Noah dans ses bras et se recule dans le coin le plus éloigné.

—Soraya, c'est lui. Il est seul. Ne le provoque surtout pas, pense à nous tous.

—Quoi qu'on fasse, même si c'est rien, il nous fera du mal. Ne rêve pas, maman !

Dudule vient plaquer sa face adipeuse à la vitre, bouche ouverte en un baiser baveux adressé à Soraya.

Évelyne prie pour que sa fille ne réponde pas à la provocation. Elle serre Noah sur sa poitrine.

—Alors, les chéries, je vous ai manqué ? s'esclaffe-t-il sans retenue. Toi et moi, petite chienne, on va causer. J'ai amené ma fidèle matraque électrique. J'ai dans l'idée que tu vas cracher tout ce que tu sais. Faudra même que je te fende le crâne pour que t'arrêtes. Tu vas voir, tu vas aimer ça. Commence par me dire comment ton casse-croûte est arrivé jusqu'ici.

—Mon casse-croûte ?

—Ton petit chéri dont j'ai mouliné la face, tu sais bien ?

—Comment il va, espèce de salaud ?

—Soraya, essaie de te contrôler, fais-le au moins pour ton frère. S'il te plaît, n'offense pas ce monsieur.

—Tu vois, ta gentille maman, elle est plus raisonnable que toi. À cause de toi, je vais être contraint d'amocher ton petit frère. Tu sais que lui ne résistera pas longtemps, il devrait s'aplatir comme de la guimauve, sous ma semelle. À cet âge-là, ça doit pas être très solide. J'ai presque hâte de faire craquer son petit crâne de débile.

La fureur s'empare de Soraya avec autant de vélocité que d'imprévisibilité. Elle se rue contre la paroi, prête à briser ces murs pour en finir avec cet homme.

—C'est qu'elle est aussi vive qu'une panthère, la salope. Je vais te dire un truc, même te faire une confidence. Tu m'impressionnes. Ouais ouais, t'entends bien. Tu me ferais presque peur. Je crois pas avoir jamais vu un être humain se déplacer avec autant d'explosivité et de vivacité. Va falloir quand même que je te calme. Réponds à mes questions, évite le calvaire à ta famille et à toi même. C'est tellement égoïste ce que tu fais.

—Soraya, réponds-lui, je t'en prie, intervient Évelyne sur un ton suppliant.

—Merde, Maman ! Je sais rien ! Je sais pas comment il est arrivé ici !

—Je me doutais bien que tu ne jacterais pas aussi facilement. On va passer à la vitesse supérieure. Recule, dos plaqué à la paroi du fond.

—Va te faire foutre, pot de saindoux.

—Tu l'auras voulu, ma vieille.

Dudule s'approche du pupitre et entre le code d'ouverture.

Il franchit la porte, sourire carnassier porté en étendard.

Soraya saisit sa chance, bondit en direction de celui qu'elle hait plus que tout au monde.

Elle vient elle même s'embrocher sur sa matraque pointée en rempart, dont il lui envoie une décharge électrique à même d'assommer un cheval. Elle s'effondre comme un château de cartes soumis à une forte bourrasque.

—Toi, la vieille, un conseil, tu bouges pas de là où t'es, et je vous épargnerai, ton chiard et toi. Un mouvement vers moi, et je vous éradique tous les trois.

Évelyne baisse la tête, terrifiée et honteuse d'avoir à assister au matraquage de sa propre fille sans bouger pour donner une chance à Noah de survivre.

Elle ferme les yeux de toutes ses forces, et fredonne une petite comptine qu'elle a l'habitude de chanter à Noah lorsque celui-ci peine à se calmer lors d'une de ses crises.

—Mais qu'est-ce que tu fous, vieille radasse ? Ferme ta gueule, laisse-moi me concentrer.

Évelyne se tait sur-le-champ.

Dudule s'approche au plus près de Soraya. À cet instant, il a totalement oublié la mission qui lui a été confiée, il ne veut plus qu'obtenir vengeance et détruire cette salope qui l'a ridiculisé à chacune de leurs rencontres.

Il applique l'extrémité de sa matraque munie d'électrodes sur la poitrine de Soraya, et appuie sur le bouton situé dans la poignée.

Le corps de Soraya s'arc-boute sous l'effet de la douleur et de la contraction incontrôlée de tous ses muscles.

Dudule jouit de la voir se tordre ainsi à ses pieds.

En pleurs, Évelyne tente de détourner l'attention du bourreau.

—Laissez là, tranquille, je vous en supplie. Vous allez la tuer ! Elle ne sait rien de plus que vous. On a été cueillies en pleine nuit, dans notre sommeil, puis amenées directement ici. Avant ça, on n'avait jamais entendu parler de tout ça. Que voulez-vous qu'on sache de plus ?

—On dirait qu'elle aime ça, ta fille, hein la vieille ? Elle comprend que les coups de trique, celle-là. T'as pas honte d'avoir élevé une petite pute pareille ? Moi, je dis que vous en savez plus long que vous ne voulez bien le dire. Et mon boulot, ma vieille, c'est de vous faire cracher le morceau. Entêtez-vous, et je grillerai la cervelle de cette garce, sans aucun scrupule.

Noah regarde intensément cet homme qu'il semble découvrir à l'instant. Il lève sa main droite, index pointé sur Dudule.

—Gabagabrrrr

Dudule s'esclaffe, rire gras et moqueur.

—Qu'est-ce qu'il a ce débile de moutard ? Dis donc, la vieille, t'as pas de bol, t'as eu que des minots dégénérés. Remarque, avec la gueule que tu te tapes, ça m'étonne pas plus que ça. Fallait en vouloir pour te mettre en cloque, m'étonne pas que les papas successifs se soient barrés. Toi t'es le genre de nana juste bonne à sucer, faut surtout pas t'engrosser. D'ailleurs, voilà une idée qu'elle est bonne, tu vas me sucer, si tu veux pas que j'explose ta fille. Ouais, tu vas faire ça. Et n'essaie surtout pas de me mordre, ou j'écrase ton mouflet comme un cafard. Pigé ?

Distrait, Dudule a quitté Soraya des yeux quelques secondes de trop. Celle-ci, remise du choc causé par la puissante décharge électrique, se dresse comme un ressort pour bondir sur ses épaules.

—Tu vas rien faire à ma famille, crevure !

Ses jambes enserrent la taille pansue du Bibendum, alors que ses bras se font constricteurs autour de ce cou de bœuf.

Soraya met toute son énergie à écraser cette gorge, veut entendre cette enflure rendre son dernier souffle dans cette étreinte qu'il n'imaginait sans doute pas ainsi.

Il crache, éructe, tente de se débattre, mais la prise est assurée, redoutablement efficace, renforcée par une haine sans bornes.

L'homme est fort, solide, et la longueur réduite de ce cou ne facilite pas le travail d'étranglement entamé par Soraya. Elle le sent toutefois céder peu à peu à la panique et faiblir.

Elle réunit alors toutes ses forces pour serrer davantage.

Évelyne s'est levée à son tour, empoignant la matraque, en assène de violents coups dans les genoux du troll hideux.

Rouge comme un homard bien cuit, suffoquant, il est sur le point de céder. Il se sent ployer sous le poids cumulé de son propre corps et de celui de la salope, le manque d'oxygène et les coups lui meurtrissant les jambes.

Dans un dernier effort avant de s'effondrer, il s'élance en arrière, percutant la paroi de verre avec une puissance colossale.

Dans un vacarme assourdissant, Soraya absorbe tout le choc, écrasée par la masse du ventripotent. Sonnée, elle relâche son étreinte et s'affaisse au sol.

Évelyne tente de porter un nouveau coup à leur agresseur avant que ce dernier ne se remette totalement, à la tête cette fois-ci. Il pare cependant l'attaque, avant bras en bouclier, puis riposte d'un coup de pied frontal dans le ventre de son assaillante.

Évelyne s'envole pour s'écraser à l'autre bout de la cage, souffle coupé. Il se rue sur elle, la piétine littéralement, écrasant son visage au sol.

Il ne s'arrête que lorsque l'enfant s'agrippe à son jean en hurlant. Noah frappe furieusement les jambes massives et courtaudes du monstre qui attente à la vie de sa mère, puis cherche à le mordre.

D'une baffe dévastatrice, appliquée sans retenue aucune, il soulève le petit garçon dans les airs et le regarde s'écraser contre la vitre en riant.

Avant que Soraya ne reprenne ses esprits, il récupère sa matraque pour lui infliger une nouvelle décharge électrique, qu'il prend soin de prolonger jusqu'au déchargement complet de la batterie.

Il lève alors haut la matraque, prêt à fendre le crâne de Soraya.

Évelyne, nez cassé, visage ensanglanté, se jette à son tour sur le dos du bourreau sur le point de faire son office. Elle plante ses dents dans son oreille droite et serre les mâchoires de toute la puissance de ses maxillaires.

Dudule hurle, vocifère, lance des bordées d'injures lorsqu'elle arrache un important morceau de chair et de cartilage et le recrache pour mordre la joue bouffie d'excès successifs.

Le sang du bœuf gicle à gros bouillons, et plus il s'agite et s'énerve, plus les jets se font drus et épais.

Il tente d'attraper cette pute qui le met en pièces comme un termite le ferait d'une charpente de bois vieillissante, sans parvenir à la déloger de son dos.

Il se laisse alors tomber en arrière de tout son poids sur Évelyne dont la tête porte lourdement au sol.

Machinalement, il sort son couteau de son étui, et se retourne vers elle.

—Toi, ma salope, tu vas payer ça très cher. Et juste avant que tu crèves, j'éviscérerai tes chiards devant tes yeux, avant de te les arracher. Kiffe ces dernières pensées qui t'accompagneront vers ta fin, connasse.

D'un ample mouvement, il éventre Évelyne.

La lame pénètre juste au-dessus du pubis pour se frayer un chemin dans les chairs et ouvrir cet abdomen jusqu'au plexus comme un vulgaire sachet à zip.

La bouche d'Évelyne s'ouvre sur un cri muet, au-delà de toute manifestation possible de l'insoutenable douleur aiguë, intrusion froide et incongrue jusque dans ses entrailles.

Dudule plonge son regard dans le sien avec une délectation proche de la jouissance. Il veut y capter la souffrance, mais surtout la peur et le renoncement. Il enfonce deux doigts entre les lèvres de la plaie béante.

—Fallait pas me faire chier, je te l'avais bien dit. T'es chaude, dis donc, vieille salope. Mais ne meurs pas avant de m'avoir vu démembrer ton petit mongol. Attends-moi sagement là, bouge pas, rit-il, portes de la démence allègrement franchies.

Avant qu'il ait pu se redresser pour s'en prendre à Noah, Soraya fond à nouveau sur lui, plus furieuse que jamais. Sans comprendre réellement ce qui lui arrive, Dudule se retrouve aveuglé par les doigts de la jeune fille qui privent instantanément ses yeux de leur fonction première.

Soraya, de ses deux index, fouille ces orbites pour en déloger leur contenu. Elle sent sous ses doigts l'humeur aqueuse que ses ongles viennent de libérer des globes oculaires.

Elle arrache sans pitié les deux yeux, qui ne sont désormais plus reliés à ce corps que par les nerfs optiques. Ils pendent affreusement sur ses joues rebondies, pitoyablement inutiles, incapables de relater à leur propriétaire toute l'abomination du moment.

Dudule hurle comme un damné, condamné à rester dans le noir pour l'éternité. Il se débat avec le désespoir et la rage d'un animal blessé, pris dans un piège à mâchoires. Désormais sur le dos, il offre à Soraya un angle d'attaque plus sûr, qu'elle compte mettre à profit pour tuer plus sûrement cette saloperie.

Elle se saisit de son couteau, pour en planter la lame dans la gorge. Carotide sectionnée, le langage déjà rudimentaire du lourdaud congénital se mue en une suite de borborygmes noyés.

Il se saisit des bras qui l'agressent, tente vainement de les repousser.

Pesant de tout son poids sur le manche, elle enfonce la lame jusqu'à la garde, puis tire de toutes ses forces, jusqu'à dessiner un large sourire béant dans cette gorge offerte dont le sang s'échappe à flots impressionnants. Le sol se nappe peu à peu d'un voile rouge et poisseux.

La scène est digne d'un abattoir, véritable boucherie sans nom. Elle glisse sur l'importante flaque de sang, se retrouve le visage baigné dans le fruit de ce sacrifice humain.

Prise de puissantes nausées, contractions violentes et douloureuses, Soraya se courbe en deux et vomit à vide.

Elle se reprend rapidement, se précipite, aux confins de l'hystérie, aux côtés de sa mère.

—Maman ! Oh non, mon dieu, maman. Aidez-nous ! Au secours ! hurle-t-elle dans un sanglot désespéré.

—Tiens bon, maman, je t'en supplie. Mais qu'est-ce que je peux faire, putain de merde !!! Maman, réponds-moi, ne meurs pas, je t'en supplie. Je peux rien faire sans toi. Je t'aime, je t'aime tellement.

Reste avec moi.

Soraya, noyée dans un torrent de larmes d'acide chlorhydrique, appuie sa tête sur la poitrine de sa mère, toujours animée du mouvement instinctif de respiration.

—Moi aussi, je t'aime, ma chérie, oh oui, je t'aime !Va voir Noah, Soraya. Dis-moi qu'il va bien. Fais ça pour moi, mon amour.

—Oui, maman, il est juste là. Il est assis. À part une belle bosse, il a l'air d'aller bien. Noah, mon chou, viens nous voir. Viens mon nono.

Encore sous le choc, Noah observe cette scène de film d'horreur retranché derrière le filtre de son monde intérieur. Rien ne semble devoir l'atteindre.

Soraya le voit se lever, marcher jusqu'à sa peluche et l'embrasser avec force.

Puis il se dirige vers elles.

Il dépose le petit âne contre la joue de sa mère, et lui caresse le front.

—Aman. Mal, aman.

—Maman va bien, mon chéri. C'est bien, tu commences à parler. Maman est fière de son petit garçon.

En dépit du ton calme et rassurant de sa mère, Soraya est catastrophée chaque fois que son regard se pose sur l'importante blessure qu'elle porte à l'abdomen, véritable éventration.

Elle prend conscience que la porte de leur cage est restée ouverte. Mais à quoi bon ? Sa mère ne pourra probablement pas se lever. Et hors de question qu'elle la laisse seule.

Elle n'est tirée de ses réflexions que par l'intrusion de trois hommes, dont celui qu'elle pense être le maire.

—Mais nom de Dieu, qu'est-ce qui s'est passé ici ? MERDE ! C'est quoi ce carnage !!! Pourquoi vous êtes pas intervenus plus tôt, vous deux, je vous ai sonnés y a au moins cinq minutes.

—Il avait foutu un manche à balai en travers de l'ouverture. Impossible d'ouvrir avant, Boss.

—Luc, fonce chercher le doc, dis-lui de se ramener fissa avec un brancard. On peut peut-être encore le sauver.

Au pas de course, Luc traverse le Zoo vers la sortie.

—Euh, boss, je veux pas être négatif, mais vu la gueule qu'il a, je crois que c'est un peu tard, là. Elles l'ont ravagé, putain. Ça lui pendait au nez, à ce sac à merde !

—Ta gueule, Angus. Je dois te rappeler que tu parles de mon frère, là ?

—Votre... frère ? Non, mais sans déconner ?

Angus retient à grand-peine le fou rire qui menace d'exploser.

—Désolé, boss, je savais pas, vraiment. La femme peut encore être sauvée, par contre. Enfin, si vous voulez.

—Sauvez-la, je vous en supplie. Je ferai tout ce que vous voudrez, je le jure, pleure Soraya, ravagée par le chagrin et l'inquiétude.

—On va la sauver, oui, si c'est encore possible. Et j'ai même une jolie idée pour faire d'une pierre deux coups. Tu ne nous créeras plus de problème, toi, sale merdeuse, jusqu'à ton départ d'ici.

Au travers des orifices de son masque, Angus perçoit une lueur de haine pure dans les yeux de son patron. Il ignore ce qu'il réserve à cette famille, mais cela n'augure rien de bon pour eux.

Il aurait bien pris cette petite sous son aile, pour la former au métier. Sûr qu'elle aurait fait un formidable élément, peut-être le plus doué qu'il lui ait été donné de rencontrer.

Luc et Frédo reviennent précipitamment, poussant chacun un brancard.

—J'ai dû recruter Frédo. Le doc et son assistante étaient occupées.

—Vous avez laissé l'autre con tout seul ?

—Euh... monsieur B ? Ouais, Boss, je lui ai montré tout ce qu'il avait à savoir, et on a préparé son modèle, il a plus rien à faire d'autre qu'observer, de toute façon.

—Emmenez Dudule en priorité, celle-là pourra bien attendre. Dites au doc de faire ce qu'elle peut pour le sauver. S'il n'y a plus rien à tenter, elle sait ce qu'elle peut en faire. Je vous laisse, je dois y aller, j'ai une réunion. Faites parler cette gosse sur ce qu'elle et son petit copain ont pu révéler de l'existence de ce centre. N'emmenez sa mère que si elle se montre coopérative. Si elle se refuse à parler, laissez la crever. Si elle parle, vous les envoyez toutes les deux au bloc, je laisse mes instructions au doc.

Damien quitte les lieux, inquiet. Non pour le sort de son frère, mais pour les possibles fuites qui auraient des conséquences dramatiques pour eux tous, lui en particulier. Si son véritable nom venait à être mêlé à cette histoire, ça en serait terminé de sa carrière officielle. Il préférerait encore se donner la mort plutôt qu'avoir à répondre de ses actes devant un jury composé de béotiens congénitaux. Sa famille ne s'en remettrait assurément pas. Sa femme et ses enfants ne comprendraient pas. Ils ne comprennent rien !

46

—Angus, aide-moi à charger Dudule, faut faire vite si on veut lui donner une chance.

Angus reste pensif, hésitant.

—Qu'est-ce que tu fous, merde ? Grouille-toi, il va y passer.

—Qu'est-ce qui te fait croire que j'ai envie qu'il s'en sorte ? C'est une charogne, qu'il crève donc.

—Putain, Angus, faut vraiment que tu choisisses ce moment pour faire ta forte tête ! Frédo, viens m'aider, il pèse un âne mort, ce con.

Les deux hommes, comme la veille, doivent à nouveau soulever ce poids lourd, à la différence qu'il n'est peut-être, aujourd'hui, plus simplement ivre mort.

Ils l'installent tant bien que mal sur le brancard, sans trop de ménagement, sans aucune des précautions d'usage lorsqu'on déplace un blessé grave.

—Vas-y, Frédo, roule, le doc vous attend.

—Vous aurez encore besoin de moi, après ?

—Non, on va se démerder.

—Je retournerai surveiller l'autre con, alors. Bien capable de me foutre le souk dans les cultures de moisissures et de contaminer toute l'installation, celui-là.

Accompagné du léger chuintement des roues de caoutchouc, Frédo emmène Dudule, ou ce qu'il en reste.

—Tu t'occupes de l'interrogatoire, ou tu continues à faire de la résistance et je m'en charge, Angus ?

—Quel interrogatoire ? Ne me dis pas que tu les trouves pas tous débiles, avec cette histoire. Que veux-tu qu'elle sache ? On est allés les cueillir en pleine nuit chez eux et on les a amenés directement ici, aucun moyen pour elles de communiquer quoi que ce soit à qui que ce soit. OK, le drôle, je sais pas d'où il sort, mais franchement, tu crois que s'il avait pu balancer quelque chose, on serait pas déjà cernés par la flicaille? Un peu de jugeote, merde. Ne cède pas à la parano, toi aussi. On lui dit ce qu'il veut entendre, genre le gamin allait révéler tout ce qu'il avait vu ici, mais il n'en a pas eu le temps. Il nous fait chier, le boss, avec ses conneries.

—Joue le jeu, putain, qu'est-ce que ça nous coûte ?

—J'ai pas envie de faire chier cette gamine, c'est tout. T'as qu'à t'en charger, et arrêter de me les briser.

—Quelle mule ! Petite, si tu veux qu'on en finisse au plus vite et qu'on sauve ta mère, dis-nous tout, ne t'entête pas. Finissons-en au plus tôt.

—Je dirai ce que vous voudrez, mais il faut soigner ma mère, s'il vous plaît. Dites-moi ce que vous voulez que je dise, je ne comprends pas ce qu'on attend de moi.

Angus tire Luc en arrière, à l'écart des Abel.

—Tu vois bien qu'elle sait que dalle. C'est bien ce que je te disais. On raconte au boss la salade que je t'ai débitée tout à l'heure, et basta. Notre boulot, c'est de les fournir en "matière première" pour leur connerie de création artistique. On n'est pas payés pour harceler les modèles, comme ils les appellent.

—OK, tu gagnes. On le regrettera peut-être, mais j'abdique, vieux serpent. Aide-moi à charger la bonne femme sur le chariot. Dans l'état où elle est, mieux vaut la bouger avec précautions si on veut pas qu'elle se vide comme une volaille.

—Gamine, prends ton petit frère avec toi, vous nous accompagnez. Le doc va retaper ta mère sans souci, tu verras ça.

—Merci ! Mille mercis. Je sais pas qui vous êtes, ni quel rôle vous jouez dans tout ça, mais merci pour ça.

—Vaut mieux pas que tu saches quel est notre rôle. Quand on va soulever ta mère, tu mettras tes mains sur ses plaies, pour éviter que ses viscères restent sur place. Compris ?

—Je sais pas... je crois, oui, mais je sais pas si j'en serai capable.

—Si tu veux pas que ta mère connaisse une descente d'organes d'un genre particulier, tu vas faire ce qu'on te dit. Allez, c'est parti.

47

Frédo conduit Dudule jusque devant la porte du laboratoire secret. Celui d'où montent parfois ces horribles cris.

Catherine ouvre la porte, et l'aide à passer le brancard à l'intérieur.

—Regarde le beau matériel qu'on nous amène, Sandrine.

—C'est juste ce qu'il me fallait. Incroyable coïncidence, quand même. Ma créature n'a pas tenu le choc.

—Euh... Je comprends pas bien ce que vous racontez, mais vous allez quand même essayer de le sauver, non ?

Sandrine et Catherine contiennent avec difficulté leur rire.

—Vu son état, je pense qu'il n'en a plus que pour quelques minutes. Les dégâts de lacération au niveau de sa gorge sont trop importants. Mais nous allons lui offrir une chance de survivre... autrement.

—Je comprends décidément rien à ce que vous racontez.

—Je ne peux rien vous révéler pour le moment, mais il est entre de bonnes mains, les meilleures qui soient dans ces circonstances. Nous sommes sa seule chance. Je ne vous chasse pas, mais je vous invite tout de même à sortir. Nous avons du travail.

Imperceptiblement, le doc a poussé peu à peu Frédo, et ce n'est que lorsque la porte se referme presque sur son nez qu'il se rend compte qu'il est déjà dans le couloir.

Il tente d'imaginer quel type d'horreur, d'abomination contre nature ces deux femmes vont faire subir à Dudule. Si elles pouvaient le rendre intelligent, se marre-t-il tout seul en se dirigeant vers la serre.

Dans le labo, les activités reprennent.

—Voilà exactement ce dont on avait besoin. C'est miraculeux. Dans tous les premiers essais que j'ai réalisés, la créature n'était pas du tout agressive. Vu la commande, ça n'aurait pas pu coller. Mais je crois qu'on tient là la solution.

Sans plus attendre, elles installent Dudule dans le bloc opératoire.

—Quand même, j'irais volontiers embrasser cette gamine pour avoir fait ça à cette merde. On l'anesthésie ?

—Non, à quoi bon ? On a de bonnes sangles pour le maintenir en place, pouffe-t-elle. Puis ça pourrait compromettre la qualité du produit. Je doute qu'il se réveille, de toute façon.

Le docteur Delarace s'empare de la scie circulaire à os. La lame d'inox étincelle, brille de mille feux. Elle actionne le moteur, puis applique la lame tournant à haute vitesse contre le front de Dudule.

Les dents de métal entament la peau sans résistance aucune, faisant voler des éclats mêlés de sang et de chair. Puis le crâne est attaqué, son mat de l'os entamé s'opposant au bruit aigu du moteur de la scie.

—Catherine, coupe les nerfs optiques, ses yeux me gênent dans mon mouvement.

—T'as d'beaauuuux yeux, tu sais ! Ah, l'amour, un simple regard et on se sent intimidée, hein, Sandrine, explose-t-elle.

—En l'occurrence, l'amour est bien aveugle, ajoute Sandrine, pince-sans-rire, provoquant l'hystérie de son assistante. Allez, remets-toi, on doit finir. On doit récupérer son cerveau avant qu'il ne meure.

Catherine essuie ses larmes de joie, puis sectionne les nerfs optiques. Elle laisse pendre les yeux de dudule au bout de ses doigts, les observe un long moment.

—Allez, Cathy, lâche ta vanne, qu'on en finisse au plus vite, là.

—Si monsieur Théodule veut bien jeter un œil dans la poubelle, explose-t-elle à nouveau en jetant les deux yeux.

—T'es vraiment puérile, franchement. Allez, ressaisis-toi, folle ! Concentre-toi sur notre tâche. Dis, c'est moi, ou il n'a pas les yeux en face des trous ?

Le doc et son assistante, prises d'un fou rire, indifférentes à leur patient mourant, relâchent la pression aux dépens de ce dernier. Après quelques longues minutes, calmées, elles reprennent leur labeur.

—Tu crois vraiment que tu vas trouver quelque chose à part du vide, dans cette boîte crânienne ?

—Je crois, oui. Exactement ce qu'il me fallait. Je suis sûre que cette fois-ci, tout va bien se passer. Mon nouveau chef-d'œuvre sera bientôt sur pieds.

—Le cerveau qu'il a là ne convient pas ? Pourquoi il gueule tout le temps, d'ailleurs ?

—Non, quelque chose cloche, et je n'arrive pas à comprendre quoi. Il hurle dès que je le réveille. Je suis contrainte de le maintenir sous sédation. Mais avec cet animal-là, je sens qu'on tient le bon bout.

Sur ces paroles, le doc reprend la scie et entreprend de découper le pourtour de la calotte crânienne.

48

Luc et Angus mènent les Abel jusque devant la porte du laboratoire tenu secret.

Soraya, meurtrie physiquement, mais plus encore moralement, porte son petit frère sur sa hanche droite, main gauche dans celle de sa mère, et suit le brancard sans quitter du regard les yeux d'Évelyne pour y traquer la vie, s'assurer que cette dernière ne vienne pas à s'enfuir.

Luc tape à la porte du labo, et attend patiemment, tête baissée, regard porté sur ses chaussures.

Dix minutes s'écoulent sans que rien ne bouge.

—Bon, elles vont nous faire poireauter longtemps, les deux cinglées, là, s'agace Angus.

—Calme-toi ! Elles sont probablement occupées à sauver Dudule, on peut pas les presser.

—Ouais ben qu'elles sauvent cette femme, plutôt, on s'en fout de l'autre tas de saindoux.

Soraya, au bord de la crise de nerfs, submergée par le chagrin, prie intérieurement pour que sa mère reste en vie. Paupières ourlées de larmes, elles ne rompent pas le contact visuel, mère et fille se parlant par ce biais bien plus efficacement qu'elles ne l'avaient jamais fait jusqu'alors en parole.

Noah reste calme, babille aux oreilles de sa sœur, occupé à malmener sa peluche.

Angus s'avance jusqu'à la porte, pousse Luc sans ménagement et tambourine du poing.

L'assistante du doc ouvre, blouse blanche mouchetée de sang.

—Quand même ! On a une blessée grave, faudrait peut-être se bouger, non ?

—Nous ne sommes que deux, je vous rappelle. Pensez-y, la prochaine fois, avant de nous envoyer autant de blessés. Votre collègue était dans un tel état, vous imaginez le travail qu'il y a à faire, dessus ?

—Je m'en cogne, de lui. Fais entrer cette famille là-dedans, nous, on doit y aller. Toi, la jeunette, tu déconnes pas, ou personne ne soignera ta mère, compris ?

Soraya acquiesce d'un hochement de tête entendu. Elle ne prendra aucun risque pour sa mère.

Luc pousse le brancard dans le labo, et Angus incite Soraya à le suivre.

Restée sur le pas de la porte, masquée par la tête de Noah qui encombre le champ de vision de Soraya, Catherine sort une seringue de sa poche, dont elle injecte le contenu avec célérité et précision dans le cou de la jeune fille.

—Aïe ! Qu'est-ce que tu m'as fait, toi ? C'était quoi, ça ?

—Calme-toi ! N'oublie pas, pense à ta mère, s'interpose Angus.

Très vite, Soraya se sent envahie d'une irrépressible torpeur. Ses paupières tombent d'elles-mêmes, et elle titube jusqu'à la chaise sur laquelle l'incite à s'asseoir Catherine. Volonté envolée, incapable d'opposer le moindre refus, Luc lui ôte Noah des bras sans que cela n'entraîne de réaction.

Aussitôt débarrassée de son frère, elle sombre dans un sommeil sans rêves, menton sur la poitrine.

—Vous lui avez injecté un tranquillisant pour cheval, ma parole ! s'étonne Angus. Plutôt adapté, ceci dit, vu la nature excitée et irritable de la donzelle.

—Vous pouvez y aller, maintenant, nous nous chargeons du reste.

—Faites gaffe quand elle se réveillera, elle est carrément imprévisible et indomptable.

—Croyez-moi, elle sera douce comme un agneau.

—Vous êtes du genre optimiste, vous. Bref, on vous laisse. Luc, on y va, on a de la route à faire.

—Avant de partir, juste une question. Vous avez pu le sauver ? s'intéresse Luc.

—Il est dans la salle d'opération, à côté, le doc se charge de lui. Je ne peux être sûre de rien, mais c'était bien engagé, lorsque je les ai quittés. Il avait récupéré bon pied bon œil.

Catherine contient à grand-peine un nouveau fou rire, sous le regard interrogateur des deux hommes.

Elle leur fait signe de la main en guise d'au revoir, incapable d'articuler un traître mot sous peine de perdre tout contrôle.

Dès qu'ils ont passé la porte, elle la referme en un claquement un peu trop précipité pour être naturel, et se laisse alors aller, littéralement pliée en deux.

Douleur accrochée aux abdominaux, elle finit par se redresser et reprendre contenance.

Elle examine l'importante blessure d'Évelyne.

—Je crois que dans votre malheur, vous avez de la chance, aucun organe ne semble touché. Nous allons nous occuper de vous, se veut-elle rassurante.

Elle injecte à Évelyne le même anesthésiant qu'à sa fille, puis rejoint le docteur Delarace, laissant Noah livré à lui-même.

49

Resté seul avec son modèle, monsieur B en profite pour l'observer en silence.

Attentif au moindre changement, curieux de savoir s'il pourra saisir chaque étape de la transformation entamée. Il prend quelques clichés, pour pouvoir juger de l'évolution.

Impatient, il lui tarde d'être au lendemain, pour enfin voir les bambous faire leur œuvre.

Ce Frédo l'a abandonné tout à l'heure, apparemment pour une situation d'urgence, à en juger par l'expression catastrophée de son collègue.

Las d'attendre le retour de son guide, désespérant de capter sur son sujet une évolution visible qui semble ne pas vouloir venir, il quitte l'atelier pour regagner ses appartements.

Il trouve sa femme devant son miroir, masquant avec beaucoup de peine ses récents cernes à grand renfort de maquillage.

—Tu vas mieux ? Dis, j'ai pensé à quelque chose pour toi, cette nuit, alors que je ne trouvais pas le sommeil. J'ai fait quelques recherches sur internet, j'ai trouvé une idée pour ton modèle. Si tu choisis la plastification, le mieux est de trouver la position dans laquelle tu voudras qu'on fige la petite. J'ai trouvé une image superbe, et je trouve qu'elle ressemble beaucoup à ta fillette. Si on arrivait à reproduire cela, ce serait réellement une superbe pièce pour notre collection. Viens voir, je dois te montrer ça, j'en suis tout excité par avance.

Madame B ne répond rien, se contente de le suivre comme elle l'a finalement toujours fait. Rien de plus. Triste constat.

L'ordinateur de son mari affiche une peinture représentant une fillette aux cheveux de jais, assise, le visage enfoui dans ses mains, qu'elle ait un immense chagrin ou une irrépressible peur.

—Tu vois, c'est magnifique, non ? Dès que je l'ai vue, j'ai immédiatement pensé à cette petite. Tu en penses quoi ? Ne reste pas plantée là à ne rien dire, exprime-toi, bon sang ! Quelle cruche empotée tu fais, parfois !

—Peut-être...

—Comment ça, peut-être ? T'es conne, ou quoi ? C'est splendide, je vois mal ce qui pourrait lui aller mieux.

—Si tu le dis. Écoute, c'est terminé, pour moi. Finie la plaisanterie, j'arrête tout. Je veux rentrer à la maison. Je... je me suis trompée, je ne veux pas de tout ça. C'est... immonde. J'ai vraiment cru que ça m'exciterait de participer à cette aventure avec toi, mais j'étais loin d'avoir conscience de ce que cela impliquait réellement. Je ne veux pas qu'on fasse du mal à cette fillette en mon nom, jamais ! Débrouille-toi pour me faire sortir d'ici.

—Non, mais tu n'y penses pas une seconde, j'espère ? Tu sais ce que ça m'a coûté, cette aventure, comme tu dis ? Tu le sais, salope?! Tu sais ce qui va nous arriver si jamais ces gars apprennent que tu veux partir avant même d'avoir fait quoi que ce soit ? On est obligés d'aller jusqu'au bout, tu m'entends ? On a un marché avec eux, si on manifeste le désir de partir avant d'avoir fait quoi que ce soit, ils estimeront qu'on n'a pas rempli notre part. Participer, c'est se mouiller, et c'est leur donner l'assurance que jamais on n'ira raconter quoi que ce soit. Ils n'hésiteront pas à nous buter tous les deux, voire à nous mettre aux enchères pour les suivants. Alors tu vas te ressaisir et ne plus ouvrir ta gueule jusqu'à la fin de notre séjour ici. Et tu accompliras ce pour quoi tu es ici. Je t'aiderai, je ferai tout s'il le faut, mais tu devras être à mes côtés. Évite de me faire passer pour un con, ou je te buterai de mes propres mains, je te garantis que je n'hésiterai pas une seconde si ton attitude me met en danger. L'idée de te conserver comme une œuvre d'art ne me déplairait pas tant que ça... ma chérie.

Il lui adresse un sourire froid, sans joie ni humanité. Cet homme, qu'elle a cru connaître, est fait d'une glace au contact de laquelle rien ne peut espérer survivre.

Comment a-t-elle pu se laisser guider par ce monstre, seulement pour obtenir et conserver un niveau de vie indécent ? Comment a-t-elle pu lui être si semblable ?

—Tu crois que je ne peux déchiffrer tes pensées ? T'es tellement vide, ma pauvre chérie, qu'un simple coup d'œil me suffit à percer tes secrets les plus intimes. Tu me trouves dégueulasse, tout à coup ? Mais qu'en était-il de toi lorsque je t'ai proposé cette aventure hors normes ? Je ne t'avais jamais vue si excitée, comme une grosse chienne. Jamais tu ne m'avais baisé comme ce soir-là et ceux à suivre. Alors tes leçons de morale à retardement, garde les surtout bien enfouies dans ton petit crâne et file droit jusqu'à notre sortie de cet endroit. Tu m'as bien entendu ?

Elle ne répond pas, n'est déjà plus présente, retirée au plus profond d'elle-même, en lutte avec ses propres démons.

50

Deux jours plus tard.

Murmures.

Bruits métalliques et bips électroniques.

Julien s'éveille doucement. Il ne voit rien, n'ose porter une main à ses yeux pour vérifier que sa cécité n'est due qu'à un simple bandage, ni même tenter le moindre mouvement.

Ses souvenirs s'arrêtent au moment où le salaud l'a assommé, mais l'impression d'être passé sous un train lui indique qu'il n'a pas dû s'arrêter à un simple coup de poing. Il l'a probablement massacré, peut-être même tué.

L'ambiance qui règne ici lui rappelle son séjour à l'hôpital suite à sa péritonite.

Cet état cotonneux après l'opération, les bruits, les odeurs.

Son œil droit s'ouvre soudain, sans qu'il ait eu conscience de le décider.

Il contrôle très mal son visage, le ressent dans son ensemble totalement engourdi, un peu à l'image de ses lèvres lorsque le dentiste lui injectait son anesthésiant pour soigner ses dents. Presque comme s'il ne lui appartenait pas.

À force de concentration, il parvient avec soulagement à ouvrir l'autre œil. Un plafond très lumineux et blanc, presque aveuglant.

Ses doigts répondent aussi à ses ordres, il les contracte sur un tissu rêche, ravi de constater qu'il possède encore un sens du toucher assez fin. Pas de paralysie en tout cas.

Sa tête pivote aussi, non sans douleur.

Il se trouve sur un lit. Sanglé. La pièce dans laquelle il se trouve a tout de la chambre d'hôpital.

Sur sa droite, une tenture lui laisse entrevoir par transparence un autre lit. Occupé.

L'identité de la personne lui est bien sûr inconnue, mais quelque chose le chiffonne dans cette ombre chinoise. Une anomalie dans cette silhouette allongée. Peut-être simplement des couvertures, ou un traversin, donnant du volume à cette personne. Quand il était petit, le moindre amas de linge sur une chaise ou quelques vêtements pendus à un porte manteau lui évoquaient les pires monstres le soir venu, dans la solitude de sa chambre. L'imagination des anxieux se charge toujours de leur donner une vision de la réalité modifiée à l'aune de leurs angoisses les plus profondes.

—Y a quelqu'un ? Eh oh.

Aucune réponse, pas même un frémissement de draps.

Il perçoit une respiration calme et régulière, celle d'une personne profondément endormie.

Ou peut-être... deux.

Il réitère son appel, avec la même absence de réussite.

Puis, se dressant de derrière le lit, une nouvelle ombre vient animer son écran de tissu.

De petite taille. Très petite. Il s'agit d'un enfant, et Julien, cœur battant à tout rompre, pense savoir lequel.

—Noah ? C'est toi ? Viens, nono, c'est moi, Juju.

L'enfant s'avance juste derrière le rideau, clairement à l'écoute.

—Je me suis pas trompé, c'est bien toi, nono ? Est-ce que c'est ta maman, sur le lit ? Ou Soraya ? Ou les deux... oui, bien sûr, c'est ça. Voilà pourquoi cette forme me paraît étrange. Elles sont toutes les deux là ? Pourquoi faut-il que tu ne saches pas parler, toi, hein ? Et pourquoi faut-il que tu ne sois qu'un bébé au lieu d'un homme extrêmement fort qui nous sortirait de là sans mal ? Je raconte des conneries, hein, mon pauvre nono.

Subrepticement, il voit un petit visage s'inscrire dans l'angle du paravent. Si le garçon se retire aussitôt, Julien a eu amplement le temps de le reconnaître.

—Noah, est-ce que ta maman et ta sœur dorment ? Ou bien sont-elles bâillonnées ? Eh merde, bien sûr que tu vas pas me répondre. Soraya ! So, réponds-moi ! Qu'est-ce qu'ils vous ont fait ?

Julien cède à la peur et à la panique, à la colère aussi, et ne modère plus sa voix. Il vocifère avec puissance.

—Hé, vous, bande d'enfoirés, vous nous voulez quoi, à la fin ?

Son réveil se précise, toutes les parties de son corps, ses membres, ses côtes, ses poumons, et son visage notamment, se font de plus en plus douloureux.

L'intrusion soudaine d'une femme le saisit sur l'instant, terrorisé.

—C'est fini, oui ? On aimerait pouvoir travailler dans le calme et se concentrer. Il devrait s'estimer heureux que le docteur l'ait sauvé, vu l'état dans lequel il est arrivé ici.

—Vous avez fait quoi à mes amies ? Pourquoi vous faites tout ça ? Laissez-nous partir, madame, s'il vous plaît.

Julien est secoué de puissants sanglots désespérés, suffocants.

—S'il parle des deux personnes qui se trouvent à côté de lui, nous les avons sauvées aussi. Allez, il se calme ou je serai obligée de lui injecter une bonne dose de tranquillisant. On est d'accord ?

—Pourquoi je suis attaché ? Je me sens... bizarre. Qu'est-ce que vous avez fait à mon visage ? Je voudrais me voir. Je dois savoir à quel point l'autre salaud m'a amoché. Je vous en prie, j'en ai besoin.

—Pas tout de suite. Il porte encore des bandages, et son visage est totalement enflé. Il lui faudra patienter quelques jours encore. En attendant, il se tait, il a compris ?

La femme s'en retourne, regagne la pièce d'à côté.

Qui sont donc toutes ces personnes, bon sang ? Et elle, avec cette manie de s'adresser à lui à la troisième personne... il l'aurait volontiers martelée de coups. Mais dans sa position, toute provocation serait une mise en danger de sa propre survie, autant que de celle des Abel.

Impossible pour lui d'évaluer l'heure qu'il est. Aucune horloge murale, aucune fenêtre sur l'extérieur.

Il ignore combien de temps il est resté inconscient. Quelques heures, jours ou semaines ? Aucun moyen de le savoir.

Qu'est-il arrivé à Soraya et à sa mère durant son absence ?

La porte s'ouvre à nouveau, interrompant ses réflexions.

L'un des hommes qu'il a déjà vus, celui qu'ils nomment Frédo, entre à la suite de la femme.

—Merci, Catherine. Vous pouvez me laisser avec lui., je ne vous dérange pas plus longtemps dans votre travail.

—Appelez, si besoin, s'il s'agitait de trop, je lui injecterais de quoi le calmer, assure-t-elle avant de sortir.

—Il n'y aura pas de souci, il va être bien sage. Alors, mon gars, tu te sens mieux ? Il t'a pas loupé, dis donc, le dudule.

—Je... je sais pas trop. Est-ce qu'il serait possible de me détacher ?

—Avant, va falloir qu'on ait une discussion sérieuse, toi et moi. Je la pense inutile, mais j'ai des ordres, et je compte bien m'y tenir. Après, t'as ma parole, je te ferai détacher et t'auras droit à un bon repas.

—Est-ce que je pourrai les voir ? hasarde-t-il en pointant le menton en direction des Abel.

—N'en demande pas trop. Ta copine a assez foutu le bordel comme ça. Ils la maintiennent endormie, pour le moment. Tu sais ce que j'attends de toi, j'imagine ? Ta présence a mis notre petite communauté en émoi, tu sais ça ? Comment t'es arrivé ici ?

—Je... je suis monté un soir dans un fourgon. Y avait des hommes qui chargeaient une statue à la mairie. Ils ne m'ont pas vu, et m'ont transporté jusqu'ici. C'est tout. Coup de chance ou de malchance, rien de plus.

—Un simple concours de circonstances ? Et en dehors de toi, qui d'autre est au courant ?

—Personne, je le jure. Je ne savais pas où j'allais quand je suis monté dans ce fourgon. Je me suis retrouvé enfermé dans ce bâtiment sans pouvoir contacter personne. Si j'avais pu, je l'aurais fait, j'ai cherché un moyen de faire sortir mes amis ou bien de sortir d'ici pour aller chercher de l'aide. Quand j'ai réussi à enfin sortir, je me suis fait reprendre. Par ces gendarmes... C'est tout, vraiment.

—Je m'en doute bien, sans ça on aurait déjà eu de la visite. Mais le boss n'arrête pas de nous bassiner avec ça, ça l'obsède. Je vais te détacher, mais ne tente surtout rien. Ce serait une vraie mauvaise idée. Tes fringues sont posées sur cette chaise. Tu les enfiles, je t'emmène dans ta cage, et je te donnerai ton repas. Tu n'auras qu'à répéter exactement tout ce que tu m'as dit ce soir au boss, et tout devrait bien se passer.

—Vous... vous n'allez pas nous faire de mal ?

L'hésitation marquée de Frédo est en soi une réponse éloquente pour Julien, de sens contraire à celle qu'il finit par lui donner oralement.

—Bien sûr que non.

Frédo défait les sangles qui maintiennent Julien cloué à son lit, puis lui fait signe de se lever.

—Vous pouvez vous tourner, s'il vous plaît ? Je suis nu, ça me gêne un peu.

—Je vais jeter un œil à tes amis de l'autre côté du paravent. Mais ne t'avise pas de faire le con, ou vous le paieriez tous très cher, compris ?

Julien acquiesce, puis attend que Frédo ait disparu pour écarter les couvertures. Il découvre son corps couvert d'ecchymoses. Avec une horrible anxiété, presque de la terreur, il porte ses mains à son visage. Il ne sent que le tissu des bandages. Quelques pressions modérées dessus lui donnent l'impression de toucher une autre personne tant le manque de sensation est manifeste.

Un peu faible sur ses jambes, il s'habille avec fébrilité, se demandant ce que l'homme va réellement faire de lui.

—C'est bon, t'es prêt ?

—Euh... ouais... je crois.

Agrippé à son bras, Frédo guide Julien jusqu'au Zoo, où il l'enferme dans la cage de verre. Celle-ci conserve les traces encore récentes de son passage à tabac. Traces et éclaboussures de sang à lui donner la nausée. Bien que n'ayant aucun souvenir de ce qu'il s'est passé, son esprit traduit chaque traînée sanguinolente en coups reçus, d'une brutalité et d'une sauvagerie peu communes.

Sa mort aurait pu se jouer ici.

Immobile face à la vitre, il tente de distinguer le reflet de sa silhouette, incertain, peu net.

Il brûle de défaire ces bandages pour découvrir son visage, pour savoir enfin ce que l'autre brute en a fait, et dans le même élan, redoute plus que tout de se voir réellement.

Il s'imagine défiguré, méconnaissable, traits ravagés par la violence de ce fou qu'il voudrait ne jamais revoir.

Un coup d'œil à la cage vide des Abel lui dévoile une scène passée qui peine à quitter le présent.

Les parois et le sol sont maculés de sang, éclaboussures et traces de main. Un terrible combat a eu lieu, lui faisant redouter le pire pour Soraya. D'horribles images d'abattoirs, diffusées sur le net par des associations de protection animale, viennent se superposer à la réalité. Ce qu'il s'est passé là-dedans a été aussi sanglant que cela.

Même sa propre cage, pourtant toujours souillée, a l'air d'une chambre d'enfant à côté.

Fou d'inquiétude, il se refuse à accepter que tout ce sang puisse être celui de Soraya ou de sa mère.

Il a entraperçu Noah, qui paraissait en parfaite santé, en dehors peut-être d'un hématome au front.

Que leur ont-ils donc fait ? Qui ?

Sans certitude possible, il sent que le bourreau a été le même que pour lui. Toujours lui, à chaque fois.

Quelque chose dans ce chaos lui chuchote que cet homme a été cette fois-ci trop loin, et que les Abel ont fait bien plus que lui résister.

Il se raccroche à cette idée, rejoue dans son esprit les multiples accrochages de Soraya au lycée pour se convaincre qu'elle a été capable de massacrer ce salaud avec l'aide de sa mère.

Dos à la vitre, il se laisse glisser au sol. Dans la poche arrière de son jean, un objet très dur et assez pointu le gêne et lui fait mal.

Il en retire un tournevis, pris dans le garage lorsqu'il prévoyait de revenir ici avec divers outils pour ouvrir ou casser les cages.

Ils ont enlevé les grosses clés à œil, la clé à griffes, mais pas ce petit tournevis. Et si c'était là la clé, le sésame attendu ?

Avec la pointe formée par le bout du tournevis cruciforme, probablement parviendrait-il, en s'y prenant à plusieurs fois, à briser une grande vitre.

Mais le risque de blessure grave serait alors important, aussi, et le vacarme provoqué attirerait beaucoup trop l'attention.

La serrure ! Il est possible qu'il arrive à la forcer, avec ça. Il le doit !

Sa montre indique 13h25. Il attendra la nuit pour tenter quoi que ce soit. Et, s'il parvenait à se libérer, il sait exactement où il se dirigerait. Vers qui !

51

Monsieur B est très satisfait. Sa sculpture vivante prend une jolie tournure, et la peinture qu'il en fait avance plus rapidement qu'il ne l'aurait espéré, sous l'égide du maître Brusson.

Ce dernier, personnage haut en couleur, sans jeu de mots pour un peintre, est un professeur hors pair. Sous ses doigts jaillissent les traits les plus parfaits, la vie est immortalisée, et il sait transmettre à merveille son savoir.

L'homme bambou, dont la peau a pris l'aspect du velours, a fini sa transformation. Il n'en a plus que pour quelques instants à vivre, et ce sont bien ces instants-là qu'il veut capter et capturer.

Diverses incisions dans la peau du modèle ont permis aux bambous de croître au travers de son corps. Ils se sont frayé un chemin, écartant sur leur passage les organes vitaux sans les endommager. Le plus gros, entré par l'anus, a traversé toute la longueur du corps, et son extrémité commence à poindre au fond de la gorge, prête à ressortir par la bouche. Un bambou, plus fin, mais plus prompt à croître en longueur, pousse déjà l'œil droit en dehors de son orbite. D'autres, comme autant de lances effilées, transpercent la poitrine et l'abdomen.

Les mycéliums cotonneux ont envahi tout son système respiratoire, le rendant presque inopérant.

La fin est proche, mais l'individu tient encore, poussant par intermittence un râle étouffé, comme poussé à travers un épais bâillon.

Aujourd'hui, c'est au tour de sa femme de se lancer. Elle a refusé deux jours de suite, mais il lui est impossible de renoncer une fois de plus. Les organisateurs n'accepteraient pas ce recul et le leur feraient payer de leur vie, sans aucun doute possible.

Il quitte la serre en direction de leur chambre, où il compte ramener sa femme à la raison, la traîner de force s'il le faut, voire la tuer de ses mains si elle persistait à les mettre en danger.

Il la trouve allongée, ivre. Elle boit comme un trou depuis deux jours et ne cesse de chialer.

Si les choses devaient continuer ainsi, il n'aurait aucun scrupule à demander à l'intégrer dans l'un des ateliers comme modèle.

—Allez, debout ! Tu ne peux plus te cacher derrière ton petit doigt, maintenant. Il est temps de prouver à ces gens que tu n'es pas une simple infiltrée. On va chercher la petite fille, et on leur demande de nous aider à la figer comme sur ce croquis. Tu seras même pas obligée de la toucher, ou de participer activement, mais tu dois leur montrer ton intérêt, leur dire ce que tu désires. Compris ?

En état avancé d'ébriété, elle se dresse tant bien que mal, et pour seule réponse lance un jet de vomi dru et sous pression, comme un cobra crache son venin.

—Bon sang ! Mais t'es dégueulasse ! Un peu de tenue, merde ! Va pas me foutre la honte, espèce de pouffiasse. Va te débarbouiller la gueule, avant de me suivre. Mais regarde-moi ça ! Qu'est-ce que j'ai bien pu te trouver, je me pose sérieusement la question ?

Elle obéit sans réticence, reste quelques longues minutes la tête sous le jet d'eau du robinet grand ouvert, jusqu'à ce que l'impatience de son mari ne la contraigne à couper l'eau.

Elle se sèche sommairement, puis enroule la serviette autour de sa tête en un turban improvisé.

—Je suis prête. Tu me veux, tu vas m'avoir !

Interloqué par ce revirement et cette défiance soudains, monsieur B s'interroge sur ce qu'elle peut bien avoir en tête, puis se convainc qu'il ne s'agit là que de l'attitude bravache d'une ivrogne.

Il la précède dans les interminables couloirs, véritable dédale de perdition.

Frédo les attend déjà, accompagné de la petite fille de la cage 4.

La magnifique chevelure de cette dernière, noire comme le jais, lourde, brillante et lisse comme celle d'une Asiatique, capte magnifiquement la lumière.

—Regarde ses cheveux, chérie. Elle est splendide. Une œuvre d'art au naturel.

Madame B voudrait lui hurler qu'elle préférerait l'emmener hors d'ici, bien vivante. Mais elle sait ce genre de saillie voué à l'échec, totalement contre-productif.

Ils rentrent tous dans l'atelier de plastification, où les attend l'assistante du doc.

Ils se saluent, s'échangent des mondanités quelque peu déplacées en ces lieux lorsqu'on connaît la nature de leurs agissements.

Monsieur B prend les devants, montre à Catherine le croquis de ce qu'ils aimeraient obtenir comme résultat.

Madame B, elle, contemple cette fillette dont elle a détruit la vie. Si belle, si fragile, si triste... et pourtant si vivante, encore.

Elle ne se pardonnera jamais ce qu'elle a déjà fait, mais elle peut encore se racheter d'une infime partie de ce qu'ils lui ont fait subir jusque là. Il lui suffit pour cela de rassembler tout son courage.

Elle s'accroupit face à la petite, dont Frédo lâche la main tremblante.

—Je vous laisse entre les mains de Catherine, elle saura vous guider au mieux. Je vous souhaite un excellent atelier.

Ni madame ni monsieur ne lui répondent, chacun plongé dans ses préoccupations profondes, l'un pour parfaire ses explications à Catherine, l'autre pour établir le contact avec la fillette.

Cette dernière est perdue, affolée. Une enfant privée de ses parents, dans les pires conditions qui soient, et en proie aux monstres qu'ils sont.

Madame B tend une main pour toucher du bout des doigts la délicate chair rose et bombée de ces joues enfantines.

Dans ses magnifiques yeux noisette passent toutes les émotions humainement connues, panel dominé toutefois par une en particulier, lisible par dessus toutes les autres, encrée au feutre indélébile en gros caractères : l'espoir soudain, né de la rencontre de leurs regards.

Catherine interrompt cet instant suspendu de toute l'indifférence et la froideur de son professionnalisme.

—Comme vous devez le savoir, nous allons faire de cette petite beauté une œuvre d'art quasi éternelle. La plastination, ou plastification, ou encore imprégnation polymérique, comme son nom l'indique, consiste à injecter dans le corps du silicone pour remplacer tous les fluides. Cette méthode, très souple d'utilisation, permet de faire à peu près tout et n'importe quoi d'un corps, selon votre volonté et votre imagination. Nous allons faire en sorte de la figer dans la position que vous m'avez indiquée, monsieur.

La fillette, qui est parfaitement consciente qu'elle est le sujet de la conversation, ne rompt plus le contact visuel avec madame B, implore son aide en silence.

Ses larmes finissent de dégriser son vis-à-vis et de réveiller définitivement sa conscience et son instinct maternel.

Lorsque Catherine se penche pour prendre la gamine dans ses bras et la mener sur la table de travail, madame B l'arrête avec véhémence.

Catherine a un mouvement de recul, désarçonnée. Elle se tourne vers le mari, visiblement furieux.

—Que se passe-t-il ? Quelque chose ne va pas ? Vous voulez changer d'atelier ? N'hésitez pas à demander, il n'est pas trop tard... pas encore.

—Oui ! J'ai décidé de changer.

—Qu'est-ce que tu racontes ? On a choisi ensemble, tout est réglé, alors finissons-en !

—Ne t'énerve pas, mon chéri, cette dame te dit qu'il n'est pas trop tard. Je préférerais essayer le taureau d'airain. Je le trouve tellement beau. Ne vous vexez pas, madame, mais cet atelier est bien terne, en comparaison.

—Tu ne veux plus la conserver ? Je te rappelle que si tu choisis réellement le taureau, ce qui restera d'elle ne sera pas beau à voir, il n'y aura rien à ramener à la maison, à part peut-être un peu de poussière.

—C'est bien MON modèle, non ? Je choisis.

—Je rappelle Frédo, il vous y mènera et vous montrera comment vous en servir.

—Nous savons où cela se trouve, nous y allons pour l'attendre.

—Euh... bien, comme vous voudrez. Mais c'est dommage, vous savez. J'aurais vraiment aimé figer cette beauté pour l'éternité.

—Oui, on s'en fout, de ce que vous aimeriez. C'est nous qui choisissons, dit-elle en se saisissant à bras le corps de l'enfant.

Catherine contient avec difficulté le venin qu'elle voudrait cracher à la gueule de cette péronnelle.

Son mari, contrit, lui adresse ses excuses.

—Je suis absolument désolé, je ne sais pas ce qu'elle a en ce moment, elle change tout le temps d'avis. Navré pour le dérangement inutile.

—Ce n'est pas grave, vraiment. Soyez sans crainte, conclut-elle en lançant un regard venimeux à la femme.

Elle les raccompagne à la sortie de l'atelier, pour refermer avec plus de force qu'elle ne l'aurait voulu la porte derrière eux. Elle rêve à l'instant de truffer la salope de silicone, petite chirurgie intégrale express.

52

—Tu m'en feras pas d'autres, je te le garantis. Recommence seulement un truc comme ça, et tu le regretteras sur le champ.

—Bla-bla-bla... Si seulement tu baisais autant que tu parles, j'aurais pas tout perdu, hein, chéri.

Scotché par cette réplique, sidéré de voir sa femme qu'il pensait totalement soumise à toutes ses décisions emprunter cette voie, il ne sait que répondre.

—Ne fais pas cette tête, minou, sourit-elle exagérément.

—Mais qu'est-ce qui t'arrive, bon sang ? Tu vas cesser ce petit jeu immédiatement, tu m'entends ?

—Oui, mon chéri, ne t'inquiète pas. Le jeu est bientôt fini. Pas vrai, ma jolie ? Tout sera bientôt terminé.

La fillette, visage enfoui dans l'épaule de madame B, ferme les yeux et frémit, refus assumé d'assister à la suite des événements.

Ils pénètrent dans l'atelier au centre duquel trône l'imposant et impressionnant taureau d'airain.

La trappe ménagée sur son dos est grande ouverte, prête à avaler sa première victime.

La femme pose l'enfant au sol. Cette dernière s'accroupit aussitôt, mains en coupe sur le visage. Ses membres sont secoués de tremblements incoercibles, et de puissants hoquets, nés de sanglots retenus, animent tout son corps.

Les larmes ne tardent pas à passer le barrage de ses mains pour tomber sur le tissu rêche de son pantalon en un léger bruit mat, matérialisation de ce chagrin grandissant en une tache foncée croissante.

Madame B gravit les trois marches de la petite estrade d'accès au ventre de la bête. Elle se penche à l'intérieur, pousse un "hé", aussitôt multiplié par un étrange écho.

—Tu as entendu ça, mon chéri. Quelle sonorité ! J'adore. Je veux rentrer dedans, avant de commencer. C'est fascinant, non ? Écoute bien, je vais siffler et chanter.

—Ne rentre pas là-dedans, mais t'es devenue complètement maboule, ma parole. Ne fais pas ça, je te dis !

Buste penché dans l'ouverture, madame B bascule entièrement pour disparaître, engloutie par le monstre.

—Putain, sors de là ! Sors, je te dis ! Ils vont nous buter, avec tes conneries.

—Mais écoute, au lieu de râler, ce machin transforme ma voix en instrument de musique, c'est fabuleux.

Elle pousse quelques notes dignes de contenter les oreilles des plus mélomanes, mais que son cher époux reçoit comme la provocation de trop.

—Je vais te sortir de là par la peau du cul, tu vas voir ça !

Il monte à son tour sur l'estrade, se penche au-dessus des entrailles de la bête pour leur faire recracher sa femme.

—Tends-moi la main ! Ils vont arriver, arrête un peu tes enfantillages.

Avant qu'il n'ait le temps de la moindre réaction, Madame B surgit comme un diable à ressorts, se saisit du bord supérieur de la lourde porte de la trappe, et la referme avec autant de violence que le lui permettent sa force et son poids conjugués sur la tête de son époux.

Celui-ci pousse une plainte, avant que le battant ne s'abatte à trois reprises sur sa nuque, le réduisant définitivement au silence.

Madame B rouvre en grand la trappe, puis tire son mari à l'intérieur, laissant la gravité le faire basculer et s'écraser lourdement au fond.

Elle ressort, jette un œil à la fillette pour se donner le courage nécessaire.

Dans une profonde inspiration, elle allume les deux rampes de feux à gaz qui sillonnent l'abdomen du taureau comme deux rangées de mamelles.

Elle écarte délicatement les mains de la fillette, plante ses yeux dans les siens.

—Ma chérie, je vais te demander d'être forte, et je vais essayer de l'être moi-même. Je te demande pardon pour tout ce qui est arrivé, en partie par ma faute. Tu vas me rendre un dernier service, et ensuite, tu courras te cacher quelque part dans ce bâtiment.

Elle la prend à nouveau dans ses bras, monte les marches. De sa voix la plus douce et la plus calme, elle se fait rassurante.

—Je m'appelle Nathalie. Je voulais que tu le saches. Quel est ton nom, ma chérie ?

—V-Virginie, hoquette-t-elle entre deux sanglots.

—Très bien, ma douce. Je vais rentrer là dedans. Quand j'aurai refermé la trappe, je vais juste te demander de bloquer la serrure que tu vois là. Tu pourras faire ça, pour moi, Virginie ?

—P-pourqu-quoi tu vas là ? Tu v-vas me laiss-sser tou-ou-te seule ?

—Je dois le faire, ma chérie. Mais ce n'est rien, tu sais. Toi, tu dois aller te cacher. C'est comme une partie de cache-cache. Fais ce que je te demande, Virginie.

Nathalie, redevenue elle-même, rejoint son mari dans le ventre du taureau qui commence à chanter sous l'effet de la chaleur.

Ce sera bientôt une fournaise, elle sent déjà les prémices de brûlures sur les parties dénudées de son corps. Monsieur B, qui sera resté jusqu'à la fin ce simple matricule créé pour désigner un monstre, visage collé à la paroi inférieure, commence à émettre le son d'un steak jeté sur une poêle brûlante.

L'odeur âcre qui se dégage de lui révulse sa femme, la poussant à accélérer les choses.

—Je referme, ma chérie. N'oublie pas, tu bloques la petite serrure, et tu files te cacher, vite vite vite. D'accord, mon petit amour ?

—Ou-oui. Tu... tu vas mourir ?

La douleur se fait intense, Nathalie sent sa peau cloquer par endroits.

—Noooon, se force-t-elle à sourire. Fais vite, on n'a pas beaucoup de temps. Fais ça, ma chérie.

À bout de forces, Nathalie laisse retomber la trappe et se laisse aller au fond.

Elle perçoit le léger cliquetis de la serrure avant que ses propres hurlements ne se mêlent à ceux de son mari, réveillé à temps pour assister au clou du spectacle.

Virginie descend de l'estrade, indécise quant à la direction à prendre.

Elle peut entendre le taureau chanter, émettre de jolis sons mélodieux. Elle quitte la pièce, persuadée que Nathalie, sa toute nouvelle amie, va forcément bien.

Monsieur B hurle et se tortille sous l'effet de l'intense douleur. Il vocifère des insultes à l'attention de sa femme, tout en la suppliant de le laisser sortir.

—Calme-toi, Stéphane. Tout est fini. On ne peut plus revenir en arrière. Toi et moi allons expurger tous nos péchés.

Nathalie sent la peau de son visage se boursoufler.

Ses jambes, en contact direct avec le métal chauffé par les flammes, grésillent abominablement comme une pièce de viande accrochant à la grille de barbecue.

Son mari tente à plusieurs reprises d'ouvrir la trappe. En vain. Virginie a correctement suivi les instructions de Nathalie.

La fumée qui se dégage de leurs corps devient vite étouffante. La température augmente à grande vitesse, et tous deux finissent par abandonner la lutte.

Avant de s'évanouir, Nathalie a le temps d'entrapercevoir le visage fondu de Stéphane, mise en adéquation du physique avec cet esprit monstrueux.

Les points de contact avec le métal finissent par s'embraser, les flammes léchant le gras fondu, véritable carburant hautement inflammable à cette température.

Les deux corps, unis dans le processus de mort comme ils ne l'avaient jamais été de leur vivant, alimentent le même brasier, mêlent leurs fluides, contribuant chacun à raviver les flammes.

Les yeux gonflent, éclatent dans un bruit d'oeuf jeté au sol, la peau adopte une jolie couleur caramélisée avant de carboniser.

53

Frédo a le regard fixé sur son écran de contrôle, surveillant le jeune récemment remis en cage.

Sa version des événements qui l'ont mené jusqu'ici paraît assez crédible, pourtant il le soupçonne d'en savoir plus que ce qu'il veut bien en dire et d'être moins naïf qu'il ne veut s'en donner l'air.

Tout à son observation indiscrète, il sursaute à la sonnerie du téléphone de son bureau.

Le boss va encore lui demander si tout se passe bien. Depuis son départ tout à l'heure, il appelle toutes les dix minutes à peu près.

À cause des frasques de Dudule et de l'intrusion de ce vermisseau, il est à cran et est devenu exécrable. S'il devait encore arriver quelque chose de fâcheux, la pérennité de l'entreprise secrète serait mise en péril, alors autant dire qu'il ne va plus les lâcher.

Il décroche, et avant même d'entendre le moindre mot, prend la parole.

—Ouais, boss ? Tout va bien, ici, tout se...

—Je veux bien avoir une promotion, mais je ne suis pas encore calife à la place du calife, Frédo. C'est Catherine.

—Oh, excuse. Le boss a les nerfs en pelote, j'ai pas le temps de raccrocher qu'il rappelle aussitôt, alors je pensais que c'était lui. Qu'est-ce qu'il y a ? Me dis pas qu'y a encore un problème, ste plaît. Tu vas pas me le dire, hein ?

Catherine rit volontiers.

—Non, je ne vais pas te le dire, pas d'inquiétude. Bien que ça aurait pu arriver avec la péronnelle. Quelle pouffiasse, celle-là, je lui aurais volontiers greffé une paire de burnes sur le front.

—Mais pourquoi ? Ils ne sont plus à l'atelier de plastification avec toi ?

—Non. Ils ont changé d'avis. Enfin, elle. C'est pour ça que je t'appelle. Ils sont allés seuls au taureau d'airain. Je pense qu'ils auront besoin de toi pour le faire fonctionner.

—Oh non, pourquoi tu les as laissés filer seuls ? Je sens qu'on va encore avoir des soucis. Bon, j'y vais. Prie pour nous qu'il ne soit rien arrivé de fâcheux.

—Je veux bien prier, mais en même temps, l'idée qu'il soit arrivé malheur à cette idiote ne serait pas pour me déplaire.

—J'ai pas besoin de ça, putain, parle pas de catastrophe. Je te laisse, merci d'avoir appelé.

Frédo raccroche, hésitant entre crainte et colère. Qu'est-ce qui a bien pu prendre à ces deux pauvres cons ?

Téléphone en poche pour pouvoir répondre aux appels incessants du Boss, il emprunte le couloir vers l'aile où se situent les ateliers.

Catherine se tient devant le labo de plastification, attendant visiblement son passage.

—Ils ont dit ou fait quelque chose de particulier, avant de partir ?

—La femme s'est accrochée à la petite comme une moule à son rocher. Je peux pas en être sûre, mais j'ai eu l'impression qu'elle ne voulait plus qu'on fasse quoi que ce soit à la gamine. Pourtant elle a voulu l'emmener à l'atelier du taureau... bizarres, ces gens.

—J'espère qu'ils n'auront touché à rien. S'ils ont fait une connerie, et si Brusson apprend qu'on a touché à son taureau en son absence, on n'a pas fini d'en entendre parler. J'ai déjà le boss sur le dos, alors avec lui en plus, ça deviendra vite invivable.

—Ah, ces artistes, susceptibles, hein ?

—Casse couilles, tu veux dire. Je vais vite empêcher les deux abrutis de faire une connerie. Au cas où, prépare ta greffe de burnes sur front, ok ?

Il s'éloigne sous les rires de Catherine.

Plus loin, une étrange odeur, puissante et dérangeante, agresse ses sinus. Une odeur de cul de casserole vide laissée sur feu vif trop longtemps, agrémentée de celle, souvenir remontant à son enfance, du corps du cochon passé à la flamme après l'abattage.

Pris d'un terrible pressentiment, il poursuit son chemin à la course.

À proximité de l'atelier visé, il peut entendre les extracteurs tourner à plein régime, pour évacuer la fumée.

Il pousse la porte, affolé, ne parvenant pas à comprendre ou seulement imaginer ce qui a pu se passer ici ?

Où sont ces deux abrutis congénitaux ? Est-ce la gamine qui crame là-dedans ?

Le taureau recrache par les naseaux une épaisse fumée, ajoutant encore à son allure terrible et dangereuse.

Il éteint le gaz, puis, pris d'une toux douloureuse et de nausées fulgurantes, ressort de la pièce. Laisser tourner les extracteurs avant d'y retourner. Sans feu pour alimenter le brasier intérieur, cela devrait vite se calmer.

La sonnerie de son téléphone retentit au plus mauvais moment. Que répondre au boss lorsqu'immanquablement, il va lui demander si tout se passe bien ? Il ne sait rien.

Il décide de ne pas répondre, au risque de provoquer une crise d'hystérie chez le patron.

Tant pis, il doit d'abord comprendre ce qu'il s'est passé, ici.

Lorsque l'émission de fumée semble s'être nettement ralentie et que l'air paraît plus respirable, il tente une nouvelle incursion.

—Quand l'autre con de Brusson va voir qu'on a utilisé son taureau en son absence, il va en faire une jaunisse.

Frédo se munit des gants anti chaleur suspendus à la porte. Ils recouvrent ses bras jusqu'aux coudes.

Le taureau dégage une chaleur impressionnante, et c'est visage rouge et emperlé qu'il monte sur l'estrade et déverrouille la serrure de la trappe. Une goutte de sueur, échappée de son front plissé par l'anxiété, s'écrase sur le métal pour disparaître aussitôt dans un furtif grésillement.

Il hésite un moment, redoutant quelque peu de voir ce qu'il va découvrir. S'il s'agit bien de la fillette, ce ne sera qu'un moindre mal, elle était destinée à ce genre de traitement.

Mais son instinct lui souffle que ce n'est pas le cas, et que les problèmes vont encore pleuvoir.

Il se saisit fermement de la poignée, puis ouvre la trappe en grand.

Un important panache de fumée à l'odeur saisissante de matières organiques en combustion s'élève aussitôt pour gagner rapidement les bouches d'aération.

À l'intérieur, il aperçoit deux corps noircis, deux adultes. Aucun enfant.

—Mais qu'est-ce qu'ils ont branlé, putain de dieu ? Meeeeerde ! Où est passée la gamine, bon sang ?

Un gémissement le fait sursauter. Les corps, meurtris, en partie carbonisés, s'agitent.

—Putain, ils sont pas morts. Mais qu'est-ce qu'on va foutre de vous, qu'est-ce qu'on va bien pouvoir foutre de vous, hein ???

Il redescend illico de l'estrade, puis sort de la pièce.

De sa poche, il tire son téléphone, et appelle le Boss.

Il ne peut se permettre de laisser traîner, doit en référer au plus vite à la hiérarchie pour savoir quelle conduite adopter.

Trois minutes plus tard, il raccroche.

Les tuiles se succèdent, chacune semblant en appeler une suivante. Dans ce cas, heureusement pour lui que les clients règlent tout par avance en liquide, sans ça, il serait un homme mort.

Marche à suivre en poche, il compte appliquer à la lettre les ordres du boss.

Il rentre dans l'atelier, se dirige à nouveau vers le taureau.

Des grattements appliqués à la tôle jouent une sinistre musique, celle d'un couple uni dans le pire et qui ne connaîtra jamais le meilleur.

Accomplir son devoir ! Il rallume le gaz.

En sortant, il peut entendre avec plus d'acuité l'agitation augmenter à l'intérieur de la bête. Puis cesser.

Il doit maintenant retrouver cette gamine, ou bien ce sera sa fête.

Par où commencer ? Vu l'immensité du complexe, y chercher une petite fille qui s'y cache revient à chercher une souris dans un vieux manoir aux murs truffés de trous.

Il décide de commencer par la salle de contrôle, avec un peu de chance, il la repérera grâce aux caméras.

54

Évelyne s'éveille douloureusement. Son corps n'est que souffrance, somme de coups et de blessures.

Sa fille se trouve allongée à côté d'elle, sanglée au lit comme elle-même. Presque sur elle. Elle est toujours profondément endormie. De ce qu'elle peut en voir, elle semble ne pas être blessée. Quelques bosses et ecchymoses, mais rien de plus, en apparence en tout cas. Elle ne peut voir son corps sous les draps, mais, au son de sa respiration, qu'elle connaît mieux que la sienne pour l'avoir écoutée chaque nuit durant des années, elle lui paraît aller bien.

Au fur et à mesure que l'effet de l'anesthésiant se dissipe, la douleur se fait plus vive, surtout au niveau de son abdomen.

Dans sa main droite, pendant hors du lit, elle sent un contact familier et aimé.

Elle peine à tourner la tête, mais n'écoute pas les vives protestations de ses muscles et ses os.

Car le voir est le plus important.

Noah se tient debout à côté du lit. Il vient de poser sa main au creux de celle de sa mère.

Tête posée sur son avant-bras, il la caresse de ses joues enfantines, si rebondies et douces.

—Mon amour, tu vas bien ? Ils ne t'ont pas fait de mal ? Viens, monte sur le lit, viens embrasser maman. Parle-moi, mon chéri, parle à maman.

Noah s'agrippe aux draps, volontaire, et force pour se hisser. Toujours sans un mot, il prend soin d'éviter de s'appuyer sur l'abdomen de sa mère qu'il sait être sévèrement blessé, s'allonge sur sa poitrine et plaque son visage contre le sien.

Il se met alors à caresser doucement les cheveux d'Évelyne, en murmurant la musique d'une comptine qu'elle a coutume de lui chanter le soir, pour l'endormir.

—Tu veux consoler maman, mon chéri ? Maman va bien, ne

t'inquiète pas, mon bébé, maman va bien.

Soraya s'agite, soupire fortement, réveil proche annoncé.

Noah tend le bras, pour lui caresser la tête, à elle aussi. Sa sœur, avec laquelle la communication est si difficile, mais qu'il aime sans contrepartie.

Elle redresse la tête brusquement, yeux grands ouverts.

—Noah ? Maman ? Ça va ? Maman, ta blessure... t'es sauvée ?

—On dirait bien, Soraya. Je ne comprends pas ce qu'ils cherchent, ici. Un coup ils nous maltraitent, puis ils nous soignent.

—Maman... je peux pas bouger mon bras droit ! C'est comme s'il était accroché à quelque chose.

—On est sanglées, Soraya, moi non plus, je ne peux pas bouger les bras. Ni les jambes, d'ailleurs.

—Je sais, ça. Mais quelque chose n'est pas normal. C'est... j'ai l'impression d'être collée à toi, maman, je t'assure.

—J'ai très mal aussi, à l'abdomen, là où s'appuie ton bras. Évite de bouger, s'il te plaît, c'est douloureux, chaque fois.Tu sais, collées comme on est l'une à l'autre, on a peut-être passé beaucoup de temps dans cette position, peut-être plusieurs jours. On doit être ankylosées, ce qu'on ressent pourrait n'être qu'un engourdissement.

—Ce que je ressens dans mon bras ne ressemble pas vraiment à des fourmis, maman. Nono, rends-nous service, bébé, écarte un peu les couvertures. Je veux savoir ce qui cloche.

Noah ne réagit pas à l'injonction de sa sœur, visage toujours enfoui dans le cou de sa mère et mains caressant leurs cheveux.

—Noah, s'il te plaît. On a besoin de toi. Parle-nous, pour une fois, écoute-nous. Sors de ta bulle, échange, bordel !!!

—Soraya ! C'est exactement ce qu'il fait, à sa manière. Ne le brusque pas, n'oublie pas qu'il a été violenté, lui aussi, et qu'il a vu ce à quoi un enfant de son âge ne devrait jamais assister. Laisse-lui le temps, et sois douce, avec lui. Assez de la violence de ces gens et de cet endroit, n'en rajoutons pas entre nous.

Le silence retombe sur la chambre, lourd de reproches et de remords.

Il faut quelques minutes à Soraya pour laisser retomber sa colère montante, remplacée peu à peu par la gêne.

—T'as raison, m'man. Pardon, nono. Je suis tendue, et je m'en prends pas aux bonnes personnes.

En réponse, Noah se déplace légèrement, jusqu'à pouvoir déposer un baiser sur le front de Soraya.

C'est là probablement la première fois de sa vie que, volontairement, il embrasse sa sœur, et plus encore peut-être, qu'il manifeste sa compréhension des événements. Ou qu'elle est en mesure de le comprendre, lui. Jamais elle n'avait envisagé le problème sous cet angle. Quel manque d'humilité ! songe-t-elle.

La chaleur de la honte empourpre son visage, chose dont elle est peu coutumière. Décontenancée, elle rend ce baiser à la joue rondelette restée à sa portée.

—Mon nono. T'es plus fort que moi, en fait. Pardon de t'avoir toujours sous-estimé et traité en vilain microbe. Je t'aime. Et je t'aime aussi, maman. Marre de masquer tout le temps mes sentiments derrière cette façade à la con. Je crois qu'il n'est plus temps pour ça.

—Nous t'aimons aussi, ma chérie. Même si on ne se dit pas les choses, nous en sommes tous conscients. Et s'il est toujours temps de déclarer son amour à sa famille, cela ne doit pas s'accompagner de renoncement. On va s'en sortir, les enfants. On s'en est tirés ensemble face à cette brute. Je n'accepte pas ce découragement dans la voix de ma battante de fille. Rien n'est perdu, tu m'entends, Soraya ? Sans ton esprit guerrier, je me serais effondrée bien avant. Reste à mes côtés, Noah et moi avons besoin de toi.

Soraya déglutit avec difficulté. Elle étouffe sous le poids de cette responsabilité que pose sa mère sur ses épaules. Finis les caprices, les comportements d'adolescente irresponsable. Grandir et devenir adulte à la veille de sa probable mort, quelle ironie !

—Je ferai mon possible, maman.

Comme pour l'encourager dans cette voie et la remercier, Noah se dresse, empoigne les draps et répond à son attente en les soulevant de toute sa hauteur.

Soraya ose un regard inquiet, effrayée par ce qu'elle risque de voir. Ce qu'elle découvre la pétrifie, horrifiée.

—Maman !

55

À l'instant même où il arrive dans la salle de surveillance, la sonnerie du portail retentit.

Sur son écran de contrôle, il voit le visage d'Angus, avec le fourgon en arrière-plan.

Pas de temps aujourd'hui pour les blagues et les taquineries d'usage. Il appuie sur le bouton d'ouverture sans prendre une seconde pour parler à Angus, qui affiche l'expression de la surprise de voir le gyrophare s'animer avant même qu'il n'ait pris la parole.

Ces deux là arrivent à point nommé pour l'épauler dans ses recherches. Ce serait bien le diable si à eux trois ils ne parvenaient pas à piéger une gamine de quelques années.

Il jette un œil rapide à tous ses écrans, zappe progressivement sur toutes les caméras disponibles, sans jamais trouver trace de l'enfant.

Agacé, il quitte la pièce en direction du garage, télécommande en main.

Dehors, un coup de klaxon marque l'impatience de ses collègues, qu'il calme d'une simple pression du doigt.

Luc, toujours avenant, surtout comparaison faite avec son acolyte Angus, gare le fourgon à son emplacement habituel.

Les deux hommes descendent, et s'étirent avant toute chose pour effacer le tassement dû à une longue route.

—J'espère que le chariot de transport est arrivé, parce qu'on a du lourd, là, mon gars. Une jolie famille d'obèses. Avec Angus, on a bien cru qu'on n'arriverait jamais à les charger et à les stocker dans la planque. Moi, en tout cas, c'est clair, je me les coltine pas à la seule force des bras.

—Et moi non plus ! Je suis claqué, j'ai plus l'âge de ces conneries. Et on n'a plus l'autre gros con pour nous prêter main-forte, c'était le seul moment où il nous était utile, celui-là. T'as eu des nouvelles, de lui ?

—De Dudule ? Rien du tout. Je sais pas ce qu'elles en ont fait. Mais il était sacrément amoché, s'il doit s'en remettre, il coulera de l'eau sous les ponts avant qu'il soit sur pied, à mon avis. Le chariot est là, dans le coin. On range la marchandise vite fait, et ensuite on s'occupe d'un autre menu souci. Y a encore eu du grabuge, ici.

—Encore ? Putain, mais vous en ratez pas une. Cette fois-ci, ça peut pas être l'autre saindoux. Qu'est-ce qui s'est passé ?

—Non, Angus, comme tu dis, rien à voir avec Dudule, pour une fois. Et en vérité, je ne peux pas expliquer ce qui est arrivé. Le couple d'enchérisseurs gagnant s'est comme qui dirait envolé en fumée.

—Qu'est-ce que tu racontes ? Ils se sont barrés ?

—En quelque sorte, ouais... par la cheminée. Ils ont cramé dans le taureau.

—Tu déconnes ? Comment ???

—Je te garantis que j'ai aucune envie de déconner, Luc. Comment, j'en sais rien. Quand je suis arrivé, ils étaient tous les deux dans le taureau, grillés comme des chipolatas. Qui les y a mis ? Aucune idée, en vérité, mais ils ont dû y aller de leur propre chef, je ne vois pas d'autre possibilité.

—Franchement, tu vois quelqu'un aller se foutre de lui-même dans un four ? Ils étaient pas vraiment venus pour ça, je doute qu'ils aient payé aussi cher la place pour se suicider. Ça colle pas un instant.

—Je sais que c'était pas vraiment le genre à avoir des états d'âme, mais à moins qu'il n'y ait un intrus autre que le jeunot que Dudule a défoncé, ce qui est quand même fort peu probable, je vois pas d'autre solution.

—T'es sûr que c'est pas l'autre malade de Brusson ? Il en serait capable, suffirait qu'ils lui aient dit que son taureau n'est pas parfait.

—Impossible, il est pas là aujourd'hui. Personne dans nos rangs n'aurait fait ça. Je dis pas, si Dudule avait été en état, je l'aurais de suite soupçonné, et même condamné. Mais là... Maintenant que j'y pense, y a un autre point étrange. La serrure de la trappe était fermée de l'extérieur. Et la gamine a disparu, quand je suis arrivé, les B étaient grillés et elle s'était envolée.

—Les enfants, c'est plus ce que c'était, ils sont d'une précocité, plaisante Angus. C'est elle qui les a butés, elle avait pas envie de finir en pièce de musée, comme une statue de cire.

—T'es con. Impossible, elle est bien trop petite. Elle ne pourrait même pas lever la trappe, alors de là à assommer deux adultes, les porter pour les foutre dans le taureau et les brûler... en tout cas, faut qu'on la retrouve. Vous imaginez bien que le boss était encore furax. Précision, le couple était pas mort quand j'ai ouvert la trappe. Ils remuaient et gémissaient. J'ai appelé le boss pour savoir quoi faire. Il m'a demandé de les finir. Je sais pas, ils auraient peut-être pu être sauvés, ce qu'on aurait sûrement essayé de faire s'ils ne payaient pas tout à l'avance. Mais là, le boss a préféré assurer, aucune preuve. S'ils sortaient d'ici avec de graves brûlures, nécessitant des soins sur du long terme, on aurait été emmerdés à un moment ou un autre.

—Putain, c'est vraiment pas bisounours land, ici. Bon on se grouille de décharger les gros, et ensuite on va voir si on peut trouver ce microbe.

56

Après s'être tenue immobile dans l'ombre d'une porte battante maintenue ouverte, n'y tenant plus, d'instinct Virginie s'est dirigée vers le seul endroit qu'elle connaisse vraiment ici : la salle dans laquelle elle était tenue enfermée avec ses parents.

L'immense porte est difficile à pousser pour une petite fille.

Elle sait que son père a disparu deux jours auparavant, sans qu'elle sache où ils l'ont emmené ni ce qu'ils lui ont fait. Mais lorsqu'ils sont venus la chercher, elle, sa mère était toujours là.

Son cœur bat à tout rompre lorsqu'elle se dirige vers la cage numéro 4.

Sa mère est bien toujours là... sans y être réellement.

Son corps est ici, son souffle embue la vitre contre laquelle sa tête est appuyée, mais son esprit l'a quittée depuis plusieurs jours déjà, sous les effets conjugués de la drogue administrée avec constance et de l'horreur de ce qu'elle et sa famille ont vécu.

Virginie se plaque à la surface vitrée, en vis-à-vis du visage maternel.

—Maman. Maman, je suis là. Tu m'entends, maman ? S'il te plaît, regarde-moi, j'ai peur maman, je te veux. Je sais pas quoi faire, j'ai trop peur.

Aucune réaction ne l'anime, aucun mot ne franchit ses lèvres. Elle ne la voit pas, ignore sa présence, jusqu'à son existence même. Comme si elle n'avait plus conscience d'avoir une enfant, pas conscience de seulement vivre. Partie. Peut-être définitivement.

Mains posées contre ce visage sous verre, comme une photo souvenir conservée à l'abri de la poussière sur laquelle on s'épanche, Virginie pleure à chaudes larmes, perdue, sans personne à qui demander aide.

Partout autour d'elle, la même image, des parents factices, transformés en poupées de chiffon, et des enfants terrorisés de se retrouver seuls, parfaits reflets d'elle-même.

—Hé, petite ! Viens voir ici. Viens ! Il ne faut pas que tu restes là, ils vont te voir avec leurs caméras.

Virginie se redresse, décidée à suivre cette voix, seul fil conducteur auquel se raccrocher, peut-être la seule aide sur laquelle elle pourra compter.

Elle doit abandonner sa mère, sans certitude de la revoir un jour telle qu'elle l'a toujours connue.

En s'éloignant de la cage, elle pourrait presque entendre son cœur craquer, se briser.

Elle en ressent la douleur, celle que pourraient occasionner l'injection d'acide dans ses glandes lacrymales, le passage d'une grosse balle tout le long du tractus respiratoire, un poing surpuissant qui enserrerait son cœur pour l'empêcher de battre.

Elle aperçoit la silhouette d'un homme, ou d'un garçon, à travers le reflet de la vitre, dans laquelle elle se voit avancer, marcher sans sa famille vers un avenir incertain.

—Viens contre la vitre, juste devant moi. Mon corps masquera ta présence à cette caméra-là, dit-il en pointant l'objet du doigt. Je sais pas s'ils nous regardent en ce moment même, j'ai pu constater qu'ils n'étaient pas très assidus, mais si jamais ils te voient, ils vont rappliquer illico. Il faut que tu trouves une cachette, petite. Dis-moi, comment tu t'appelles ?

—Virginie. Aide-moi, monsieur, s'il te plaît. J'ai trop peur, les méchants, ils ont emmené papa. La dame elle m'a aidé, mais je sais pas où aller. Maman, elle est là-bas, mais elle peut plus bouger, je sais pas ce qu'elle a, sanglote-t-elle.

—Moi je m'appelle Julien. Écoute-moi, tu dois aller te cacher, et vite. Dans quelques heures, j'essaierai de sortir de cette cage. Je viendrai te chercher, promis. Mais d'ici là, il faut que tu trouves un endroit tranquille. Ils vont venir te chercher là où est ta maman, s'ils sont pas trop bêtes. Regarde, cette porte, là-bas. Tu vas y aller, et t'enfermer dans cette pièce. Écoute bien ce que je vais te dire. Dans cette pièce, il y a un... un ange. Oui voilà, c'est ça, c'est un ange.

—Un ange ?

—Oui. Tu verras, il est bizarre, il va peut-être te faire peur, mais il ne faut pas, il est très très gentil. Tu dois te cacher juste derrière sa cage. Si y a bien un endroit où ils n'iront pas te chercher, c'est là, je pense. Surtout, ne crie pas, et ne t'enfuis pas, en le voyant. Il s'appelle Icare. Tu t'en souviendras ?

—Je... je crois. C'est gentil, les anges, hein ?

—Oui, c'est très très gentil. Tu dois y aller, il ne te fera aucun mal, et tu seras bien cachée. Les méchants ne te trouveront pas, c'est sûr. Ce soir, dès que je serai sorti de ma cage, je viendrai vous chercher, toi et Icare, et on sortira d'ici, d'accord ?

—L'ange aussi, il vient avec nous ?

—Oui, il vient, même qu'il nous aidera à chasser les méchants, parce qu'il est très très fort. Il nous protégera.

En tout cas, je l'espère, pense-t-il sans certitude aucune.

—C'est les méchants qui ont fait ça à ta tête ? Je crois même que j'ai vu qui c'était. Le gros monsieur très très méchant. Il t'a tapé fort, vraiment fort. Je pleurais beaucoup, je croyais qu'il allait te faire tout mort. Quand ils t'ont emmené, t'étais tout mou, et y avait du sang, plein plein.

—Oui, c'est ça. Je dois garder les pansements, parce que je suis... cassé. On va attendre pour que je sois réparé, tu comprends ? Allez, va te cacher, comme je t'ai dit. Fais vite.

—T'es sûr qu'il est gentil, l'ange ?

—Oui oui, très gentil. Vas-y, dépêche-toi.

—De toute façon, c'est toujours gentil, les anges, pas vrai ?

—Oui, Virginie. Je te promets que tous les anges sont super gentils, surtout celui-là. C'est le plus gentil de tous. Fais-moi plaisir, va te cacher.

—D'accord, alors j'y vais. À tout à l'heure, Julien, conclut-elle sur un ton interrogateur et suppliant, en s'éloignant vers la porte.

—Oui, à tout à l'heure. Promis ! Tu peux me croire, je ne partirai pas d'ici sans toi. Que j'aille en enfer si je mens.

57

Les prisonniers fraîchement arrivés, stockés à la manière de sardines en boîte, tassés les uns contre les autres dans le minuscule réduit secret à l'arrière du fourgon, posent un problème de taille, ou plutôt de poids, pour le déchargement.

—Putain, mais comment vous les avez enfoncés là-dedans ? Jamais on pourra les sortir. Pourquoi ils ont choisi des gens comme ça ? Ils vont en faire quoi, bon sang ?

—J'en sais foutre rien, en tout cas, une chose est sûre, s'ils veulent en peindre un seul, faudra au moins un triptyque, lance Angus, le plus sérieusement du monde.

Frédo et Luc s'esclaffent sans retenue, rire libérateur de toutes les tensions accumulées.

—Nous fais pas rire comme ça, Angus, on a déjà du mal sans ça. Ceux là, ils sont pas destinés aux cages habituelles. Faut les enfermer dans une cellule à côté du labo secret du doc. J'en sais pas plus, j'ignore totalement à quel genre de saloperie ils vont pouvoir servir.

À l'intérieur, un couple dans la trentaine et leur fils d'une dizaine d'années.

Ces trois-là réunis pèsent au bas mot 400 kg.

—On va sortir le minot en premier. Il fait déjà le poids d'un homme grand et costaud, putain. Le mieux, une fois dégagés, c'est qu'on les fasse rouler jusqu'à la porte. Frédo, va chercher l'élévateur, on les poussera sur les fourches, t'auras plus qu'à les amener au-dessus du chariot.

Les hommes s'activent pour s'acquitter de cette tâche ingrate qui leur incombe.

La famille poids lourd est déplacée sans plus de précautions que si ses membres étaient de vulgaires ballots de paille.

—Sans le chariot, jamais on les amenait jusqu'à leur destination. La vache, un équarrisseur doit pas avoir plus de mal à déplacer des carcasses de bovin. Le budget bouffe de ces trois-là doit exploser celui d'une cantine scolaire, ma parole.

À travers les couloirs, ils mènent les prisonniers jusqu'à leur nouvelle demeure.

Frédo frappe à la porte, et s'annonce.

Le doc Delarace ouvre, un franc sourire affiché.

—Salut, doc. On vous amène votre commande.

—Ah, ils tombent à pic. Je vais très bientôt en avoir besoin.

—Par curiosité... vous allez en faire quoi ?

—Ne posez pas trop de questions. On ne doit pas trop parler de ça entre nous. Je peux juste vous dire que notre nouvelle créature s'éveille peu à peu. Je crois que nous avons bel et bien résolu le problème de la première tentative. Vous pouvez remarquer, pas un cri. Je crois que les clients vont en être très satisfaits, sans me vanter.

—Bon, super. J'espère que tout se passera bien au moins cette fois-ci, parce que pour le moment, on peut dire qu'on a la scoumoune. Vous avez vu ce qui est arrivé au couple B ?

—Catherine est venue me le dire, oui. Vous pensez qu'il y a des passagers clandestins dans ce beau navire ? Des personnes qui auraient intérêt à tout faire capoter ?

—Ne posez pas trop de questions. On ne doit pas trop parler de ça entre nous, se venge Frédo. Excusez-nous, mais nous avons du travail en perspective. On vous les range où ?

Surprise, un peu agacée de se faire prendre à son propre jeu, elle soupire.

—Mettez-les au fond de la pièce. Inutile de les décharger, laissez-les sur le chariot. Il nous sera plus aisé de les manipuler, et j'ai dans l'idée qu'ils devraient avoir très bientôt leur utilité.

Luc et Angus manient le chariot avec difficulté pour passer l'embrasure de la porte, escortés par le regard méfiant et accusateur du doc.

Elle tient sans aucune ambiguïté à ce qu'ils quittent les lieux au plus vite. Ce qu'ils font sans demander leur reste.

À peine ont-ils franchi la porte qu'elle la claque derrière eux.

—Charmante, celle-là ! Y en a qui méritent vraiment des baffes.

—Laisse tomber, Angus. Maintenant, les gars, mission pistage de la môme. Si on pouvait la retrouver avant le retour du boss, ce serait un très bon point. Je crois qu'il est légèrement chiffon, ces derniers jours. Essayons de l'apaiser, un peu.

—Par où commencer ? Tu te rends compte du nombre de

possibilités de cachettes pour une fillette dans ce dédale ?

—Je sais, Luc, mais en même temps, ce n'est qu'une toute petite enfant. Elle aura vite faim et soif, elle aura peur. Je lui donne pas longtemps avant de se manifester en pleurant.

—Ouais, à moins qu'elle ne soit avec quelqu'un. C'est trop bizarre, ton histoire, là. Gardez vos flingues prêts à faire feu, au cas où. Mais dis-moi, y a des caméras, dans chaque labo, non ?

—Oui. Je vois où tu veux en venir, mais on n'enregistre pas. Pas moyen de visionner quoi que ce soit pour comprendre ce qui est arrivé. Je propose qu'on se sépare pour fouiller tous les secteurs. Angus, tu veux bien te charger des appartements ? Moi je vais aller fouiller toute la partie technique, chaufferie et tout le tralala. Toi, Luc, tu peux commencer par le Zoo. Après tout, la mère de la gamine y est toujours, elle cherchera peut-être à la rejoindre.

—T'y penses juste maintenant ? Sa mère est là-bas, et toi, tu te poses la question de savoir où chercher ? Putain, y a du niveau, quand même. On est débarrassés de l'autre mono neurone, mais je vois que t'es trop resté à son contact, toi.

—Fais pas chier, Angus. Je doute que la petite sache se repérer. Elle a à peu près autant de chance de retrouver le chemin du Zoo que d'être sauvée par une prière.

—Je crois que tu sous-estimes gravement les capacités des mioches. Tu crois franchement qu'ils gardent leurs yeux dans leurs poches quand tu les sors de leur cage ?

—Elle m'avait pas l'air d'être des plus éveillées, celle-là. Bref, on fait comme on a dit. Celui qui la trouve avertit les autres.

58

Virginie pousse la porte avec beaucoup de peine. Il n'est manifestement pas prévu que les enfants circulent librement, ici.

La pièce est sombre, inquiétante. Elle ne perçoit que peu de détails dans cette semi-pénombre, mais un seul, de taille, suffit à lui faire rebrousser chemin.

Revenue sur ses pas, à peine la porte franchie, un homme entre dans la salle des cages.

Instant de panique, prise en étau entre cet homme qu'elle sait être mauvais, et cette silhouette étrange entraperçue, dont elle ignore la nature.

Julien a dit qu'il s'agissait d'un ange, se répète-t-elle rapidement à plusieurs reprises.

Elle fait à nouveau demi-tour, regagne l'obscurité relative.

Une puissante respiration lui parvient, comme lorsqu'elle va à la ferme de son grand-père, dans les étables où se reposent les vaches. Sauf qu'elle sait très bien qu'il ne s'agit pas de gentilles vaches.

De l'autre côté, elle entend la voix du méchant questionner les prisonniers. Il la cherche, elle, c'est là une évidence.

—Je sais que t'es un ange et que t'es gentil, c'est Julien qui l'a dit, je sais que t'es un ange et que t'es gentil, psalmodie-t-elle à plusieurs reprises en une litanie se voulant rassurante.

—Ikâââr, pas méchant.

La voix rauque, profonde, au lieu d'effrayer totalement Virginie, la rassure un peu.

Elle y a perçu au-delà de ce timbre d'outre-tombe, une forme de gentillesse qu'il est impossible de feindre.

Elle s'avance jusqu'à être à deux pas de la créature. Immense, inquiétante, monstrueuse, peut-être, et pourtant quelque chose en elle la rassérène.

Elle croise ses yeux immenses, assurément pas ceux d'un homme et pourtant si humains.

La voix de l'homme se fait plus audible, plus insistante.

Il approche, et sera bientôt là. S'il la voit, elle en est consciente, elle ne pourra pas lui échapper.

Affolée, elle tente de repérer une cachette. Un peu comme lorsqu'elle joue avec ses cousins, sauf que cette fois-ci, l'enjeu est plus important que le simple risque de perdre au jeu.

L'ange aux traits de démon l'incite, d'un mouvement de bras et d'un doigt griffu pointé, à contourner sa cage.

—Câââcher.

Virginie se précipite, fait le tour de la prison de verre.

Au moment où la porte s'ouvre, elle se réfugie derrière une armoire électrique.

59

Julien voit, à chaque extrémité de la salle, les portes s'ouvrir.

D'un côté, l'un de leurs bourreaux, de l'autre, Virginie qui revient se jeter dans la gueule du loup.

Il ne peut lui faire signe sans être repéré et attirer l'attention de l'homme sur la petite fille.

Il n'a toutefois pas besoin d'intervenir, Virginie voit Luc à temps et fait demi-tour aussi sec.

Luc s'arrête devant la cage dans laquelle est enfermée la mère de Virginie, en ouvre la porte et y entre.

Sous les yeux attentifs et anxieux de Julien, il s'accroupit à hauteur de la femme, toujours plongée dans cet état semi-comateux.

Julien ne peut entendre ce qu'il lui dit, mais est persuadé qu'il l'interroge au sujet de l'enfant. En vain, bien sûr.

Elle est ailleurs, n'a probablement pas conscience de la présence d'une personne à ses côtés, n'entend rien à ce qu'il peut lui dire.

Julien est certain que s'il s'était agi du tas de lard, il l'aurait gratifiée d'une bonne raclée pour ce silence, sans prendre en considération que si elle se trouve dans cet état, c'est bien leur faute.

Celui-là se montre bien plus calme et raisonnable. Il cache mieux son jeu, certes, car il fait partie de ces salauds, et c'est apparemment lui et son collègue bourru qui se chargent des enlèvements.

Il fait le boulot pour lequel il est payé, mais n'est pas du genre à faire du zèle comme l'autre pervers sadique qui lui a écrabouillé le visage.

Son visage. Il est tenté d'ôter ses bandages sur le champ, mais renonce encore, sa peur prenant le dessus sur sa curiosité.

Luc s'arrête devant chaque cage pour interroger les enfants, seuls à même de répondre et d'avoir vu quelque chose. Il n'obtient pas satisfaction, et vient finalement pêcher ses infos auprès de Julien.

—Salut, petit. T'as récupéré, je vois. Les médecins t'ont bien rafistolé, apparemment.

—Je sais pas trop, en fait. Enfin, ça va mieux, oui, mais je me suis toujours pas vu.

—Faut leur faire confiance, ce sont des expertes. Bon, je suis pas là pour parler chirurgie esthétique. Est-ce que tu n'aurais pas vu passer une gamine ? L'une de celles qui sont enfermées ici, elle était dans la cage 4.

—Vous avez laissé filer une petite fille ? se moque Julien.

—Je te demande pas ton avis sur notre manière de tenir nos affaires, t'es pas sur tripadvisor, vu ?

—Service minimaliste, personnel désagréable et arrogant, vue limitée, s'esclaffe-t-il.

—Ouais, profites-en, c'est ton quart d'heure de joie, fous-toi bien de notre gueule, mais après, réponds à ma question. Et ne cherche pas à me mentir, je le verrais de suite.

—Sur mes traits ? rit-il de plus belle. Vous savez, même si je savais quelque chose, désormais, vous n'avez plus aucun moyen de pression. Vous pourrez me massacrer autant que vous voudrez, on s'habitue, à force.

—Ne fais quand même pas trop le malin, tu veux ? Les moyens de pression, on sait toujours en trouver. Moi je suis pas spécialement un méchant, mais mon pote Angus te coincera les burnes dans un tiroir jusqu'à ce que tu couines ce que tu sais tout en mangeant son dîner. Il est pas trop du genre à avoir des états d'âme, tu vois.

—Hum, j'en dirais pas autant sur son compte. Il m'a semblé qu'il était peut-être le plus empathique, en tout cas avec mon amie. Je me trompe ? Bref, de toute façon, j'ai rien vu du tout. J'imagine que si une fillette libre de ses mouvements était passée par ici, je l'aurais remarquée. Non ?

—Tu sais que si je la trouve dans les environs, tu vas passer un sale quart d'heure ? Il est toujours temps, si tu l'as vue, dis-moi où elle se cache, et tu échapperas au sort que t'a réservé notre cher camarade dudule.

—Mais où voudriez-vous qu'elle se cache ? Y a rien, c'est le vide sidéral, pas moyen pour une mouche de passer inaperçue.

—Bien, je vais aller voir à côté. Je doute qu'une petite fille puisse côtoyer ce qui s'y trouve sans hurler, mais sait-on jamais. On va de surprise en surprise, avec vous tous, rien ne m'étonnerait plus. À tout à l'heure, peut-être serai-je moins sympa.

Julien le regarde s'éloigner, de dos, conscient que si Virginie ne parvient pas à se cacher efficacement, ce sera leur fête à tous les deux. Il doit agir, aller au-devant des événements et ne pas attendre que son destin lui file entre les mains.

Il va, ce faisant, griller la dernière chance qu'ils ont de sortir d'ici vivants, les Abel et lui... et Virginie, maintenant. Mais s'il ne tente rien immédiatement, il sait que tout sera perdu. Il ne doit pas échouer !

Tournevis en main, il tente de forcer la serrure.

60

Luc pousse la porte battante du pied, avec brusquerie. Il lui semble percevoir un léger piétinement, qu'il associe à la course d'un enfant.

Il actionne l'interrupteur, chassant sans pitié l'obscurité de rigueur dans cette pièce.

Icare feule, ou crache, ou, quel que soit le nom qu'on puisse donner à son cri, manifeste son mécontentement, sa colère d'être exposé aussi brutalement à la lumière crue des éclairages artificiels.

Luc frissonne à l'idée que cette créature parvienne un jour à s'extraire de sa cage.

Il n'a pas pour habitude de venir ici, ne s'occupe jamais des soins à lui apporter, et ne l'a donc jamais vu se nourrir. Mais il soupçonne qu'avec les dents dont il dispose, véritables poignards effilés, il ne doit pas cracher sur un bon steak saignant. Et quelque chose lui dit qu'à l'instant, il le transformerait volontiers en en-cas boucher.

Luc prend la parole à voix haute, pour être clairement entendu de la fillette si d'aventure elle se trouvait là.

—Calme-toi, mon grand, tu vas t'habituer bien vite à la luminosité. Si tu parlais, je suis sûr que tu pourrais me dire que tu as eu de la visite. Une visite totalement inhabituelle. Non ? Par exemple, tu me dirais que tu as vu une petite fille entrer ici et aller se cacher. Même que tu me dirais où elle s'est planquée.

La créature en kit, résultat d'assemblages douteux mais habile de diverses parties animales et humaines, l'observe de toute sa hauteur.

Bien qu'il trouve ça totalement dingue, Luc ne peut nier le génie du doc Delarace. Dans l'illégalité la plus totale, et certainement grâce à ça, elle a acquis une maîtrise et un savoir-faire dont aucun autre scientifique médical au monde ne peut se prévaloir. Pas officiellement, en tout cas.

Peut-être, même sûrement, existe-t-il ailleurs des gens prêts à tout sacrifier, éthique, morale et reconnaissance publique, pour parvenir à leurs fins.

Ses pensées vagabondent, il se demande s'il y a quelque part, dans un autre pays, un complexe secret semblable à celui-ci, avant de revenir subitement à ses préoccupations du moment.

Sans connaître le langage corporel de cet animal qui n'en est pas réellement un, il perçoit son énervement dans ses mouvements de tête brusques et saccadés, dans ces pupilles gigantesques qui jouent à faire le point sur sa personne, s'agrandissant et s'étrécissant à un rythme fou.

S'il n'y avait cette paroi de verre pour les séparer, Luc s'enfuirait sans tarder.

Il espère juste que la solidité de ces cages a été correctement évaluée et étudiée pour la puissance de ce machin ailé.

Luc se déplace autour de la cage, cible privilégiée des yeux d'Icare, qui le suivent et le traquent sans le lâcher une micro seconde.

Luc est mal à l'aise, se sent dans la peau du chevreuil épié par le lynx.

Un rapide tour d'horizon lui permet d'établir que rien dans cette pièce ne pourrait permettre à quelqu'un de s'y cacher... en dehors de cette armoire électrique, derrière la cage.

Chaque pas supplémentaire effectué dans cette direction voit Icare s'agiter davantage. Le monstre a entamé une ronde, tels les cent pas d'un fauve captif.

Se peut-il que Icare désire lui cacher quelque chose, qu'il ait pris cette enfant... sous son aile ?

À son avis, ces idées-là ne valent que pour les contes, dans la réalité, les bêtes dévorent les enfants... et pourtant.

Il perçoit maintenant une sorte de grondement sourd, évoquant celui d'un énorme chat en colère, amplifié par l'effet cloche de la cage.

Main sur son holster, il se tient prêt à dégainer son revolver pour faire feu sur Icare si par malheur ce dernier venait à se libérer.

Lorsqu'il arrive devant l'armoire, le son du grognement d'Icare se fait si puissant que toute la pièce vibre sous les ondes générées.

—En fait, t'es un bon détecteur sonore de fillette, mon bon Icare. Je suis sûr que quand je vais me pencher pour regarder là derrière, je vais y voir une gamine recroquevillée.

Alors qu'il s'apprête à joindre le geste à la parole, un énorme choc retentit, équivalent à celui d'un cerf propulsé dans le pare-brise d'une voiture lancée à pleine vitesse.

Luc en tombe à la renverse, saisi d'une panique instinctive. Très vite, son professionnalisme reprend le dessus, arme au poing avant même qu'il ait eu le temps de le penser consciemment.

Derrière la vitre fêlée, Icare est plus agressif et menaçant que jamais. Estimation faite de l'état du verre, une charge supplémentaire du même acabit, et Icare se retrouverait sur ses genoux.

—Bouge plus, putain de monstre, ou je te loge un pruneau entre les yeux. J'hésiterai pas à vider mon chargeur pour te finir, alors recule. Recule !

La peur qui transpire dans sa voix l'agace autant qu'elle le trahit.

Icare l'observe, comme une énorme araignée placée au centre de cette toile de verre éclaté prête à fondre sur lui pour lui injecter son venin.

À cette pensée, Luc se pose subrepticement la question de savoir si cette chose est venimeuse. Pourrait-il lui cracher du venin à distance, comme le font certains serpents ?

Il ne lui en laissera quoiqu'il en soit pas le temps. S'il est conscient que Icare représente le fruit d'années de recherches, d'expérimentations et d'investissements financiers importants pour en arriver à ce résultat parfait, et qu'il serait assurément malvenu qu'il le tue, il n'hésitera pourtant pas à le renvoyer dans l'enfer d'où il est sorti, au risque de s'attirer les foudres du boss et du doc.

Il se redresse prudemment, arme toujours levée et pointée sur Icare.

—Petite ! Je sais que tu es là, derrière cette armoire. Sors, et personne ne te fera de mal. Si tu m'obliges à venir te chercher, par contre, je ne pourrai plus rien pour toi, je laisserai les autres s'occuper de toi. Tu sais ce qu'ils font aux gens et aux enfants, ici, pas vrai ?

Seul le silence lui est opposé en réponse.

Icare recommence à s'agiter, et Luc sait que s'il veut survivre, il doit s'éloigner de cette surface de verre fragilisée, et se mettre en vis-à-vis d'une paroi non endommagée.

Il recule, pas à pas, ne quittant pas le monstre de foire des yeux.

À quelques mètres de la cage, il stoppe sa progression. Il doit malgré tout vérifier la présence ou l'absence de la gamine.

—Petite ! Allez, sois raisonnable. Viens.

Toujours aucune réponse. Une idée germe soudain dans son esprit.

Quelque part, il se méprise pour avoir de telles pensées, son métier le dégoûte parfois. Mais il se reprend toujours très rapidement, ses scrupules ont la légèreté de l'air chaud, ils s'envolent et s'évanouissent de la même manière.

—Je vais aller voir ta maman. Je vais lui faire du mal. Si tu ne viens pas, je pourrais même la tuer !

Cette fois-ci, la réponse fuse presque instantanément.

—NON ! Ne fais pas mal à maman.

Luc aperçoit les ombres générées par les mouvements de la petite fille.

—Promis, je ne lui ferai aucun mal, si tu viens. Je vais te ramener à elle, tu pourras la câliner. Mais si tu ne viens pas, on sera vraiment obligés de la tuer.

—NON ! J'arrive.

Virginie s'extrait de l'étroit espace ménagé entre le mur et l'armoire électrique.

Tête basse, elle cède au chantage, tout en sachant au fond d'elle qu'ils ne respecteront pas la promesse faite de ne faire aucun mal, ni à sa mère ni à elle.

En un éclair, Icare se trouve plaqué à la vitre, juste face à elle.

—Pââân âââller. Ikâââr veut pas.

—Icare, éloigne-toi d'elle. Je t'avertirai pas 10 fois. Dégage !

Icare n'en fait rien. Mains à plat contre le verre, il implore en silence la fillette de rester là où elle se trouve.

—OK, tu veux pas écouter ? À 5, je tire.

—Non, il faut pas lui faire mal. Il est gentil, crie Virginie en s'élançant vers Luc.

61

Impuissant à la retenir, Icare pousse une plainte aiguë, à vriller les tympans d'un sourd.

Virginie stoppe sur le champ, et à l'instar de Luc, plaque ses mains sur ses oreilles.

Icare maintient la note, à des fréquences insupportables pour l'humain... assez longtemps pour accaparer l'attention de Luc en totale exclusivité.

Ce dernier ne voit pas arriver cette plaque métallique flottant dans les airs à sa rencontre.

L'objet, lourd et solide, heurte sa tête avec une redoutable violence. Il lâche son arme, chancelle sur ses jambes.

Aussitôt, Icare cesse de crier.

Julien entre en trombe dans la pièce, court tête baissée jusqu'à Luc et lui inflige un solide placage.

Luc, déjà en équilibre précaire, s'affale au sol, assailli par le poids du jeune homme.

Julien lève haut son tournevis, et menace de l'abattre sur le visage de Luc.

—Si tu bouges, enfoiré, je t'enfonce ça dans l'œil jusqu'au manche, et je continuerai de pousser pour qu'il rentre aussi. Compris ? hurle-t-il, moins pour impressionner que pour masquer sa peur.

Luc, tempe sanguinolente, retrouve peu à peu ses esprits, et connaît un long moment d'incertitude quant à ce qui vient de se passer.

—Putain, mais... comment t'es sorti de ta cage, toi ? Jusqu'au bout, tu vas nous emmerder, hein ?

—Ta gueule ! Salopard.

Julien crache sa haine et son horreur de ce type qui représente tout ce qu'il abhorre et craint.

—Virginie, va dans l'autre salle, va voir ta maman, elle t'attend.

L'enfant reste un instant interdite, puis obéit aux injonctions de Julien.

Lorsqu'elle a disparu à sa vue, Julien se redresse et s'écarte de Luc en le maintenant sous la menace quelque peu dérisoire (compte tenu de la nature de cet homme) de son tournevis.

—Tu restes au sol, salaud ! Quand je te le dirai, tu te lèveras et tu iras ouvrir la porte de cette cage.

—Tu rêves, gamin. T'es en train de commettre la plus grosse erreur de ta courte vie, mon petit.

—M'appelle pas comme ça ! Tu crois qu'il pourrait nous arriver quoi de pire ? Tu me fais pas peur avec tes menaces à la con.

En totale contradiction avec ses paroles, son ton et son attitude, sa main tremble exagérément.

Il hasarde quelques coups d'œil à la recherche de l'arme de Luc, et il n'en faut pas plus à ce dernier pour tenter une attaque.

D'un coup de pied circulaire, il balaye littéralement les jambes de julien, qui se retrouve dos au sol, souffle coupé, avec en prime, dans la seconde qui suit, le poids de Luc l'éclair sur le râble.

Luc se saisit du cou de Julien, qui en dépit de ses efforts, ne parvient pas à se libérer de l'étreinte de ce professionnel du crime.

Dans un vacarme assourdissant, Icare réitère sa charge contre la vitre fragilisée.

Accompagné d'une myriade d'éclats de verre, il se retrouve à l'extérieur de la cage, groggy, mais libre.

Luc, sentant le danger venir, fait immédiatement le choix de laisser Julien pour retrouver son arme, sans laquelle il ne fera pas le poids face à Icare plus d'une demi-seconde.

Il l'aperçoit enfin, à quelques mètres, se rue dessus.

À l'instant même où il pose la main dessus, Icare, avec des réflexes hérités de sa part animale, s'abat sur lui à une vitesse ahurissante.

Luc hurle de peur et de douleur, mais tente tout de même de tourner le revolver en direction de son agresseur.

Avant que l'information ne parvienne à son cerveau et à ses terminaisons nerveuses, sa main a disparu.

Icare referme sa redoutable mâchoire sur le poignet de Luc.

Les dents effilées se fraient un chemin dans les chairs sans aucune résistance, jusqu'aux os qu'elles percent comme du beurre.

Sectionnée net, la main enserrant le pistolet tombe au sol, encore crispée sur l'arme.

Le sang jaillit du moignon pour se répandre au sol en jets discontinus. D'innombrables filaments de chairs et autres nerfs pendent inutilement de la plaie béante, beauté intérieure quelque peu discutable.

L'homme hurle sa douleur et sa fureur. Il n'est pourtant pas sans défense, malgré l'importance de la blessure infligée. Sur le dos, il envoie un rude coup de pied dans l'abdomen du Nephilim, ce qui a pour effet de le propulser en arrière, en une glissade facilitée par l'importante quantité de sang répandue.

Il tente de se redresser, mais en un battement de cils, Icare est déjà sur lui.

Gueule terrifiante grande ouverte, il s'apprête à donner le coup de grâce en arrachant la gorge de son adversaire.

—Noooon ! Stop, Icare ! STOP ! Ne le tue pas !

Icare, gueule béante à quelques centimètres de cette gorge fragile et involontairement offerte, s'est arrêté net.

Julien est terrorisé par celui qu'il doit considérer comme son allié, écœuré par ce qu'il vient de faire, mais en même temps admiratif et reconnaissant. Il semble qu'il puisse réellement communiquer avec lui, et il doit mettre cela à profit pour donner une chance à leur tentative d'évasion d'aboutir.

Le long de son cou, il sent le bout de la bandelette qui panse son visage, détachée durant la bataille, lui chatouiller le cou et pendre sur sa poitrine. Il n'a que trop hésité à ôter ces pansements, le moment est venu.

S'il venait à s'accrocher en fuyant, et qu'il rouvre ses plaies de ce fait, cela compromettrait sans nul doute leur fuite. La sienne, en tout cas. Il déroule rapidement la bande pour libérer totalement son visage. La sensation est étrange, il ne ressent pas l'air, la température de la même manière qu'à l'ordinaire. Pas le temps de s'attarder sur ces considérations.

—Icare, on a besoin de lui pour ouvrir toutes les cages de l'autre salle. Y a plein de gens enfermés, comme on l'a été, toi et moi. On peut pas laisser ces personnes. Tu me comprends ? On doit essayer de les aider à sortir d'ici, et y a que lui qui peut ouvrir toutes ces cages. Forcer toutes les serrures me prendrait trop de temps. Qu'est-ce que je raconte, moi, comme si tu pouvais comprendre...

Icare observe une immobilité totale, figé dans une contemplation dérangeante de son vis-à-vis.

—Qu'est-ce qui t'arrive ?

—Visâââj !

—Hein ? Ah, mon visage... ben je sais, ils m'ont massacré, ces salauds.

—Pâââ pâââreil.

Julien préfère ne pas relever et imaginer qu'il a mal compris.

Il fait signe à Icare de le suivre d'un mouvement rapide de la main.

Icare soulève sans aucune difficulté son prisonnier. L'inversion des rôles semble exalter Icare.

Luc, dont le sang s'échappe toujours de manière alarmante, est sur le point de défaillir, blanc comme une blouse d'infirmière.

Il se laisse porter par l'immense créature née d'un esprit dérangé, marionnette aux fils coupés mue par la seule volonté du monstre.

62

Aujourd'hui est un grand jour.

Damien doit accueillir les acheteurs de la petite Abel et du nouveau jouet du doc.

Les autres abrutis ont encore laissé les choses tourner au vinaigre, au complexe.

Ce que Frédo lui a exposé au téléphone est purement ahurissant. Si cela devait s'ébruiter et parvenir aux oreilles des deux clients, il ne les reverrait jamais.

Et adieu, alors, la somme astronomique proposée pour leurs achats.

Il va être grand temps de renouveler le personnel et d'augmenter les effectifs.

Environ une heure de route le sépare du complexe, court voyage durant lequel il prend tout le temps de réfléchir à la situation.

Il doit retrouver les clients sur une aire de repos à mi-chemin, pour les guider jusqu'au complexe.

Clients spéciaux, puisqu'ils sont les seuls à connaître sa véritable identité, son métier officiel, les seuls à avoir jamais croisé son chemin avant.

Leur voiture est déjà garée sur l'aire, simple véhicule de série à l'extravagante banalité pour des personnes aussi riches.

Il ne prend pas le temps de descendre, leur fait simplement signe de le suivre à travers la vitre.

Les deux conducteurs redémarrent, comme de simples touristes, dont la destination n'a toutefois rien d'une villégiature.

63

Deux mains solides se posent sur ses épaules. Surprise, terrorisée, elle hurle, se débat pour se dégager.

Elle sait son agresseur, de l'autre côté de la palissade, proche. Très proche. Ils vont la capturer, la ramener à l'abri des regards dans le terrain vague, et lui faire subir ce qu'ils voudront. Viol, tortures, meurtre... Toutes ces pensées défilent dans sa tête à une vitesse ahurissante.

Lorsque son regard se pose sur un uniforme de la gendarmerie, son soulagement est si intense que ses jambes se dérobent.

—Au secours, aidez-moi, sanglote-t-elle, choquée.

—Allons, mademoiselle, calmez-vous. Que se passe-t-il ? Que faisiez-vous dans l'enceinte du chantier ? Vous savez que c'est interdit ?

—Mais... oui, mais ils sont là. Arrêtez-les. Ne les laissez pas me faire du mal, hurle-t-elle.

—Qui ? De qui parlez-vous ? Vous allez me suivre, nous allons entrer et vérifier que vous n'avez pas vandalisé les lieux. Tout ceci est louche.

Soraya est abasourdie d'entendre ces paroles de la bouche du représentant de l'ordre.

—Il me poursuit. Il a voulu m'attraper dans le noir. Je voulais l'aider, moi, c'est tout. Il m'a saisie. Ils étaient deux.

—je ne saisis pas un traître mot de ce que vous me racontez là. Avez-vous bu, mademoiselle ? Avez-vous consommé de la drogue ?

—Mais non ! Non ! Je vous dis qu'il y a là-dedans deux hommes qui ont tenté de... de me...

—De quoi ? Nous allons vérifier vos dires de suite. Suivez-moi !

Le gendarme se saisit fermement du poignet de Soraya. Elle résiste, refuse de retourner dans ce lieu angoissant où l'attendent dans l'ombre des hommes malfaisants.

Plus il force, plus elle oppose de résistance.

Elle se met à hurler, vociférer, attirant l'attention du voisinage. Des témoins affluent, regards inquisiteurs et suspicieux.

Soraya se réveille en sursaut. Elle sait que ce jour-là, elle a échappé au viol, et probablement à la mort. Après ça, elle s'est mise à la boxe, s'est entraînée durement, pour être plus armée et faire face si cela devait se reproduire. Sa haine des hommes en général n'a cessé de grandir depuis, et c'est avec un plaisir malsain qu'elle a toujours écrasé ses camarades masculins de cour d'école qui tentaient de lui imposer leur supposée supériorité.

Le gendarme était complice, elle a acquis cette certitude, désormais. Si les passants n'étaient venus s'enquérir de ce qu'il se passait, il l'aurait traînée derrière la palissade et ramenée dans la gueule du loup. Ils étaient tous de mèche.

Le maire y compris, lorsqu'il a débarqué dans la foulée pour demander à tout le monde de s'éparpiller, puis que lui et le gendarme ont refusé de la croire, niant sa vérité, la vérité, pour en imposer officiellement une fabriquée de toutes pièces.

Ils l'ont embarquée à la gendarmerie et le rapport stipulait qu'elle avait consommé des psychotropes, pour la décrédibiliser.

Sa mère était furax lorsqu'elle est venue la chercher. Le début d'une longue série, elle devrait plus tard retourner régulièrement à la gendarmerie pour les frasques de sa fille.

Soraya lui en a tellement voulu. Mais elle ne pouvait savoir. Elle n'y est pour rien.

—Maman, je t'aime.

64

Concentré sur ses recherches, décidé à retrouver cette sale gamine avant l'arrivée du boss, Frédo n'a pas vu l'heure passer.

Seule la sonnerie de son téléphone le ramène à la réalité.

—Ouais, boss ?

—On arrive, d'ici 10 minutes. Tiens-toi prêt à ouvrir, on ne doit pas les laisser attendre dehors et leur donner l'impression qu'on n'est pas sur le qui-vive. Pigé ?

—Je vous attends. Vous n'aurez même pas besoin de descendre de voiture.

—OK !

La ligne est coupée. Le ton sur lequel il s'est adressé à lui ne lui dit rien qui vaille.

Il est tendu, sur les nerfs. Tout ça ne va pas tarder à leur exploser à la gueule si les événements ne cessent de s'enchaîner en dépit de toutes leurs prévisions.

Au pas de course, il rejoint la salle de contrôle, n'omettant pas au passage de jeter un œil tout autour de lui, pour donner une chance au hasard de lui ramener la petite.

Installé devant l'écran de surveillance réservé au portail, il attend nerveusement, avec la patience des gens qui n'en ont aucune.

Deux voitures finissent par entrer dans le champ des caméras, dont une qu'il connaît parfaitement.

Ouverture enclenchée, il attend que les deux véhicules aient pénétré l'enceinte, appuie sur le bouton de fermeture, puis se précipite au garage.

Voitures garées, il en accueille les occupants avec déférence, et manifeste une certaine retenue craintive pour le boss.

Ils guident le couple vers le buffet préparé à leur effet, les laisse un instant se restaurer et se désaltérer.

Damien tire Frédo par le bras à l'écart pour s'entretenir avec lui en aparté.

—Prépare les Abel, fais en sorte qu'ils soient visibles, surtout la gamine, les autres à la limite, on s'en fout.

—Ben c'est que la mère et la fille sont... voyez, quoi.

—Oui, eh bien fais en sorte que les deux soient visibles. Le gamin, on s'en fout un peu, ils n'en ont pas besoin, c'est juste un supplément. Fais comme tu peux. Et dis-moi, vous avez retrouvé la gamine ?

—Justement, je voulais vous en parler. On l'a pas encore, mais on...

—Mais tu n'en sais rien, tu ignores totalement où elle est. Évite de tourner autour du pot. Fais ce que je t'ai demandé, et ensuite, TROUVE cette enfant ! C'est quand même pas Dieu possible que vous vous laissiez entuber par une gamine, merde ! Elle ne peut pas rester cachée indéfiniment, à cet âge-là, ça a besoin de boire souvent, de faire ses besoins, je sais pas moi. Elle va bien finir par sortir de son trou. Et si tu n'es pas capable de lui mettre la main dessus, tu finiras comme ses deux acheteurs. Je suis clair ?

—On ne peut plus clair. Je la dénicherai, où qu'elle soit.

—Allez, va t'occuper des Abel.

Frédo s'éloigne, à la fois inquiet et courroucé.

Comme si tout cela était sa faute !

Sur le chemin de l'infirmerie, il tente de joindre Angus, puis Luc au téléphone, dans l'espoir d'avoir une bonne nouvelle. En vain.

Ni l'un ni l'autre ne répondent. Pas moyen de compter sur qui que ce soit, ici.

Il devra donc tout faire tout seul, ne plus faire confiance à personne pour éviter de se retrouver à nouveau dans de sales draps.

Lorsqu'il pousse la porte de l'infirmerie où ont été transférés les prisonniers, il est témoin de changements drastiques dans leur comportement et leur attitude.

L'enfant, qu'il a toujours trouvé bizarre, comme étranger à ce monde, est monté sur le lit et se tient entre les deux femmes. Il leur caresse les cheveux et les joues, comme s'il était, lui, bambin de 2 ou 3 ans tout au plus, en mesure de supporter la situation sur ses petites épaules et de soutenir en sus sa famille.

La fille, la dure à cuire, l'inoxydable petite guerrière, s'est manifestement effondrée. Son visage est inondé d'une mer silencieuse de larmes, aucun mouvement ne vient animer son visage, pas même la manifestation du moindre sanglot. Elle paraît en état de choc, comme peuvent l'être tous les prisonniers du zoo.

Voilà qui ne va pas arranger ses bidons, une fois encore. Ces gens viennent voir et chercher une furie, une battante, une harpie féroce. Ils vont avoir à la place un aï dépressif. Et c'est bien évidemment sur lui que ça retombera.

La mère paraît absente, expression neutre.

Avant de s'approcher et de les détacher, il veut vérifier une chose.

—Allez, on se réveille, là-dedans. Faut se bouger, les chéries, y a du monde pour vous. Quelques jours de prison et déjà des visites, quelles privilégiées !

Aucune réaction chez la fille, la provocation n'a pas plus d'effet qu'un pet sur un moulin à vent, elle n'amorce pas le plus petit mouvement de révolte.

Cette pile électrique ne feint pas son apathie, elle qui à la plus infime sollicitation est capable de terrasser un homme de plus de 100 kg.

Il défait les sangles avec une extrême prudence, conservant à l'esprit que même entravée comme elle l'est, elle pourrait encore lui réserver une mauvaise surprise.

Il tire ensuite les draps sur le pied du lit, découvrant les deux femmes.

Soudées l'une à l'autre. Il n'avait pas encore eu l'occasion de voir ça.

Le doc a suturé l'immense blessure abdominale de la mère, en incluant l'avant-bras de la fille à ce travail de couturière.

On pourrait même dire qu'elles sont greffées l'une à l'autre.

Que d'idées tordues, décidément !

S'il n'a aucune sympathie pour ce genre d'expérience, il doit admettre que cela lui laisse plus de latitude pour gérer ces deux femmes à lui seul.

Il n'aurait pas pris le risque de les détacher sans ça.

Ainsi entravée, la rebelle n'a aucune chance de le surprendre sans risquer de tuer sa mère par éventration.

Il examine les points de suture, et ne peut réprimer un interminable frisson.

Les peaux du bras et du ventre se mêlent l'une à l'autre. Le travail de suture est si remarquable qu'il lui est presque impossible de dissocier les deux femmes. Comme si leurs organismes respectifs n'en faisaient plus qu'un.

Même lui, qui a pourtant pris cette habitude, sans plaisir ni aucune espèce d'émotion, d'assister à des scènes d'horreur, se trouve troublé par cette observation.

—Allez, mesdames, il faut se lever. Je vais vous aider, mais va falloir y mettre un peu du vôtre, hein. Faut vous redresser ensemble. Tendez-moi chacune une main, on va vous faire pivoter jusqu'à ce que vous soyez assises au bord du lit l'une à côté de l'autre. Quand vous vous sentez prêtes, je tire. Attends, petit, faut que tu te sortes. Ta mère et ta sœur doivent se lever, tu comprends ?

Devant l'absence de réaction, Frédo s'impatiente et attrape le petit garçon sous les bras.

—Qu'est-ce que vous allez lui faire?!

—Calmez-vous, je vais pas lui faire de mal, je veux juste le sortir de là. Il me gêne. Il comprend rien, ma parole. Il est toujours comme ça ? Il a l'air un peu... éteint... non ?

Le sourire et le ton employé par Frédo pour qualifier son frère met Soraya hors d'elle, déclic nécessaire à la faire sortir de sa léthargie.

—Il est plus intelligent que toi, pauvre merde ! Espèce de bon à rien.

—Je me demandais à quel moment tu te réveillerais, toi. Quelle douce fleur délicate ! Écoute moi bien, je suis pas trop du genre à faire chier les gens, les harceler, les torturer, tout ça, c'est pas ma came. Mais évite quand même de me parler comme ça, parce que je pourrais bien revoir ma position sur ce sujet. Dans ta position, tu devrais pas la ramener de trop, tu imagines bien que si tu cherchais à déconner, ta mère morflerait. Tu peux pas remuer sans l'embarquer avec toi et risquer de l'éventrer, alors réfléchis bien avant de bouger ne serait-ce qu'un lobe d'oreille. Le petit, je le descends du lit, c'est tout, vous allez pas m'en faire tout un fromage, non ?

Soraya, consciente de sa position de faiblesse, et en dépit de la rage qui bouillonne en elle, fait profil bas, impuissante.

Frédo attrape à nouveau Noah sous les aisselles pour le soulever, mais le garçon résiste, s'accroche à sa mère avec une force peu commune pour un enfant de cet âge.

—Va falloir arrêter de me faire chier ! J'ai passé de sales journées, ces derniers temps, et ma patience a atteint ses limites.

—Ne criez pas comme ça ! le stoppe Évelyne. Vous allez le terroriser et le bloquer encore plus. Noah, écoute maman. Laisse le monsieur te porter. Il ne te fera pas mal. Il ne va pas t'enlever à maman. Obéis, s'il te plaît, mon chéri. Je surveille, il n'arrivera rien. Allez-y, mais doucement !

Frédo prend délicatement Noah, le soulève et le pose à terre sans provoquer la moindre réticence.

—Ah, il vous comprend, quand même, des fois. Allez, à votre tour.

Soraya rêve de lui envoyer un magistral coup de pied dans la tête pour lui faire ravaler ses mots. Il serait parfaitement positionné pour ce faire.

Elle renonce toutefois aussitôt à cette idée, de peur de mettre sa famille en danger.

Frédo parvient à les faire se lever, non sans difficulté ni sans douleurs pour elles, notamment Évelyne.

Il les mène vers la salle d'eau, en vue d'un débarbouillage rapide et d'un coup de brosse pour ordonner leurs tignasses ébouriffées.

Dans le couloir, il entend la discussion du boss avec les clients, qui ressemble plus à une rencontre d'amis qu'à un entretien d'affaires.

Ces gens sont assez sûrs d'eux pour venir à visage découvert, ils sont apparemment des connaissances du boss.

—Tenez, prenez cette brosse et coiffez-vous un peu. Tâchez d'être présentables.

—Et toi, tâche de la fermer.

Soraya se mord les lèvres, regrette aussitôt ces saillies verbales non contrôlées, jets de vapeur évacuant la pression.

Frédo ne relève pas, se moque plus ou moins d'être ainsi rabroué par cette jeune provocatrice.

S'il s'était agi de dudule, il lui serait rentré dedans bille en tête.

Damien et les acheteurs entrent dans l'infirmerie.

Au milieu de la pièce, Noah, assis au sol, joue avec sa peluche, reparti dans son monde intérieur. Il ne s'aperçoit pas de l'intrusion, ou en tout cas agit comme s'ils n'existaient pas.

—Il n'a pas l'air farouche, ce petit-là. Ils sont tous aussi calmes que celui-ci ?

—Pas que je sache, Brigitte. Mais lui a manifestement quelques... problèmes, on va dire, rit Damien, imité par Brigitte et Emmanuel.

Intérieurement, percevant leurs moqueries à l'égard de son petit frère, Soraya s'emporte à nouveau.

Sans exutoires possibles, la rage ne cesse d'enfler en elle, et finira par la tuer.

—Frédo, tu nous amènes la fille, s'il te plaît.

—OK, boss. Elles sont en train de faire une petite toilette. Allez, mesdames, il est temps.

Frédo leur fait signe de sortir de la salle de bain.

Collées l'une à l'autre, telles des sœurs siamoises, elles obéissent.

Soraya voudrait les envoyer se faire foutre et leur rentrer dans le lard, mais ne peut rien tenter sans mettre la vie des siens en danger.

Lorsqu'elles se trouvent face au trio, la surprise est telle pour Soraya qu'elle se sent défaillir.

Elle reconnaît instantanément ce couple comme étant celui venu au lycée en tant que recruteurs sportifs.

—Vous nous remettez, mademoiselle ? Vous voyez, nous vous avons choisie. Finalement, nous vous avons recrutée, même si c'est contre votre gré. Au vu de vos performances sportives, nous sommes impatients de voir la suite du programme. Bienvenue dans l'aventure.

—Emmanuel a raison, nous étions décontenancés par votre refus de collaborer avec nous. Faute de votre accord, nous ferons sans, n'est-ce pas ?

La femme lui sourit d'un rictus malsain, presque inhumain.

—Qu'est-ce que vous allez faire de nous ? Vous attendez quoi ? Et qui êtes-vous au juste ?

—Trop de question. Nous ferons exactement ce que nous déciderons de faire.

La réflexion que mène Soraya intérieurement la mène soudain, éclair de lucidité, sur un chemin qu'elle était à mille lieues d'imaginer. L'homme derrière son masque, que Julien et elle ont supposé être le maire, n'est en vérité probablement pas celui auquel ils pensaient.

—Mo-monsieur le proviseur ? C'est bien vous, derrière ce masque, et derrière toute cette machination ? J'aurais dû y penser plus tôt. J'ai accusé le maire pour rien, vous avez la même physionomie... répondez, ayez au moins ce courage.

—On ne peut rien vous cacher, décidément, jeune fille. Plus besoin de rester caché, ma vengeance n'en sera que plus savoureuse. La pire élève que j'ai jamais rencontrée de toute ma longue carrière. Lorsque vous m'avez appelé monsieur le maire, j'ai trouvé l'association amusante. Vous savez qu'il n'a strictement rien à voir avec toute cette histoire ? Il mourrait de savoir qu'il y a été associé, il n'en connaît bien sûr même pas l'existence.

—Votre vengeance ? Vengeance de quoi ? Pourquoi le maire a pris la défense du gros porc qui m'a agressée, il y a deux ans, et que j'ai retrouvé ici même ?

—Il a agi en toute bonne foi. Le rapport du gendarme était pour lui plus fiable que les dires d'une jeune fille turbulente qui cherchait à se faire remarquer. Voilà pourquoi il a tout fait pour étouffer cette affaire, à notre grand soulagement. Pour lui, mon frère n'avait rien à se reprocher.

—Votre frère ? Votre vengeance... C'était vous, il y a deux ans, dans le bâtiment en construction, avec lui ?

—Je vois que votre niveau affligeant en cours ne reflète pas tout à fait votre vivacité d'esprit. C'était moi, oui. Les prémices de ce que vous voyez ici. Vous étiez une toute première commande. C'était bien sûr sans compter sur votre agressivité naturelle, nous vous avons grandement sous-estimée, à cette époque-là. Nous devions fournir une jeune fille de grande beauté à des clients espagnols. Vous auriez été livrée à quelque réseau pédophile, puis une fois bien usée, auriez terminé votre misérable existence dans l'un des puticlubs de la Jonquera. Plus tard, lorsque mes amis ici présents m'ont fait cette commande bien particulière, j'ai de suite pensé à vous, à la manière dont vous nous aviez mis en déroute, à la façon que vous avez toujours eue de dominer vos camarades. Je vous ai observée longtemps pendant vos cours de sport, même vos leçons de boxe. Cette rage en vous. J'ai invité mes amis à venir vous voir à l'œuvre. Vous êtes exactement ce qu'ils cherchaient. Vous connaissez bien sûr mon véritable nom, Damien Tarba. Savez-vous que le nom d'emprunt que j'utilise pour me présenter aux autres enchérisseurs, je l'ai choisi en votre honneur ? Monsieur Caïn, pour venir à bout des Abel. J'espère au moins que vous goûtez la référence, ce dont je doute, vu votre niveau de culture pitoyable. L'histoire s'arrête là, votre destin s'accomplira.

—Mais quel destin ? Si c'est moi seulement qui vous intéresse, pourquoi avoir enlevé ma mère et mon frère ? Pourquoi ne pas les laisser partir ? Je ferai ce que vous voudrez, conclut-elle, en pleurs.

—Moins nous laissons de traces, de gens susceptibles de lancer l'alerte quant à la disparition d'un membre de leur famille, mieux cela vaut pour nous. Et vous imaginez bien qu'il est impensable de simplement relâcher votre famille.

—Tu crois peut-être que, de toute façon, j'accepterais de partir sans ma fille, espèce de crevure ? Tu voudrais des supplications, tu les auras pas.

—Telle mère, telle fille, hum ? Mais vos chemins vont très bientôt se séparer. Vous et votre rejeton irez gonfler les stocks du docteur, elle a toujours besoin de "matériel".

—En l'état, elles auront du mal à se séparer, Damien. Pourquoi les avoir... greffées l'une à l'autre ? Elle ne pourra pas accomplir ce que nous attendons d'elle.

—Soyez sans crainte, chers amis, le moment venu, nous la libérerons. En attendant, croyez-moi, mieux vaut la laisser entravée. Sans ça, peut-être nous aurait-elle déjà brisé la nuque. Venez, je vous accompagne à vos appartements, vous serez installés comme des rois. Frédo, tu les ramènes à leur cage. Sers-leur un repas copieux, sans aucun tranquillisant. Celle-là doit être en grande forme pour demain.

Damien quitte la pièce, suivi des deux visiteurs.

Soraya peine à se tenir sur ses jambes, ravagée par le chagrin et la peur, consciente que les derniers instants passés avec sa famille approchent.

Évelyne paraît au contraire plus forte, plus décidée que jamais. Elle jouera le rôle rassurant de la figure maternelle, sûre d'elle, jusqu'au bout, refuse d'accorder à ces salauds le plaisir de la voir craquer maintenant.

Pour ses enfants, elle doit rester droite, pour qu'ils vivent leurs dernières heures avec l'idée que maman était toujours présente.

—Je... je dois vous raccompagner au zoo... enfin, à votre cage.

—Le zoo ? C'est donc comme ça que vous considérez les êtres humains que vous capturez ? Comme des animaux ? Vous auriez aussi bien pu nommer ça la ferme, car c'est bien comme du bétail, que vous nous traitez. Arrivez-vous à dormir après avoir croisé le regard de tous les malheureux que vous conduisez à la mort ?

—Pas la peine d'essayer de me faire culpabiliser. La compassion, c'est pas ma came. Maintenant, on a deux options. Ou vous me suivez gentiment, et vous connaîtrez une soirée calme, en famille, avec un excellent repas, ou bien vous décidez de me les briser, auquel cas je vous pète les dents et je vous sépare dès ce soir de votre gamin. Faites le bon choix, dites-vous au revoir dans l'intimité, ne me forcez pas à vous priver de ça. Ce serait sans plaisir que je le ferais... mais je le ferais !

Évelyne ne souffle mot. Elle se contente de tendre la main à Noah, qui se tient toujours par terre, au centre de la pièce, à câliner sa peluche.

Contrairement à ses habitudes, il répond instantanément au stimulus, se dresse et court pour attraper cette main, synonyme d'amour, de tendresse et de caresses.

La famille, unie par des liens bien plus puissants que cette odieuse suture et ces doigts serrés, suit le bourreau dans le plus total silence.

Frédo les précède, ne ressent plus le danger impérieux qu'elles représentent, les sent résignées comme les vaches menées à l'abattoir.

Personne n'ouvre la bouche, marche funèbre et solennelle, minute de silence anticipée en leur hommage.

65

Julien incite Icare à le suivre de cage en cage, chargé de son fardeau indispensable : Luc.

Ce dernier, sous la menace des crocs du monstre régulièrement appliqués sur sa nuque, ne cherche plus à résister, et ouvre sans rechigner les portes.

Chaque fois, Julien s'escrime à réveiller les occupants, les supplie de les suivre. Peine perdue.

Les adultes sont assommés par la drogue, et leurs enfants s'accrochent à eux, ne voulant pour rien au monde les quitter, encore moins pour faire confiance à la créature effrayante qui semble vouloir manger de la viande humaine.

Virginie ne parvient pas non plus à réveiller l'instinct maternel de sa propre mère, qui reste amorphe et sourde aux appels de sa fille. En dépit de son très jeune âge, Virginie sait déjà qu'elle devra partir sans sa mère.

Julien se désespère, s'exaspère, panique. Ils ne peuvent se permettre de perdre du temps, maintenant que tout est lancé, le compte à rebours est lancé avant que d'autres hommes n'accourent pour mater la rébellion.

Il ne parvient à rien d'autre qu'à provoquer les cris des enfants qu'il tente de traîner de force hors de leur cage.

La mort dans l'âme, il se résout à les abandonner, à les laisser au sort qui leur est réservé, à eux aussi.

Il prend Virginie dans ses bras, consentante bien que réticente à abandonner sa mère ici, et s'apprête à vivre la plus éprouvante course contre la montre de sa vie.

—Icare, tu peux laisser tomber ce salopard, on n'en a plus besoin. Qu'il crève donc lentement de ses blessures.

Le géant ailé pose Luc au sol. Ce dernier est livide, au bord de l'évanouissement. Il ne tardera pas à sombrer dans le coma par manque de sang, ce sang qui s'échappe de son moignon pour irriguer un sol mort alors que lui en aurait tant besoin pour rester en vie.

D'un geste ample du bras, hallucinant de célérité, Icare propulse Luc contre la paroi de l'une des cages, avec une violence suffisante pour faire voler le verre en éclats.

Au fracas de l'explosion et des bris retombant en pluie se mêlent les cris des occupants de la cage.

Il leur faut filer immédiatement.

Sans réfléchir plus avant, Julien fonce dans le couloir. Il sait exactement où il va, pour avoir parcouru ce complexe plusieurs fois.

Il n'a qu'une idée en tête, en chasse toutes celles qui voudraient y faire interférence pour instaurer la panique et la paralysie.

Il court droit devant lui, sans jeter un seul regard aux couloirs adjacents d'où pourrait surgir le danger. Il sent derrière lui, plus qu'il ne l'entend, Icare. Celui-ci se déplace dans un silence presque parfait, perdu comme un enfant dans un lieu inconnu, qu'il n'a jamais eu l'occasion de visiter. Il suit Julien à la trace, avec peut-être plus d'appréhension encore que ne peut en éprouver son nouvel ami.

Une porte battante s'ouvre soudain sur un groupe de personnes, que Julien reconnaît avant même que ses yeux n'aient pu faire le point.

Soraya, sa mère et son frère, accompagnés par l'un des salauds.

D'un côté comme de l'autre, la progression s'est arrêtée net.

À 10 mètres les uns des autres, ils s'observent.

Frédo ne parvient pas à concevoir ce qu'il voit, est momentanément trop surpris et choqué pour réagir et dégainer son arme. Comment ce foutu monstre a-t-il pu sortir de sa cage ?

Il a l'air d'accompagner ce morveux, dans les bras duquel se tient la fillette tant cherchée.

Qu'est-ce qu'il se passe donc dans ce maudit centre ? Un sort a forcément été jeté sur leurs agissements.

Il reçoit dans le bas du dos un coup de pied digne de la ruade d'un âne, qui l'envoie au sol à plat ventre.

Soraya a donné là le top pour lancer l'assaut.

Icare, prédateur à la célérité inouïe, est déjà sur Frédo. Conscient du danger imminent que représente Icare, il reste immobile, n'essaie pas de lutter.

Le souffle chaud lui parcourt la nuque, puis le crâne. L'animal en partie humain le renifle, le jauge.

Au moindre geste, il lui arrache la tête.

Pendant ce temps, Julien et Virginie ont rejoint la famille Abel.

Les regards sont figés, horrifiés, aussi bien pour Julien que pour ses vis à vis.

—Ju... Julien ? C'est bien toi ?

—Oui, So, c'est moi, c'est moi. Vous inquiétez pas pour lui, il est avec nous. Il fout la frousse, mais il est pas méchant. Enfin, pas avec nous, quoi. On doit se casser d'ici très vite. Je sais où sont les commandes d'ouverture des portes, on y fonce.

—Mais... ton visage, Juju, mon Juju.

—On n'a pas le temps de s'attarder là-dessus. Vous pouvez courir ? Putain, mais qu'est-ce qu'ils vous ont fait ???

—Ne t'inquiète pas pour ça, Julien, si on coordonne nos pas, on va très bien s'en sortir. Guide-nous jusqu'à la sortie, sauve ma famille, le presse Évelyne.

Icare est toujours penché au-dessus de Frédo, lui interdisant tout mouvement.

Julien rebrousse chemin, fouille l'homme et lui subtilise son revolver.

—Bouge pas une oreille, ou mon poto Icare te décapite. Si tu l'en crois incapable, t'iras voir dans quel état il a mis ton collègue. Assomme-le, Icare. Boum sur la tête.

—Non, att...

Avant qu'il ait pu terminer sa phrase, de son étrange pied fait d'un sabot, Icare lui écrase le crâne contre le carrelage en un choc sourd et violent.

Le KO est immédiat.

—Bravo, Icare, t'es le meilleur. C'est grâce à toi si on va sortir d'ici. Ça peut plus nous échapper. On se casse !!! Tu portes Virginie, moi je vais porter Noah, OK ? Virginie, va avec lui, tu risques rien, tu le sais hein ? Il est de notre côté. Tu sais, son allure, c'est pas sa faute, il y peut rien. Avant, ça devait être quelqu'un comme toi et moi. C'est les méchants qui l'ont transformé.

—Oui, je sais, il m'a protégée. Ils lui ont fait comme à toi. Et je sais que t'es pas méchant non plus.

Il préfère ne pas s'attarder sur les propos de la fillette, au risque de rester figé.

Icare glisse Virginie sous son bras musculeux comme un simple paquet de linge, et emboîte le pas à son guide.

Julien prend la tête du petit convoi hétéroclite. Il ne peut contenir ses pensées qui le ramènent inlassablement au regard et aux paroles de Soraya lorsqu'elle a vu son visage, et à ce que vient de lui dire Virginie. Il sent aussi la réticence de Noah à porter le regard sur son visage. Il est certain que le petit garçon le reconnaît instinctivement, mais livre une bataille à tous ses sens en dehors de sa vue pour leur faire comprendre qu'ils se trompent, que ses yeux sont là pour contredire leur analyse, forcément faussée, et que le petit ami de sa grande sœur ne peut en aucun cas avoir cette tête-là.

Il doit être monstrueux, s'il en juge par la réaction de Soraya, ainsi que par celle de son petit frère, qui a collé son visage dans le pantalon de sa mère dès qu'il l'a aperçu.

Évelyne et Soraya font du mieux qu'elles peuvent pour ne pas retarder les autres, mais leur position ne leur permet pas d'avancer très rapidement.

Julien se concentre sur le chemin à emprunter, pour lutter contre l'envie de pleurer et hurler qui lui brûle la gorge et les yeux.

Lorsqu'ils passent devant les laboratoires du doc, Catherine, effarée, les voit au travers de la vitre.

Elle doit agir, ne pas les laisser s'en tirer. Il y a de jolies pièces à récupérer sur chacun d'eux.

Et surtout, elle ne doit pas laisser le chef d'œuvre du doc s'évaporer dans la nature.

Elle déclenche l'alarme prévue à cet effet.

66

—Merde, c'est foutu. Ça va rappliquer de partout, faut qu'on se grouille. Soraya, Évelyne, si vous pouvez, accélérez, c'est le moment où jamais. On peut pas échouer maintenant. On n'a pas le droit. On va y arriver, je vous le promets.

Soraya est impressionnée par le changement opéré par son petit ami, et pas seulement sa figure.

Parvenu devant la salle de contrôle, Julien s'arrête, et fait signe à tous ses suiveurs de poursuivre.

—Allez jusqu'à cette porte, au fond. Là vous tomberez sur le garage. J'ouvre la porte et le portail.

—Julien, je voulais...

—On n'a pas le temps, So. On verra ça plus tard, quand on sera à l'abri.

Le ton et les mots employés par Julien ne souffrent aucun doute. Ils vont s'en sortir, voilà le message hurlé en filigrane.

—Madame Abel, vous pouvez porter votre fils ? Soraya ne peut pas, avec son bras...

—Oui, je soulèverais un camion si ça pouvait nous aider à sortir d'ici, alors porter Noah ne sera pas un problème.

Il lui tend son fils, le rend aux bras qu'un enfant de cet âge ne devrait jamais avoir à quitter.

Alors qu'ils poursuivent leur fuite, Julien entre dans la pièce, dans l'espoir de trouver les commandes désirées.

Il loue le ciel que tout soit répertorié très clairement, aussi a-t-il très vite fait de repérer les boutons recherchés.

Il actionne les ouvertures, puis s'apprête à quitter la salle, quand une image capte son attention.

Un miroir accroché au mur opposé réfléchit son visage. Il se voit ! Enfin ! Ou déjà.

Il sait que ce reflet est le sien, mais ne parvient pas à l'accepter. Car ce que ses yeux voient n'est rien d'autre qu'un faciès de singe. Pas simplement un visage humain aux traits simiesques, non, littéralement un "visage" de singe.

Contraint de s'appuyer au bureau pour maintenir son équilibre, il encaisse le coup à grand-peine.

Tout tourne autour de lui, son monde s'effondre.

Jamais plus il n'aura figure humaine. Soraya ne l'aimera plus, les gens le traiteront comme une bête.

Une scène d'un film qui l'a bouleversé lui revient en tête, durant laquelle John Merrick, plus connu comme"elephant man", se retrouve acculé par la foule et répète avec terreur "je ne suis pas un animal".

Il s'imagine dans la même situation, pourchassé par les humains dont il ne fait plus partie.

Se reprendre, penser avant tout à leur fuite. Il le leur doit ! S'il s'abandonne maintenant, ils seront tous perdus. Pour eux, il lui faut le faire. Pour lui, il est déjà trop tard.

Réunissant toutes ses forces, il s'arrache au bureau et s'élance dans le couloir. À l'instant où il déboule dans le garage, un bruit de porte attire son attention.

À l'autre bout de l'interminable coursive, il aperçoit l'un de leurs bourreaux.

Le plus dangereux, sans nul doute, celui qu'ils nomment Angus. S'il parvient à les rattraper, ça en sera fini d'eux, Julien soupçonne que celui-ci ne se laissera pas intimider par Icare et lui logera une balle en pleine tête en préliminaires aux âpres débats qui vont très bientôt les opposer.

Certes, il a lui aussi en main le revolver subtilisé à Frédo. Mais d'ici à ce qu'il sache comment marche ce machin, ils seront tous morts ou enfermés. Il doit pourtant le ralentir, pour donner une chance à Soraya, à son petit frère. À Virginie.

Ils l'attendent tous dehors, goûtent cet air frais à pleins poumons comme s'ils respiraient la liberté.

Il s'empresse de les ramener à la réalité, redonne à leur stress toute sa puissance grâce au ton de sa voix.

—Foncez !!! Ils arrivent ! Allez-y ! Icare, prends Virginie et Noah, et cours, ou vole, mais va-t’en le plus loin d'ici. N'attends personne !

Julien s'aperçoit après coup qu'il a hurlé des ordres, sur le ton péremptoire d'un gradé s'adressant à ses troupes.

"J'ai passé ma vie à trembler au moindre battement d'aile de papillon, à ne jamais savoir choisir entre le dessert et le fromage au restaurant. J'ai été un enfant niais. Il m'aura fallu attendre d'être transformé en une créature hybride et le jour de ma mort pour devenir un homme", pense-t-il avec cynisme et résignation.

Il bloque la porte d'accès au garage à l'aide d'une clé à griffes serrée sur la poignée et calée contre le montant. Cela devrait les ralentir. Un peu. Pas assez cependant pour qu'il rejoigne les autres.

Il se doit de rester derrière cette porte pour les tenir en respect avec son arme, au moins le temps que Soraya et sa famille aient disparu de son champ de vision.

—Courez ! Je vous rejoindrai plus tard !

Le visage empli de larmes, Soraya sait d'instinct ce que Julien a en tête.

—Viens avec nous, Juju. Ils vont te rattraper. Ne nous laisse pas, on a besoin de toi ! J'ai besoin de toi.

—Soraya, écoute-moi, je t'en supplie ! Ils arrivent. Regarde, j'ai ça, pour les inciter à rester à l'abri. Tant que je serai ici, ils n'auront aucune chance de passer cette porte. Partez ! Allez chercher du secours. C'est notre seule solution pour nous en sortir tous. Pour une fois, écoute-moi ! Fais de moi l'homme que j'ai jamais été, le protecteur. Sauve ton frère, ta mère, et cette petite. T'es la seule à avoir assez de force pour ça, ma chérie.

Il marche jusqu'à elle, la serre dans ses bras.

—Juju... mon Juju. Je veux pas te laisser là. Je veux pas te perdre.

Les pleurs de Soraya, seul amour de sa vie, lui brûlent le cœur à l'acide. Ce chagrin incommensurable qui ne cesse de grandir pourrait le tuer avant l'arrivée de leurs tortionnaires.

Il sent son cœur gripper, bloqué par cette peine sidérale, rouille dévorant tous les rouages de ses sentiments pour les rendre si fragiles qu'il pourrait s'effondrer sur le champ comme un château de cartes.

Sa voix se fait plus douce, quasi évanescente.

—Laisse-moi faire ça pour vous, Soraya. Laisse-moi te prouver que tous les hommes sont pas les salauds détestables que tu hais depuis toujours.

—Mais non, mais...

Soraya perd sa voix, diluée dans son chagrin. Elle ne peut plus franchir la barrière de sa gorge qu'un nœud douloureux et inextricable bloque en totalité.

—On va tous s'en sortir si tu m'écoutes. Courez, ma chérie, courez vers la vie. Je tiendrai jusqu'à l'arrivée des secours, je le ferai pour toi, en l'honneur de cette force que j'admire tant, chez toi. Oui, je te ferai honneur, Soraya. Parce que je t'aime plus que ma propre vie.

Il la prend à nouveau dans ses bras, pour puiser en elle un peu de ce courage qui la caractérise.

Elle lève enfin les yeux sur lui, perdus derrière ces chutes diluviennes, pour ne plus voir ce faciès greffé, cette gueule animale, mais seulement Julien. Son Julien.

Lui ne voit que le bleu de ses yeux, ne voit qu'elle... comme il n'a toujours vu qu'elle.

Elle l'embrasse. Longuement.

Ils ne sont interrompus que par les vociférations et le tambourinage d'Angus sur cette porte qui est désormais leur seul rempart contre la mort.

—Filez !

—Je t'aime, mon Julien. Je t'ai toujours aimé. À bientôt, mon amour.

Sur ces derniers mots, sa voix s'étrangle à nouveau, pour s'éteindre dans un sanglot.

—Je t'aime aussi. Comme jamais je n'ai aimé personne. À bientôt ! Je vous attends !

Évelyne entraîne sa fille à l'extérieur, se substitue à sa volonté propre.

Comme pour faire preuve de son courage, il lève son arme, souhaitant intérieurement que le fait de la brandir pourra vaincre sa peur panique.

Il se retourne sans ajouter un mot, puis se dirige vers la porte.

—Julien, le hèle Évelyne. Merci. Merci.

Icare se charge de Virginie, puis, plié en deux, tente de prendre Noah, qui refuse catégoriquement de se laisser attraper.

—Allez-vous-en, emmenez cette fillette loin d'ici. Nous resterons unis, en famille. Nous nous en sortirons ainsi.

Icare se redresse de toute sa hauteur, splendide. Le soleil gêne quelque peu sa vision, mais ses yeux s'y adaptent peu à peu.

Sur la très longue passe qui mène au portail, deux véhicules s'avancent, encore à deux kilomètres, peut-être, soulevant un important nuage de poussière blanche.

—On doit y aller, Soraya. D'autres arrivent, assène Évelyne à sa fille, toujours fixée sur Julien.

Soraya sait qu'elle ne le reverra jamais, veut s'imprégner de ces derniers instants, donner à ses souvenirs une chance de durer.

—Juju ! Attention à toi. Ils arrivent !

Arme braquée sur le carreau vitré de la porte, il tourne la tête, lève son pouce, puis se reconcentre sur sa cible. Derrière la porte, Angus est contraint de s'écarter, ignorant tout des capacités nulles en maniement des armes de son jeune adversaire.

Icare renifle l'air, cherche une direction. Puis sans autre manifestation, il s'élance vers la grande forêt qu'il a en visuel.

Libre de toute entrave et obstacle, il peut donner libre cours à tout son potentiel physique, et atteint une vitesse proprement ahurissante.

Soraya et Évelyne, suivies pas à pas par Noah, clopinent péniblement sur les traces du Nephilim, et le voient disparaître au loin avec la célérité d'un lévrier de course.

Évelyne stoppe sa fille, prend fermement son menton dans sa main et plante ses yeux dans les siens.

Histoire sans paroles, à nouveau, Soraya comprend. Reprise de terribles et si douloureux sanglots, elle prend les devants.

—Non, non non non non je veux pas entendre ce que tu vas dire, maman, je t'en supplie. Viens, on avance. Ils nous auront pas. Je te jure, ils nous auront pas.

—Soraya !

—On va forcément s'en sortir. Regarde, qui aurait pu croire qu'on se retrouverait à l'air libre ? C'était impossible, et pourtant on l'a fait. On y va, on marche, maman.

—Soraya Abel ! Écoutez-moi, jeune fille ! Tu sais que je ferai tout, pour vous deux. Tout, Soraya ! Nous n'arriverons pas à les semer. C'est impossible. On doit se séparer, les enfants.

—Qu'est-ce que tu racontes ? Tu deviens folle ! On peut pas se séparer, maman, toi et moi on sait ce que ça signifie. Ne m'impose pas ça, je t'en supplie. Je le supporterai pas. Je suis pas assez forte, tu comprends ? Je peux pas m'occuper seule de Noah, c'est trop, pour moi.

—Si, ma chérie. Tu es plus forte que je ne l'ai jamais été. Tu survivras, et tu surmonteras cette épreuve. Car tu sais pourquoi il me faut le faire. J'affronte aujourd'hui mes responsabilités, mon amour. Enfin, j'ouvre les yeux, et j'accepte les conséquences des actes à entreprendre. Je vais suivre l'exemple de ton remarquable Julien. Je regrette de l'avoir toujours traité comme un jeune bon à rien. Ce jeune homme nous a donné une leçon, aujourd'hui, il est le courage et l'abnégation incarnés.

—Maman, arrête, je te le demande, je t'en supplie à genoux. Ne fais pas ça.

Yeux brûlant du feu du malheur, nez encombré de morve, Soraya suffoque sous le poids de la réalité à venir. Elle est consciente, horriblement consciente, que rien ne pourra infléchir la décision de sa mère.

—Venez mes chéris. Embrassez-moi.

Le trio se réunit pour la dernière fois, petit tipi humain à l'ossature faite du plus solide des amours.

Le bruit des moteurs approche inexorablement, réduisant d'autant le temps qu'il leur reste.

Évelyne s'écarte.

—Soraya, prends ton frère contre toi !

—Non maman, non, tu ne peux...

—J'ai dit prends ton frère contre toi, tête plaquée contre ta poitrine !!!

Le ton est dur, brutal, sec, froid, cassant. Inflexible et douloureux.

Toutes les larmes versées ne parviendront pas à noyer la volonté de sa mère.

Soraya s'exécute, s'agenouille puis plaque le visage de Noah sur son épaule.

—Ferme les yeux !

Elle obéit, avec tant de force que ses paupières menacent de se souder entre elles à jamais.

Évelyne inspire fortement à plusieurs reprises, et imagine ces hommes déjà sur eux pour se galvaniser.

—Quand ce sera fait, je veux que tu ne me jettes pas le plus petit regard. Tu te lèveras avec ton frère dans les bras, et tu courras vers ces bois. C'est notre seule chance. Adieu, mes amours, maman vous aime.

Évelyne se penche pour chuchoter quelques mots à l'oreille de sa fille, qui n'en ferme que plus fort les paupières.

Elle a donné la vie à ces deux enfants, et par ce qu'elle s'apprête à faire, compte la leur donner une seconde fois.

Nouvel accouchement dans la douleur, elle va les libérer tous deux de ses entrailles.

Elle ne veut pas être leur boulet, celle par qui leur perte serait signée.

Du plat de son pied droit, elle imprime une importante poussée sur le flanc de sa fille et tombe à la renverse.

La douleur est fulgurante, bien au-delà de tout ce qu'elle a subi jusque là.

Les sutures ont sauté en bloc, les tissus se sont déchirés et les plaies rouvertes.

La béance des blessures autorise un regard sur les entrailles d'Évelyne.

Ses organes internes, exposés à l'air libre, hésitent à fuir cet abdomen qui les a toujours contenus.

À terre, elle ne peut plus qu'espérer que sa mort surviendra très rapidement.

Soraya, en dépit des plaies occasionnées à son bras, n'a pas bougé d'un pouce. Elle se contente de serrer Noah comme jamais elle ne l'avait fait depuis sa naissance.

Elle entend à peine les râles d'agonie de sa mère, surpassés par les bruits conjugués de leurs cœurs, à son frère et à elle.

Ça cogne si fort. Ils sont si vivants. Leur mère vient de leur concéder le sacrifice suprême pour qu'ils vivent.

Elle n'a pas le droit de trahir l'héroïsme de sa mère en s'effondrant.

Il lui faut poursuivre, en sa mémoire, lui rendre hommage et faire honneur à sa bravoure. À son amour pour eux, qu'elle a toujours fait passer devant ses intérêts propres... jusqu'à leur sacrifier sa vie.

Ce moment abominable où il lui faut tourner le dos à sa mère à l'agonie, ne pas se précipiter sur elle pour l'accompagner vers la fin. La laisser mourir seule, sous peine de rester et attendre leur mort à tous trois avec elle.

Jamais se lever ne lui avait demandé autant d'efforts, jamais fuir le danger n'aurait pu lui paraître si douloureux.

Alors qu'elle ne serre plus sa tête contre son épaule, Noah reste plaqué à elle. Il n'a pas vu, n'a pas regardé. Mais il sait. Tous deux savent que leur vie vient de changer de manière radicale et définitive.

Un pas. Les souvenirs reviennent en masse, se bousculent et la harcèlent.

Deux pas. Plus elle s'éloigne d'Évelyne, plus la douleur grandit, comme si la connexion qui relie une mère et ses enfants se déchirait à chaque avancée.

Trois pas. Tout se joue au-delà de ce qui est concevable, la culpabilité, les sentiments d'abandon et de traîtrise s'infiltrent dans chacune de ses cellules.

Quatre pas. Son chagrin atteint son paroxysme, big bang intérieur remettant en cause jusqu'à leur existence.

Elle accélère soudain, poussée par la volonté communiquée par sa mère, portée par l'amour qu'elle lui voue. Elle n'écoute pas la douleur hurlée par ses orteils cassés, s'en sert pour faire le vide du reste.

—Stop ! Arrête-toi ! tonne une voix menaçante.

67

Ils sont déjà là. Elle ne voit pas la personne qui est à l'origine de cet ordre, mais elle en connaît l'identité. Cet homme lui a déjà adressé la parole.

Probablement a-t-il une arme pointée sur elle.

S'il est déjà ici, Julien doit être...

Ils ont échoué. Tous, à part peut-être la fillette et la créature. Toute cette souffrance pour en arriver là.

Autant mourir de suite.

Elle poursuit son chemin, sourde aux injonctions de leur poursuivant, attendant la détonation qui scellera son sort.

Angus baisse son arme, se contente de regarder cette fille au courage indomptable s'éloigner.

Il aurait tant voulu pouvoir collaborer avec une personne telle que celle-ci dans le cadre de son boulot. S'il avait dû être père, elle représente tout ce qu'il aurait rêvé que soit son enfant.

Il la laisse filer, chasseur choisissant la vie pour sa plus belle proie plutôt que le trophée.

Cela lui vaudra sans doute de gros problèmes. Mais il s'en fout. Pour une fois dans sa vie, il va faire une chose dont il a vraiment envie, une chose qu'il n'a jamais envisagée avant. Il va faire le bien.

Soraya court désormais, à peine ralentie par le poids de son frère. Elle fonce, sans chercher un instant à se retourner.

La mort ne vient pas la faucher en pleine course, et l'orée du bois atteinte est pour elle une invitation à l'espoir.

Les végétaux qui lui fouettent et lui griffent les bras et le visage lui rappellent avec plus d'acuité qu'elle est toujours en vie. Et qu'ils ont une chance !

Au loin, les hurlements d'une meute de chiens montent et s'amplifient.

Ils sont pris en chasse.

68

Courir. Je dois courir. Ne pas cesser tant que nous ne serons pas à l'abri. Ne pas écouter la fatigue ni la douleur.

Je l'ai promis à maman. Maman. Elle est...

Je n'en peux plus, mes pieds nus saignent, écorchés, percés d'échardes et autres épines.

Mes poumons brûlent du feu de l'effort prolongé. Intense. Ils sont le siège d'une fournaise étouffante.

Mes jambes peinent à me propulser, elles sont tellement douloureuses. Elles aussi me brûlent horriblement.

Je veux me reposer, m'allonger au sol sur la mousse épaisse de cette forêt que je ne connais pas. Où je ne me retrouve pas.

Me laisser aller. Mais je ne le peux pas.

Pour lui. Je l'ai promis à maman. Juste avant qu'elle ne...

Mon petit frère est lourd. Il pèse douloureusement sur mon bras lacéré. La douleur est lancinante, mais je ne le lâcherai pas. Il n'est qu'un petit garçon de 2 ans, ne fait probablement pas plus de 8 ou 9 kilos, mais c'est énorme pour moi. Trop lourd à porter sur une longue distance, et pourtant je veux tenir, pour lui... pour maman. Je dois serrer les dents.

Je n'ai jamais été aussi forte que je tente toujours de le faire croire. Mais je ferai tout mon possible.

Je l'emmènerai aussi loin d'eux que me le permettra mon corps. S'ils nous rattrapent, je devrai le tuer. Maman me l'a demandé, je lui en ai fait la promesse, en quelque sorte, avant que...

Je ne crois pas en être capable.

Je suis fatiguée. Si fatiguée. J'ai entendu les chiens au début, j'ai eu peur qu'ils ne nous dévorent. Comment échapper à une meute lancée à vos trousses?

Mais depuis quelque temps déjà, ils se sont tus. Je n'arrive pas à croire qu'ils aient pu perdre ma piste aussi facilement. Mon chemin est tracé aux gouttes du sang qui perle de mes blessures, c'est pour eux un véritable fil d'Ariane, avec leur truffe GPS. Ils auraient dû nous rattraper en moins d'une demi-heure, lorsqu'ils ont commencé à être audibles, en dépit de la petite avance que j'avais sur eux.

Pourquoi ont-ils cessé la chasse ? Fausse piste ? Ont-ils suivi la trace d'autres personnes ?

Y a-t-il seulement âme qui vive, ici ?

Je n'en peux plus. J'ai envie de me laisser aller, m'effondrer. Pleurer. Maman me l'a interdit.

Je dois être forte. Pour elle. Pour lui. Pour nous.

J'ai l'impression que mes membres ne m'appartiennent plus, qu'ils sont mus par une force extérieure.

Je ne sais pas comment je parviens à poursuivre ma course, d'où me viennent encore les forces nécessaires à cette course contre la mort.

J'ai heureusement une bonne forme physique, mais les conditions sont si difficiles.

La peur est mon combustible, elle me mène au-delà de mes propres limites.

Je sais aussi que si je venais à m'arrêter, je ne pourrais plus repartir avant 24 h au moins, peut-être même jamais. Et ce serait notre mort.

Je sais qu'ils sont quelque part, là, à attendre le moment.

Ils jouent un jeu sadique, pourraient nous attraper et nous tuer de suite, j'en suis sûre.

Mais ils veulent nous voir souffrir, espérer, désespérer. Comme des chats avec des souris.

Tant pis. Je vais faire comme si nous avions une chance. Je vais nous l'inventer, la créer de toutes pièces, et nous sortir de là.

Implicitement, je l'ai promis à maman. Je le lui dois.

Bien au-delà de l'épuisement, je crois que je pourrais continuer jusqu'à ma mort, qui n'est peut-être pas très éloignée.

Je n'ai plus de notion du temps qui passe, les secondes, les minutes et les heures se mêlent et se distordent.

Je ne peux me fier qu'au soleil pour m'indiquer l'avancement de la journée.

Je suis partie voilà quelques heures, ai abandonné maman pour sauver Noah.

Lui aussi en a assez, il pleurniche. S'il se met à hurler, comme cela peut lui arriver parfois, je devrai m'arrêter pour tenter de le calmer. Sans ça, personne ne pourra ignorer notre position.

Il s'accroche à sa peluche qu'aucun événement ne pourrait l'obliger à lâcher. Je sais que c'est en partie grâce à elle s'il se tient aussi calme.

Les chiens ! Je les entends à nouveau. J'ai dû tourner en rond, car il me semble qu'ils arrivent sur notre droite, et non plus derrière nous. Comment peuvent-ils encore être aussi loin ?

C'est comme s'ils jouaient au chat et à la souris, s'amusaient à nous tourner autour, pour nous rendre fous.

J'ai horriblement peur, mais espérerais presque qu'on en finisse, là, tout de suite.

Je ne peux me résoudre à abandonner, ne veux désobéir aux dernières volontés de notre mère, mais meurs d'envie que tout cela prenne fin.

Que tout s'arrête enfin.

Que l'épuisement et la terreur s'en aillent pour laisser place au calme. Éternel.

Et surtout que ce poids qui repose sur mes bras et mes épaules, infiniment plus important que celui qu'affiche la balance, me soit enfin enlevé. Ce poids dont s'est délestée sur moi maman avant de s'en aller.

Cette responsabilité qui m'écrase.

Je dois sauver mon frère, et suis la seule à pouvoir le faire... c'est encore ça qui me terrorise le plus.

Je ne suis pas à la hauteur. Je ne l'ai jamais été.

Le jour commence à baisser, la visibilité se fait moindre.

Je n'ai aucune idée de l'endroit où je vais, ignore si je pourrai seulement sortir un jour de cette forêt.

Peut-être tournerai-je en rond et mourrons-nous bêtement de faim.

Ce serait un comble, après tout ce à quoi nous venons d'échapper.

Je ne pourrai pas continuer à courir en pleine nuit, je n'y verrai rien sous ce dense couvert végétal où la lumière de la lune n'a pas ses entrées.

Mais si je m'arrête, les chiens nous trouveront. Leur truffe n'a pas besoin de lumière pour les guider.

Je les entends, à intervalles réguliers, parfois plus près, d'autres fois plus loin.

Je ne comprends pas à quoi ils jouent.

Devant moi, un arbre immense est couché. Ses racines soulevées ont laissé un énorme trou béant dans le sol.

Je dois faire un choix. Prendre le risque de m'arrêter maintenant et me cacher avec Noah dans ce trou, ou poursuivre dans le noir.

Je devrai souffler à un moment ou un autre, de toute façon. Je ne pourrai pas courir 24 heures sur 24.

Au fond du trou, un épais matelas de feuilles mortes s'est accumulé.

Noah est toujours calme. Je vais enfin pouvoir reposer mon bras et mes jambes.

Je descends, en m'accrochant aux racines qui dépassent, jusqu'à poser le pied sur le confortable amas.

—Noah, je suis très fatiguée. On va dormir, d'accord ? Je vais m'allonger, tu viendras sur moi, et je nous couvrirai de feuilles. Comme ça, les méchants ne nous trouveront pas. Tu comprends ? Il faut pas qu'on fasse de bruit, et on doit se reposer. Demain, on aura encore une longue journée fatigante.

Il me fixe de ses grands yeux. S'il ne répond rien, je sais qu'il a parfaitement compris, et qu'il est conscient du danger.

Je m'allonge avec un intense soulagement. Tous mes membres me font mal, atrocement mal.

Mon bras droit saigne toujours, mais rien d'important.

Sous la surface, la fermentation des feuilles libère une chaleur humide intense.

C'est étrangement agréable. Si agréable.

Je sens déjà mes yeux se fermer.

Noah vient se coucher sur moi, et comme prévu, je rabats une importante couche de feuilles.

Bientôt, seuls nos visages restent à l'air libre.

Les bienfaits ressentis sur mon corps meurtri sont tellement inattendus.

Cette douce chaleur, le contact rapproché de mon frère. Je me sens bien. Nous sommes dans un cocon, l'impression que rien ne peut nous y atteindre. Comme si nous nous retrouvions dans le ventre de notre mère. Je régresse.

J'oublie tout. Le malheur, l'horreur, le chagrin.

Je sombre.

69

Noah me réveille.

Les chiens ne nous ont pas trouvés. Nous sommes vivants !

Attentive aux sons de la forêt, je n'y détecte que le chant des oiseaux.

Le cri, relativement proche, d'un renard, finit de me rassurer, la meute est forcément assez loin pour que maître Goupil ne s'en inquiète pas.

Noah, toujours collé à sa peluche, est confortablement assis sur les feuilles moelleuses.

Il babille gentiment. Lui qui était il y a une semaine à peine un enfant insupportable, ne savait s'exprimer que par les cris et les pleurs, les colères et l'hystérie, est dans ces instants terribles le plus calme des enfants. De quel bois est donc fait ce bambin ?

Moi qui me prenais pour une dure, mon frère me donne des leçons de courage.

Il est bien la chair de notre mère. Notre si courageuse maman.

Les larmes qui affluent me sont très douloureuses, la digue que je leur impose est prête à céder.

Mais je ne dois pas m'adonner à mon lourd chagrin. Pas maintenant.

Nous devons courir, toujours plus loin.

Un à un, je teste chacun de mes membres pour constater leur état de marche effectif, comme un pilote d'avion vérifie chaque organe vital de son appareil avant tout décollage.

S'il est indéniable que cette nuit passée immergée sous ces racines centenaires, dans la terre et l'humus, m'a communiqué un certain regain de forces et a pansé quelques plaies par l'acidité du milieu, je ne peux toutefois ignorer les douleurs persistantes dont mes jambes, notamment, sont percluses.

Moi qui suis coutumière de l'effort physique, jamais je n'avais sollicité mon corps à ce point, dans l'urgence et la nécessité vitale.

Les plaies de mon bras se sont bien refermées, je ne devrais pas avoir de problème de ce côté-là.

Mes doigts de pied, cassés par l'autre enfoiré, sont eux très enflés et douloureux au toucher.

Il va me falloir serrer les mâchoires et rester sourde à leurs sollicitations. Courir malgré tout.

Je resserre le bandage fait par cet homme qui m'a encore sauvée. Ce bourreau, acteur de notre malheur, et pourtant sans lequel nous ne serions peut-être plus là.

Noah m'observe attentivement, puis fait ce que jamais il n'avait fait.

Il me sourit. Plus que ça encore, il me chavire, me percute de plein fouet, pénètre mon âme.

Ce sourire, d'une valeur inestimable pour moi en cet instant précis, arrive à point nommé.

Je sens monter en moi ce courage qui aurait pu me faire défaut, il chasse toute envie d'abandonner, de renoncer, et ravive celle de nous sortir de là.

Pour donner à mon frère le temps d'apprendre à sourire souvent. Tout le temps.

Nous sommes bien sûr amputés d'une partie de notre bonheur, mais nous pouvons reconstruire quelque chose.

Ce sourire me le confirme.

Galvanisée, je me redresse, prends nono dans mes bras, puis sors de ce trou, qui aurait pu être notre tombe, mais sera en fait le sarcophage duquel viendra notre résurrection.

L'un contre l'autre, nos ventres poussent le même cri, celui de la faim.

Intense, agressive. J'aimerais tant trouver quelques baies, ou même des insectes. Oui, même ça, je le boufferais.

—T'es prêt, mon nono ? On y va ? On rentre à la maison ?

Noah acquiesce, toujours souriant.

J'ignore à cet instant où nous sommes, dans quelle direction il me faut aller, vers quoi je me dirige, ou même si seulement nous sortirons un jour de cette forêt. Mais je suis sûre aussi que je veux plus que tout nous tirer de là.

Pour une fois, je ne suis plus centrée sur ma personne, sur mon nombril. Je n'écoute plus mes maux et mes douleurs pour me tourner vers un avenir que je veux ressemblant au visage de Noah à cet instant. Souriant à la vie.

Je ne peux imaginer ce que lui a retenu de ce qu'il s'est passé, à quel point cela aura un impact sur son évolution. Mais je suis convaincue d'une chose : je veux l'accompagner et l'épauler dans ce chemin long, tortueux et difficile, le guider, même si je ne suis pas certaine de savoir moi-même où je vais.

Pour toi, maman.

Sans courir, mais à un rythme de marche très soutenu, je reprends notre progression.

Je regrette amèrement de ne m'être jamais intéressée à l'orientation. Comment être sûre que je ne tourne pas en rond ? Je suis bien contrainte de faire confiance à mon instinct, en priant pour qu'il ne nous trahisse pas.

70

Cela fait plusieurs heures que je marche sans but.

Nous n'avons plus entendu les chiens. Je commence à espérer et croire qu'ils ont réellement perdu notre piste et que nous nous éloignons de ce lieu d'horreur, que nous mettons de la distance entre nous et ce terrible épisode.

Noah est toujours sage, ne manifeste pas de mauvaise humeur particulière, ni ne râle pour la faim qu'il doit ressentir comme moi.

Je n'ai de cesse de m'étonner de son comportement courageux.

J'imagine qu'il a conscience de la gravité du moment et de l'importance de se tenir calme. S'il devait se mettre à pleurer et hurler, ce serait un poids supplémentaire pour moi. Un poids de trop, je sais que nous n'irions pas bien loin ainsi. Mais il coopère, il m'encourage à sa manière. Il y met du sien.

Mon frère.

Je ne le découvre vraiment que depuis quelques jours. Je n'avais jusque là jamais fait aucun effort en ce sens.

J'ai soif. Terriblement soif.

Si je ne trouve pas de point d'eau rapidement, nous allons mourir déshydratés, secs comme des momies égyptiennes.

Je pense à cette fillette, partie avec cette créature si étrange. Si effrayante. Que sont-ils devenus, eux ? Ont-ils réussi à se sortir de cet enfer sains et saufs ?

La vitesse de cet être est certes un plus, mais... je dois chasser cette irrépressible image qui me vient à l'esprit. Je le vois penché sur la gorge de la petite, s'abreuvant de son sang, se nourrissant de sa chair. Comment être sûr qu'une fois seul avec elle, probablement perdu, assoiffé, affamé, il ne la dévorera pas ?

Je ne dois pas penser à ça. Je dois m'en foutre, aussi dégueulasse cela soit-il, oui, je dois m'en foutre ! Ne penser qu'à nous deux. On va avoir bien assez à faire pour s'en sortir sans avoir à se surcharger de pensées néfastes.

Face à nous, un immense chêne, au pied duquel nous allons nous poser. Souffler, apaiser les douleurs qui me harcèlent.

Un champignon y a déjà élu domicile. Je n'y connais pas grand-chose, mais je crois qu'il s'agit d'un cèpe. Si je me trompe, peut-être l'histoire s'arrêtera-t-elle ici, mais il me faut ingérer quelque chose, prendre des forces.

Je mords dedans sans me poser plus de questions, le mâche longuement pour en extraire toute l'humidité, cette eau salvatrice qui nous fait tant défaut. Ça n'est pas mauvais, mais ça n'est pas bon non plus. J'en donne la moitié à Noah. Nous nous en sortirons... ou bien mourrons ensemble.

—Mange ça, nono. On en a besoin, même si c'est pas très bon, on doit le manger.

Noah porte un regard incrédule à cette chose qu'il n'a jamais vue auparavant. Les seuls champignons que nous ayons jamais vus sortaient d'une boîte et étaient déjà cuisinés.

Il ne proteste pourtant pas, et croque sans déplaisir.

—Voilà, mâche bien. Y a un peu d'eau, là-dedans. De l'eau. Je donnerais cher pour pouvoir boire. Hein, nono ? Toi aussi, t'as soif. On va essayer de trouver un point d'eau, mais malheureusement, je suis pas un chien ou un animal sauvage, je sens pas ces choses-là.

—Gabafrrrr.

—Ouais, t'as raison, gabafrrr. C'est la parole d'un sage, ris-je en lui ébouriffant les cheveux. À ton avis, nono, vers où on doit aller pour trouver de l'eau, ou mieux, du secours ? Des gens gentils, qui voudront bien nous aider. Je sais même pas si ça existe encore. Tu te demandes ce que je baragouine, hein ? Allez, on repart, sinon mon cul restera soudé à ces racines pour l'éternité.

Des aiguilles chauffées à blanc s'infiltrent dans mes muscles lorsque je me redresse. Combien de temps tiendrai-je à ce rythme ?

La volonté. Je n'avance plus que grâce à elle.

Noah est plus lourd à chaque pas, mon corps semble se déliter davantage à chaque mètre parcouru, mais je tiendrai.

Nous marchons jusqu'à l'arrivée de la nuit. Ma réserve d'énergie semble être calculée pour, car au fur et à mesure de la chute de la luminosité, mes forces décroissent, mon corps me lâche peu à peu.

Un vieil arbre mort, creux comme nos estomacs, nous servira de refuge.

Il fait frais, la nuit sera froide.

Noah m'aide à rassembler un gros tas de feuilles mortes qui nous serviront de couverture, encore une fois.

En fouillant un peu plus profondément que la seule surface, nous grattons une couche plus humide.

Prise d'une inspiration soudaine, je me saisis d'une grosse poignée de ce terreau humifère, et la presse entre mes mains jointes.

S'en écoule un jus noirâtre, certes pas vraiment ragoûtant, mais la soif me ferait boire dans une fosse septique.

Je lèche les gouttes qui s'écoulent le long de mes bras avec avidité.

Je bois la forêt, retrouve ces goûts de terre, de feuilles, de champignons mêlés.

Noah vient instinctivement me butiner les bras, comme un papillon attiré par les sels minéraux contenus dans la sueur.

Je renouvelle l'opération à plusieurs reprises. Notre soif ne sera pas étanchée, mais nous tiendrons.

Oui, nous tiendrons.

71

J'ouvre les yeux brusquement. Le jour se lève à peine, Noah dort toujours profondément sur ma poitrine.

Mais quelque chose remue à quelques mètres de nous. Je peux entendre et sentir sa respiration lente et profonde, régulière. Sereine.

De l'intérieur de l'arbre, je ne parviens pas à voir ce qui piétine, juste là.

C'est une chose que d'entendre un animal sauvage depuis l'intérieur d'une maison, ça en est une autre sans murs pour nous protéger.

Ça fouine, ça tourne et ça retourne. Ça cherche ! Nous ?

Peut-être les feuilles dont nous sommes recouverts trompent-elles son odorat. Pas pour longtemps.

Ça s'approche.

Et je le vois. Il passe devant l'ouverture du tronc mort. Un chien !

Nous sommes fichus, ils nous ont retrouvés. Je voudrais retenir mon souffle, empêcher mon cœur de cogner si fort dans ma poitrine.

Nous n'avons pas fait tout ça pour rien, ça n'est pas possible, ça n'est pas juste.

Tous ces efforts, cette souffrance, pour en arriver là.

Le sacrifice de maman aura donc été vain. Je vais mettre tout ce qu'il me reste de forces dans ce dernier combat. Le premier qui passera la tête par ce trou ne la ressortira jamais.

Noah dort toujours, et c'est tant mieux. Autant que ses derniers instants se jouent sous le signe du calme et de l'insouciance.

Je m'imaginais de gros chiens, lorsqu'ils étaient à nos trousses. Celui-ci ne correspond en rien à l'image que je me faisais de chiens de traque, ni aux puissants hurlements que je percevais.

Il est assez petit, un quelconque bâtard, du genre que j'aurais bien pu aimer pour sa différence.

S'il est seul, il ne me sera pas trop difficile de m'en débarrasser.

Il vient de nous repérer. Figé, à l'arrêt, truffe tendue vers nous comme si un fil nous y reliait et que nous tirions dessus.

Ce chien n'est pour rien dans tout ceci, il ne fait qu'obéir à ses maîtres. Mais je vais le tuer.

Je n'hésiterai pas une seconde à lui briser les vertèbres.

Quelque chose m'étonne dans son comportement. Il paraît plus surpris que moi de nous trouver là.

Il ne nous cherchait pas, je le sens de manière intuitive. Ce chien ne fait pas partie de la meute qui était lancée à nos trousses.

Il porte même un bandana autour du cou. Les dangereux criminels ne se préoccupent pas de ce genre d'accessoires, je suppose.

Lui appartient peut-être à quelqu'un qui vit dans les environs. Et s'il était notre chance de nous en sortir ?

Je dois le suivre, il nous mènera forcément quelque part. Vers son maître, les secours, l'eau, la nourriture. La vie. Vers un nouvel espoir.

Je regrette de n'avoir jamais eu de chien, de m'être toujours plus intéressée aux chats, peut-être aurais-je su alors interpréter plus sûrement son comportement.

Je dépose Noah sur les feuilles, toujours endormi.

Tête passée rapidement dehors, un simple regard me confirme que le chien est seul.

Je dois le suivre, suis convaincue qu'il est notre porte de sortie.

Aucun signe d'agressivité lorsque je sors de ma cachette, juste de la méfiance.

Il me renifle à distance, s'informe sur ma nature et mes intentions par la voie des airs. Ces animaux ont la truffe connectée en wifi à leur environnement, ils n'ont pas besoin de toucher pour analyser.

Je m'agenouille face à lui, tends une main amicale.

Le chien hésite entre céder à ses réflexes acquis auprès de l'homme et écouter ses instincts de préservation, entre son amour pour l'être humain et sa méfiance envers l'inconnu.

Il finit par céder, s'avance ventre à terre, queue balayant le sol. Il hasarde une langue timide sur ma main offerte.

—Hey, mon beau. T'es gentil, toi. Tu vas m'amener vers ton maître, hein ? Sors-nous de cette forêt, mon vieux. T'es notre seule chance.

Le chien se roule au sol, offre son ventre à la caresse.

Noah s'est éveillé en silence, et me rejoint, toujours accroché à sa peluche. Sa peau me paraît exagérément marquée par le contact avec les feuilles, elle a l'air d'avoir perdu de son élasticité naturelle. La déshydratation nous guette, et ce ne sont pas les quelques gouttes bues la veille qui enrayeront le processus. Nous devons trouver un point d'eau au plus tôt.

Je peux lire sur le visage de mon frère un réel intérêt pour ce gentil chien totalement soumis.

Nous n'avons jamais eu d'animal de compagnie. Je pense que c'est la première fois qu'il touche un chien. Ses yeux s'éclairent d'une intense satisfaction.

—Il est gentil, t'as vu ?

—Ouah.

—Oui, c'est un ouah ouah, c'est ça. On va le suivre, tu comprends ?

Noah hoche la tête.

—Viens, il faut le laisser se relever. Si on le touche tout le temps, il aime tellement ça qu'il ne nous guidera jamais vers la sortie de ces bois. J'espère en tout cas qu'il va le faire.

Je prends Noah dans mes bras, l'espoir anesthésiant efficacement les douleurs qui assaillent mon corps meurtri.

On va s'en sortir !

Nous voyant debout, le chien se redresse. Il nous observe un moment, puis reprend son chemin.

Il trottine gaiement au gré des senteurs diverses qui forment pour lui un écheveau de pistes multiples, indécelables pour nous, mais qui pour lui sont comme d'innombrables fils de couleurs différentes sillonnant la forêt parmi lesquels il a identifié son fil d'Ariane.

Sa progression tout en souplesse, sans forcer, est tout de même difficile à suivre, il me contraint à forcer l'allure. Je crains de ne pouvoir tenir longtemps sur ce rythme s'il ne ralentit pas.

J'ignore combien de temps nous avançons ainsi. Le temps s'étire, les minutes deviennent des heures, chaque mouvement me coûte une éternité ressentie.

Au moment où je pense flancher, abandonner, totalement vidée, épuisée, déshydratée, la vision qui s'offre à moi ranime mon espoir mourant.

Une mare. Vulgaire trou d'eau boueuse qui prend soudain des allures de trésor inestimable. Une oasis dans notre traversée du désert.

Jusqu'à avoir les lèvres trempées dans l'eau, je crains encore qu'il ne s'agisse là que d'un mirage né de mes désirs les plus profonds.

Cette soif douloureuse à rendre fou, que je rêve d'étancher depuis trop longtemps.

Noah et moi nous abreuvons à la manière de notre guide canin, Penchés à 4 pattes au-dessus de la surface, bouches immergées, nous buvons cette eau qu'en temps normal nous n'aurions même pas voulue pour nos WC.

Elle a un goût argileux qui ne suffit pas à nous rebuter, ni Noah ni moi, et qui finalement n'est pas si désagréable.

Le chien se pose un moment, fait sa toilette, prend le temps d'ôter les brindilles et autres graines coincées dans son pelage en les tirant à l'aide de ses incisives, dont il se sert comme de pinces à épiler.

Je profite de ce répit pour me rafraîchir, me nettoyer un peu, moi aussi, et débarbouiller Noah.

Ce repos si bienvenu apaise le feu qui ronge mes poumons et mes muscles, et l'eau calme les douleurs hurlées par mes blessures.

Mes doigts de pied cassés sont très enflés, brûlants. Si je poursuis sur ce rythme, jamais ils ne se remettront. Je me demande avec horreur si la gangrène pourrait s'y mettre, gagner toute ma jambe pour m'emporter d'une septicémie.

Plonger ce pied dans l'eau est la chose la plus agréable, le soulagement le plus intense que j'aie jamais connu.

De manière plus ou moins instinctive, je gratte cette vase faite en partie d'argile pour l'appliquer sur mon pied. Il me semble avoir lu que cela pouvait soulager certains maux. Je doute que ce soit valable pour des doigts cassés sollicités à outrance, mais je tente de me rassurer comme je peux.

Noah a déjà meilleure mine. Le manque d'eau commençait à s'exprimer jusque sur sa peau.

Nous devons avoir l'air de deux petits vieux fripés.

Le moment que je redoutais arrive bien plus vite qu'espéré. Le chien se redresse soudainement et reprend son périple.

Lui seul sait où nous allons et y va d'un pas alerte et décidé. Je doute qu'il soit prêt à ralentir l'allure.

Chaque fois que j'ai à me relever après un arrêt est plus éprouvante que la précédente.

Noah, en dépit du fait que nous n'avons rien mangé depuis ce qui me semble être une vie, est de plus en plus pesant sur mes bras.

Je faiblis, c'est un fait. Mais je ne lâcherai pas. Pas maintenant.

Relancer la machine. Vaincre l'inertie.

Les efforts consentis dévorent une énergie que je peine à trouver, piochent dans mes dernières réserves.

Je ne m'écoute plus, me mets en pilotage automatique, les jambes comme des pistons robotisés.

72

La nuit approche. Me voilà à bout de forces, prête à m'effondrer. Si le chien poursuit sa route dans le noir, sans nous accorder de repos, je ne pourrai continuer à le suivre.

Puis, à cent mètres environ, se découpent les contours d'une grande cabane de bois. Peut-être l'habitation du maître de ce chien ? Pourtant, à mon idée, personne ne peut vivre aussi retiré, aussi loin de tout ce qui fait notre vie d'Occidentaux dits modernes.

Peut-être est-ce seulement une cabane de chasse ?

Le chien se met à aboyer joyeusement et court vers le chalet.

Je le vois tourner autour, s'arrêter à plusieurs reprises devant la porte qui reste obstinément close.

Son maître est peut-être absent, parti chasser, ou cueillir des champignons.

Il me faut réunir mes dernières traces de courage pour parcourir les mètres qui nous séparent de ce que je vois comme une réserve de nourriture.

J'imagine déjà des boîtes de conserve, des paquets de biscuits, pourquoi pas des saucissons et un jambon pendus au plafond.

La porte n'est pas fermée à clé, et ne dispose d'ailleurs d'aucune serrure pour ce faire.

Une simple pièce de bois à lever fait office de fermeture.

Un doute affreux m'assaille soudain. Et si l'habitant des lieux était de mèche avec nos poursuivants ?

Je n'ai plus d'autre choix que de tenter le diable. Trop fatiguée, affamée.

Je frappe lourdement à la porte.

L'absence de réponse et de mouvement à l'intérieur m'incite à y passer la tête.

Tout paraît bien poussiéreux, comme si ce n'était pas occupé... ou comme si l'occupant n'était pas un féru de ménage.

Divers vêtements jetés en vrac sur une chaise et la vaisselle usagée laissée sur la table prouvent la présence récente d'une personne.

—Il y a quelqu'un ? S'il vous plaît, j'ai besoin d'aide.

Mes paroles restent en suspens, aucune réponse ne venant leur faire écho.

L'idée débile de chercher un téléphone me traverse l'esprit, rapidement abandonnée. Comment pourrait-il y avoir une ligne téléphonique ici ?

Un portable, peut-être. Je pose Noah au sol, un plancher brut à la surface rugueuse, aux planches mal ajustées. Chaque pas soulève un craquement qui me fait sursauter.

—Personne ?

Je ne peux plus attendre, fouille les placards à la recherche de nourriture, tout en conservant l'idée de trouver un portable.

Une boîte familiale de cassoulet bon marché fera parfaitement l'affaire.

Moi qui en ai horreur d'ordinaire, je salive déjà à l'idée de m'en remplir l'estomac.

Dans le placard traînent quelques bouteilles de vin rouge au rabais. L'habitant des lieux n'est manifestement ni un fin gourmet, ni amateur d'eau. Je ne vais tout de même pas donner ça à Noah, déjà que moi... une bouteille d'eau gazeuse, placée au fond derrière les quilles de rouquin, va nous sauver. Vu la couche de poussière qui la recouvre, cela doit faire très longtemps que le propriétaire a abandonné l'idée de boire de l'eau.

Nous n'avons plus qu'à souhaiter que notre hôte involontaire soit conciliant.

—Nono, viens mon bébé, on va manger. Tu dois avoir faim, toi aussi.

La boîte est heureusement à ouverture facile, et d'un doigt impatient je fais sauter le couvercle.

J'ai aperçu de la vaisselle dans les placards, mais nous nous en passerons.

Noah plonge la main dans les haricots avec délice, se barbouille les lèvres et les joues de sauce en roulant des yeux emplis de satisfaction.

De mon côté, j'engloutis haricots et saucisses merdiques avec une gloutonnerie non retenue.

Nous mangeons vite, salement, grassement.

Le chien nous fixe avec intensité, filet de bave descendant vers le sol comme une araignée du plafond.

Il mérite bien sa part, sans lui, nous serions toujours perdus au milieu des bois et aurions fini par mourir de soif.

J'extrais deux saucisses de la boîte pour les lui jeter. Il les attrape au vol l'une après l'autre, pas plus décidé que nous à jouer les fines gueules.

Rapidement, il ne reste plus un seul haricot dans le fond de la boîte. Nous raclons les parois pour récupérer le maximum de sauce, en gaspiller le moins possible.

Noah est maculé jusqu'aux sourcils.

Étrange moment que celui où, dans la détresse la plus absolue, le chagrin le plus profond, le rire trouve encore moyen de se frayer un chemin.

Et j'explose littéralement en l'amenant à moi et lui léchant les joues comme le ferait le chien si je lui en laissais l'occasion.

La joie s'invite temporairement sous ce toit, chantée par nos rires conjugués et peinte par nos traits enjoués.

Pourquoi a-t-il fallu que j'attende pareilles circonstances dramatiques pour enfin m'occuper de mon frère ? Pour l'aimer comme il se doit.

Car oui, je l'aime en cet instant plus que moi-même, je donnerai sans hésiter ma vie si j'estime que cela peut le sauver. Mon Nono.

Ce petit interlude joyeux a fini d'épuiser l'énergie qu'il me restait.

Je tombe littéralement de fatigue, et la lourde digestion qui m'attend n'est pas pour améliorer les choses.

Nous allons pouvoir dormir entre ces 4 murs, je n'aurai pas à m'éveiller en sursaut au moindre gland tombé au sol.

Le lit m'appelle comme une pâtisserie un diabétique, mais je préfère dormir sur la couverture posée au sol dans un coin, derrière le vieux canapé. Celle du chien, j'imagine. Je ne pense pas que lui en prendra ombrage, contrairement peut-être à son maître qui n'apprécierait pas, à n'en pas douter, que nous squattions son plumard.

De plus, à bien y regarder, son lit me paraît plus sale que la couche du toutou.

Je m'allonge, me recroqueville au sol dans la position du fœtus. Je relâche tout, l'attention, la tension. Tous mes sens s'amenuisent, s'endorment peu à peu.

Noah vient se pelotonner tout contre moi, et en un battement de cils, nous dormons d'un sommeil profond.

73

La porte s'ouvre à la volée et claque avec brutalité contre le mur dans un fracas assourdissant.

Le réveil est brutal, cœur au plancher. Noah, lui, n'a pas bronché, tellement éprouvé que le ciel pourrait nous tomber sur la tête sans qu'il s'en aperçoive.

Le chien, qui s'était lové à nos côtés, se lève précipitamment en battant de la queue avec une joie frénétique.

Je me sens soudain prise au piège, redoute de nous avoir menés droit dans la gueule du loup.

Je n'ose plus bouger.

Masqués par le canapé, nous sommes pour le moment invisibles aux yeux du nouvel arrivant.

—Alors, salopiot, comment t'as donc réussi à rentrer, s'te fois ci ? T'es bien le plus malin des corniauds, tiens. Mais ??? Qu'est-ce qui s'est donc passé ici ? C'est quoi cette boîte de conserve ? Tu vas pas me dire qu'en plus d'ouvrir les portes, tu sais aussi ouvrir les boîtes de conserve, sale cabot ?

La voix de l'homme qui s'adresse au chien ne me paraît pas agressive. D'instinct, je dirais que c'est une personne lambda, un vieil homme qui passe ici quelques journées de repos loin des tracas du quotidien.

Je décide donc de me dresser et me montrer à lui avant qu'il ne nous découvre par lui-même.

Ma vision soudaine le surprend tant qu'il évite de justesse de tomber en arrière.

—Nomdedla, mais qu'est-ce que tu fiches ici, toi, la sauvageonne ? Reste loin de moi, je suis armé.

Sa vieille main noueuse se pose avec nervosité sur le manche d'un poignard de chasse attaché à sa ceinture.

Je ne suis même pas convaincue qu'il parvienne à l'extraire de son fourreau, encore moins qu'il puisse manier pareil coutelas, tant sa main tremble et sa prise me paraît peu sûre.

—Ne vous inquiétez pas, monsieur, nous ne sommes pas dangereux. Nous avons besoin d'aide. Oui, il faut nous aider, je vous en supplie.

—Nous ? Parce qu'en plus, y a quelqu'un d'autre, là derrière ?

—Juste mon petit frère, monsieur. Nous devons aller voir les autorités, au plus vite. Pourriez-vous nous conduire à la gendarmerie la plus proche ? Ou téléphoner, simplement ?

—Téléphoner ? J'ai jamais eu de ces saloperies de téléphone, c'est pas aujourd'hui que ça va changer. Et j'ai pas de véhicule. Mon fils m'a déposé ici pour mon mois de ressourcement. Je viens chaque année ici, à cette époque. C'est magnifique, savez ? Mais vous, d'où vous sortez donc, bon sang ?

—Nous avons été enlevés. Là-bas, à deux jours de marche, il y a un grand bâtiment où ils font des trucs horribles. Ils ont tué notre mère, monsieur.

Les sanglots retenus m'empêchent d'aller plus avant dans mon explication, je refoule ces larmes qui affluent sans mon autorisation.

—Je veux pas de problèmes, moi, j'ai plus l'âge. Vous allez déguerpir d'ici. En plus, j'ai pas besoin d'un merdeux pour me pourrir mon calme. Allez, emporte ton chieur loin d'ici. Je veux ma tranquillité. Je n'ai plus que ça, en attendant la fin. Ma tranquillité. C'est pas mon problème, ça me regarde pas, tout ça. Allez-vous-en !

Consternée. Comment imaginer qu'un vieil homme puisse être aussi égoïste ? Aussi minable et méprisable ?

Je lutte contre les pulsions de violence qui me submergent, la seule réponse que j'ai jamais eue à toute contradiction, toute agression. Peut-être est-ce grâce à cela que Noah et moi sommes en vie. Ou bien à cause de cela que nous sommes dans ce pétrin.

Il se met à hurler, à gesticuler, pour nous chasser, nous effacer de sa misérable vie.

Ce manque d'empathie, de solidarité, nourrit en moi une haine grandissante. Je suis prête à l'assommer, voire à le tuer s'il continue à beugler.

Son salut vient de Noah.

—Soraya, on va, dit-il en me prenant la main.

Les hululements du vieux hibou n'ont plus aucune importance, je ne les entends même plus.

Je m'agenouille face à nono, mains posées sur ses épaules.

—Mais tu parles. Tu parles, nono. Et tu dis même mon prénom.

Les larmes s'invitent à nouveau pour arroser cette émotion toute nouvelle pour moi.

Peut-être est-ce futile en ces circonstances, et pourtant... le fait qu'il ait choisi de faire cet effort, juste à ce moment, pour m'éviter de commettre le pire, pour apaiser sa grande sœur, lui, ce minuscule bout de chou, est la chose la plus bouleversante à laquelle j'ai jamais assisté. Peut-être aussi suis-je tellement à fleur de peau que toutes mes réactions sont exacerbées, dans un sens ou dans l'autre.

Je le serre contre ma poitrine. Fort. Si fort.

Pourquoi a-t-il fallu attendre tous ces événements dramatiques pour que nous soyons enfin une vraie famille. Maman serait tellement heureuse de nous voir ainsi. Maman...

Est-ce le spectacle que nous offrons, toujours est-il que notre homme s'est calmé.

A-t-il retrouvé le chemin d'un vieux cœur oublié, racorni par le manque d'habitude de s'en servir, mais finalement bien vivace ?

Je soulève Noah dans mes bras, sans jeter un seul regard à ce vieux débris, de peur d'être reprise de cette envie furieuse de le briser comme une brindille sèche, puis me dirige vers la porte.

Je sais que je n'irai pas loin, le repas et la boisson nous auront seulement offert un court répit.

Toujours sans lever les yeux sur lui, je lui quémande un dernier service.

—Est-ce que vous pouvez nous indiquer une direction, au moins, pour sortir de cette putain de forêt ?

Le chien se met à aboyer avec frénésie, à tourner autour de nous comme un jouet mécanique.

Comme s'il voulait nous empêcher de partir. Peut-il comprendre ce qui se trame ? Ressentir la tension, l'animosité de son maître à notre égard ?

Toujours est-il qu'il manifeste son désaccord, va jusqu'à gronder son patron.

—Oh, ça va, maudit corniaud, ferme-la. Attendez... vous... vous pouvez rester. Je peux pas vous laisser partir comme ça. Il a raison, le vieux Nestor. Je vous préparerai un bon dîner. Y a un puits, derrière, je vais aller vous tirer de l'eau, pour vous nettoyer un peu, puis pour boire aussi. Comme vous avez dû le voir en fouillant mes affaires, je suis un écologiste convaincu, j'économise l'eau, même à table, rit-il, gêné, comme un ivrogne tout juste dégrisé après avoir commis quelque honteuse action.

Le chien est peut-être le meilleur ami de l'homme, il est en tout cas pour celui-ci sa conscience.

—Merci. Merci beaucoup ! On a besoin de repos, pour cette nuit au moins. Demain, on vous débarrassera de notre présence.

—On verra ça. En attendant, vous allez m'expliquer ce qui vous est arrivé. J'ai pas compris grand-chose. Je vous ai bien entendue parler de meurtres ? Mais installez-vous, prenez place sur le canapé, là. C'est pas le grand luxe, mais vous serez mieux que sur la couverture de Nestor. C'est un brave chien, le Nestor. Mon vieux compagnon. Le seul, d'ailleurs.

Il se saisit d'une cruche de métal émaillé et d'une bassine assortie, puis sort.

Nestor nous observe attentivement, posé sur le cul, queue balayant le plancher, vieux plumeau usé et dégarni.

—T'as l'air satisfait de toi, hein mon joli. T'es un bon chien, ça oui. Hein nono, c'est un bon toutou, ça.

—Oui.

Je ne m'y ferai décidément pas. J'ai du mal à imaginer qu'autre chose que des agabrrr et autres gababllle puissent sortir de sa bouche.

—On va bientôt pouvoir discuter comme des grands, tous les deux, pas vrai nono ?

Cette fois-ci, il se contente de hocher la tête, jouant à l'économie de cette nouvelle faculté de parole. Son visage n'en est pas moins expressif, aussi éloquent que quelques phrases.

L'homme revient, chargé de la bassine sous un bras et du grand pichet dans l'autre main.

Ses membres tremblent sous l'effort, mais il tient bon.

Il dépose le pichet sur la table, puis porte la bassine jusqu'à ce qui s'apparente, de très loin, à une salle d'eau.

Chaussé de gros sabots de bois, ses pas résonnent sur le plancher. Noah se serre contre moi, intimidé par ces pas de géant.

—Là, vous pourrez vous laver un peu. Je sais que c'est pas un 5 étoiles, mais bon, à la guerre comme à la guerre. Y a un petit rideau, vous aurez votre intimité. Pendant ce temps, je me mets en cuisine. Une boîte de cassoulet, ça ira ?

Je retiens difficilement un fou rire nerveux, désireuse de ne pas vexer notre maître queux à bord de ce navire à la dérive.

—Je me suis même pas présenté. Moi, c'est Edmond. Cette cabane, c'est mon père qui l'a construite. J'y viens toujours à cette saison. Personne ne doit être au courant de l'existence de ce chalet, j'ai aucune autorisation, vous comprenez. C'est mon petit paradis à moi, voyez. J'aime cette forêt, depuis que je suis tout jeune. Mais faut ben dire que j'y vis vraiment retiré, pas moyen de joindre qui que ce soit. Mon fils vient me rechercher à date fixe.

—Mon frère s'appelle Noah, et moi c'est Soraya. Nous, on aimerait bien en sortir, de ces bois.

—Demain, je vous guiderai. Je vous avertis, y a un bon paquet de kilomètres à faire, faudra partir assez tôt. Alors dites, c'est quoi ce bâtiment dont vous parliez ? C'est une histoire à dormir debout, ça. Je mets pas votre parole en doute, hein, mais avouez que c'est quand même surprenant.

—Je comprends. Avant de le découvrir de l'intérieur, j'aurais jamais cru que ça puisse exister. Mais vous pouvez me croire, il se passe là-bas des choses abominables. Nous serons tous en danger tant que cet endroit existera, n'importe qui peut devenir leur victime. Si nous arrivons à avertir la police, je veux être là au moment où ils seront tous arrêtés, ces salauds.

Je me mets en devoir de raconter notre histoire de A à Z à Edmond.

Au fil de mon récit, ses yeux s'agrandissent et sa mâchoire pend.

À l'évocation de certains faits, il vacille sur ses maigres cannes et doit s'appuyer sur le rebord de son vieux poêle à bois. Il choisit finalement de laisser de côté ses projets culinaires de haute volée et prend place en face de nous sur une chaise de paille.

Coudes cagneux appuyés sur ses jambes décharnées, visage placé entre ses mains en coupe, il écoute et prend toute la mesure de l'horreur contée.

Lorsque je termine mon récit, je me sens vidée, avec cette impression d'être passée sous un rouleau compresseur.

Edmond paraît avoir subi le même traitement que moi, il se tient sur sa chaise comme une poupée gonflable à moitié dégonflée.

Noah s'est endormi, main serrée dans la mienne, son ânon en peluche plaqué sur la poitrine.

Edmond tourne et retourne visiblement en pensée tout ce que je viens de lui révéler, avant de se dresser avec énergie et prendre la parole.

—Si tout ça est bien vrai, on risque d'avoir de la visite. J'ai de quoi les accueillir, ajoute-t-il en pointant du doigt un fusil pendu à une poutre. Je m'en sers peu, je ne chasse plus depuis longtemps, je préfère maintenant observer. Mais n'empêche que j'ai toujours bon œil. Je ne manque jamais une cible. S'ils se pointent cette nuit, je les trufferai de plombs. Vous croyez qu'ils vous ont suivis ?

—S'ils n'avaient pas perdu ma trace, j'imagine qu'ils m'auraient rattrapée depuis longtemps. Je suis très étonnée, parce que j'ai entendu les chiens lancés à mes trousses. Comment ont-ils pu me perdre ?

—Une meute de chiens ? J'en ai entendu, hier, au loin, en effet. C'était pas votre heure, voilà tout, et contre ça, les meilleures truffes du monde ne peuvent rien. En tout cas, vu le raffut que ça fait, ces bestioles, on pourra pas manquer leur approche. Je crois qu'on pourra dormir sur nos deux oreilles, cette nuit. Et s'ils se ramènent, j'en ferai des passoires. Y a encore des gens, là-bas ?

—Oui, plusieurs familles. On a dû filer sans eux, on n'avait pas trop le choix. Je crois que si personne ne leur vient en aide, ils mourront tous.

—Nomdidju, mais c'est quoi ces tarés ? Demain, on va faire ce qu'il faut pour que tout ça se sache. On peut se tutoyer, non ? J'aime pas trop les manières, moi.

—Oui, bien sûr.

—C'est quoi, toutes ces petites blessures à ton bras ? On dirait des sutures qui ont lâché, et pourtant y a pas de grosse plaie à recoudre ? Je dois avoir de quoi nettoyer et désinfecter ça, faudrait pas que tu calanches d'une infection. Je dois bien pouvoir t'enlever tous ces fils qui dépassent pour rien, si j'arrive à mettre la main sur mes vieux lorgnons.

Je regarde mon bras, dont les stigmates sont là pour me rappeler chaque instant le sacrifice ultime de notre mère. Je ressens dans chaque petite plaie de suture arrachée son contact, sa souffrance.

—Non, laisse tomber, Edmond. Ça restera comme ça. Je peux pas t'expliquer pourquoi, mais c'est comme ça. Je me laverai un peu tout à l'heure.

—Et ton pied, il a pas bonne gueule. C'est cassé, ça. Tu vas pas pouvoir continuer à marcher, surtout pieds nus.

—Je marcherai ! Je courrai, même, s'il le faut.

—T'es une sacrée coriace, toi, hein, une belle caillasse habillée de caoutchouc. T'as l'impression que ça te fera pas mal si tu la prends dans la tronche, mais ça te fracasse le crâne. Je commence à comprendre comment tu leur as échappé. J'ai tout plein de vieux chiffons, dans un placard, on te fera de grosses poupées aux panards, ce sera pas très élégant, mais ça amortira un peu les aspérités du sol. Et lui, il est pas trop lourd ? Bon sang, t'as l'air frêle, mais tu caches bien ton jeu. Je suis sûr que beaucoup d'hommes auraient jamais pu le mener jusque là.

—Il est lourd, mais comme il est hors de question que je fasse un pas sans qu'il soit avec moi, je me débrouille. Ils l'auront pas, t'entends ?

—Oh, j'entends, et je te crois. Telle que je te vois là, je crois qu'on pourrait te foutre dans le labyrinthe du Minotaure que tu trouverais moyen de t'en faire un bon steak. Bon, en parlant de steak, j'ai faim, moi. Si tu veux te laver la gueule, vas-y, je prépare à bouffer.

Je prends Noah dans mes bras, tout contre moi. Lui comme moi sommes vraiment sales, crasseux. Pourtant, je ne peux m'empêcher de coller mon nez à ses cheveux et sa peau pour en sentir l'odeur, son odeur à lui, toujours présente sous celle des couches de saleté accumulées.

À l'aide de la petite éponge posée à côté de la bassine, je débarbouille son visage crotté. La toute première fois que moi, sa grande sœur indigne, je lave mon petit frère.

Je m'occuperai de toi, maintenant, je serai toujours là pour toi. Toujours !

Il se réveille au moment où je frotte la crasse de son cou.

—T'as bien dormi, nono ?

—Oui !

—Ah ben là, pas de doute sur l'interprétation à faire de ce oui, c'est franc et massif.

Nous rions ensemble, ce qu'il y a encore deux semaines, je croyais impossible.

—J'ai une bonne nouvelle, nono. Demain, le monsieur, Edmond, il va nous emmener loin, très loin d'ici. On va aller voir la police, et ils arrêteront les méchants. Toi et moi, on est sauvés. On va encore souffrir un peu demain, parce qu'il faudra beaucoup, beaucoup marcher. Mais ça en vaudra la peine.

Après notre toilette sommaire, nous rejoignons Edmond, qui pose fièrement au centre de la table en chêne massif ce cassoulet qu'il a amoureusement versé dans une casserole douteuse pour le réchauffer.

Son comportement a changé du tout au tout, depuis qu'il nous a trouvés dans sa demeure.

Son attitude s'est réchauffée comme son cassoulet. J'ai toujours trouvé les gens bizarres, mais je crois que je peux comprendre, maintenant, sa première réaction.

Trouver des étrangers sous son toit, installés comme s'ils étaient chez eux, a de quoi foutre de mauvais poil. Puis la peur d'être impliqué dans quelque chose de grave, d'en avoir fini avec ce calme qu'il affectionne tant.

Oui, je le comprends. N'empêche que je l'aurais peut-être tué pour cela si Noah n'avait pas détourné mon attention, et si ce brave Nestor ne s'en était pas mêlé.

Suis je devenue ce que ces salauds ont fait de moi ? Une criminelle en puissance ?

Aurais-je été plus en droit de lui briser les vertèbres que lui de nous foutre à la porte sans nous porter secours ?

Je chasse ces pensées obsédantes pour me consacrer au repas. Il nous faut prendre des forces.

Edmond nous a déjà servi d'énormes platées de haricots blancs et s'affaire sur son assiette qu'il dévore avec force bruits. Agaçant !

Noah se débrouille seul avec sa fourchette, et si le ratio de haricots parvenant à sa bouche est d'à peu près 1/3, l'effort est notable et tout à fait louable.

Je trouve mignon ce qui auparavant m'horripilait littéralement. Je reprochais souvent à maman de le laisser en foutre partout. On se demande bien de quel droit, vu que je n'ai jamais fait le ménage derrière, que c'était bien elle et elle seule qui nettoyait tout. Mais elle avait raison de le laisser, non pas salir, comme je le pensais bêtement, mais simplement expérimenter et apprendre.

—On va en apprendre tout plein, des choses, toi et moi, hein nono. On va avoir du temps ensemble. Tout plein comme ça, fais-je en écartant les bras au maximum.

Il me regarde d'un air dubitatif assez comique, ne comprend manifestement pas où je veux en venir et retourne à ses barbouillages.

—Voyez, c'est mon plat préféré. Si je m'écoutais, je boufferais que ça, assure Edmond en nous gratifiant d'un sourire édenté.

Et je pense qu'il s'écoute beaucoup, à ce niveau-là.

Après avoir englouti encore une bonne quantité de nourriture, et bu à nous faire éclater la vessie, nous sortons nous asseoir sur la petite terrasse de planches.

Edmond sort à son tour avec sa blague à tabac et une belle pipe de buis.

—Tu fumes ? Je peux te bourrer une pipe, si tu veux. C'est pour moi d'un grand réconfort.

—Non, merci, Edmond. Je ne fume pas.

—J'aime beaucoup me poser là à cette heure. Les bois changent, les nocturnes se préparent en secret à prendre la relève des diurnes. Je peux ressentir le frémissement qui en découle, c'est indéfinissable. Tu me prends pour un vieux siphonné, hein ?

—Non. Un original, un marginal peut-être. Pour moi, c'est plutôt un compliment. Vouloir vivre en marge d'une société de malades, c'est un signe de bonne santé mentale, non ?

Il rit en toussant ses premières bouffées de fumée âcre, d'un blanc nacré à l'opposé de la noirceur supposée de ses poumons goudronnés.

74

Le vieux canapé nous sert de couche. En tout cas à moi. Je suppose que je suis plus confortable pour Noah que ne l'est ce canapé pour moi.

En dépit de mon extrême fatigue, je tarde à trouver le sommeil, trop à l'écoute de mes douleurs, moins physiques que morales, de mon chagrin.

En partie aussi à cause des ronflements tonitruants de notre hôte.

Quelque part, pour agaçants qu'ils soient, ils sont aussi rassurants.

Dehors, la faune paraît bien plus active qu'en journée, comme si la peur de l'homme poussait toutes les espèces à ne jamais dévoiler leur présence au grand jour. Sage nature, j'en prends plus que jamais conscience.

Je peux sentir les battements de cœur de Noah sur ma poitrine, sa respiration paisible.

Je me concentre dessus, tente de m'aligner sur son rythme.

Je plonge.

Edmond s'est réveillé, comme tout du long de sa vie faite d'habitudes, très tôt.

Les enfants dorment toujours. Il les laisse se reposer le plus longtemps possible. Ils en auront bien besoin.

Son fusil n'a pas servi depuis longtemps, maintenant, aussi profite-t-il de cet instant, ce moment creux où les nocturnes sont allés dormir et les diurnes ne sont pas encore alertes, pour le nettoyer avec conscience.

Il vérifie ses cartouches, charge son arme et met le reste dans sa gibecière.

Peut-être en auront-ils besoin.

Dehors, un coup de feu retentit. Personne n'est censé se trouver dans les environs directs. Les ennuis approchent à grande vitesse.

Il hésite à secouer la jeune femme et le bébé, puis se ravise. Il est probablement trop tard pour tenter une sortie, autant attendre ici.

Deuxième détonation. Peut-être même une troisième, presque simultanée. Plus proche.

Le fusil est armé. Il se cale dans sa chaise installée face à la porte. Et attend.

75

—Putain !!! Pierrot, c'était quoi, ça ? T'as vu comme ça filait ? J'aime pas ça.

—Avec la flambée que je lui ai mise, m'étonnerait qu'il aille loin. J'ai tiré à la balle gros gibier, mon poteau.

—T'es sûr que tu l'as touché ?

—Eh bien sûr, que je suis sûr. Tu me prends pour qui ? Le roi du ball-trap, c'est bibi, rien ne m'échappe.

—Avec ce qu'on a dans le cornet, ça s'rait pas si étonnant, hein. Tu sais, j'ai un peu peur.

—Peur de quoi ? T'es con ou quoi ? On est venus chasser, on chasse. Je chie sur tous ces propriétaires terriens qui veulent nous empêcher de profiter de ces forêts dans lesquelles je venais déjà avec mon père quand j'étais môme, et mon vieux en faisait autant avec le sien. La nature leur appartient pas, merde. Et pour te rassurer, le lapin qui a tué le chasseur, c'est qu'une chanson, hein.

—C'est pas ça, pauvre con ! Mais moi, j'ai eu l'impression que c'était...

—Quoi ? Que c'était quoi ?

—Ben... ça ressemblait à un bonhomme, quoi. Un putain de grand bonhomme.

—T'as vraiment trop bu, toi. Je suis sûr d'avoir vu des ailes, moi. Je comprends pas, mais c'est ce que j'ai vu.

—Tu connais un seul piaf qui soit aussi gros que cette bestiole ? Dis pas de conneries. Ce truc avait la taille d'un putain de cheval.

—Y a des autruches, dans le coin ?

—Et c'est moi qui ai trop bu ? On n'a plus qu'à espérer que t'aies raison, qu'une autruche se soit échappée d'un parc privé, ou un truc du genre. Parce que moi, je persiste à penser que ça avait une allure humaine. Et si c'est le cas, c'était peut-être un gus déguisé, va savoir. Tous ces jeunes cons sont capables de tout, à l'heure actuelle.

—Non, mais t'as vu à quelle vitesse il cavalait ? Même Usain Bolt avec des ailes sur le dos n'irait jamais aussi vite. Merde, j'ai même jamais vu un cerf ou un chevreuil détaler aussi vite. Regarde ! Une trace de sang, là. On sait au moins trois choses : 1, je l'ai bien touché. 2 ce machin saigne rouge, comme toi et moi. 3 Il est donc vulnérable, et on va le suivre à la trace pour le finir.

—Et si c'était vraiment un gugusse déguisé ? On fait quoi ?

—On est loin de tout, ici. En plus, t'as bien vu que ça doit être une propriété privée, sans cet arbre qui s'est couché sur la clôture, on n'aurait pas pu entrer. On n'a pas le droit seulement d'être ici, alors je te parle même pas de braconner. Si on le trouve, on fait ce qu'on a à faire.

Les deux compères braconniers se faufilent dans la végétation dense, entre arbres et fougères.

La traque est aisée, nul besoin d'être un pisteur indien pour suivre l'animal blessé.

—Il pisse littéralement le sang, il ira pas loin, le bestiau. Prépare-toi à faire feu à nouveau si des fois il était pas mort. Une bestiole de ce gabarit blessée, ça doit pas être de la rigolade.

Devancés par les canons de leurs armes, ils se fraient un chemin dans le sous-bois.

Jean stoppe net en écartant un bras pour faire barrage à Pierrot.

Devant eux, une zone où les fougères sont couchées, écrasées par quelque animal s'étant roulé au sol.

Jean fait signe à pierrot en pointant de l'index l'emplacement fraîchement foulé. Ils touchent au but, tout va se jouer ici et maintenant. Fusils épaulés, ils franchissent les quelques mètres qui les séparent de leur objectif avec une nervosité palpable.

—Putain, Pierrot, je me chie dessus.

—Me lâche pas de suite. Je pourrais avoir besoin de toi. Après, tu pourras te vider autant que tu voudras dans les buissons.

Une immense masse grise, étalée de toute sa longueur, gît sur un matelas de fougères colorées d'un rouge intense.

La balle l'a atteint en pleine poitrine. Difficile d'imaginer comment cet être a pu poursuivre sa course si loin au vu des dégâts provoqués ?

Les deux braconniers sont ébahis, stupéfaits.

Quelle est donc cette créature ?

—Merde, Jeannot, t'as la moindre idée de ce qu'est ce machin ?

—On a buté un ange, Pierrot, on va finir brûlés dans les feux de l'enfer, c'est sûr, pleurniche Jean en se signant frénétiquement.

—Ferme donc ta gueule, arrête avec tes conneries de bondieuseries. T'as vu la gueule du machin ? C'est pas catholique, ça. Bon sang, regarde ces ratiches, on a eu de la chance de le voir avant que lui ne nous voie, sinon il nous aurait bouffés. J'ai jamais rien vu de pareil. Je sais pas ce qu'ils foutent ici, mais je commence à mieux comprendre le pourquoi de ces kilomètres de clôture électrifiée.

—Ça me donne pas trop envie de rester ici à attendre qu'un autre truc du genre vienne pour nous becter. Allez, on s'arrache, Pierrot, je flippe.

—Quel casse-couilles ! T'imagines le pognon qu'on pourrait se faire avec ça ? T'aurais bien des tordus de scientifiques ou autres montreurs de foires pour s'arracher ce truc à un bon prix.

—Mais t'es malade ? Tu sais combien il doit peser, le bestiau ? On ferait pas deux mètres, avec ça.

Un frémissement dans les feuilles, un craquement de brindilles sèches.

Jean et Pierrot hurlent à l'unisson et font feu à l'aveugle.

Sans attendre de vérifier de quoi il s'agit, ils prennent leurs jambes à leur cou, sans savoir que ce qu'ils fuient est la plus innocente des créatures, sans avoir conscience qu'ils viennent de tirer sur une fillette qui n'était destinée qu'à vivre après avoir échappé au pire.

Ils courent comme si leur vie en dépendait.

Dans la panique, Pierrot se trompe de direction, suivi aveuglément par son ami affolé.

Seul leur manque de forme physique les contraint à ralentir assez vite, alors que leur esprit se voudrait déjà à quelques kilomètres d'ici et leur cœur, lui, frise l'excès de vitesse.

De longues minutes de marche accélérée, sans but précis, ont raison de la confiance de Jean en son guide.

—T'es sûr que c'est par là ? Je reconnais que dalle. On est perdus, hein ?

—Fais pas chier. Je sais où je vais, quand même. Je... je prends juste un autre chemin pour brouiller les pistes, si des fois les gardes-chasse nous repéraient.

—Non, mais tu me prends vraiment pour un con ! Tu peux pas juste reconnaître la vérité, pour une fois ?

—Tiens, regarde ! Je savais exactement où j'allais. Cette cabane, là-bas, c'est l'ancien pavillon de chasse, tente Pierrot sans conviction.

—Un pavillon de chasse, ici ? Jamais entendu parler.

—Forcément, tu connais rien. Allez, viens, on va s'y poser un moment, je suis claqué, moi.

Les deux hommes s'avancent tranquillement, rassérénés par cette trace de civilisation.

Ils se retrouvent face à la porte, que Pierrot tire avec brusquerie pour prouver toute son assurance à son ami.

Ils ne verront rien de l'intérieur de ce chalet, rien d'autre qu'un vieil homme qui se tient juste en face d'eux, assis, qui considère ces étrangers armés comme une menace immédiate.

Deux explosions successives.

Pierrot est déjà mort avant de toucher le sol, la moitié du crâne dispersé aux quatre vents.

Jean, atteint à l'abdomen, a le temps de contempler l'horreur, de supporter la douleur et d'encaisser la peur. Plaqué au sol sous le poids mort de son ami et camarade de chasse, il suffoque.

Quelques pas lourds martelés sur un plancher, une double bouche métallique qui s'avance vers son visage, dernier messager au funeste présage.

Il n'a pas le temps de hurler, le canon parle avant lui, faisant voler sa tête en éclats colorés.

Les cervelles se mêlent, chairs et bris d'os s'emmêlent.

Pierrot et Jean, pour qui l'ouverture d'esprit a toujours été une étrange maladie, se retrouvent aujourd'hui bien malgré eux plus ouverts que jamais.

76

D'incroyables explosions nous tirent de notre sommeil en catastrophe, à en tomber par terre.

Noah pleure, s'accroche à moi avec une force incroyable.

Une forte odeur de poudre envahit la pièce. Je rampe jusqu'à avoir une vue sur l'origine de ce vacarme.

Edmond se tient debout dans l'embrasure de la porte, fusil pointé vers le bas. Deux hommes, sur lesquels, manifestement, il vient de faire feu, sont allongés devant lui.

Une main se lève, bouclier inutile, appel à la pitié.

Je ne vois pas le visage d'Edmond, mais il ne paraît pas s'en préoccuper. Il recharge son fusil.

Juste avant qu'il n'appuie à nouveau sur la gâchette, je plaque le visage de Noah contre ma poitrine et ferme moi-même les yeux.

C'est fait. Il les a tués. Ils nous avaient donc rattrapés. Edmond a fait ce qu'il fallait pour nous sauver, je n'émettrai aucun jugement sur son manque de pitié.

—Il est temps de mettre les voiles, les petits. Ce ne sont que les premiers, je sens que d'autres vont venir à la suite. Un conseil, sortez en fermant les yeux, c'est pas très beau à voir.

Je remets désormais notre destin à ce vieil homme que je ne connais pas, sans savoir où il nous mènera. Je sais seulement qu'il vient de nous éviter d'être repris, alors je me fous de la méthode employée.

Je me dirige vers la porte, prête à sortir de cette cabane, de cette forêt. De ce cauchemar éveillé.

Noah me stoppe.

—Peluche !

Dans la panique, son ânon a roulé par terre, et hors de question pour lui de l'abandonner derrière nous dans notre fuite.

Je le ramasse en hâte, et nous quittons les lieux en suivant la recommandation d'Edmond, ne surtout pas regarder le spectacle qui s'offre à nous.

Je ne veux même pas savoir si ces deux hommes font partie de ceux que j'ai connus dans le hangar de la mort. Aucun regard ne leur sera accordé, aucun remords ni pitié.

Des heures durant, je suis Edmond.

Il n'est heureusement pour moi plus un jeune homme alerte, aussi l'allure qu'il imprime à notre marche n'est-elle pas trop soutenue.

J'ignore quel âge il a au juste, mais il a su indéniablement conserver une bonne forme physique, en dépit de son allure de vieux chat décharné.

Il nous indique du doigt un point, loin devant.

—On va pouvoir se ravitailler en eau. C'est le seul endroit où je bois de ça, moi. Elle est pas très claire, mais j'ai jamais été malade en la buvant.

Plus nous approchons, plus j'ai cette impression de déjà vu. S'agit-il de cette même mare où nous nous sommes abreuvés en suivant Nestor ?

Avons-nous rebroussé chemin ?

77

—Tu as bien vérifié qu'elle se trouve toujours dans les bois, Angus ? D'ailleurs, tu es bien certain qu'elle y est entrée?

—Ouais, malgré les imprévus, elle a pris le chemin prévu. On l'a suivie avec le drone, sans souci. On sait exactement où elle se trouve. Les haut-parleurs avec la bande-son de meute de chiens l'ont bien guidée là où on le voulait. Vous allez pouvoir lancer les hostilités. Je reste curieux de voir comment elle s'en tirera. Je miserais volontiers un billet sur elle.

—Garde un œil sur les caméras, faut s'assurer que rien ne vienne troubler le scénario prévu.

—Ah, tant que j'y pense, on a eu un souci sur la clôture ouest. Un arbre s'était abattu dessus et en avait arraché un pan. J'ai envoyé l'équipe de maintenance, ils ont tout réparé.

—Fais les tourner en permanence, c'est pas le moment qu'on ait un souci. On le lâche aujourd'hui, hors de question qu'il se retrouve à l'extérieur. Ça ferait beaucoup de bruit, chose dont on se passerait volontiers. Des nouvelles de Icare ?

—Il est toujours à l'intérieur de l'enclos, son traceur est actif. On le suit au mètre près. Voilà un moment qu'il ne bouge plus. Les drones ne parviennent pas à le filmer sous la végétation, mais il est bien là. Pas de chance de le voir s'envoler, si j'ose la blague. Et Luc, quelles nouvelles ?

—Le doc s'en est chargé. Les greffes c'est son affaire, tu sais. Il avait perdu beaucoup de sang, mais il s'en sortira.

Damien se dirige vers la salle de restauration où se trouvent ses amis et clients.

Ils viennent de prendre un copieux petit déjeuner, prêts à affronter une longue journée.

—C'est le grand jour, mes amis. Nous allons pouvoir commencer.

—Nous sommes tellement impatients de voir ce que le doc nous a concocté. Nous en parlions encore cette nuit, tu nous as fait poireauter, Damien.

Damien sourit, heureux de susciter tant de curiosité et d'intérêt.

—Suivez-moi, vous allez enfin découvrir votre lieu de tournage.

Ils rejoignent la salle de contrôle, où les attend Angus.

Tous les écrans diffusent la même scène extérieure filmée sous divers angles. Trois d'entre eux donnent les images retransmises par des unités mobiles aériennes, petits drones intelligents auto pilotés.

Un container est tracté par un petit camion en direction de la forêt que l'on devine immense.

—Il est là-dedans ? demande Brigitte, surexcitée.

—Tout à fait. Je ne l'ai vu que ce matin, moi-même, le doc a su garder le secret jusqu'au bout. Je ne prends aucun risque en affirmant que vous allez l'adorer. Vous qui êtes des adorateurs de la mythologie grecque, vous allez être servis. Tout sera filmé en aérien, ces drones sont de petites merveilles technologiques. Ils sont programmés pour suivre l'implant de votre créature au mètre près en mode automatique. Vous pourrez en prendre le contrôle à n'importe quel moment pour changer les angles de vue.

—Notre rêve va devenir réalité. Les effets spéciaux permettent de tout faire, de nos jours, mais rien ne vaut le réel. Nous serons les premiers, les seuls, à réaliser pareil film sans trucages, comme un documentaire.

—Croyez-moi, les acteurs seront plus vrais que nature. Tenez, regardez, nous voyons la jeune fille que vous avez choisie, tous les deux. Nous avons des drones qui la suivent en permanence. Elle est incroyable, rien ne semble pouvoir l'arrêter.

—Elle a encore ce petit garçon dans les bras. Cela va la handicaper, elle se fera attraper plus rapidement. Trop vite, peut-être, non ? s'inquiète Brigitte.

—Je crois qu'au contraire cela la motive et la rend plus combative. Vous ne regretterez pas, vous verrez.

—Comment la repèrent-ils, pour la suivre ainsi ? Elle aussi a un implant ?

—Disons que c'est ce qui était prévu, mais qu'elle a réussi à déjouer certains de nos plans. Heureusement, nous avons toujours des solutions de rechange. Vous voyez cette jolie peluche que ne lâche jamais l'enfant ? Eh bien elle est équipée d'un traceur. Tenez, si je change de vue sur cet écran, on peut même capter les images enregistrées par les caméras placées dans les yeux de la peluche. Vous aurez des vues à la première personne. Je pense que ça vaudra le coup, le moment venu. Comme si le spectateur y était.

—Alors là, vous me bluffez. Je n'aurais pas osé imaginer cela.

—Nous nous en sommes servis pour communiquer avec le garçon, à très faible volume, lui seul nous entend lorsque nous nous adressons à lui. Il croit bien sûr que c'est l'ânon qui lui parle. C'est pour cela qu'il ne le lâche plus. Nous pouvons aussi les entendre parler grâce aux micros intégrés dans les oreilles de la peluche.

—Vous avez vraiment pensé à tout. Mais qui est ce vieil homme qui les accompagne ? Il est armé, il pourrait tuer notre acteur principal.

—Aucun risque. Il fait partie du scénario. Nous voulions être sûrs que la gamine suive un chemin tout tracé, assez éloigné du départ, mais pas trop loin non plus, pour que votre acteur, comme vous l'appelez, puisse la retrouver sans trop de difficulté. Nous l'avons guidée en lui faisant croire qu'une meute de chiens les suivait. Il lui fallait aussi un point où se reposer, prendre des forces, pour être efficace et ne pas se faire prendre trop vite. Il leur a offert le gîte et le couvert. Elle est prête. Il les a ramenés au seul point d'eau disponible dans cette forêt, en dehors de la cabane de chasse. On sait bien que c'est toujours autour des points d'eau que les prédateurs côtoient les proies. Vous n'avez pas tout vu. Sur ce pupitre, vous avez les joysticks de contrôle des drones. Prenons un peu d'altitude pour avoir une vue d'ensemble.

Peu à peu, le champ de la caméra s'élargit, englobant la presque totalité de la forêt.

—Alors ça ! Vous avez tout bonnement reconstitué un labyrinthe dans ce fouillis végétal. Fantastique ! Le souci du détail jusqu'au bout. Ce sera parfait. Absolument parfait ! N'est-ce pas, chérie ?

—Nous allons réaliser le plus fantastique film depuis la création du cinéma, Emmanuel.

78

Le chauffeur du camion s'avance jusqu'à l'orée du bois où il stoppe.

Il descend pour dételer la remorque sur laquelle est posé ce container au chargement si effrayant.

Il entend le souffle puissant de quelque énorme et féroce animal, ses allées venues nerveuses.

Toute la remorque est secouée de soubresauts sous le poids et la vivacité du monstre.

Encore une chose à faire, avant de partir. Il se hisse sur le plateau, jette un œil à l'intérieur à travers les énormes barreaux formant une petite fenêtre dans l'un des battants de l'ouverture.

Au sol gisent trois cadavres humains, obèses morbides ayant subi un régime amaigrissant express, en grande partie dévorés. La bête, énorme, surpuissante, se tient au fond. Il jette le chiffon qu'on lui a donné dans la cage, puis saute de la remorque.

Sans attendre plus avant, peur au ventre, il remonte au volant et s'éloigne.

L'odorat de l'improbable animal est sollicité immédiatement par ce petit bout de tissu. Il reconnaît cette odeur, il la connaît par cœur. Et elle le met en fureur !

Il découvre peu à peu son nouveau corps, à la musculature impressionnante, celui d'un catcheur professionnel dépassant les 2 mètres 15... lorsqu'il avait sa tête.

Serrant ses poings convulsivement, il en éprouve la force, ressent cet afflux de puissance.

Il ramasse le chiffon, le porte à ses narines, et le renifle profondément, avec insistance.

Les effluves qui en émanent portent la signature olfactive de cette jeune salope.

Il porte ses mains gigantesques à sa nouvelle tête. Impossible de reconnaître de quoi il s'agit au juste, mais il est sûr qu'il a l'allure d'un gros animal. Un animal à cornes. Comment ont-ils pu lui faire ça ?

Peu importe, au fond. Il compte mettre à profit cette nouvelle puissance, cette rage qui brûle en lui, pour se venger. Se venger d'elle, d'abord, qu'il sent quelque part, là, dehors, assez loin d'ici. Puis se venger de tous les autres. Ils l'utilisent, mais ils paieront tout ça. Ce n'est plus le moment de se morfondre.

Sans intervention extérieure visible, il entend la serrure se déverrouiller électriquement.

Avec une sauvagerie non contenue, il frappe la lourde porte d'acier de son pied d'ogre.

Comme si elle avait subi le souffle d'une importante explosion, elle s'ouvre et tape contre la paroi dans un fracas assourdissant.

Il est libre. Libre de faire ce que bon lui semble. Tuer est une bonne option.

Dudule saute, sent avec plaisir le contact de l'herbe sur la plante de ses pieds.

Sa formidable tête de taureau aux cornes luisantes et acérées tourne de droite à gauche pour suivre la trace olfactive de cette pute et déterminer la direction exacte de l'endroit où il la trouvera et l'écharpera. Peut-être même la violera-t-il, cette fois-ci.

Oui, ses nouveaux organes sexuels ont l'air bien plus performants que ceux dont il a disposé toute sa vie. Il bande déjà. Comme un taureau.

Le Minotaure s'élance d'une foulée puissante à travers son labyrinthe, sous l'œil avide de multiples caméras, prêtes à retranscrire toute l'horreur de ce qu'il s'apprête à faire.

À suivre...

Contact

Merci d'avoir pris le temps de me lire.

Si vous désiriez me faire part de votre ressenti, vous pourrez me joindre directement à cette adresse mail: cetro.efene@gmail.com

Vous pourrez aussi consulter mon site auteur, pour en découvrir davantage sur mon travail: http://www.cetro.fr/

Il vous sera aussi possible de me rejoindre sur ma page auteur Facebook:
https://www.facebook.com/Le-ptit-monde-de-Cetro-717729394922284/

ou ma page personnelle: https://www.facebook.com/cedric.veto

En espérant vous avoir convaincus de me suivre par le biais de cette lecture, je vous dis à bientôt.

Made in the USA
Middletown, DE
27 June 2023